POURSUITE

BRIAN GARFIELD

POURSUITE

OLIVIER ORBAN

Titre original :
RECOIL

Traduit de l'américain
par Michel Ganstel

© 1977 by Brian Garfield
© 1979 Olivier Orban pour la traduction française.
ISBN : 2-266-00689-4

A Bryan et Nanette Forbes

LA VENGEANCE QUE L'ON CROIT DOUCE,
BIENTOT DEVIENT AMERE QUAND ELLE
FRAPPE EN RETOUR

John Milton, *Le Paradis Perdu*

PREMIERE PARTIE

LA PROIE

1

New York — 18 et 19 juillet

Elle entendit la porte claquer dans son dos avec un bruit métallique. Derrière son bureau, le gardien leva les yeux, revêche, toisa la visiteuse.

— Nom ?

— Anna Pastor.

— Qui venez-vous voir ?

— Frank Pastor, mon mari.

Le gardien griffonna sur un formulaire.

— Matricule ?

Il fallut plus d'une demi-heure de questions oiseuses pour obtenir l'autorisation de visite. Enfin, elle put s'asseoir sur une chaise dure, devant l'espèce de comptoir de bois qui divisait la pièce. Au-dessus, jusqu'au plafond, un grillage. Elle ne prêtait même plus attention à la peinture verdâtre piquée de chiures de mouches, aux matons gorgés de bière plantés devant les portes, au ceinturon lâche tiré vers le bas par l'étui à revolver.

Frank arriva enfin de l'autre côté, s'assit en face d'elle avec un sourire sans joie. Elle le lui rendit, se pencha.

— Tu as le bonjour de tout le monde.

Frank Pastor leva une épaule en grimaçant.

— Et les filles ? Elles vont bien ?

— Sandy a un rhume, je l'ai mise au lit. Ezio a entendu parler de ta mise en liberté conditionnelle.

Frank fit un nouveau sourire. Un de ces sourires d'avant. Elle le regarda comme si elle le voyait pour la première fois. Il n'avait pas grossi. Mais il commençait à perdre

13

sérieusement ses cheveux, sur le dessus. Cela le vieillissait.

— Il faudra t'acheter une moumoute, dit-elle distraitement.

— Ezio, qu'est-ce qu'il a entendu dire ?

Il avait froncé les sourcils, impatient. Elle sourit à nouveau.

— Six semaines, deux mois au plus.

— Pas trop tôt !...

Le sourire de Frank s'affermit. Il se laissa aller contre le dossier de sa chaise.

— Ce n'est pas encore sûr, Frank.

— Je sais, je sais...

Elle hocha la tête, compléta son rapport. Ezio avait réussi à convaincre la commission des mises en liberté conditionnelles. La requête serait examinée à la prochaine session. Favorablement, sans doute. L'« enveloppe » avait été appréciée. Frank Pastor poussa un profond soupir.

— Huit ans, murmura-t-il.

— N'y pense plus, Frank.

— A quoi crois-tu que je pense ? Rien d'autre à faire, rien d'autre à penser.

Il se détourna, jeta un regard furtif vers les deux gardiens, adossés aux portes. Alors, il se pencha vers elle et reprit la parole à voix presque basse.

— Il y avait un article dans le *Post* de la semaine dernière, dit-il. En page cinq.

— Je sais. Je l'ai fait lire à Ezio.

— Tu insisteras pour qu'il me retrouve ces quatre types, tu as bien compris ?

— On essaiera même de te les amener à la grille, le jour de ta sortie. Sous emballage cadeau.

Frank Pastor sourit de plus belle. Il eut même comme un éclat de rire silencieux.

A L'ABRI DU DANGER, DES TÉMOINS EN JUSTICE MENENT DES VIES NOUVELLES SOUS LA PROTECTION D'AGENTS FÉDÉRAUX. Washington, 15 juillet — De notre correspondant permanent. Plus de mille familles américaines vivent aujourd'hui des vies d'emprunt sous de fausses identités. Fugueurs, criminels en fuite ? Au contraire. Leurs faux papiers sont peut-être tout ce qui les protège d'une mort violente. Ils les tiennent du gouvernement fédéral lui-même.

Le compte rendu des récents travaux de la commission sénatoriale de la Justice a révélé l'existence d'un programme de « reclassement » de témoins aux procès fédéraux. Ce programme fait partie des efforts systématiques entrepris par le ministère de la Justice, ces dernières années, pour combattre le crime organisé et le grand banditisme.

Les personnes dont le témoignage a permis la condamnation de criminels notoires sont souvent menacées de mort par les complices. Avant et après le procès, les autorités fédérales peuvent leur accorder une protection allant jusqu'à l'octroi d'une nouvelle identité, d'une nouvelle résidence, d'un nouvel emploi. Dans les cas extrêmes, on peut accorder une nouvelle nationalité à ces témoins privilégiés si leur sécurité exige qu'ils s'expatrient. En principe temporaire, la protection des agents fédéraux peut cependant durer une vie entière.

M. Scott Corcoran, directeur du programme, occupe également la fonction de directeur général adjoint du corps des marshals fédéraux. Interviewé à son bureau de Falls Church, Virginie, M. Corcoran nous a exprimé « son agréable surprise devant l'intérêt subit que la presse nous porte. En effet, plus l'on saura que nous protégeons de la vengeance des gangsters ceux qui déposent contre eux, plus les témoins viendront spontanément collaborer avec la justice et l'aideront ainsi à progresser. »

Les changements d'état civil sont effectués légalement, nous a précisé M. Corcoran, et confirmés par des décisions de justice rendues à huis clos. Il est exact, a-t-il reconnu, que des délinquants ont pu bénéficier de ces mesures en ne consentant à témoigner contre d'anciens complices qu'en échange d'une promesse d'immunité. « Mais, dans la plupart des cas, la société n'a pas eu à s'en plaindre. »

En ce qui concerne la réussite de son programme, M. Corcoran a ajouté : « Elle est presque totale. Sur plus de mille témoins ainsi " reclassés ", deux seulement ont été victimes de représailles. Encore ne sommes-nous pas vraiment sûrs qu'il s'agisse bien d'assassinats et l'enquête n'est pas encore close. Il peut fort bien s'agir de coïncidences. »

« Je tiens à déclarer, a précisé M. Corcoran, que nous n'imposons notre protection à personne. La plupart des

témoins, en fait, préfèrent même ne pas en bénéficier. Ce qui est regrettable, c'est que beaucoup d'entre eux ont été abattus ou victimes d'une explosion en tournant la clef de contact de leur voiture. On ne dira jamais assez que notre programme constitue la seule " assurance " contre de telles vengeances. Notre existence même dissuade les représailles tout en encourageant les témoins, de plus en plus nombreux, à se manifester spontanément. Nous sommes fiers de contribuer ainsi à la répression de la criminalité. Car vous avez pu constater que les tribunaux, grâce à des témoignages capitaux, condamnent des délinquants majeurs qu'il aurait été difficile de confondre autrement. »

M. Corcoran a cependant reconnu qu'il est souvent traumatisant, pour ses « clients », de devoir repartir de zéro dans une vie nouvelle. « Il faut abandonner ses amis, sa famille. Il faut parfois consentir à une régression financière ou professionnelle. Bien des familles, cependant, sont sorties renforcées de cette épreuve. Et notre programme de " reclassement " a pleinement justifié son sobriquet dans bien des cas. Plusieurs de nos protégés sont repartis du bon pied et ont connu une réussite professionnelle et personnelle brillante. Il y en a même deux ou trois qui, depuis quelques années, sont devenus millionnaires. »

Et l'avenir ? M. Corcoran se montre optimiste. « Depuis que nous existons, nous avons " traité " des dossiers de plus en plus nombreux. Maintenant, les gens savent qu'ils ont un recours et que nous sommes là pour leur tendre la main et les aider à accomplir leur devoir civique. J'espère qu'un jour notre organisation n'aura plus de raison d'être car les honnêtes gens n'auront plus l'occasion d'avoir peur... C'est mon souhait le plus cher. Mais j'ai bien peur que ce ne soit pas pour demain ! »

Elle venait de poser une casserole sur le gaz quand elle entendit le ronfleur de la porte. Sur l'écran de télévision, au-dessus du réfrigérateur, elle reconnut Ezio. L'air sérieux, le cigare planté entre les lèvres, comme d'habitude, il regardait la caméra bien en face. Elle pressa la gâche électrique et vit Ezio disparaître dans l'entrée de l'immeuble.

Quelques instants plus tard, il sonna à la porte de l'appartement.

— C'est ouvert ! lui cria-t-elle. Je suis dans la cuisine.

Son gros corps vint s'encadrer dans la porte et il poussa un grognement qui devait être un salut.

— Comment va Frank ? dit-il.

— Je ne l'avais pas entendu rire comme cela depuis des années.

Ezio tira sur son cigare éteint, fit cliqueter un briquet d'or massif sans lever les yeux sur Anna. Il ne lui accordait presque jamais un regard. Pour lui, Anna était toujours une étrangère. Il ne perdait jamais une occasion de lui faire sentir qu'elle n'était que la seconde Mme Frank Pastor.

Elle continuait à s'affairer devant le fourneau, soulevant le couvercle de la casserole et y plongeant une cuiller en bois.

— Sandy est enrhumée, je lui ai fait de la *minestra*. Vous en voulez un bol ?

— Non, merci. Je ne faisais que passer pour prendre des nouvelles de Frank.

— Il a lu l'article du *Post*. Il veut absolument retrouver ces quatre types, Ezio. Cela avance de ce côté-là ?

— Peut-être. On devrait avoir du neuf d'ici jeudi.

— Il y a intérêt à les retrouver, Ezio.

— Je sais. Embrassez les petites de ma part.

Sur un nouveau grognement, il remit son chapeau et tourna les talons. Avec un haussement d'épaules, Anna souleva le couvercle, vit que la soupe bouillonnait et en remplit un bol. Sur l'écran de télévision, la lourde silhouette d'Ezio sortait de l'ascenseur et traversait le hall de l'immeuble.

L'homme était encore jeune, avec un visage anguleux et des cheveux aile de corbeau. Il avait beau se nommer officiellement C. K. Gillespie, Ezio ne l'appelait jamais autrement que Charlie. Car Ezio détestait les gens assez prétentieux pour mettre des initiales à la place de leur prénom. Pour lui ce Charlie n'était qu'un gamin vaniteux. Il arborait dix ans de moins que ce qu'il avait en réalité, était considéré comme l'un des meilleurs avocats criminels du barreau de Washington et rendait depuis longtemps des services considérables à la « famille » Pastor.

Charlie arriva à quatre heures moins dix. En le voyant, Ezio poussa un grognement et replia son journal.

— Vous avez vingt minutes de retard, fit-il observer.

— L'avion ne pouvait pas atterrir et il y avait des embouteillages sur l'autoroute. Pas de micros, chez vous ?

— On vérifie une fois par semaine et le brouilleur fonctionne en permanence. Vous pourriez au moins vous excuser de votre retard.

— Je ne vois pas pourquoi, je n'y suis pour rien, répondit Charlie en s'asseyant.

Ezio lui jeta un regard hargneux. Dans son complet sombre trop ajusté, le jeune avocat avait l'air trop mince, trop fuyant. Ezio, lui, était affligé de naissance d'une carrure de barrique et devait se contenter de tweeds flous ou de popelines mal taillées. Si Charlie ne lui avait pas été si utile, Ezio lui aurait volontiers martelé le visage à coups de poing, rien que pour lui apprendre à vivre.

— Vous pourriez aussi attendre qu'on vous le propose avant de vous asseoir. Vous manquez d'éducation, Charlie.

C. K. Gillespie le gratifia d'un sourire éclatant.

— Je vous aime bien, Ezio, mais vous êtes le dernier à pouvoir me donner des leçons d'éducation. D'habitude, j'adapte mes manières à celles des gens avec qui je me trouve.

Ezio poussa un grognement encore plus hargneux que les précédents. Pour qui Charlie le prenait-il ? Sans doute pour un gorille doué de la parole. Il devenait grand temps de lui faire comprendre que les jugements hâtifs pouvaient être malsains. Encore un peu de patience...

Ezio ravala sa colère et mit l'entretien sur ses rails.

— M. Pastor est impatient de savoir ce qui se passe à Washington, dit-il sèchement.

— J'ai rencontré Mme Janowicz ce matin. Il y aura des problèmes de sécurité...

— Je m'en doute, Charlie. Et alors ? Parlez-moi plutôt de cette secrétaire. Comment dites-vous qu'elle se nomme ?

— Janowicz. Mary Janowicz.

— Elle est polack ?

— Irlandaise mariée à un Polonais. Deux ou trois fois par semaine, elle va passer quelques heures avec une amie avec laquelle elle est très liée. Ces dames se font de grosses gâteries, ce que Mary n'a aucune envie d'ébruiter. Ses employeurs n'aiment pas cela, paraît-il.

— Moi non plus, fit Ezio avec une grimace dégoûtée.

C.K. Gillespie haussa les épaules. La pruderie d'Ezio venait vraiment comme des cheveux sur la soupe.

— Nous avons pu faire plus de cent mètres de film aux infrarouges. Cela ne tiendrait peut-être pas l'affiche dans un cinéma porno mais c'était suffisant pour que notre amie Mary comprenne de quoi il retourne. J'y ai ajouté un cachet généreux pour récompenser ses talents cachés. Elle est prête à réfléchir.

— Comment l'avez-vous trouvée, cette gouine ?

— J'ai fait enquêter sur tous les employés de Corcoran et c'est elle qui m'a paru la plus prometteuse. C'est aussi simple que ça.

Ezio fit une grimace exaspérée.

— Corcoran n'est pas un enfant de chœur, Charlie. Comment se fait-il qu'il ne soit pas au courant, si vous l'avez trouvée si facilement ? Il fait bien faire des enquêtes sur son personnel, j'imagine.

— Une fois par an, répondit Charlie d'un air supérieur. Notre amie est mariée depuis trois ans. Elle a toujours été une épouse modèle jusqu'à ce qu'elle se fasse séduire par sa lesbienne à un club de bridge. Quand les services fédéraux feront leur enquête régulière, ils vont sans doute s'en apercevoir. C'est pourquoi il faut que nous fassions vite.

— C'est ce que je me tue à vous dire. Qu'est-ce qui vous en empêche ?

— Moi, je n'empêche rien, Ezio. C'est Mary qui est obligée de prendre son temps. Elle ne travaille pas aux fichiers, elle est employée aux attributions d'identité. Elle est la secrétaire du chef de service, un certain Fordham.

— Et qu'est-ce qu'il fait, ce Fordham ?

— Il prépare les identités. C'est son service qui se procure les actes de naissance, les permis de conduire, toute la paperasse à faire légaliser, afin que la couverture des gens résiste à toutes les enquêtes, même officielles.

Ezio poussa un grognement d'impatience.

— Au fait, Charlie ! Pourquoi donc votre gouine est-elle obligée de prendre son temps ?

— D'abord, ce n'est pas *ma* gouine, Ezio. Ensuite, le

19

service de Fordham ne s'occupe que des nouveaux clients. Les bureaucrates sont spécialisés, comme vous ne le savez peut-être pas. La protection des anciens ne dépend pas de son service.

— Alors, qu'est-ce que cette bonne femme peut faire pour nous ?

— C'est la seule qui soit en état de coopérer, ce qui est l'essentiel. Et elle a quand même accès aux dossiers, même si ce n'est qu'occasionnel. Quand un nouveau dossier a été préparé par Fordham, Janowicz va le mettre au fichier central. Les tiroirs des classeurs sont rangés par ordre alphabétique avec un système à double entrée comprenant le nouveau nom et l'ancien, le vrai, au cas où il faut retrouver les témoins quelques années plus tard. Supposons que nous cherchions un certain John Brown, nous regardons le dossier et nous y trouverons l'indication : « Voir à William Smith », avec la nouvelle adresse. Mary Janowicz va généralement au fichier central une ou deux fois par semaine pour y classer un nouveau dossier. A chaque fois, elle doit obtenir un nouveau laissez-passer. Elle est toujours accompagnée de deux gardes et se ferait immédiatement repérer si elle ouvrait d'autres tiroirs que celui où elle a normalement accès...

Ezio bouillait d'impatience mais ne disait rien pour ne pas provoquer C. K. Gillespie. Savourant le suspense qu'il faisait durer, Charlie prit tout son temps pour choisir une cigarette et l'allumer. Avec un sourire satisfait, il se carra dans son fauteuil et se croisa les jambes avant de reprendre le fil de son exposé.

— Ainsi, elle a beau aller au fichier une ou deux fois par semaine, il peut se passer des semaines, des mois avant qu'elle n'ait à classer un dossier sous la même lettre que celle qui nous intéresse. N'oubliez pas, Ezio, qu'ils ont près de onze cents personnes sous leur protection. Chacune a au moins deux noms, parfois davantage. Cela fait près de trois mille dossiers. Avec de la chance, elle peut nous donner le renseignement que nous voulons en vingt-quatre heures. Sinon, il faudra peut-être attendre six mois pour qu'elle ouvre le tiroir qui nous intéresse. Mes explications vous ennuient, mon cher Ezio ?

Ezio grogna mais ne répondit pas.

— Supposons que nous lui demandions le nouveau nom de

Benson, reprit C. K. Gillespie. Notre amie Mary devra ouvrir le tiroir *Ba à Bl* puis, ayant trouvé le nouveau nom de Benson, vérifier, par exemple, dans le tiroir *Si à St*. Vous me suivez ?

Le sourire de Charlie prit une nuance de supériorité satisfaite qui déclencha chez Ezio des envies de meurtre. Il n'en laissa cependant rien paraître.

— Si j'ai pris l'exemple de Benson, Ezio, c'est précisément parce que Mary s'en est occupée. Elle me l'a communiqué ce matin même. Benson se fait appeler William Smithers. Il est sous-directeur d'un grand magasin à Norman, Oklahoma. Son adresse personnelle est au 118, Bickham Place, à Norman. Vous voyez que *ma* gouine peut nous rendre des services.

Ezio avait déjà écrit le nom et l'adresse sur un bloc, tout en prenant un air indifférent.

— C'est bon, dit-il sèchement. Maintenant, filez et retrouvez-nous les trois autres.

C. K. Gillespie se leva sans hâte.

2

Los Angeles — du 29 juillet au 1er août

Fred Mathieson rangea les dossiers qui traînaient et sortit de son bureau. Il traversait la réception quand il entendit un grattement de gorge. Phil Adler lui faisait signe, toujours aussi gras, toujours aussi rougeaud. Un jour, s'il continuait, il ne pourrait même plus passer par les portes.

— Encore là, Fred ?

— Je m'en allais, Phil.

— Tu as une minute ?

— Jane va me tuer si je suis encore en retard.

— Deux minutes, pas plus. Promis.

Phil Adler disparut dans son bureau. Avec un soupir, Fred Mathieson l'y suivit. Adler s'était déjà rassis dans son fauteuil, comme pour se donner de l'assurance.

— Au fait, commença Phil, félicitations pour le contrat Blackmann. Tu es le seul à avoir vu cette clause des royalties pour les passages à la télé... Je t'ai toujours dit que tu aurais dû être avocat.

Le ton embarrassé de son associé inquiéta Fred Mathieson.

— Je sais, Phil, répondit-il sèchement. Je préfère mes dix pour cent.

— Bon, bon... Je voulais juste te poser une question.

— Fais vite. Tes deux minutes sont bientôt écoulées. Nous avons des amis à dîner.

Mal à l'aise, Phil Adler changea de position.

— Ce n'est pas commode... J'essaie de trouver la manière de te le dire, mais les mots ne viennent pas...

— Accouche, Phil !

— En deux mots, Fred, que dirais-tu si je te proposais de racheter tes parts ? Je n'avais pas encore osé t'en parler. Il ne faut surtout pas que tu le prennes mal. Tu as toujours été le meilleur associé dont on puisse rêver, le meilleur...

— Alors, pourquoi veux-tu me racheter mes parts ?

Fred Mathieson observait son associé avec un agacement amusé. Qu'est-ce qui passait par la tête du gros Phil ? Il semblait à la torture, plus rouge que jamais, les mains crispées sur ses accoudoirs.

— Écoute, Fred, quand nous nous sommes associés, il y a cinq ans...

— Tes deux minutes, Phil ! Viens-en au fait.

— Eh bien... Je dois avoir un complexe, je ne sais pas. Je rêve de voir *Adler Productions* sur la porte au lieu de *Mathieson & Adler*, c'est tout. Tu sais bien que je m'occupe de plus en plus de production pendant que tu te spécialises dans la représentation des clients et les négociations de contrats. Au début, on se complétait. Maintenant, on va chacun de notre côté... Je veux devenir producteur, Fred. C'est tout.

Cet aveu aurait fait éclater Fred Mathieson de rire s'il s'était agi de tout autre que Phil Adler. Mais le gros Phil n'avait pas le moindre sens de l'humour et prenait tragiquement au sérieux ses premiers pas malhabiles dans la jungle du cinéma et de la télévision. Phil, producteur ? Fred se retint de rire pour ne pas le blesser. Après tout, il l'aimait bien.

— Supposons que j'accepte, Phil, dit-il sérieusement. Que deviendront les clients de l'agence ?

— Tes clients, tu veux dire. Moi, je garde les miens.

— D'accord, mes clients, si tu préfères. Tu comptes les garder aussi ? Ou bien est-ce que je vais fonder ma propre agence en conservant mes clients ?

— Tu feras comme tu voudras, Fred. Je serais le dernier à vouloir te chiper tes clients. Mais si tu te décidais à tout me revendre, je serais tout disposé à te racheter ta clientèle en plus. Étant entendu qu'ils accepteraient que je les représente, bien entendu.

Fred Mathieson réfléchit rapidement avant de répondre.

— Combien, Phil ?

— Cite un chiffre. On discutera.

— Si je comprends bien, Phil, tu as déjà pris contact avec

mes clients pour leur demander ce qu'ils pensaient de ton idée ?

— J'en ai vu quelques-uns, oui. Mais j'ai volontairement laissé les choses dans le vague. Comme par exemple : « Si Fred décidait de se retirer, est-ce que vous accepteriez que je m'occupe de vous ? » Rien de plus, Fred. Tu n'as aucune raison de le prendre mal, je te jure. Je n'ai jamais rien fait pour te tirer dans le dos...

— Je ne me fâche pas, Phil. Mais je t'avoue que je ne comprends toujours pas pourquoi tu veux rompre notre association. On gagne de l'argent, on s'amuse bien, on s'entend bien. Qu'est-ce qui te démange, tout d'un coup ?

Phil Adler rougit de plus belle, hésita, bafouilla.

— Je te l'ai dit, Fred. Je rêve d'être tout seul maintenant. De ne plus avoir à consulter quelqu'un, même toi, pour prendre des décisions. Appelle ça de la mégalomanie, de la bêtise, tout ce que tu veux... Je ne peux pas t'expliquer. Allons, tu vas être en retard et Jane va te tuer, comme tu disais. Écoute, rien ne presse. Réfléchis à ce que je t'ai dit, d'accord ? Tu me promets que tu vas y penser sans te fâcher ?

— D'accord, Phil. Je vais y réfléchir.

Mais Fred Mathieson, en quittant son bureau, ne savait pas s'il devait se fâcher ou éprouver simplement de la peine.

Sur Sunset Boulevard, la circulation était redevenue fluide et Fred Mathieson put rattraper un peu de son retard. Dans l'étroit canyon de Beverly Glen, il eut moins de chance. Quand il arriva enfin chez lui, il reconnut le break Chrysler des Gilfillan devant la maison. Ils n'habitaient pas à cinq cents mètres mais, en Californiens bon teint, ne faisaient pas trois pas à pied. Sans ralentir, tant la manœuvre lui était familière, Fred insinua sa Porsche dans le garage, le long de la décapotable de Jane, et se précipita à l'intérieur.

Roger et Amy Gilfillan regardaient le journal télévisé dans le living. Ils levèrent leur verre en voyant Fred. Jane sortit de la cuisine, dissimulant sa fureur sous un sourire contraint. Fred se pencha pour lui donner un baiser.

— Je sais, lui dit-il. Je suis en retard, tu es furieuse contre moi et je suis bourrelé de remords.

Elle jeta un coup d'œil à l'horloge et hocha la tête.

— Va au moins t'occuper de nos amis. Je sers le dîner dans un quart d'heure.

Elle tourna les talons pendant que Fred piquait presque un cent mètres pour rejoindre les Gilfillan, près de la cheminée. La maison avait été bâtie une vingtaine d'années auparavant par un acteur de la télévision qui se croyait déjà une vedette et, comme cela se faisait à l'époque, il avait vu grand, démesuré. Le living, en son milieu, s'enfonçait de trois marches pour former ce que l'on appelait un « puits de conversation » de la taille d'une piscine olympique. L'immense Roger Gilfillan en paraissait tout menu. Il s'était pourtant fait une fort belle carrière aux côtés de John Wayne dans d'innombrables westerns, avait décroché un Oscar en incarnant un Texan ivrogne et milliardaire dans une superproduction de la Metro. Depuis, Roger Gilfillan, à quarante-six ans, jouait toujours les colosses justiciers dans des séries de télévision qui lui assuraient une célébrité et des revenus enviables. A côté de ce géant, sa femme Amy paraissait minuscule. C'était une petite blonde un peu boulotte, au visage de chérubin plein de fossettes et toujours illuminé de sourires bienveillants.

Fred vint se laisser tomber sur un canapé en cuir. Amy lui tapota gentiment la main.

— Mon pauvre Fred, tu as l'air épuisé. Roger va te préparer à boire.

Roger Gilfillan était déjà près du bar et faisait tinter des glaçons.

— Ils ont été durs, aujourd'hui ?

— Un vrai coup de commando.

— Un de ces soirs, on devrait emmener Amy et Jane voir sur le champ de bataille comment leurs hommes gagnent leur vie ! Qui était-ce ?

— L'équipe McQueen. Deux avocats et un imprésario. Ils ont fait de leur mieux pour me soûler au déjeuner et me faire signer n'importe quoi.

Fred s'étira en bâillant, jusqu'à ce qu'il sente craquer une vertèbre. Cela lui fit du bien. Roger le regardait d'un air intéressé.

— Ils ont acheté le scénario ?

— Oui, répondit Fred avec un sourire ironique.

— De qui est-il ?

— Bill Block.

Block était le scénariste qui avait valu à Roger son Oscar. Le poisson était appâté...

— Tiens, tiens:... dit Roger en tendant à Fred un verre plein. A ton avis, il y aurait quelque chose pour moi ?

— C'est un scénario à deux vedettes masculines. Si le producteur n'est pas radin et peut se payer à la fois McQueen et toi, il y aurait un rôle en or. Il faudrait que tu le voies avec ses zèbres.

Roger Gilfillan poussa le hennissement qui lui tenait lieu de rire et qui constituait l'un des éléments de sa célébrité.

— Je vais les appeler demain matin, avant qu'ils ne pensent à donner le rôle à Barbra Streisand !

— A la tienne, Roger ! Et ton Billy, ça va mieux ?

— Il court déjà comme un lapin. Ce n'est pas une cheville foulée qui peut ralentir un Gilfillan, tu sais. En septembre, il fera les championnats scolaires, ce gamin. Il ne rêve qu'à cela. S'il se marie un jour, je plains sa femme...

Roger Gilfillan vint s'asseoir entre sa femme et son ami.

— Roger, remets le son, veux-tu ?

Avec un grognement, Roger se releva pour aller tourner le bouton du poste de télévision qu'Amy regardait distraitement. Depuis quelques secondes, le présentateur parlait devant une diapositive de Sam Stedman, la mine sérieuse. A peine le son était-il revenu que le journal fut interrompu par une séquence publicitaire.

— La barbe ! dit Amy. Qu'en pensez-vous, vous autres ? Vous y croyez à cette histoire de kidnapping ?

— J'en sais rien, grogna Roger. Ce vieux Sam a toujours été prêt à tout pour avoir sa photo dans les journaux ou sur un écran de télévision.

— Tu exagères, intervint Fred. Il n'irait quand même pas jusqu'à faire enlever son propre fils. J'ai rencontré son agent pas plus tard qu'hier. Sam est, paraît-il, au bord de l'effondrement. Ce n'est pas un coup de publicité, croyez-moi. Attendez...

Le présentateur était revenu sur l'écran, mais pour parler de météo. Avec un soupir, Roger alla éteindre le poste.

— Vous avez entendu son interview d'hier ? demanda Amy. Est-ce vrai qu'il a engagé Diego Vasquez pour retrouver son fils ?

Roger Gilfillan avala une longue rasade de bourbon et s'ébroua bruyamment.

— Ouais... N'empêche que le vieux Sam a des tripes. Il ose dire ce qu'il pense, lui au moins. On en a tous assez de se faire malmener par ces terroristes à la manque. Il suffit qu'ils aillent injurier un tribunal avec de vagues revendications politiques pour se faire acquitter. Tous les truands se mettent à jouer ce jeu-là.

— N'empêche, intervint Fred, qu'il prend un risque excessif. Je ne sais pas, pour ma part, si j'en aurais fait autant à sa place. D'accord pour engager un privé comme Diego Vasquez. Mais de là à tenir une conférence de presse...

— C'est justement le but de l'opération, interrompit Roger. Prévenir les ravisseurs qu'il leur lance Vasquez aux trousses suffira peut-être à les faire craquer. Avec Vasquez, ils savent qu'ils n'ont aucune chance de s'en tirer vivants s'ils ne relâchent pas Sam Junior sans une égratignure.

Fred Mathieson haussa les épaules.

— Diego Vasquez... Qu'est-ce qu'il a de plus effrayant que la police et le FBI ?

— Il a qu'il ne se fatigue pas à fournir des preuves devant un tribunal. La police et le FBI hésitent à abattre les malfaiteurs sans jugement. Pas lui. Tu te souviens de ce milliardaire de Denver dont la fille était morte d'une surdose d'héroïne pure ?

— Vaguement, oui.

— Quand Vasquez se mêle d'une affaire, intervint Amy, il est difficile de l'oublier. Il fait tout ce qu'il faut pour que cela paraisse à la une de tous les journaux.

— Exactement, renchérit Roger. Eh bien, dans cette affaire-là, Vasquez n'a pas perdu son temps avec les intermédiaires. Il a été droit à la tête, au grossiste, au type respectable que les flics n'arrivent jamais à coincer. C'était un gros promoteur ou quelqu'un d'approchant. On l'a retrouvé mort sur son tapis persan. Les balles provenaient de son propre pistolet. Jamais le FBI n'aurait pu traîner cette ordure devant un tribunal. Vasquez, lui au moins, a fait justice à sa manière. Comment expliquer qu'il demande de tels honoraires s'il ne menait pas ses enquêtes avec autant d'efficacité ?

Fred Mathieson hocha la tête en faisant une grimace.

— Non, Roger, tu auras beau dire, je ne serai jamais d'accord.

Où sont la justice et le bon droit, dans tout cela ? Comment un homme comme Sam Stedman, qui se dit si religieux et si chatouilleux sur les droits de l'homme, peut-il engager un tueur comme Vasquez ? Parce que Vasquez est un tueur, Roger, et rien d'autre.

Roger Gilfillan poussa un autre de ses hennissements.

— Tu n'as donc jamais vu de westerns, poule mouillée ? Tu n'as donc jamais vu comment les bons notables défendaient leur ville contre des terreurs comme les frères Dalton ? Eh bien, ils engageaient tout simplement quelque abominable chenapan, comme ceux que je jouais, pour les débarrasser du vice et faire revenir le règne de la vertu !

— Cela n'a rien à voir, Roger...

— Mais si, c'est exactement la même chose. Tu ne peux même pas dire que tu es vieux jeu, mon vieux Fred. On agissait déjà ainsi il y a plus de cent ans...

Fred allait répliquer quand la voix de Jane l'en empêcha.

— A table, vous autres ! Et que ça saute !

Les Gilfillan restèrent jusqu'à minuit. Fred débarrassa la table pendant que Jane remplit le lave-vaisselle. Ils s'écroulèrent enfin dans un canapé pour un dernier verre avant d'aller se coucher. Fred se tapota le ventre avec une grimace.

— Je bois trop et je ne prends plus assez d'exercice. Un de ces jours, je vais ressembler à Phil Adler.

— Mais non, mon chéri. Tu es bâti comme Roger, tout en os.

— A propos, je voulais te dire... Phil veut racheter mes parts de l'agence. Il m'en a parlé juste au moment où je quittais le bureau, ce soir. C'est pour cela que j'étais en retard.

Jane Mathieson se redressa, un sourcil relevé en signe de surprise.

— Et alors ? Tu vas les lui vendre ?

— Je n'y ai pas encore réfléchi.

— Suis ton premier instinct.

— Je l'ai déjà fait une fois... Tu as vu où cela nous a menés !

Distraitement, Jane s'épila un sourcil.

— Ne dis donc pas cela. Tout a très bien fini. Tu préfères de loin ce travail à celui d'avocat...

— Je t'ai déjà dit de ne plus parler de ça !

Elle eut un éclat de rire amer.

— Pourquoi ? Tu crois que Frank Pastor a fait mettre des micros dans toute la maison ? Tu dramatises.

— Peut-être. Mais il vaut mieux se taire. Je croyais que tu l'avais compris. Tout va bien désormais, comme tu le disais toi-même. Il est inutile de prendre des risques idiots.

Jane se leva brusquement et se mit à arpenter la pièce. Fred la suivit des yeux. Elle était belle, mince, presque athlétique, très désirable. Elle ne se rendait même pas compte de sa mine soudain renfrognée, de l'exaspération chronique qu'elle semblait ressentir à chaque chose que Fred lui disait, ni de la tension nerveuse que cela dénotait.

— Ronny revient vendredi, dit-elle sans se retourner. J'espère que tu n'as pas oublié.

— Non, bien sûr. Mais j'ai justement un déjeuner ce jour-là. Je ne sais pas si j'arriverai à temps.

— L'avion atterrit à deux heures et demie. Débrouille-toi pour me retrouver à l'aéroport. C'est la moindre des choses, non ?

— Bien sûr. Je ferai de mon mieux.

Sans répondre, Jane ramassa les verres sales pour les porter à la cuisine. Quand elle revint, Fred remarqua qu'elle avait l'air étourdie et vacillait. La fatigue, sans doute, avec tout ce qu'ils avaient ingurgité ce soir !

— Allons nous coucher, dit-elle.

Il alla la rejoindre et lui prit la taille, machinalement. Quand ils arrivèrent à la porte de leur chambre, Fred fut le premier surpris par son désir. Cela leur arrivait si rarement depuis quelque temps...

Ils se déshabillèrent en silence, firent l'amour dans l'obscurité. Jane ne l'embrassa même pas.

Fred arriva à l'aéroport avec un quart d'heure de retard. Jane et Ronny étaient déjà dans le long couloir menant à la salle des bagages. Ronny faisait de grands efforts pour prendre l'air viril et marcher à l'écart de sa mère. A onze ans, on doit se conduire comme un homme... De loin, Fred dut faire un effort pour reconnaître son fils. Depuis le mois de juin, il avait bien grandi de cinq centimètres.

Les deux hommes se serrèrent la main avec gravité.

— Comment vas-tu, mon fils ?

— Très bien, papa. Et toi ?

Comme deux adultes renouant connaissance... Fred dut se mordre les lèvres pour ne pas rire d'attendrissement.

Tandis qu'ils attendaient devant le tourniquet où les valises tombaient au compte-gouttes, Ronny s'anima, entama des récits enthousiastes sur les activités du camp de vacances. Il parla des chevaux, des longues marches de nuit. Quand Fred amena sa Porsche devant l'aérogare, Ronny eut du mal à se plier pour s'installer sur la minuscule banquette arrière.

— Tu deviens trop grand, ma parole ! lui dit son père.

— Tu ne vas pas la vendre, au moins ? protesta Ronny.

Fred attendait que Jane monte à son tour, la main sur le dossier du siège du passager. Elle se tenait raide, figée devant la portière ouverte, le regard fixé sur un homme debout à la station de taxis. Surpris, Fred se retourna.

L'homme le vit, lui rendit son regard et se baissa pour monter dans le premier taxi de la file. Jane s'assit lentement.

— Dis-moi... N'était-ce pas ?...

— Oui, Bradleigh.

— Je croyais que...

— S'il nous cherche, il sait où nous trouver, interrompit Fred rudement. Allons-y.

— Qui c'était, ce type-là ? demanda Ronny.

— Une vieille relation, répondit Fred.

Il fit de son mieux pour dissimuler son angoisse et se pencha pour introduire la clef de contact. Mais Jane, elle, tremblait, les yeux écarquillés par la peur. Avant d'embrayer, Fred lui prit la main et la serra.

Ils entendirent la sonnerie du téléphone quand ils étaient encore dans la rue. Sans se hâter, Fred Mathieson ouvrit la porte d'entrée, posa le sac à dos de Ronny dans le vestibule et alla décrocher.

— Allô, Fred ? fit la voix.

— Oui, c'est bien moi.

Il se retourna vers Jane qui le regardait, appuyée contre le montant de la porte, et eut à son intention un haussement d'épaules rassurant.

— Vous m'aviez bien reconnu, à l'aéroport, reprit la voix. Et vous avez bien fait de ne pas me parler. Je vous appelle d'une cabine téléphonique. Il faut que je vous voie tout de suite, Fred. J'ai à vous parler.

— Allez-y, parlez.

— Pas au téléphone. Vous vous souvenez du bar où nous nous sommes retrouvés la première fois que vous êtes venu à Los Angeles ? Il existe encore ?

— Autant que je sache, oui.

Du coin de l'œil, il vit Jane refermer à clef la porte d'entrée et prendre le sac de Ronny pour aller le mettre dans sa chambre. Jamais, encore, il ne l'avait vue fermer la porte à clef...

— Retrouvez-moi là-bas dans une demi-heure, dit la voix.

— Impossible. Mon fils vient de rentrer de vacances...

— Faites ce que je vous dis, Fred ! C'est plus qu'important, c'est une question de vie ou de mort, vous m'entendez ? Et faites attention de ne pas vous faire suivre en venant.

— Allez-vous enfin m'expliquer ?...

— Pas le temps pour le moment. Avez-vous des amis chez qui Jane et Ronny pourraient aller pendant que nous sommes ensemble ?

— Oui, les Gilfillan. Leur fils a le même âge que Ronny et ils sont amis d'enfance.

— Alors, envoyez-les là-bas immédiatement. Il ne faut pas qu'ils restent seuls à la maison. A aucun prix. A tout à l'heure, Fred.

A l'autre bout, on avait raccroché avant qu'il puisse même répondre. Fred reposa le combiné, se retourna. Jane avait repris sa faction près de la porte et le regardait, l'air angoissé.

— C'était Glenn Bradleigh. Il veut me voir tout de suite.

— Il t'a dit pourquoi ?

— Il ne voulait rien dire au téléphone. Ces types-là sont paranoïaques, ma parole...

— Je sens qu'il s'est passé quelque chose, Fred !

— C'est peut-être tout simplement un exercice d'alerte.

— Tu n'as pas besoin de mentir pour me rassurer. Il se passe sûrement quelque chose de grave.

Fred haussa les épaules avec fatalisme.

— Je n'en sais rien. Il veut me voir seul et me dit de vous envoyer, Ronny et toi, chez les Gilfillan jusqu'à mon retour.

— Ronny va être déçu. Il a tant de choses à nous raconter...

— Il aura le temps quand je reviendrai. Je n'en aurai pas pour plus d'une heure ou deux.

Ronny les rejoignit dans un bruit de calvacade et leur tendit des paquets enveloppés avec une maladresse touchante.

— C'est pour vous deux ! déclara-t-il avec un sourire triomphant. Je les ai faits moi-même !

Mathieson arracha l'armure de ruban adhésif en affectant la plus grande impatience. Ronny se dégagea de son mieux du bras de sa mère qui l'attirait vers elle pour l'embrasser.

Avec un cri d'admiration, Fred déballa enfin deux ceintures de cuir fauve ornées de broderies de perles à l'indienne.

— Alors ? demanda Ronny.

— Superbe !

Avec des exclamations joyeuses, ils ceignirent leurs ceintures. Fred jeta un coup d'œil discret à sa montre.

— Allons, il faut que j'y aille, dit-il.

— On vient juste de rentrer ! protesta Ronny.

— Ton père a un rendez-vous urgent, mon chéri, intervint Jane. Si nous allions l'attendre chez les Gilfillan ! Tu sais que Billy meurt d'envie de savoir ce que tu as fait cet été.

— Et ce soir, on fera un grand dîner, ajouta Fred.

La perspective d'abreuver son ami Billy du récit de ses aventures mirobolantes suffit à faire oublier à Ronny l'étrange comportement de ses parents. Il sauta de joie et se rua vers la porte. Jane le suivit d'un pas plus mesuré. Mathieson les regarda s'éloigner et disparaître au premier virage avant de monter en voiture.

De Sherman Oaks à Culver City, il ne quitta pas des yeux son rétroviseur. Sans avoir distingué la moindre trace de filature, il exécuta pourtant toutes les manœuvres que Bradleigh, huit ans auparavant, lui avait apprises et qu'il n'avait jamais cru devoir ainsi mettre en pratique. Au trèfle de liaison de la San Diego Freeway et de la Santa Monica Freeway, il prit une bretelle de sortie, revint sur ses pas par Sepulveda Boulevard, refit son chemin en sens inverse jusqu'à la Ventura Freeway en direction de Hollywood. A plusieurs reprises, il quitta l'autoroute pour emprunter des rues secondaires. Il dépassa la sortie de Universal City, remonta Vine Street et Cahuenga

Boulevard. Arrivé à Burbank, il fit trois fois le tour du pâté de maisons pour être bien sûr qu'il n'était pas suivi.

Alors, enfin sûr d'être seul, il reprit la Hollywood Freeway. Dix minutes plus tard, il s'arrêtait dans le parking goudronné derrière *Burt's Bar* et poussa la porte. Il avait les mains moites, et ce n'était pas dû à la chaleur.

C'était un bar typique des banlieues californiennes, sans fenêtres, sombre, rendu glacial par une climatisation excessive. Sur les tables, des chandelles brûlaient dans des verres rouges, dispensant des lueurs hésitantes. Mathieson alla se glisser à une table tout au fond et s'essuya les mains sur la nappe douteuse.

Il avait à peine commandé un Bloody Mary à la serveuse court vêtue qu'il vit la porte s'ouvrir. Sur le seuil, Bradleigh clignait des yeux pour s'habituer à l'obscurité, puis ayant repéré Mathieson, il se dirigea droit vers sa table et s'assit en face de lui.

— Personne ne vous a suivi ? demanda-t-il sans préambule.

— Non. Mais allez-vous enfin...

Le retour de la serveuse les interrompit momentanément. Pendant que Bradleigh passait sa commande, Fred l'observa. Il avait bien pris quatre ou cinq kilos depuis leur dernière rencontre. A part cela, il était toujours le même. Les cheveux en brosse, comme on ne les coupait plus depuis vingt ans. Le même complet sombre et sans grâce, avec une chemise blanche froissée et une cravate unie. Cet uniforme le désignait à l'attention de tous pour ce qu'il était vraiment. Un flic, un *marshal* fédéral.

Dans les yeux gris-fer de Bradleigh, Mathieson vit la chandelle allumer des reflets d'iceberg, comme s'il s'apprêtait à affronter quelque chose. Sans un mot, Bradleigh plongea une main dans sa poche et tendit une enveloppe à Fred.

Elle contenait une coupure de presse, provenant d'un petit journal local de l'Oklahoma. « UN DIRECTEUR DE MAGASIN ABATTU A COUPS DE FEU ». Mathieson parcourut rapidement l'article, apprit qu'un dénommé William Smithers, de Norman, Oklahoma, était occupé à cultiver son jardin quand une rafale d'arme automatique avait été tirée sur lui

33

d'une voiture qui passait dans la rue. Emmené d'urgence à l'hôpital, Smithers semblait devoir survivre à ses blessures, bien que son état fût encore considéré comme critique.

Fred rendit l'article à Bradleigh, l'air surpris.

— Et alors ?

— William Smithers c'est Walter Benson.

Cette phrase lui fit l'effet d'un coup de poing dans l'estomac. Fred Mathieson pâlit.

— C'est peut-être une coïncidence, murmura-t-il.

— Possible, mais je n'y crois pas. Sinon je ne serais pas ici, Fred.

Mathieson déglutit avec difficulté.

— Alors, qu'est-ce que cela veut dire ?

— Vous le savez déjà. *Ils* l'ont retrouvé.

— Je croyais Frank Pastor toujours en prison ?

— Il y est toujours. Mais sa mise en liberté conditionnelle doit passer en commission dans quelques jours. Et ses hommes de main sont toujours libres, eux. Avec Ezio Martin à leur tête.

— Ainsi, s'ils ont retrouvé Benson, vous croyez qu'ils retrouveront les autres ?

— Comprenez-moi bien Fred. Ils ont peut-être déjà retrouvé votre trace. Est-ce assez clair ?

Mathieson ne répondit pas et avala une grande gorgée de son Bloody Mary. Il y avait trop de poivre et de tabasco.

— Depuis ce matin, reprit Bradleigh, j'ai envoyé des équipes protéger Draper et John Fusco. Peut-être les gens de Pastor ont-ils retrouvé Benson par hasard et ils ignorent sans doute encore tout de vous autres. Mais je n'ai pas l'intention de prendre ce risque. Je suis venu moi-même, Fred, parce que vous êtes leur objectif prioritaire. C'est votre témoignage qui a permis d'envoyer Pastor en prison. Les autres n'ont fait que le corroborer. Vous avez été notre témoin-vedette, Fred.

— Tout l'honneur est pour moi, ricana Mathieson. Comment ont-ils fait pour retrouver Benson ?

— Je n'en sais rien encore. Nous enquêtons partout, y compris chez nous.

— Chez vous ?

— Oui, une fuite. Depuis le début, c'est le genre de chose que nous avons toujours redouté. Jusqu'à ce que nous obtenions la preuve indiscutable qu'il n'en est rien, il faut supposer que vos couvertures ont été grillées à tous les quatre.

Fred Mathieson poussa un soupir de découragement.

— Enfin, Glenn, cela ne tient pas debout. Cela fait huit ans déjà, neuf ans bientôt. Pourquoi Pastor nous en veut-il encore ? Benson ne lui faisait pourtant pas de mal, dans son trou de l'Oklahoma.

— Vous ne les connaissez vraiment pas, ces gens-là !

— Non, et je n'ai aucune envie de faire leur connaissance.

— Vous devriez. Ils ont fait descendre Benson pour des raisons parfaitement logiques, de leur point de vue. D'abord, à titre d'exemple. Ils veulent que tout le monde sache que leurs ennemis ne peuvent jamais leur échapper, même s'ils se cachent à l'autre bout de la terre. C'est cela, leur force de dissuasion.

Mathieson haussa les épaules. Bradleigh poursuivit, sans se laisser intimider.

— Il y a aussi le principe de la vendetta. Ces gens sont des primitifs, des primates plutôt. Pour eux, la vengeance est un véritable acte de foi. Elle dure parfois des générations. L'honneur, comme ils l'appellent.

— Ainsi, vous êtes venu me dire que je ne serai jamais en sécurité nulle part ? A quoi servez-vous, alors ?

Bradleigh alluma une cigarette et ignora la provocation.

— Je fais mon travail, Fred. Je suis venu vous prévenir et vous protéger, comme j'en ai le devoir. Peut-être n'y a-t-il rien à craindre. Peut-être êtes-vous déjà grillé. C'est à nous de prendre nos précautions.

Le juke-box se déclencha sur un tonnerre de batterie qui fit sursauter Mathieson.

— Selon vous, que devons-nous faire ?

— Disparaissez, Fred. Partez en vacances avec votre femme et votre fils. Ne laissez pas d'adresse à la poste. Nous vous ferons discrètement escorter par des agents. Pendant votre absence, je ferai surveiller votre maison pour voir si certains rôdeurs nous intéressent.

— Et alors, que ferez-vous ? Vous ne pouvez pas arrêter quelqu'un simplement parce qu'il passe dans la rue.

— Peut-être. Mais en attendant, on saura qu'ils s'intéressent à vous. Si personne ne se montre, cela nous prouvera que votre couverture est toujours intacte. Sinon, nous serons prévenus. En attendant... il vaudrait peut-être mieux vous donner une nouvelle identité.

— Non. C'est absolument hors de question. Je me refuse à soumettre Jane encore une fois à cette épreuve. Quant à Ronny...

— Il est assez grand pour comprendre.

— Comprendre quoi ? Qu'il doit se cacher pour le restant de ses jours ou des miens ? Il est encore trop jeune pour garder un secret aussi lourd.

— Vous n'aurez peut-être pas le choix, Fred.

— Si. Attendons de voir si vos craintes sont justifiées. Je ne vois pas pourquoi vous nous bousculez comme cela.

— Fred, répondit Bradleigh avec patience, il faut au contraire être prêt à tout, même au pire. Je vous ai dit que c'était mon devoir de vous protéger, mais il se trouve que je vous aime bien, comme vous le savez. La plupart de mes « clients » sont des minables. Des opportunistes, comme Benson, ou des petits truands sans envergure qui voient une chance de se refaire une virginité. Avec vous, c'est autre chose. Il est rare que nous rencontrions des gens honnêtes qui témoignent pour faire triompher la justice. Depuis que je vous connais, je respire mieux et j'ai repris confiance dans la nature humaine. S'il y a une personne au monde à qui je veux qu'il n'arrive rien, c'est précisément à vous. Alors, soyez raisonnable. Partez en vacances. Je vous ferai accompagner par nos meilleurs agents. Ils seront là si vous avez besoin d'eux mais ils disparaîtront le reste du temps. Où voudriez-vous aller ?

Mathieson pianotait distraitement sur la table en écoutant la tirade.

— Nous ne sommes encore jamais allés à Hawaï...

— Parfait. Vous pouvez vous l'offrir ?

Fred Mathieson sourit avec bonne humeur pour la première fois.

— Nos clients sont de plus en plus prospères et nous aussi, par contrecoup. Les affaires sont même si bonnes que mon associé veut me racheter mes parts.

— Ce serait providentiel. Nous tenons la justification idéale à votre départ.

— Pas question. J'ai justement pris la décision de refuser depuis ce matin.

— Vous l'avez dit à votre associé ?

— Pas encore.

— Ne lui dites rien pour le moment. Dites-lui simplement que vous voulez prendre quinze jours, trois semaines de vacances pour mieux y réfléchir.

— Cela tombe mal, Glenn ! soupira Fred. Je suis en pleines négociations délicates, avec plusieurs gros contrats à la clé.

— Votre peau vaut plus cher que tous les contrats, Fred.

La voix du barman les fit se retourner :

— Hé ! Écoutez un peu, tout le monde !

Il remonta le volume de la télévision qui fonctionnait en sourdine derrière le bar. Un présentateur annonçait un « bulletin spécial » en parlant d'une voix haletante. De leur table, Fred Mathieson et Glenn Bradleigh n'en saisissaient néanmoins que des bribes.

« ... une conférence de presse à neuf heures demain matin pour annoncer officiellement le retour de Sam Stedman Junior... Le jeune homme a été emmené par hélicoptère à l'hôpital d'Hermosillo... semble en parfaite santé malgré les soporifiques administrés à haute dose par ses ravisseurs... Il a été retrouvé en Basse-Californie dans le courant de l'après-midi, selon le détective Diego Vasquez chargé de l'enquête... Voici M. Stedman qui a bien voulu dire quelques mots à notre envoyé spécial... »

Le visage familier de Sam Stedman apparut sur l'écran au milieu d'une forêt de micros. Sa voix traînante à l'accent du Middle-West se fit entendre au-dessus du brouhaha.

« Monsieur Stedman, demanda un reporter, est-il vrai que Diego Vasquez ait pris d'assaut le repaire des ravisseurs ?

— Oui, mon cher monsieur. Une vraie attaque de commando. C'est grâce à lui et au Tout-Puissant que j'ai retrouvé mon fils...

— Monsieur Stedman, intervient un autre, on dit que plusieurs ravisseurs auraient trouvé la mort au cours de la fusillade...

— Je n'en sais encore rien. Je vais à Hermosillo retrouver mon fils. Dieu vous bénisse et à demain ! »

Le barman baissa le ton. Les conversations reprirent dans tout le bar. Bradleigh alluma une cigarette, exaspéré.

— Vasquez, toujours Vasquez ! C'est le nouveau Zorro et la presse n'en a que pour lui ! Ce type-là, c'est un tueur, rien de plus que l'assassin qui a failli abattre Benson. Si nous vivions dans un monde normal, il y a longtemps que ce

Vasquez aurait été enfermé... Allons-nous-en, nous n'avons déjà que trop perdu de temps.

Il fit signe à la serveuse, lui demanda l'addition, se leva dans un mouvement rageur.

— Où pourrai-je vous joindre ? lui demanda Mathieson.

— Il vous suffira de vous retourner. Je vous suis en voiture et je ne vous lâcherai plus jusqu'à ce que vous ayez bouclé vos valises et que je vous aie mis moi-même dans cet avion pour Hawaï.

Le bruit des sirènes lui parvint quand il eut amorcé la descente de Beverly Glen. Il n'y fit pas attention : le son montait toujours dans le canyon et la San Fernando Valley semblait parcourue de véhicules à sirènes vingt-quatre heures par jour et 365 jours par an.

Dans son rétroviseur, il vit que la Plymouth bleue de Bradleigh le suivait toujours. Comme d'habitude, il avait mis la radio, branchée en permanence sur une station ne diffusant que des nouvelles. Il avait distraitement entendu l'interview de Stedman, déjà vu à la télévision du bar, écouté avec un demi-sourire l'énumération quotidienne des cataclysmes et des chiens écrasés. La camionnette d'un jardinier japonais lui barra subitement la route en manœuvrant avec maladresse pour sortir d'une allée transversale. Avec un juron, Fred Mathieson freina pour éviter l'obstacle. Dans l'instant de silence qui suivit, il eut un sursaut. Était-ce bien son nom qu'il venait d'entendre à la radio ? D'un geste instinctif, il se pencha pour tourner le bouton.

« ... L'explosion semble bien avoir été provoquée par une bombe jetée d'une voiture. Notre envoyé spécial, Jim Scott, nous a fait parvenir son rapport il y a quelques minutes. La police et les sauveteurs ignorent encore si la famille Mathieson était chez elle au moment de l'explosion. Les pompiers sont encore en train de fouiller les décombres... »

Devant Fred, la camionnette n'en finissait pas de manœuvrer, gênée par la circulation venant en sens inverse. Il bloqua son avertisseur, força le jardinier à réintégrer en hâte le jardin dont il sortait. Il embraya brutalement. La Porsche bondit et dévala les lacets dans un hurlement de pneus. D'un coup d'œil au rétroviseur, il vit la Plymouth de Bradleigh coincée derrière la camionnette qui barrait à nouveau la chaussée et provoquait un embouteillage.

Fred brûla un stop, prit les derniers virages en dérapant. A quelques mètres de lui, une sirène se mit à hululer. Il dut une fois de plus freiner en catastrophe pour ne pas percuter un énorme camion de pompiers qui barrait presque la rue et lui bouchait la vue. Tandis que le camion s'ébranlait lentement, Fred enclencha les vitesses, monta à moitié sur le trottoir pour le contourner, puis s'arrêta.

Un agent se précipita vers lui avec de grands gestes. La pelouse grouillait d'uniformes. Trois voitures pie garées n'importe comment avaient même écrasé les massifs de fleurs. A l'écart, Jane et les Gilfillan étaient plantés sur le trottoir, figés comme des statues. Jane était livide, les poings serrés, comme paralysée. Elle ne regardait même pas l'individu en civil, un inspecteur sans doute, qui lui posait des questions en écrivant laborieusement sur un petit carnet.

— Hé, vous, là-bas, circulez ! lui cria l'agent.

Fred Mathieson ne l'entendit même pas. Un pied à terre, une main sur la portière ouverte, il cherchait partout Ronny des yeux. Il sentit soudain la Porsche se mettre à rouler. Il avait oublié le frein à main.

Courbé en deux, il plongea à l'intérieur pour agripper le levier. C'est alors qu'il entendit un claquement sec, quelque part dans son dos.

Ce bruit-là, cela faisait bientôt vingt-trois ans qu'il ne l'avait pas entendu. Mais il ne lui fallut pas plus d'un dixième de seconde pour le reconnaître. C'était le mini-bang supersonique d'une balle passant à quelques centimètres de lui.

Il venait à peine de se jeter à plat ventre sur les sièges quand la détonation, amortie, lui parvint à retardement. D'un geste convulsif, Fred replia ses jambes à l'intérieur de la voiture. Un nouveau claquement, un bruit de métal perforé. Une fraction de seconde plus tard, le coup de feu... Un goût cuivré lui tapissait le palais. Le goût de la peur.

La Porsche continuait à rouler. Le troisième projectile étoila le pare-brise. Le tonnerre d'un revolver de gros calibre éclata soudain aux oreilles de Fred, par deux fois. L'agent, sans doute, qui ripostait...

Une secousse. La Porsche descendit du trottoir, accéléra

légèrement. Un choc brutal. Les roues butaient contre le trottoir un peu plus loin. Fred fut projeté à terre, sous le tableau de bord. Un élancement au genou lui apprit qu'il avait heurté le levier de vitesses. Il vit le volant tourner, fou. La voiture eut un dernier soubresaut et s'immobilisa. A quelques pas de là, l'agent continuait méthodiquement son tir, comme à l'exercice. D'autres détonations éclataient aussi, tout autour de lui. En quelques instants, le vacarme devint assourdissant. On se serait cru sur un champ de bataille. Quelqu'un se mit à crier sans que Fred pût comprendre ce qu'il disait. Avec une grimace de douleur, il déplia ses jambes, se glissa par la portière ouverte, tordit le cou pour regarder la pelouse. L'inspecteur en civil avait poussé Jane à plat ventre et l'abritait derrière lui. A genoux, il tirait comme tout le monde vers la crête du canyon. Roger courait de toutes ses forces en poussant Amy par les épaules vers la haie bordant le jardin des voisins. C'est alors qu'il vit Ronny et Billy, plongeant pour se mettre à l'abri dans les ruines de la maison.

La Plymouth de Bradleigh arriva enfin et stoppa dans un crissement de pneus à côté de l'agent en uniforme qui avait rechargé son barillet et tirait posément, dans la position réglementaire du tireur couché, tenant l'arme solidement des deux mains.

Un bruit lointain de motocyclette attira l'attention de Fred vers la crête. Il aperçut la silhouette d'un motocycliste, couché sur sa machine, zigzaguer à travers les arbres et disparaître sur l'autre pente, tandis que les policiers vidaient leurs chargeurs dans sa direction. Déjà, Bradleigh se ruait vers les agents en hurlant des ordres. Des ombres en uniforme bleu marine passèrent devant Mathieson en courant. Il entendit des portières claquer, des moteurs vrombir, des sirènes se déclencher.

Fred Mathieson sortit enfin de sa Porsche, à peine conscient des gestes qu'il avait faits machinalement pour remettre le levier de vitesses au point mort et serrer le frein à main. Il se redressait enfin et refermait la portière quand il se trouva nez à nez avec Bradleigh.

— Bon Dieu, Glenn, qu'est-ce que... commença-t-il en bafouillant.

— Vous n'avez rien ? l'interrompit Bradleigh.

— Non, ça va. Mais...

Le soulagement de Bradleigh se manifesta sous forme d'un éclat de colère.

— Remontez dans cette putain de bagnole et foutez-moi le camp !

— C'est ma maison et...

— Foutez le camp, Fred ! Laissez l'assurance se démerder avec votre baraque ! Et cessez de faire l'andouille...

Assommé, Fred contempla les ruines. La moitié de la maison avait été pulvérisée et ne formait plus qu'un petit tas de gravats. Le mur du fond était resté debout, une partie du toit s'y accrochait encore.

Plus loin, il vit Roger qui tenait Ronny par les épaules. Il crut voir Jane dans la foule, puis la perdit de vue. Bradleigh le poussa d'une bourrade dans sa voiture, s'installa au volant et démarra brutalement en faisant demi-tour sur place.

— Arrêtez, Glenn ! cria Fred. Ma femme, mon fils...

Il se tordit le cou pour voir Jane émerger d'un groupe de policiers et faire quelques pas dans sa direction, une main levée. Bradleigh accéléra et lui envoya une nouvelle bourrade sur la nuque.

— Baissez-vous donc, bon Dieu ! Ça vous amuse de servir de carton ?

Machinalement, Fred se laissa glisser sur son siège, les genoux coincés contre le tableau de bord.

— Mais enfin, qu'est-ce que c'est que cette histoire ? dit-il enfin dans un gémissement.

— Ne vous faites pas plus bête que vous n'êtes, Fred ! répondit Bradleigh en négociant un virage sur deux roues. Pourquoi croyez-vous donc qu'ils ont posté leur tireur d'élite dans les arbres ? Précisément pour vous descendre au moment où vous viendriez contempler vos ruines ! C'est pas permis d'être inconscient à ce point ! Vous ne méritez pas d'être encore en vie, Fred...

3

Los Angeles – 1er août.

Le break de Roger Gilfillan s'arrêta doucement dans un crissement de gravier. Jane en descendit pour tomber dans les bras de Mathieson. Ronny bondit à terre et se rua sur ses parents. Pendant de longues minutes, ils se tinrent tous les trois embrassés, emmêlés, riant et pleurant. Fred ne se lassait pas de les toucher pour s'assurer qu'ils étaient tous deux bien vivants.

Ils se retrouvèrent à l'intérieur de la maison des Gilfillan sans même s'en être rendu compte. Bradleigh était au téléphone. Deux médecins de l'ambulance remplissaient des seringues. Ronny, soudain calmé, s'était assis sur un canapé, une main sur ses genoux et tenant Jane de l'autre. Billy et Roger restaient plantés au milieu de la pièce, aussi mal à l'aise qu'à un enterrement. Des policiers entraient et sortaient en un va-et-vient incessant, tandis qu'un inspecteur en civil posait des questions à Roger, un calepin à la main.

Mathieson renvoya le médecin en blouse blanche qui voulait lui faire une piqûre et alla s'asseoir sur un pouf en cuir, dans un coin de la pièce, les épaules calées dans l'angle que faisaient les deux murs. Des phrases s'entrecroisaient au-dessus de sa tête sans qu'il réussît à en saisir une seule au passage.

L'infirmière qui s'occupait d'Amy lui jeta un coup d'œil, il se mit à l'observer. Elle était jeune et jolie, la bouche figée en un sourire professionnel et inexpressif qui devait se déclencher à chaque fois qu'on la regardait. Elle faisait semblant d'écouter les phrases incohérentes que dévidait Amy, étendue sur un divan, livide, faisant des efforts surhumains pour se faire comprendre. Personne ne s'intéressait à ce qu'elle disait.

Un agent souleva le coin d'un rideau pour regarder au-dehors et Mathieson coula un regard sous son bras. Il se rendit alors compte qu'il n'avait plus aucune notion du temps. La nuit était tombée, mais la pelouse des Gilfillan était illuminée par les projecteurs de la télévision. Il vit la silhouette d'un camion de régie et un reporter en train de parler dans un micro, face à une caméra.

L'agent laissa retomber le rideau et se retourna vers Mathieson.

— Avez-vous besoin de quelque chose, monsieur ?

Mathieson secoua la tête.

— Non, dit-il avec effort.

Bradleigh interrompit son interminable conversation, posa la main sur le combiné du téléphone et se tourna vers l'agent.

— Si, donnez-lui quelque chose à boire. Un triple whisky sec, avec des glaçons.

L'agent salua respectueusement et se précipita vers le bar. Mathieson avait l'impression qu'il percevait tout ce qui se passait autour de lui mais de façon très diffuse. Rien ne le concernait directement. Il se sentait en état d'apesanteur. Une nouvelle troupe d'agents en uniforme envahit la pièce et se mit à s'agiter de manière incompréhensible, comme des micro-organismes sous un microscope.

Il sentit soudain quelque chose de froid dans sa main : un verre. On le forçait à le porter à sa bouche. C'était Bradleigh. Il lui souriait. Mathieson céda, avala une gorgée. Cela n'avait aucun goût.

— Glenn... Qu'est-ce qui m'arrive ? bafouilla-t-il.

— Rien, Fred. Le choc nerveux, c'est normal. Allez, buvez. Vous voulez un manteau, une couverture ?

— Non.

— Encore une gorgée... Là, voilà.

Pendant qu'il avalait le whisky insipide, il vit l'infirmière envelopper Amy d'une couverture. Jamais Mathieson ne l'avait vue aussi pâle. Une vision fugitive de masque mortuaire lui passa devant les yeux. Amy grommelait des choses incompréhensibles, agitait les lèvres sans proférer un son, comme une petite fille apprenant une leçon par cœur.

Du coin de l'œil, il vit que Bradleigh était retourné au téléphone. Il tendit l'oreille mais ne saisit que quelques bribes qui lui parurent incompréhensibles de prime abord.

— Je m'en fous ! Je veux qu'ils soient mis à l'abri tout de suite. Mettez-les en état d'arrestation s'il le faut. Tant pis s'ils protestent. Passez-moi le parquet... Dan ? Oui, c'est encore moi. Vous avez fait le nécessaire pour que la police surveille l'aréoport ? Bon. Agissez de même avec tous les aréoports de la région. Oui, de Santa Barbara à San Diego. Et faites établir une surveillance à New York. Pourquoi ? Merde, vous savez bien que toute l'affaire est téléguidée de New York ! Non, encore rien de précis... Des voisins ont remarqué une berline sombre qui quittait la rue à toute vitesse, rien de plus. Rien non plus sur la moto. Volées sans doute toutes les deux une heure avant... On va les retrouver à deux kilomètres de là, dans un parking. Ces types-là ne sont pas des amateurs... Au fait, fouillez donc les dossiers des anciens du Vietnam qui auraient des liens avec les « familles » de New York. Leur bombe était au plastic, ils ont dû apprendre à s'en servir dans l'armée... On ne sait jamais... Quoi, Frank Pastor ? Quand cela ? Nom de... D'accord, allez-y. Vous avez le numéro ?

L'alcool commençait enfin à faire son effet sur Mathieson. Jane était venue s'asseoir sur le rebord du pouf et lui tendait la main. Elle leva les yeux vers Bradleigh.

— Il a l'air de revenir sur terre, lui dit-elle.

Mathieson se mit soudain à claquer des dents.

— On gèle, ici... J'ai la chair de poule.

Bradleigh fit signe à un agent d'apporter une couverture et se pencha avec sollicitude.

— Alors, Fred, ça va mieux ?

— C'est drôle... J'ai l'impression de me retrouver en Corée, pendant une manœuvre d'artillerie. Les éclairs des obus qui illuminent par intermittence... Encore un verre.

Il tendit son verre vide à l'agent qui lui apportait une couverture dont il se couvrit en frissonnant.

— Ce n'est pourtant pas la première fois que je me fais tirer dessus, reprit-il. Je n'aurais jamais cru que cela me ferait cet effet-là... Décidément, je suis au-dessous de tout.

Quand l'agent lui tendit un verre plein, il le vida d'un trait.

Il sentit son estomac le brûler et, pour la première fois, reconnut le goût du bourbon.

Bradleigh lui prit son verre des mains.

— Bon, allez ça suffit comme ça, Fred. Vous n'allez quand même pas vous bourrer la gueule comme un vulgaire ivrogne.

Mathieson s'ébroua, s'étira.

— Ça va mieux. Allez, maintenant, racontez-moi ce qui s'est passé. Je suis en état de comprendre.

Jane consulta Bradleigh du regard. Il hocha la tête.

— Nous étions ici, chez Roger et Amy, commença-t-elle. Soudain, nous avons entendu une explosion, puis des sirènes. Quelqu'un, un voisin, a appelé Roger au téléphone pour lui dire que c'était notre maison qui avait sauté. Nous sommes tous allés voir...

— Quelques voisins ont entendu la voiture s'éloigner à toute allure, poursuivit Bradleigh. Deux l'ont même aperçue, mais sans pouvoir en donner une description précise. C'est un de vos voisins qui a appelé la police. Tout ce que nous avons pu déduire jusqu'à présent des témoignages, c'est que la voiture est arrivée du haut du canyon avec probablement deux types à l'intérieur. Le chauffeur et celui qui a jeté la bombe. Ça va, Fred ?

— Ouais, en pleine forme... Allez-y, continuez !

— Je n'ai plus grand-chose à ajouter pour le moment, Fred, reprit Bradleigh. Sauf que... Frank Pastor a obtenu sa libération ce matin même. Il doit sortir de prison d'ici deux ou trois jours. Hein, qu'est-ce que vous dites de ça ?

Jane éclata d'un rire hystérique et s'enfouit le visage dans l'épaule de Fred. Le rire se transforma en sanglots.

— Au moins, dit Bradleigh d'une voix monocorde, vous êtes tous encore en vie.

— Et alors ? Faut-il que nous sautions de joie ?

— C'est peut-être ce que vous ferez quand vous aurez eu le temps de réfléchir à ce qui s'est passé.

— Sans blague ?

Mathieson l'avait dit d'un ton si chargé de férocité que Bradleigh se détourna sans répondre.

A minuit, Amy Gilfillan était enfin couchée, bourrée de

tranquillisants et profondément endormie. La maison s'était vidée, les policiers montaient la garde à l'extérieur. Les camions et les projecteurs de la télévision étaient partis depuis longtemps. Ronny dormait sur le canapé. On avait éteint les lumières presque partout. Roger avait tenu à coucher Billy. A demi ivre, Jane somnolait sur le pouf.

Mathieson se leva pour aller au bar. Il tremblait encore si fort de colère et de peur qu'il renversa la moitié de son verre. Bradleigh l'écarta d'un coup d'épaule.

— Laissez, je vais le faire. Qu'est-ce que vous prenez ?

— Mieux vaut continuer au bourbon sec. Avec glaçons.

Il attendit que Bradleigh eût fini en donnant des signes d'impatience puis lui arracha le verre des mains et lui tourna le dos.

— Et maintenant, qu'est-ce qu'on fait ? demanda-t-il en vidant d'un trait la moitié de son verre.

— On va vous faire filer d'ici le plus vite possible. Ils vont sans doute refaire une autre tentative...

Le *marshal* referma rageusement la porte du réfrigérateur d'où il avait extrait une bouteille de jus d'orange.

— Quand je pense que j'étais chargé d'éviter tout ça !

Mathieson haussa les épaules.

— Cessez de vous apitoyer sur vous-même, Glenn. Vous n'y êtes pour rien. Ce n'est pas vous qui l'avez jetée, cette bombe.

La sonnerie du téléphone l'empêcha de répondre. Bradleigh décrocha en hâte, écouta sans presque rien dire. Quand il eut fini, il rejoignit Mathieson qui le regardait d'un air interrogateur.

-- Ils ont dû nous filer entre les doigts, dit Bradleigh. Avec le dispositif mis en place, nous aurions déjà dû leur mettre la main dessus. Il va falloir attendre le tuyau d'un indicateur, ou bien s'y prendre autrement.

Mathieson poussa un soupir qui se termina en un ricanement.

— Nous avons au moins fait des progrès dans une direction, reprit Bradleigh. S'il y a une fuite chez nous, elle ne peut provenir que de deux ou trois employés. Dès que nous aurons démasqué le responsable, on pourra se mettre sérieusement au travail et savoir qui lui a acheté le renseignement.

— Nous le savons déjà par cœur !

— Oui, mais c'est insuffisant pour convaincre un juge ou un jury. Il nous faut des preuves tangibles.

— Quand Pastor doit-il sortir de taule ?

— Demain matin.

Le silence s'éternisa. Sans bouger de sa place, Mathieson regarda tour à tour Jane, endormie sur son pouf, appuyée de guingois contre le mur, les cheveux lui barrant la figure, et Ronny couché sur le canapé, qui dormait paisiblement.

Il fit quelques pas de long en large, vida le fond de son verre où ne restait plus que de la glace fondue.

— Je me sens comme un poisson rouge dans son bocal, ici, dit-il comme pour lui-même. Qu'est-ce qui les empêche de venir jeter une autre bombe dans cette maison ? Nous devrions filer.

— On ferait aussi bien, en effet...

Bradleigh avait l'air gêné. Mathieson le regarda, surpris.

— Qu'est-ce qui vous chiffonne, Glenn ?

— Nous n'aurions même pas dû vous garder ici si longtemps. C'est une nouvelle négligence de ma part... ou un excès de zèle.

Mathieson fronça les sourcils.

— Si je comprends bien, vous espériez qu'ils feraient une nouvelle tentative ?

Bradleigh haussa les épaules avec fatalisme.

— Si vous voulez... Mais toutes les précautions étaient prises, Fred, croyez-moi. Ils n'auraient pas pu s'approcher à moins de cent mètres sans se faire coincer...

Il reposa son jus d'orange et soupira.

— Allons, vous avez raison. Autant partir le plus vite possible. Aidez-moi à réveiller tout le monde.

4

Long Island — 2 et 3 août.

Les deux filles de Frank étaient plus intenables, plus épuisantes que jamais, sans cesse à se chamailler. En entendant leurs criailleries éclater encore dans la véranda, Anna Pastor battit précipitamment en retraite et traversa le salon pour passer sur la terrasse dallée.

Au-delà de la balustrade, la pelouse paraissait s'étendre à perte de vue, près d'un hectare de gazon soigneusement tondu, descendant en pente douce jusqu'à la plage. De loin, Anna vit Frank et Ezio en grande conversation sur l'embarcadère. Quand il parlait, Ezio semblait vouloir parodier les Italiens de comédie. Tout son gros corps lui servait à s'exprimer : il papillonnait des mains, agitait les bras, secouait la tête, prenait des poses pour mimer ce qu'il disait. Frank, lui, restait impassible. Depuis longtemps, il s'était débarrassé de ces manières de voyou des rues. La prison lui avait même donné en sus une froideur rigide qu'il ne possédait pas auparavant.

Quand il avait franchi la lourde grille, ce matin même, il était resté debout sur le trottoir, la tête rejetée en arrière, les yeux mi-clos, offrant son visage aux rayons du soleil comme pour y puiser de nouvelles forces. Il était resté ainsi près de dix minutes avant de monter enfin en voiture. Il s'était assis auprès d'elle en lui tenant la main, sans rien dire, pendant qu'Ezio dévidait un interminable monologue.

Ils étaient venus directement à Long Island. A peine arrivés, Frank et Anna étaient montés dans leur chambre et ils avaient fait l'amour sans même se donner la peine de tirer les rideaux. Frank avait ensuite mis sa tenue blanche de yachting et déclaré qu'il désirait être seul. Depuis huit ans, il ne l'avait jamais été. Il avait pris le hors-bord et était parti vers le large.

Il était rentré, voici à peine une heure. En le voyant amarrer le bateau à l'embarcadère, Ezio était allé le rejoindre et leur conversation durait encore. Pendant l'absence de Frank, le téléphone n'avait pour ainsi dire pas arrêté de sonner et la maison avait été envahie par une horde de visiteurs. Mais Ezio avait fini par renvoyer presque tout le monde ou s'était débrouillé pour leur trouver une occupation ailleurs. Il ne restait plus que deux personnes dans la propriété. George Ramiro, retourné dans sa loge de gardien. Et C. K. Gillespie, encore installé au téléphone dans la salle à manger quand Anna était sortie sur la terrasse.

Depuis l'arrestation de Frank, Anna s'était rendue ici chaque été avec ses deux filles. A chaque fois, elle s'était juré que c'était la dernière, car elles devenaient chaque jour plus insupportables. Frank et elle n'avaient jamais vécu dans la villa. Ils s'étaient mariés un an avant qu'il n'aille en prison et avaient passé l'été en Italie, pour leur voyage de noces. Ensuite, ils s'étaient installés dans la maison de Brooklyn pendant que les avocats de Frank essayaient de faire surseoir le procès ou d'obtenir son acquittement.

Anna vit les deux hommes quitter l'embarcadère pour revenir vers la maison. Frank la prit dans ses bras, la serra contre lui, très fort, sans bouger. Elle fit glisser sa main le long du dos de Frank, lui massa la nuque du bout des doigts. Il eut un frisson de plaisir, se détourna en lui donnant une petite tape sur le derrière. A l'intérieur, un téléphone se mit à sonner et Ezio se hâta de répondre. Gillespie était sorti depuis quelques instants et affectait poliment de regarder ailleurs. Frank s'approcha d'une grande table de marbre et pressa un bouton de sonnette dissimulé sous le rebord. Gregory Cestone apparut par la porte-fenêtre, vêtu d'un pantalon noir, d'une chemise blanche et d'un nœud papillon.

— Oui, monsieur ? dit-il d'un ton déférent.

— Portez-nous à boire ici.

Cestone ne souriait ni ne hochait jamais la tête. Des années auparavant, il avait été grièvement brûlé dans un incendie aux circonstances mystérieuses. Un chirurgien esthétique avait pu lui reconstituer un visage mais ses muscles faciaux étaient morts. Sa peau insensible, immobile, lui faisait un véritable masque auquel ceux qui l'approchaient avaient du mal à s'habituer sans horreur.

Ezio revenait déjà sur la terrasse. Frank et lui échangèrent un regard. Ezio secoua la tête.

— Rien, dit-il. Ils se sont tous planqués.

— Ce n'est pas une réponse, Ezio.

— On les retrouvera, Frank. Un peu de patience.

— J'ai patienté huit ans, Ezio.

— Il ne faudra plus aussi longtemps, Frank. Je te le promets.

— Vraiment ?

Anna s'éloigna de quelques pas. Frank n'élevait jamais la voix. Mais quand il prenait ce ton, elle se sentait saisie d'un malaise, comme si elle se trouvait enfermée dans une cage avec un fauve. Elle ne l'avait pourtant encore jamais vu lever la main sur qui que ce fût ni se livrer à des violences. C'était cela, en grande partie, qui l'avait attirée vers lui au début. Ce sentiment d'une sauvagerie brutale que contrôlait absolument une volonté presque surhumaine.

Cestone apparut en poussant une table roulante chargée de bouteilles et de verres. Gillespie se leva de la balustrade où il s'était négligemment assis et tout le monde se rassembla autour de Cestone qui préparait les apéritifs. Anna ne quittait pas Frank des yeux. Dans sa tenue blanche et sa casquette de yachtman, il ne manquait pas d'allure.

Les yeux toujours fixés sur Ezio, Frank enleva alors sa casquette et passa la main sur son crâne chauve.

— Ces quatre-là ont fait de moi un vieillard qui perd ses cheveux, Ezio. Ils m'ont pris les huit plus belles années de ma vie. Des années qu'on ne retrouve jamais.

— Je sais, Frank...

— Non, tu ne sais pas. Tu n'as jamais été enfermé, toi. Tu n'as jamais passé huit ans avec ces sauvages de nègres, ces bêtes. Si je n'avais pas été ce que je suis, je me serais fait violer deux fois par jour. Deux mille pédés drogués, deux mille nègres plus débiles que des singes, Ezio. Voilà avec qui j'ai vécu pendant huit ans.

— Tu en es sorti, Frank. Tu es plus en forme que jamais.

— Parce que je me suis gardé en forme. J'ai fait l'effort quotidien de faire des exercices, de m'endurcir. Quand on est là-dedans, il faut affirmer sa supériorité tous les jours, toutes les heures. Son nom ou sa réputation, on a vite fait de les perdre pour peu qu'on se laisse aller comme une chiffe.

– Tu n'as jamais été une chiffe, Frank.

Frank Pastor balaya d'un geste une discussion qui ne menait à rien et avala une lampée d'alcool.

– Alors, Ezio, où en sommes-nous ?

– On les cherche, Frank. Je ne peux rien te dire de plus tant que je n'aurai pas reçu de réponses. J'ai fait envoyer leurs photos et leurs signalements partout où nous avons des correspondants. Tu sais, des familles alliées, des flics, etc. C'est la plus grande chasse à l'homme que nous ayons jamais lancée. On les retrouvera.

– Je compte surtout remettre la main sur Edward Merle. Les autres, ce ne sont que des comparses. C'est Merle qu'il me faut, Ezio.

– Je sais, Frank. On retrouvera Merle en priorité.

Frank tourna la tête et dévisagea C. K. Gillespie. Le jeune avocat soutint son regard. Anna vit comme un sourire se former au coin de ses lèvres.

– Et vous ? dit Frank. Qu'est-ce que vous faites dans tout ça ?

– Je crois que j'ai une idée, monsieur Pastor.

– Vraiment ? Je vous écoute.

– Comprenez-moi bien, monsieur. Pour le moment, ce n'est rien d'autre qu'une idée en l'air. Je préférerais ne pas vous en parler jusqu'à ce que j'aie une chance de voir si elle peut réussir.

Ezio intervint avec un grognement menaçant.

– Monsieur Pastor n'aime pas perdre son temps à écouter des élucubrations, Charlie !

Gillespie écarta les mains d'un air innocent.

– Soyez raisonnable, Ezio ! Si mon idée marche, tout le monde s'en trouvera bien. Si elle échoue, je préfère ne pas donner de fausses espérances à M. Pastor ni me discréditer en lui promettant monts et merveilles. Pour le moment, je préfère simplement dire que j'essaie de faire quelque chose et que j'espère que mon idée est bonne. C'est logique, non ?

– Espèce de petit... grommela Ezio.

– Laisse tomber, Ezio, coupa Frank Pastor. C. K. n'a pas tort. Pendant ce temps, remets-toi au téléphone et dis à nos gens de Los Angeles de s'activer un peu. Compris ?

51

Frank et Anna se promenaient sur la plage, main dans la main. De temps en temps, elle donnait un coup de pied distrait à un coquillage ou à une motte de sable. Dans le détroit, des petits voiliers semblaient papillonner au-dessus des vagues.

— Tu as fait du bon travail avec les petites, Anna. De l'excellent travail.

— Un peu de discipline, Frank. C'est tout.

— C'est plus que ça, Anna. Ecoute, soyons francs. Si je t'ai épousée, c'est parce que tu es belle et que tu as une tête bien faite. Je ne cherchais pas une bonne d'enfants pour mes gamines. C'était toi que je voulais. Tu sais bien que tout le monde s'opposait à notre mariage. Ils te haïssaient, Anna. Ils ont dû t'en faire voir, pendant mon absence. Pendant ces huit ans où ces ordures m'ont mis à l'ombre... Et maintenant, tu es toujours là, meilleure que jamais. C'est toi qui m'as sorti du trou, Anna. Toi plus que les autres...

— Soyons justes, Frank. C'est Ezio qui a négocié avec la commission.

— Entre nous, Anna, Ezio n'était pas tellement pressé de me voir sortir. Il aurait bien aimé continuer à diriger les affaires à ma place. C'est toi et toi seule qui l'as aiguillonné et forcé à agir. Ce que je veux dire, Anna, c'est que je n'oublierai jamais ce que tu as fait pour moi. Peu de femmes auraient été capables de se conduire ainsi.

Le compliment avait néanmoins quelque chose d'ambigu et Frank savait bien qu'Anna était capable de saisir la nuance. Avant qu'elle le rencontre et qu'elle l'épouse, elle n'avait pour elle que sa beauté et son intelligence. Anna était née, littéralement, sur un tas de poussière, dans un village de mineurs, du côté de Hazelton, en Pennsylvanie. A quinze ans, elle avait gagné un prix de beauté et avait filé à New York dans l'espoir de devenir mannequin. Elle n'avait réussi qu'à tourner dans deux spots publicitaires pour la télévision, parce que le réalisateur avait un faible pour les petites brunes. Elle n'avait jamais rien pu faire d'autre. Elle vivait dans un taudis de l'East Village, une chambre au cinquième sans ascenseur qu'elle partageait avec une autre fille et plusieurs milliers de cafards, au milieu des allées et venues de drogués hébétés et puants, aux cheveux dans le cou. Pour tout avenir, elle n'avait devant elle que huit à dix ans sur le trottoir, jusqu'à ce que sa fraîcheur s'évanouisse et qu'elle disparaisse comme tant d'autres. Elle n'était rien, n'avait rien.

Anna n'aimait pas que Frank fasse des allusions, même voilées, à son passé. Mais elle n'en laissa rien paraître.

— Je t'aime, Frank.

Depuis une heure, Anna jouait au badminton avec Nora contre Sandy. Car Sandy, la plus sportive des deux, gagnait trop facilement, même contre deux adversaires.

Elles venaient à peine de s'arrêter quand Gillespie franchit la grille. Anna vit George Ramiro rentrer dans sa loge après avoir refermé les deux lourds vantaux d'acier. Des fils électriques couraient sur le haut des murs, le long des trois côtés du parc ne donnant pas sur la mer. Frank était prudent.

Pendant que les deux filles rentraient en courant dans la maison pour se changer, Anna attendit que Gillespie arrêtât sa Cadillac et le regarda s'approcher d'elle avec son complet ajusté, son attaché-case en crocodile et son sourire amical.

— J'ai de bonnes nouvelles pour Frank ! lui dit-il de loin.

Elle le guida jusqu'à la porte du bureau de Frank, frappa et s'effaça pour le laisser entrer. Elle pénétra derrière lui et referma la porte à laquelle elle resta adossée pendant que Gillespie s'avançait de quelques pas. Frank et Ezio étaient penchés sur le bureau où s'étalaient des plans.

— Mon idée a réussi ! annonça Gillespie.

Par-dessus son épaule, Anna vit Frank le regarder, un sourcil dressé en signe de curiosité. Ezio lui décocha un regard désapprobateur mais elle ne fit pas un geste pour se retirer.

— Je crois que nous allons retrouver la trace d'Edward Merle, reprit Gillespie.

— Frank, intervint Ezio, c'est confidentiel.

— Anna a le droit de savoir, répondit Pastor. Approche-toi, Anna.

Gillespie avait posé son attaché-case sur le bras d'un fauteuil et en sortait un dossier. La pièce, comme toute la maison, avait été construite par un millionnaire de la fin du siècle dernier. C'était une débauche de boiseries, de bibliothèques vitrées et de moulures. Un lustre italien de style Renaissance pendait du très haut plafond. La pièce était immense, écrasante. Mais Frank, pourtant menu, la dominait de sa présence. Peu d'hommes pouvaient se vanter de posséder un tel magnétisme.

Gillespie avait extrait une feuille de papier dactylographié de son dossier et la tendit à Frank.

— Tout y est, dit-il. Nom, signalement, photo.

— Il s'agit de Merle ?

— Non, monsieur. Cela ne servirait à rien, ils vont sans doute encore le faire changer de nom et le réinstaller ailleurs. Nous perdrions trop de temps à retrouver sa trace.

— Venez-en au fait, Charlie ! gronda Ezio.

Gillespie lui sourit ironiquement.

— C'est notre contact qui m'a procuré ces renseignements sur ma demande, reprit-il sans se presser. Le signalement et la photo que voici sont ceux de l'agent chargé de la protection de Merle. Il s'appelle Glenn Bradleigh. Quand nous retrouverons ce Bradleigh, nous aurons retrouvé Merle. Car Bradleigh, lui, ne fait aucun effort particulier pour se cacher. Vos gens devraient sans trop de peine suivre sa piste à partir de Los Angeles.

Frank avait pris la feuille de papier et étudiait la photo de Glenn Bradleigh. Il releva les yeux pour regarder Gillespie, plissa les paupières.

— J'aime bien les gens qui savent réfléchir, dit-il simplement.

— Merci, monsieur Pastor, répondit Gillespie modestement.

— Vous me plaisez, Gillespie, dit Pastor avec un sourire.

Il se retourna vers Ezio, le visage dur, et lui mit la fiche dans la main.

— Vas-y, trouve-le !

Ezio serra les dents.

5

Californie, Arizona – du 3 au 6 août.

Le plus difficile fut de tout expliquer à Ronny. Il était assis sur un lit, dans la petite chambre du motel, regardant alternativement Fred et Jane, le visage vidé de toute expression.

— Je sais, conclut Fred, cela ressemble à un mauvais roman policier. Mais c'est pourtant vrai. Glenn Bradleigh a ainsi plus de mille familles dans ses fichiers.

Ronny ne répondit pas. Son mutisme, son regard fixe faisaient perdre contenance à Mathieson. Il traversa machinalement la pièce, alla baisser le climatiseur en bougonnant.

-- On pourrait faire congeler de la viande, ici...

Jane était assise sur un autre lit, les bras croisés, et se contenta de sourire d'un air absent. Pendant ce temps, Ronny suivait toujours son père des yeux. Il essayait pourtant de comprendre, mais l'énormité de la situation le dépassait.

— Enfin, papa, qu'est-ce que c'était, ce procès où tu as témoigné ?

— Corruption de magistrat, expliqua Fred patiemment. Pastor était poursuivi dans une affaire immobilière, un procès civil en dommages-intérêts. S'il perdait, il risquait de s'exposer à des poursuites correctionnelles. Il y avait surtout des sommes considérables en jeu, plusieurs centaines de milliers de dollars.

— Alors, il voulait acheter le juge pour être sûr de gagner son procès ? Et toi, tu étais avocat. Pour qui plaidais-tu alors ?

Fred Mathieson poussa un soupir.

— Je n'étais pas mêlé à ce procès-là, Ronny. Je plaidais dans une autre affaire, dans une salle d'audience au bout du couloir. Un jour, je suis allé me laver les mains aux toilettes et je suis entré au moment où Frank Pastor glissait une enveloppe dans les mains du juge. Ils ne s'étaient même pas rendu compte que je les avais surpris.

— Comment cela ?

— Ils étaient au bout de la rangée d'urinoirs. Pendant que je me savonnais les mains, j'ai levé les yeux et je les ai surpris dans la glace. C'était pur hasard.

— Alors, on t'a cru si ce Pastor a fini en prison ?

— C'est même ma déposition qui a déclenché l'enquête. Ils ont alors découvert des choses bien plus graves que ce que j'avais surpris dans les lavabos.

— Comment le connaissais-tu, ce Pastor ?

— A l'époque, tout New York le connaissait de vue. Il était président d'une ligue antiraciste ou quelque chose de ce genre et ne perdait pas une occasion de paraître à la télévision ou d'avoir sa photo dans les journaux.

— Mais enfin, si tout le monde savait que ces types-là étaient des gangsters, comment se fait-il qu'on ne les ait pas tous flanqués en prison ?

Fred jeta à Jane un regard découragé.

— Parce que les gens comme Pastor sont très habiles. Il est très difficile de réunir des preuves contre eux.

— Je n'ai pas l'impression qu'il ait été si habile, ton Pastor. Il a quand même bien fini par y aller, en prison.

Mathieson hocha la tête.

— En effet. Pour reprendre ce que je te disais, j'ai fini de me laver les mains et je suis sorti des lavabos. A ce moment-là, ils ont dû me voir ou s'apercevoir qu'il y avait quelqu'un. En tout cas, ils n'ont pas bougé. J'ai immédiatement téléphoné au Parquet, où j'avais des amis. Je leur ai parlé de l'enveloppe, je leur ai dit qu'il ne pouvait s'agir que d'un pot-de-vin. En effet on ne glisse pas aussi discrètement à un juge une enveloppe, si elle ne contient pas quelque chose de répréhensible. Un substitut a immédiatement obtenu un mandat de perquisition et ils ont fouillé le cabinet du juge, deux heures après mon coup de téléphone. Ils ont trouvé l'enveloppe dans un tiroir, le juge était en audience et il n'avait pas eu le temps de la dissimuler.

— Et alors, qu'est-ce qu'il y avait dans cette enveloppe ?

— Sept mille cinq cents dollars en billets. Il y avait les empreintes de Pastor et du juge sur l'enveloppe.

Désormais captivé par le récit, Ronny eut un ricanement de mépris.

— Quels idiots ! Si ce Pastor était un type si important, pourquoi a-t-il pris tant de risques ? Il aurait dû faire faire sa commission par quelqu'un d'autre ou s'y prendre plus discrètement.

— Il l'aurait sûrement fait, en temps normal. Mais le juge avait, paraît-il, insisté pour que ce soit Pastor en personne qui lui remette l'argent. Il voulait compromettre Pastor au cas où les choses auraient mal tourné. Il ne voulait pas non plus que Pastor le dénonce après lui avoir permis de gagner son procès. Mais les événements ont dépassé les craintes du juge. Il a été abattu le jour même de son inculpation. Pastor l'a empêché de parler.

— Tu ne t'es pourtant pas laissé intimider, toi ! Tu as parlé. Tu n'avais donc pas peur de Pastor ?

— Si, Ronny. Pastor me fait même toujours peur...

— Ton père a eu le courage de dire la vérité en public, Ronny, intervint Jane. Tout le monde l'a pris pour un fou...

A l'époque, pensa Mathieson, il avait été le seul à croire qu'il avait eu raison.

Ronny rumina un instant ces informations surprenantes.

— Mais alors, dit-il enfin, comment n'a-t-on pas arrêté Pastor pour avoir fait tuer le juge ?

— On n'a jamais pu prouver que c'était lui qui en avait donné l'ordre.

La conversation se poursuivit ainsi longtemps. Il était difficile de faire admettre la vérité à Ronny. Comme tous les enfants de sa génération, il avait grandi devant un écran de télévision. Dans les séries policières, les coupables sont toujours démasqués et punis dans les dix dernières minutes. La vie était pourtant légèrement différente...

Des coups répétés retentirent à la porte. Mathieson reconnut le code adopté par Bradleigh et alla ouvrir. Le *marshal* entra, suivi de deux hommes portant des valises. Ils posèrent leurs fardeaux et sortirent sans dire un mot. Bradleigh referma la porte à clef derrière eux.

— Bonjour, tout le monde, dit-il. Vous avez l'air en meilleure forme qu'hier soir. Vous avez déjeuné ?

— M. Caruso nous a apporté un plateau, répondit Jane.

Bradleigh jeta une grosse enveloppe sur un lit et se mit à ouvrir les valises.

— Caruso est une perle. Nous avons réussi à récupérer presque toute votre garde-robe. Nos hommes ont passé la maison au peigne fin et ont tout envoyé chez le teinturier. C'était surtout poussiéreux et je crois qu'il n'y a pas eu trop de dégâts.

Surprise, Jane se leva et alla fouiller dans les valises. Elle eut à l'intention de Bradleigh un sourire épanoui.

— Nous n'espérions même plus retrouver tant de choses. Merci mille fois, Glenn.

Bradleigh détourna les yeux, l'air mal à l'aise.

— Ne me remerciez pas, Jane. Aucun d'entre vous n'a de remerciements à me faire pour quoi que ce soit, compris ?

— Ce n'est pas votre faute, Glenn, soupira Fred.

Mais Bradleigh ne voulait toujours pas les regarder en face.

— On a aussi sauvé pas mal d'objets, dit-il. Des tas de bricoles qu'il vous faudra trier pour voir ce que vous voulez garder. Pour le moment, j'ai tout fait porter aux bureaux du FBI, vous irez y jeter un coup d'œil plus tard.

Mathieson n'avait pas quitté des yeux la grosse enveloppe jetée négligemment sur le lit.

— Alors, qui sommes-nous, maintenant ? demanda-t-il.

Bradleigh vida l'enveloppe de son contenu et étala des documents de dimensions et de couleurs variées sur le lit.

— M. et Mme Jason W. Green. C'est tout ce que nous avons pu trouver de mieux en si peu de temps. Nous avions préparé ces papiers pour une autre famille, mais ils attendront. Cela va vous vieillir un peu, mais encore une fois, nous n'avions pas mieux sous la main. Le certificat de naissance de votre fils est un faux, mais nous l'avons discrètement glissé dans l'état civil de Binghampton, au cas où il y aurait des recherches...

— Binghampton ? interrompit Fred.

— Oui, j'y ai pensé parce que vous y aviez passé des vacances chez votre oncle, il y a longtemps. Il fallait au moins trouver un endroit qui ne vous soit pas complètement inconnu. Maintenant, n'oubliez pas : vous êtes Jason W. Green et Margaret Johnson Green.

— Et qu'est-ce que je suis censé faire dans la vie ?

— Votre femme est bibliothécaire. Vous êtes conseiller en investissements.

— Je ne connais absolument rien en Bourse...

— Aucune importance, personne ne vous demande d'exercer votre profession. Vous êtes bien arrivé ici sous la couverture d'un cadre de compagnie d'assurances, vous vous souvenez ? Tout est là, regardez. Certificats, lettres de recommandation. Apprenez bien tout par cœur pour ne pas vous couper.

— Et qu'est-ce que nous allons faire, maintenant ?

— La même chose que la dernière fois. C'est à vous de choisir, à vous de nous dire ce que vous croyez pouvoir faire. Nous vous donnerons toute l'aide nécessaire pour démarrer. Après, ce sera à vous de jouer. Si vous montez une affaire et que vous fassiez faillite, nous ne pourrons pas vous renflouer. Nous n'avons pas de crédits suffisants pour vous garantir plus de quelques centaines de dollars pendant les premiers mois...

Mathieson feuilletait distraitement les papiers étalés sur le lit.

— Un permis de conduire du Massachusetts ? Je n'y ai pratiquement jamais mis les pieds !

— Personne ne vous demande d'y aller. Contentez-vous de demander le changement de votre permis. Voyons, Fred, vous savez bien comment tout cela se passe, vous l'avez déjà fait.

— Pas depuis huit ans. J'ai oublié.

— Cela vous reviendra, répondit Bradleigh en allumant une cigarette. Alors, maintenant, réfléchissez et dites-moi ce que vous aurez décidé. Pendant que j'y pense, ce ne serait pas mal que vous changiez un peu votre aspect. Jane pourrait essayer de se couper les cheveux. Et vous, Fred, vous pourriez vous teindre en gris ou faire pousser une moustache. Je suis sûr que cela vous irait.

On lui procura une machine à écrire et Mathieson rédigea de courtes lettres à chacun de ses clients. Après le déjeuner, Caruso et un autre que Fred ne parvenait jamais à reconnaître l'emmenèrent en voiture dans un centre commercial de Santa Monica. Mathieson changea dix dollars en petites pièces et s'enferma dans une cabine téléphonique pendant que Caruso et son collègue le surveillaient de leur voiture.

Son premier appel fut pour Phil Adler.

— Veux-tu toujours me racheter mes parts, Phil ?

— Bien sûr, Fred. Mais je ferai ce qui t'arrange le mieux. Tu n'as sans doute guère la tête à y penser en ce moment.

— Prépare le contrat de cession. Fixe toi-même un prix, je te fais confiance. Je vais donner pouvoir à un nommé Bradleigh qui signera à ma place. Il passera d'ici quelques jours pour vider mon bureau et régler les derniers détails.

Ensuite, il appela sa banque, son avocat, des amis à qui il voulait faire ses adieux. Ils avaient tous appris l'attentat par la télévision ou les journaux, et Fred eut du mal à couper court aux conversations pleines de marques de sympathie ou d'offres de secours.

Il composa enfin le numéro des Gilfillan. Quand Amy eut décroché, Fred lui dit de mettre Roger en ligne sur l'autre appareil, pour qu'ils se parlent tous les trois ensemble. La voix traînante de Roger retentit comme celle d'un héros de western.

— Alors, vieux frère, comment ça se présente ?

— Il faut qu'on disparaisse, Roger.

— Je m'en doute. Sans laisser d'adresse, évidemment ?

— Billy va en faire une maladie de ne plus voir Ronny, intervint Amy.

— Je sais, c'est toujours pour les enfants que c'est le plus dur.

— C'est pire qu'un divorce, fit observer Roger avec un gros soupir. Dis donc, il y a un espèce de clown qui tournicote depuis hier soir du côté de chez toi. Il a à peu près ta taille et s'est affublé de ta chemise rouge et jaune...

— C'est sûrement un flic.

— Ouais... Quand j'ai été le trouver pour lui dire qu'il était dingue de se faire remarquer comme ça pour se faire tirer dessus, tu sais ce qu'il m'a répondu : « Je fais mon devoir, monsieur ! » Ma parole, on se serait cru dans un mauvais film...

— Fred, coupa Amy, soyez prudent et prenez bien soin de Jane et de Ronny, je vous en supplie.

Mathieson devina un sanglot réprimé et entendit un déclic. Amy avait raccroché.

— Allez, bon vent, vieille noix, déclara Roger d'une voix à la bonne humeur forcée.

— On se reverra, Roger. Nous reviendrons un de ces jours.

— Je l'espère bien.

— Toi, au moins, je pourrai toujours te revoir au cinéma ou à la télévision.

— J'y compte bien aussi !

— Roger...

— Allez, bonne chance, vieux frère. Comme disait Amy, prends soin de ton gamin et de sa mère.

— Adieu, Roger.

— Au revoir, Fred.

Quand il raccrocha enfin, Fred ne pouvait plus retenir ses larmes.

Mathieson se réveilla en sursaut. On frappait à la porte. Trois coups brefs, trois longs, le code de Bradleigh. Il se leva avec un grognement, regarda Ronny qui dormait toujours dans le petit lit de secours et alla ouvrir.

Bradleigh lui fit signe de ne pas faire de bruit.

— Venez à côté un instant, lui dit-il à mi-voix.

Mathieson referma à clef derrière lui et suivit Bradleigh dans la galerie. Il faisait encore nuit.

Quand il entra dans la chambre, Caruso lui fit un signe de tête plein de lassitude. Le lit de Bradleigh n'avait pas été défait, personne n'y avait dormi. Bradleigh lui tendit un gobelet de café fumant. Mathieson s'écroula sur une chaise.

— Merci, dit-il, cela me fera du bien.

— Gueule de bois ?

— Plutôt, oui...

La dernière chose dont il se souvenait était d'avoir jeté la bouteille de vodka vide dans la corbeille à papiers.

— Je viens de recevoir un coup de téléphone de Washington, dit Bradleigh. Ils ont trouvé la fuite. J'ai pensé que cela vous intéresserait d'être tenu au courant.

— Quelle heure peut-il bien être ?

— Cinq heures et demie.

— Vous ne dormez donc jamais, vous autres ?

— Si, quand on a le temps... Je disais donc qu'on a retrouvé la fuite. Il s'agit d'une de nos secrétaires qu'ils soumettaient à un chantage. Avez-vous jamais entendu parler d'un certain C. K. Gillespie, un avocat de Washington ?

— Gillespie ? Non. Vous n'allez quand même pas me dire que ce Gillespie a été assez idiot pour dire son nom à votre secrétaire ?

— Bien sûr que non. Mais elle a eu l'idée de le suivre après une de leurs rencontres et a noté le numéro de sa voiture.

— Il est avocat, dites-vous ? On n'en tirera rien. Il va se retrancher derrière le secret professionnel.

— En attendant, il ne se doute pas que nous le soupçonnons. Nous avons mis la secrétaire au frais. D'ici dimanche, on aura planté tous les micros possibles et imaginables autour de Gillespie, dans son bureau, chez lui, dans sa voiture et jusque dans la doublure de ses costumes. Quand il s'apercevra que son contact chez nous a disparu, nous espérons bien qu'il va paniquer et se mettra à appeler ses patrons.

— Ainsi c'est cette fille qui m'a dénoncé à ce Gillespie ?

— Oui, ainsi que Benson, Fusco et Draper. Les quatre témoins contre Pastor. Les trois autres sont déjà planqués. Au fait, Benson s'en tirera... Quant à Gillespie, ce n'est qu'un exécutant. Mais si nous le pistons convenablement, on aura peut-être enfin la chance de prendre toute la bande la main dans le sac. Il suffit d'un peu de veine. Si nous n'arrivons pas à coincer Gillespie, nous pourrons toujours lui proposer un compromis et démolir une bonne fois pour toutes Pastor et ses gorilles.

— Un compromis ? ricana Mathieson. Vous voulez dire l'immunité, c'est-à-dire un nouveau nom et la tranquillité jusqu'à la fin de ses jours s'il veut bien vous livrer Frank Pastor, Ezio Martin et leur bande de petits copains ? Ce Gillespie nous aura fait descendre tous les quatre et il s'en sortira avec des félicitations ?

— Allons, Fred, soyez raisonnable. Gillespie ne compte pas. N'y pensez plus. Avez-vous plutôt réfléchi à ce que vous voulez faire ? En avez-vous discuté avec Jane et Ronny ?

— Oui, Glenn, on en parle encore. Je sais bien que vous êtes pressés mais c'est une décision qui engage le restant de notre vie. Cela mérite réflexion, non ? Je n'aime pas plus que vous les chambres de motel, croyez-moi. Dès que nous aurons décidé quelque chose, je vous le dirai. Vous n'auriez pas de l'aspirine, par hasard ?

Caruso se leva et disparut dans la salle de bains.

— Qu'est-ce qui ne va pas, Fred ? demanda Bradleigh avec sollicitude. Vous avez toujours peur ?

— Naturellement que j'ai peur. Ils nous ont retrouvés déjà une fois, ils sont capables de recommencer. Vous avez beau dire que la fuite est colmatée, ils n'auront pas de peine à en provoquer une autre quand ils le voudront. C'est cela qui m'empêche de dormir. Supposez que mon gamin soit retourné à la maison à ce moment-là pour y chercher un ballon, n'importe quoi...

— Cela ne sert à rien de supposer, Fred. Il n'y est pas retourné. La maison était vide et vous êtes tous ici. Ils ont essayé de supprimer Benson, ils ont tenté de vous tuer et ont échoué dans les deux cas. Les gangsters ne sont pas des surhommes, Fred. Leur puissance n'existe que grâce à la peur des gens crédules. Sans leur artillerie, ils seraient incapables de se débrouiller dans la vie.

— Ce sont peut-être des imbéciles, mais ce sont les imbéciles qui me font le plus peur, Glenn...

Mathieson s'interrompit pour avaler l'aspirine et le verre d'eau que lui tendait Caruso.

— Le gangster infaillible, le tueur qui ne rate jamais ses victimes impuissantes, ce sont des mythes, Fred ! Ces idiots-là sont rarement capables de tirer droit. Regardez Benson, pensez à votre propre cas. Bien sûr, ils vous ont causé des problèmes, mais...

— Des « problèmes » ! s'exclama Mathieson.

Il se frotta les yeux, grimaça sous l'effet de la migraine.

— Ne m'en veuillez pas d'être amer, Glenn. Je n'ai ni envie d'avoir de la gratitude ni envie de me sentir soulagé parce que j'ai échappé à la mort. Je ne me sentirai tout à fait bien que lorsque les gorilles qui me pourchassent avec des fusils et des bombes auront disparu.

Il ferma les yeux, se laissa aller contre le dossier. La migraine commençait à se calmer. Des souvenirs lui revenaient soudain. Un jeune avocat plein d'enthousiasme, heureux entre sa jeune femme pleine de vie et leur petit garçon de trois ans. Ils étaient heureux, s'aimaient, ne voyaient pas plus loin que leur amour. Il se souvint de leur appartement trop petit, dans la 13e Rue, toujours en désordre, toujours rempli d'éclats de rire. C'est alors que tout ce bonheur simple avait été anéanti par un geste insignifiant, celui d'un homme glissant une enveloppe à un autre. Depuis, ce souvenir ne faisait que baigner dans un océan d'angoisse, de méfiance, de rancœur.

Il se redressa en se forçant à ne plus penser.

— Phil Adler a préparé le contrat mettant fin à notre association. Je vous donnerai pouvoir de le signer. Vous verrez avec lui s'il y a d'autres détails à régler...

— Vous pouvez compter sur moi, Fred.

— Vendez les voitures, voyez ce que peut vous donner l'assurance de la maison.

Et faites disparaître les derniers vestiges de la vie d'un certain Frederic Mathieson, né d'un caprice de l'Administration et mort de terreur huit ans et demi plus tard... faillit-il ajouter. Mais Bradleigh l'avait sans doute compris.

— Bien sûr, Fred, lui dit Bradleigh. Nous nous occuperons de tout. Ce sera comme si vous n'aviez jamais existé.

Bradleigh sortit le premier. Mathieson l'entendit échanger quelques mots à voix basse avec des gens invisibles avant de se retourner et de lui faire signe de venir. Fred avança le premier, suivi de Jane et de Ronny. Une vraie sortie de malfaiteurs, contraints de se cacher dans la nuit...

Ils restèrent à l'abri des galeries du motel jusqu'au parking illuminé par les réverbères au sodium. Les trois voitures étaient rangées côte à côte sur l'asphalte. Caruso chargeait les valises dans un coffre béant.

Bradleigh ouvrit les portières et se posta à côté.

— Vous avez bien compris la manœuvre ?

— Pourquoi tout ce mélodrame ? répondit Mathieson.

— Prenez cela comme un jeu de piste pour boy-scouts, dit Bradleigh avec un sourire forcé.

— Drôle de jeu ! commenta Ronny d'un air sévère.

— Allons, il n'y en aura pas pour longtemps, dit Bradleigh. Dans deux jours, tout au plus, vous serez dans les montagnes de l'Arizona en train de vivre comme de vrais Indiens...

Il prit la main de Jane, la serra très fort.

— Bonne chance à tous.

— Vous nous avez dit de ne pas vous remercier, Glenn, dit Jane. Je voudrais pourtant...

— Non. Pas de remerciements, coupa Bradleigh en souriant.

Il prit la main de Mathieson, la serra à son tour.

— Occupez-vous bien d'eux, Fr... Jason. Je vous retrouverai dans quelques jours.

C'est vrai. Il n'y avait plus de Fred Mathieson. Maintenant, c'était Jason Green.

— A bientôt, Glenn.

Ils s'assirent tous les trois sur la banquette arrière de la Plymouth. Caruso se glissa au volant. Des portières claquèrent, des démarreurs gémirent, des pinceaux de phares balayèrent le parking. La voiture de droite avança la première, Caruso se mit dans son sillage. Mathieson se retourna, vit que la troisième se mettait en place derrière eux.

Quelques instants plus tard, ils étaient sur l'autoroute en convoi, à une trentaine de mètres les uns des autres. A trois heures du matin, la circulation était pratiquement inexistante. Très vite, le bavardage de Caruso s'éteignit. Le premier, Ronny s'endormit. Mathieson ferma lui aussi les yeux pour tenter de s'assoupir. Il pensa aux Gilfillan, au petit tas de décombres qui avait été sa maison, au sourire gêné du gros Phil Adler. Il se sentait bousculé par des événements sur lesquels il n'avait aucun contrôle et se reprocha sa passivité. Mais que pouvait un civil désarmé égaré sur un champ de bataille ? Il ne pouvait pas faire cesser les hostilités, mais, au mieux, se précipiter à couvert en se traitant de lâche...

A El Centro, le convoi s'arrêta pour refaire le plein et déjeuner. Caruso en profita pour passer un coup de téléphone. Puis, de nouveau, ils reprirent la route.

Ronny ne tenait plus en place. Jane lui donna sa place près de la portière. Les vitres étaient hermétiquement closes, le climatiseur luttant en vain contre l'écrasante chaleur du désert. La réverbération du soleil sur la terre dénudée les éblouissait et donnait naissance aux habituels mirages. De temps en temps, un rayon de soleil leur meurtrissait les yeux en se réfléchissant sur les chromes des rares voitures croisées.

Ils pénétrèrent en Arizona en traversant le Colorado. La température grimpait toujours. Deux ou trois fois, les trois voitures du convoi quittèrent l'autoroute pour emprunter l'ancienne nationale à deux voies ou des routes secondaires. Ils traversèrent des bourgades perdues dans les champs de coton ou d'agrumes, croisèrent des tracteurs et des camionnettes poussiéreuses, cahotèrent sur des tuyaux d'irrigation interminables. Devant et derrière eux, les voitures de garde conservaient rigoureusement leurs distances. Depuis le départ, ils n'avaient jamais été filés mais Caruso obéissait strictement aux ordres.

Les détours firent perdre du temps. A midi, ils n'étaient encore que dans une sorte d'oasis sinistre près de Burkeye. Dans les toilettes crasseuses de la station-service, Mathieson voulut se rafraîchir en s'aspergeant avec l'eau tiède du lavabo. Le hamburger graisseux et trop cuit qu'ils mangèrent ensuite leur pesa sur l'estomac tout l'après-midi.

Dans les faubourgs de Phoenix, la caravane fit de nouveaux détours. L'un des *marshals* de renfort remplaça Caruso au volant et celui-ci dodelina de la tête à la place du passager, chapardant cinq minutes de sommeil de ci de là. Mathieson et Jane, pendant ce temps, essayaient d'occuper Ronny en le faisant jouer au « dictionnaire ». Il s'en lassa vite et se mit à compter les poteaux télégraphiques.

A l'est de la chaîne des Superstitions, la route commença à grimper dans les montagnes. Ils dépassaient de vieilles mines abandonnées, virent les terres rouge sombre de la réserve apache. Ils redescendirent dans le lit du canyon de la Rivière Salée, passèrent le pont de Nehis où ils firent un nouvel arrêt dans une station-service. Un peu plus loin, alors qu'ils remontaient l'autre versant, le radiateur d'une des voitures d'escorte se mit à bouillir et le convoi dut s'arrêter pour le laisser refroidir. Assis sur le muret du parking panoramique, Caruso se raidissait à chaque fois qu'apparaissait une des rares voitures de touristes traversant la région. Ronny glissa des pièces de monnaie dans les télescopes et se mit à lire à haute voix les plaques émaillées relatant les hauts faits des explorateurs espagnols et de leurs batailles contre les Indiens. Fred et Jane en profitèrent pour se dégourdir les jambes sans trop s'éloigner. L'air était enfin sec et limpide et l'altitude rafraîchissait l'atmosphère, rendant la chaleur supportable.

Au sommet du canyon, Caruso leur fit prendre des chemins de terre traversant la réserve par Whiteriver. Ils arrivèrent dans un bois de sapins, et laissèrent un lac à truites sur leur gauche.

-- On est bientôt arrivés, leur dit-il avec un sourire réconfortant.

De fait, ils atteignirent Showlow à l'heure du dîner.

— Terminus, tout le monde descend ! dit Caruso en ouvrant les portières.

Ils entrèrent en troupe dans un restaurant panoramique bâti en troncs de sapin. Un gros Apache, assis devant la porte, releva la tête de dessous le rebord de son chapeau et les regarda passer sans un sourire.

Quand ils se furent installés autour d'une table, Mathieson poussa un soupir.

— Demain, on se cherche une maison.

6

New York — 7 août

Ce qu'on remarquait d'abord de George Ramiro, c'était son menton bleu et son gros ventre dont l'adiposité ne semblait pas l'affecter, au contraire.

Quand il entra dans le bureau d'Ezio, Ramiro fumait un cigare de Cuba gros comme un barreau de chaise. Son costume avait dû coûter près de mille dollars mais prenait sur lui l'aspect d'un sac de pommes de terre. D'une poche déformée, on voyait émerger le bout de sa cravate. Une toison frisée dépassait de son col ouvert tandis que sa bedaine débordait de sa chemise dont les pans chiffonnés retombaient sur sa ceinture. Un vrai dandy.

— M. Pastor m'a dit de venir te voir, dit-il en s'asseyant.

— Oui, j'ai un travail pour toi, George.

Ezio prit un dossier sur son bureau, l'ouvrit et le consulta distraitement, comme pour s'assurer qu'il le savait bien par cœur. Il le poussa ensuite vers son visiteur.

— Comment va Alicia ? demanda Ezio.

— Pas mal, merci.

Ramiro avait épousé la demi-sœur d'Ezio. C'était une femme revêche et antipathique. La question d'Ezio et la réponse de Ramiro faisaient partie du rituel et n'exigeaient pas de plus amples développements.

Ramiro ouvrit le dossier, s'absorba dans sa lecture.

— Un agent du ministère de la Justice..., observa-t-il avec indifférence.

Il prit la photo, l'examina en plissant les paupières.

— Voilà les renseignements que nous avons sur lui, dit

Ezio. Il faut que tu te rendes à Los Angeles et que tu prennes l'affaire en main.

— Quelle affaire ?

— Ce type-là, Bradleigh. C'est lui qui est chargé de protéger Edward Merle.

— Ouais, vu...

— Écoute, George, on te confie cette mission parce que tu te trouvais au tribunal pendant tout le procès. Tu l'as vu faire sa déposition, donc tu le connais. Il n'est pas question de se gourer.

— D'accord, Ezio. Ça me botte. Je grossis et je m'encroûte. Cela me fera du bien de prendre un peu d'exercice.

— Là-bas, tu prendras contact avec un type qui s'appelle Fritz Deffeldorf. C'est un de nos contractuels et il s'est occupé de l'affaire depuis le début. Ne le bouscule pas inutilement. Mais arrange-toi pour qu'il sache que c'est toi le patron.

— C'est pas lui qu'a loupé son coup contre Merle ?

— Si. Lui et les autres. Mais il connaît bien le coin. Los Angeles, c'est son territoire. Or, on ne peut pas prendre le risque d'y mettre une nouvelle équipe, George, car c'est justement des types qui connaissent la ville à fond qu'il nous faut. De plus, c'est Deffeldorf qui nous a obtenu les renseignements sur ce Bradleigh. Alors tu travailles avec lui, d'accord ?

— D'accord Ezio, aussi longtemps qu'il comprendra que c'est moi qui commande.

— Il le sait déjà.

Ezio fit glisser un billet d'avion à travers le bureau.

— Ne prends pas d'arme sur toi. Deffeldorf te procurera un Magnum à ton arrivée.

— Quand est-ce que je pars ?

— Voilà ton billet. L'avion décolle à une heure. T'as juste le temps de faire ta valise et d'y aller.

— Et mon déjeuner, alors ?

Il étouffa un gros rire et examina le billet.

— C'est quand même gentil de m'avoir pris un aller retour, dit-il en se levant.

Ezio lui rendit poliment son clin d'œil et le regarda sortir.

7

Showlow, Arizona — 9 et 10 août

N'oublie pas, se répéta-t-il. Jason W. Green. Né en avril 1930 à Binghampton, New York. Collège d'Antioche, classe 52. Conseiller en investissement, retraite anticipée. Après un infarctus, je suis venu dans l'Ouest pour me reposer et écrire un livre. Voilà ce qu'il avait dit, ce matin-là, à l'agent immobilier. Voilà ce qu'il fallait raconter aux autres.

Il suivit des yeux la Buick de l'agent immobilier qui disparaissait entre les sapins, en cahotant dans les ornières, jusqu'à ce qu'elle ait tourné à gauche pour reprendre la route. Caruso fit un signe de la main à Mathieson. Il était assis au volant de sa voiture et faisait semblant de lire un roman policier.

Jane examinait la cuisine, en inventoriait le contenu. Mathieson alla la rejoindre et la vit absorbée dans la contemplation d'une assiette à soupe.

— Fabriqué en Corée, dit-elle. Ils font des progrès, ces gens-là. On dirait du Limoges.

— Es-tu sûre que la maison te conviendra ? lui demanda Fred.

— Jusqu'à la fin de l'été, oui.

— C'est quand même plus agréable qu'un motel. Si l'hiver n'est pas trop pénible, on pourra se chercher quelque chose de mieux au printemps.

— Sinon ?

— Sinon... On continuera jusqu'à ce qu'on trouve une maison qui nous plaise.

Elle lui répondit par un sourire distrait tout en examinant

lentement les placards et les appareils ménagers. Ce n'était ni pire ni mieux que la plupart des locations meublées. Le réfrigérateur avait vingt ans d'âge mais paraissait fonctionner. Les meubles avaient dû être restaurés par l'Armée du Salut. Les murs de rondins et la haute cheminée ouverte qui séparait la cuisine du living s'efforçaient de donner à l'endroit l'allure rustique d'un pavillon de chasse. Au-dehors, on entendait Ronny courir en faisant crisser les aiguilles de pin et pousser des exclamations ravies.

— Heureusement, il a l'air de s'y faire, soupira Mathieson.

— T'es-tu vraiment soucié de lui ? demanda Jane aigrement.

— Bien sûr. J'étais inquiet de savoir comment il réagirait.

— A son âge, il n'y a jamais de problèmes. Nous lui louerons un cheval jusqu'à l'automne, il sera au septième ciel.

C'était d'ailleurs en grande partie pour cela qu'ils avaient loué ce que l'agent immobilier avait pompeusement baptisé « villa ». Elle était entourée d'un hectare de bois et comprenait une grange avec des stalles, une pâture. La maison se trouvait à une dizaine de kilomètres de l'agglomération. La route qui y menait ne desservait que des résidences de vacances, des chalets montagnards ou des terrains de camping. La région était généralement peu connue des touristes et ne concordait pas avec l'image classique que l'on se faisait de l'Arizona. C'était un vrai pays de montagne avec des forêts de sapins et des prairies jaunies par le soleil. Le coin n'était guère à la mode et semblait plutôt populaire. Mais les Mathieson ne savaient pas combien de temps ils allaient devoir vivre sur leurs économies. Ce choix correspondait aussi à ce que Bradleigh leur avait recommandé : « Il ne suffit pas de changer de nom. Il faut aussi vous créer une personnalité entièrement nouvelle. »

Après le déjeuner, Fred emmena Ronny faire un tour en ville dans la voiture qu'il avait louée. Le collègue de Caruso les y accompagna. C'était un petit homme au visage tout rond où pétillaient des yeux rieurs. Il s'appelait Cuernavan et son accent disait assez qu'il était gallois.

Ils explorèrent tous les trois Showlow, un bourg plutôt qu'une ville, et s'approvisionnèrent au supermarché local. Quand Fred eut empilé les sacs dans le coffre, ils se mirent en quête d'une camionnette d'occasion.

— Si on doit avoir un cheval, autant prendre un plateau

bâché, avait-il remarqué. On pourra au moins y charger le foin.

Chez le troisième marchand de voitures, ils trouvèrent une Chevrolet « El Camino » qui paraissait convenir. Le véhicule avait quatre ans, les ailes cabossées et de la paille encore coincée dans les ressorts. Mais le moteur tournait rond et le compteur n'accusait pas trop de kilomètres. Mathieson fit claquer les portières et regarda les pneus. Ronny essaya la radio. Cuernavan déclara qu'il était le meilleur spécialiste Chevrolet à l'ouest de Détroit et plongea dans le capot tandis que le vendeur affectait l'indifférence. Mais avisant Ronny qui triturait les boutons de la radio, il se mit en tête de lui faire un numéro de charme histoire de décider le père.

— Tu vas bien t'amuser avec un engin comme ça, hein fiston ? dit-il dans son plus bel accent du Far West. Comment t'appelles-tu ?

— Ronny, m'sieur. Ronny Math... Ronny Green.

Rouge de confusion, Ronny plongea sous le châssis, feignant d'examiner le pont arrière. Mathieson surprit le regard furieux que lui décochait Cuernavan en se hâtant d'intervenir pour détourner la conversation.

— Elle aura sans doute besoin d'un rodage de soupapes mais elle me paraît encore bonne pour dix à quinze mille bornes.

Il rabattit le capot à grand bruit pendant que Mathieson disparaissait avec le vendeur pour conclure la transaction. Ils transférèrent ensuite leurs emplettes du coffre de la Plymouth au plateau de la Chevrolet, allèrent rendre la voiture à l'agence de location et prirent la route du retour. Assis entre les deux hommes, Ronny était toujours cramoisi et tripotait le tableau de bord, essayant à tour de rôle la radio, le climatiseur et l'allume-cigarette.

— Je suis désolé, papa, murmura-t-il enfin. Je te promets que ça n'arrivera plus.

— Ne t'inquiète pas, Ronny, ce n'est pas grave. Moi aussi j'ai du mal à m'y habituer.

Mais l'incident l'avait mis mal à l'aise. Moins pour des raisons de sécurité que par ce qu'il représentait de contraintes sur Ronny. La responsabilité qu'il lui infligeait allait peser lourd sur les épaules de l'enfant.

Cuernavan intervint avec gentillesse.

— Le mieux, mon garçon, c'est de prendre ton temps avant de répondre quand on te posera des question, d'accord ? Réfléchis deux ou trois secondes avant de parler. Ça te donnera l'air sérieux, ajouta-t-il avec un petit rire.

— Oui, monsieur, répondit Ronny gravement.

Quand ils arrivèrent sur Cochise Road, la route qui menait à la maison, ils virent un camion jaune de la compagnie du téléphone qui manœuvrait pour quitter le chemin. Caruso montait toujours la garde dans sa voiture, sous les arbres. Cuernavan attendit que le camion se fût éloigné et alla rejoindre son collègue.

— J'ai vérifié, lui dit Caruso. Ce sont bien des monteurs du téléphone. Votre appareil est branché, monsieur Green, ajouta-t-il à l'intention de Fred qui s'approchait. Tout s'est bien passé ?

— Pas trop mal.

— On vous reverra demain matin. La relève va arriver dans un petit moment. Nous deux, on va bientôt s'en aller.

— Combien de temps allez-vous nous garder ?

— Jusqu'à ce que Glenn Bradleigh nous dise de vous quitter.

— Pas trop ennuyeux, votre travail ?

— C'est pour cela qu'on nous paie, répondit Caruso avec un sourire. Et puis, j'en profite pour rattraper mes lectures en retard. De toute façon, ne vous en faites pas pour nous. Une surveillance comme celle-ci, à la campagne, pour nous c'est du gâteau. On voit les gens arriver de loin. En ville, il faut être perpétuellement en alerte, c'est épuisant pour les nerfs.

Cuernavan leur serra la main après avoir recommandé de vérifier la consommation d'huile de la Chevrolet et prit place dans la voiture à côté de Caruso. Mathieson remit la camionnette en route pour se rapprocher de la maison. Ronny et lui déchargèrent les sacs d'épicerie. Jane avait fait le ménage et était en train de couvrir les étagères avec du papier peint.

Machinalement, Mathieson décrocha le téléphone, constata que la tonalité se faisait entendre; il reposa le combiné avec un soupir. Il n'avait personne à appeler, pas même ses amis.

L'air du soir était léger et revigorant. Après le dîner, ils firent un feu dans la grande cheminée et restèrent assis devant les flammes jusqu'à l'heure du coucher. Il fallut mettre deux

73

couvertures sur les lits tant la fraîcheur tombait rapidement. Vers le milieu de la nuit, Mathieson s'éveilla brièvement et pensa aux deux *marshals* qui montaient la garde dans leur voiture, sous les sapins. Ils doivent être frigorifiés, les malheureux, pensa-t-il avant de se rendormir.

Ils se levèrent de bonne heure, déjeunèrent copieusement et, la dernière bouchée avalée, Ronny disparut pour aller explorer les environs.

— Ne t'éloigne pas trop ! lui cria Jane.

— Il n'y a aucune chance que les hommes de Pastor nous retrouvent ici, fit observer Mathieson.

Il n'avait pourtant rien dit à Jane du lapsus de Ronny, la veille, et préféra ne pas l'alarmer.

Il installa sa machine à écrire sur une table, près de la cheminée, inséra une feuille de papier dans le rouleau. Mais il ne s'assit pas pour écrire. Il fallait d'abord qu'il y réfléchisse un peu.

C'est alors que le téléphone sonna. Mathieson sursauta. Il décrocha d'une main tremblante.

— Jason ? Ici Glenn. Tou va bien ?

— Oui, tout va bien ? Où êtes-vous ?

— A l'aéroport de Phoenix. J'arriverai ce soir pour voir comment vous allez.

— On s'installe. Vos hommes ont été parfaits.

— Caruso est une perle. A ce soir vers huit heures, d'accord ?

Pendant le déjeuner, Ronny décrivit les trésors qu'il avait découverts. Une curieuse machine agricole toute rouillée au fond de la grange. L'épave d'une De Soto 1949 enfouie sous les mauvaises herbes dans une clairière. Une cabane à demi pourrie bâtie sur la maîtresse branche d'un arbre. La dame qui habitait deux maisons en contrebas avait deux enfants de l'âge de Ronny, ils devaient rentrer de vacances la semaine prochaine.

— Dis, papa, quand est-ce qu'on ira chercher un cheval ?

— Pourquoi pas demain matin ?

— Chic ! Je vais nettoyer l'écurie !

Ronny disparut en coup de vent. Pendant que Jane débarrassait la table, Mathieson ouvrit une bouteille de vodka.

— Bloody Mary ? demanda-t-il.

— Il n'est pas un peu tôt ?

— Je suis encore énervé.

— Bois tout seul. Je n'ai envie de rien.

Elle lui avait répondu avec froideur, indifférence. Fred se prépara le cocktail et se réinstalla à la table de la cuisine, la regardant fouiller dans les placards, déplacer les choses sans raison apparente. Soudain, elle lui prit le verre des mains et en avala la moitié d'un trait.

-- Excuse-moi, dit-elle. Je suis énervée, moi aussi.

Il vida le verre, alla le laver dans l'évier. Par la fenêtre, il voyait Ronny s'affairer dans la grange, en sortir de la vieille paille avec un râteau rouillé.

— Fred ?

Il se retourna vers Jane, sourit.

— Non, Jason.

— Je ne peux pas m'y habituer. Cela ne te va pas.

— Nous n'y pouvons rien. Ils n'ont pas eu le temps de nous préparer d'autres papiers.

Elle jeta une poêle sur une étagère, claqua une porte de placard.

— J'en ai assez ! Assez de cette baraque en faux rustique, de ces sapins, de tout... Je veux revoir Roger et Amy, notre maison. Je ne veux pas de cette vie...

Il la prit dans ses bras, essaya de l'attirer contre lui. Mais elle résista et s'éloigna pour aller se planter devant la cheminée, les bras croisés, les yeux obstinément baissés. De dos, il la vit relever les épaules comme pour se protéger.

Tenter de l'amadouer serait inutile, il le savait. Il savait ce qu'elle ressentait, il devinait qu'elle se dominait pour ne pas casser quelque chose, lancer des assiettes contre un mur. Il fit quand même quelques pas vers elle.

— Je ne sais pas quelles platitudes je pourrais te dire, hasarda-t-il d'une voix atone.

— Ne dis rien. Je veux simplement rentrer chez moi, retrouver notre nom, notre famille, nos amis. Notre vie. Je voudrais que notre fils mène une vie normale. Il s'adapte ? as-tu dit ce matin. Tu appelles cela s'adapter, se retrouver tout seul à son âge et se distraire en râclant de la paille pourrie dans une vieille grange en ruine ? Moi je sais ce qu'il ferait s'il n'était pas désespéré ! Il courrait déjà dans tout le quartier pour se faire de nouveaux amis ! Regarde-le, Fred, mais regarde-le donc ! Tu ne vois pas qu'il est perpétuellement au bord des larmes ?

Elle se calma soudain, frissonna. Il y eut un long silence.

— Nous n'allons pas pouvoir tenir longtemps comme cela, dit-elle enfin.

Il poussa un long soupir.

— Que veux-tu que je fasse ?

— Je n'en sais rien, Fred... Je n'en sais rien.

Ce soir-là, ils attendaient tous Bradleigh. L'équipe de nuit était arrivée mais Caruso et Cuernavan étaient restés pour prendre le café avec eux. Cuernavan et Ronny avaient entamé une partie de gin-rummy. Ils se comportaient comme de vieux amis et Cuernavan se prêtait d'autant plus volontiers à ce jeu qu'il avait senti que le jeune garçon avait désespérément besoin d'une compagnie. Caruso buvait son café à petites gorgées et se faisait tout petit dans un coin. Jane avait taillé des rideaux dans un coupon de tissu rayé et faisait tourner sa machine à coudre dans un vrombissement de voiture de course. De temps en temps, elle jetait un coup d'œil vers Ronny, comme pour s'assurer qu'il n'avait pas mystérieusement disparu.

Mathieson buvait trop vite, essayant vaguement de se rappeler s'il en était au cinquième ou au sixième verre depuis le déjeuner. Le soleil couchant projetait une lueur orangée à travers les vitres. Caruso se leva et alla se planter devant la porte.

— Il est très bon, votre café, dit-il négligemment.

— Mais qu'est-ce qu'il fabrique ? demanda Jane. Il devrait être arrivé depuis longtemps !

— A votre place, je ne m'inquiéterais pas pour Glenn Bradleigh...

— Cela fait longtemps que vous le connaissez ?

— Plus de six ans.

Mathieson ne les écoutait pas. Il pensait à leur vie, à l'absurdité dans laquelle ils s'enlisaient. Jane avait raison, cela ne pouvait pas durer. Il fallait trouver quelque chose, un but, une raison de vivre s'ils ne voulaient pas tous sombrer dans la folie...

Des éclats de voix s'élevèrent du côté des joueurs de cartes. Ronny contestait le compte des points que faisait Cuernavan et le corrigea en refaisant de tête les opérations. Voilà quelque chose qu'il avait hérité de Mathieson, ce don des chiffres, ce goût de l'exactitude et de la mécanique. S'il ne consacrait pas sa vie aux chevaux, il finirait sans doute ingénieur ou chercheur. Mathieson lui-même avait toujours été habile de ses mains et adorait faire de l'électricité. Pourquoi ne pas travailler comme électricien ou menuisier ? pensa-t-il. Au moins, cela l'occuperait.

Pendant un moment, il s'amusa à ce rêve éveillé. Il savait pourtant ce rêve aussi absurde que le reste. Il avait toujours choisi des professions où l'on pouvait se consacrer aux complexités de l'esprit humain. Pour fonctionner, il lui fallait des hommes et non des bouts de bois ni des morceaux de câble électrique.

Le soleil baissait, le crépuscule tomba. Jane abandonna sa machine à coudre et alla se poster à côté de Caruso, derrière la porte vitrée.

— Il devrait être ici depuis longtemps, dit-elle.

— Il a peut-être été retenu au bureau de Phœnix. Je suis sûr qu'il...

La sonnerie du téléphone les fit bondir. Mathieson se précipita en bousculant la table de jeux, décrocha au milieu de la seconde sonnerie. C'était Bradleigh.

— Passez-moi Caruso. Vite.

Mathieson réprima un mouvement de colère. Allait-il encore accepter longtemps de se faire commander par tout le monde ? D'un geste, il fit signe à Caruso de venir au téléphone. Il épia ses changements de physionomie, écouta ses répliques.

— Vous êtes sûr ?... Bon Dieu, ça va être dur de leur faire avaler ça... Combien de temps avons-nous ?... Je vois. Non, nous n'allons pas prendre ce risque... Comment ont-ils pu y arriver ?... Incroyable !... Bon, je garde le contact. Laissez les numéros au standard du bureau, j'appellerai entre six et huit heures demain matin... Merci, j'en aurai besoin.

Quand il raccrocha, il fit un effort pour avoir l'air impassible. Mathieson fit un pas vers lui.

— Alors ? Qu'est-ce qui se passe, à présent ?

Jane traversa la pièce sans le quitter des yeux.

— Parlez ! Qu'y a-t-il encore ? Qu'est-ce que c'est ?

Caruso fit une grimace d'excuse, haussa les épaules.

– C'est de notre faute, je suis navré. On aurait dû y penser plus tôt. Les gens de Pastor ont apparemment repéré Glenn. Ou bien ils l'ont retrouvé à Phœnix, ou bien ils l'ont suivi depuis Los Angeles. Quoi qu'il en soit, ils l'ont pratiquement filé jusqu'ici. Ils s'y sont pris à deux voitures, c'est pourquoi Bradleigh ne s'en est pas aperçu plus tôt.

Jane vacilla et se rattrapa d'une main à la cheminée.

– Vous voulez dire qu'ils nous ont retrouvés ?

– Non, pas encore.

– Où est Glenn ? demanda Cuernavan.

– Plus loin. Il a appelé d'une station-service. Il va continuer à rouler jusqu'à Gallup.

– Où les a-t-il repérés ?

Caruso fit une nouvelle grimace.

– Quand il a tourné dans Cochise Road. C'est en voyant la voiture qui le précédait faire un demi-tour sur la grand-route qu'il a compris de quoi il retournait. Il s'est immédiatement arrêté sur le bas-côté et a vu les deux voitures le dépasser sans ralentir. Il n'a pas reconnu les occupants mais il est presque sûr que ce sont des gens de Pastor. Les deux voitures avaient des immatriculations de Californie. Après cela, il les a vus revenir et les a emmenés faire un tour dans la nature, comme si son arrêt au coin de Cochise Road n'avait été qu'une manœuvre pour les dépister. Ce soir, il va les mener jusqu'à Gallup mais nous ne sommes pas certains qu'ils donneront dans le piège. Quand ils l'auront perdu, ils vont sûrement revenir par ici et fouiller systématiquement les environs, se renseigner sur toutes les familles ayant récemment emménagé dans le secteur. Ils auront sans doute retrouvé les Jason Green en quelques jours...

Ronny battait machinalement les cartes. Il les posa sur la table sans relever les yeux.

– Cela veut dire qu'il faut encore s'en aller ?

Mathieson eut du mal à parler sans trembler.

– De combien de temps disposons-nous ?

Caruso fit un nouveau geste fataliste.

– Je ne sais pas. Sûrement assez pour faire les valises sans se presser... Je suis navré, vraiment navré.

Jane tourna les talons et se mit à arpenter la pièce comme un automate, muette, le visage exsangue.

Mathieson resta figé à sa place, les poings serrés. Il les serra si fort qu'il eut mal, les rouvrit et s'absorba dans la contemplation de ses mains.

Non, pensa-t-il, non. Je ne peux plus. Je ne peux plus accepter ce qui nous arrive. Je ne peux plus...

... Lou qu'il est mal de trouver elle-même dans le comton relation se mettait...

Non, cette-lui, pour Je ne peux plus. Je ne peux plus accepter... qui n'aurais... Je ne peux plus.

8

Arizona, Californie — du 12 au 15 août

Ils retrouvèrent Bradleigh qui les attendait dans le parking de l'aéroport de Tucson. Il fumait nerveusement et le cendrier de sa voiture débordait de mégots.

Mathieson descendit de la voiture conduite par Caruso et se glissa près de Bradleigh tandis que Caruso allait se garer à quelques mètres de là. Le ventilateur du climatiseur entraînait la fumée de cigarette dans des volutes qui lui chatouillèrent le visage. Mathieson ôta ses lunettes de soleil pour étudier le visage de Bradleigh et les remit bientôt, tant le soleil était éblouissant. Bradleigh ne disait rien, attendant sans doute qu'il parle le premier. Peut-être espérait-il même un mot de pardon. Mathieson le lui refusa.

— Vous avez nos papiers ? se borna-t-il à demander.

Bradleigh fit un geste du menton, montra un dossier sur la banquette dont Mathieson se saisit et dont il défit la sangle.

— Paul et Alice Baxter ? Jamais Jane n'acceptera de s'appeler Alice ! Et je ne vois rien pour Ronny.

— On n'a pas eu le temps de lui terminer ses papiers. De toute manière à son âge il en a rarement besoin. Nous essayons de lui trouver un acte de naissance avec le prénom de Ronald.

Mathieson regarda Bradleigh dans les yeux.

— Croyez-vous que nous aurons le temps de nous habituer à ces noms-là, cette fois ?

— Ecoutez, Fred... Pardon, je veux dire Paul, je sais ce que vous ressentez et je voudrais...

- Trouver le moyen de nous faire plaisir, n'est-ce pas ? Ne

vous fatiguez pas, Glenn, je comprends. Je vous comprends mais là, fit-il en montrant sa tempe, dans la tête. Pas là, pas dans les tripes ! Avez-vous seulement idée de ce que tout cela me fait, nous fait ?

— Vous avez envie de me casser la figure, hein Fred ? Allez-y, si cela peut vous faire du bien.

— Ne dites pas de conneries, Glenn...

Bradleigh écrasa sa cigarette dans le cendrier.

— Bon, vous n'êtes pas d'humeur à parler ni à entrer dans les détails, je comprends. Où voulez-vous que nous vous emmenions, Fr... Paul ?

— Quelque part, répondit Mathieson.

Bradleigh eut un sourire ironique.

— Je m'en doute. Mais encore ?

— Nous avons choisi l'endroit où nous voulons aller, Glenn. Vous n'avez pas besoin d'en savoir plus.

Bradleigh alluma une nouvelle cigarette, la coinça entre ses lèvres, posa les deux mains sur le volant et se redressa, en regardant droit devant lui à travers le pare-brise.

— Vous voulez que nous vous laissions tomber, c'est ça ?

— Exactement.

— Je comprends. Mais cela ne me paraît pas prudent.

— Parce que, selon vous, il était prudent de nous embarquer à Showlow avec une escorte aussi visible que le nez au milieu de la figure ? Il était prudent de votre part de vous faire prendre en filature moins de quarante-huit heures après notre arrivée ?

— Je sais, c'est idiot et entièrement de ma faute...

— C'est exactement ce que je pense.

Mathieson n'allait pas laisser échapper l'occasion de dire enfin ce qu'il pensait. Bradleigh soupira et encaissa le coup.

— D'accord, Fred, je mérite votre savon. N'empêche que le simple bon sens ordonne...

— Je dois assurer la sécurité de ma famille, Glenn, interrompit Mathieson. Je sais que c'est aussi votre boulot, mais c'est de ma vie dont il s'agit. En fait, je ne fais que reprendre à mon compte l'autorité qui va de pair avec la responsabilité en question.

— Mais vous êtes un amateur, un novice ? Tout seul, vous ne vous en sortirez jamais !

— Je me ferai aider.

— Par qui ? demanda Bradleigh en fronçant les sourcils.

— Cela ne vous regarde pas.

— Que vous le vouliez ou non, c'est notre métier ! Bien sûr, nous pouvons nous tromper, la preuve ! Mais un amateur comme vous n'aurait sûrement pas réagi assez vite, après s'être aperçu de sa gaffe !

— Je n'ai pas de temps à perdre en discussions, Glenn. Vous connaissez ma position.

— Votre position, comme vous dites, est absolument contraire à la nôtre ! Nous avons le devoir de vous protéger par tous les moyens.

— Le mieux que vous puissiez faire pour nous c'est de nous laisser tomber, Glenn.

— Les règlements...

— Je me fous des règlements.

Il y eut un long silence.

— Ecoutez, dit enfin Bradleigh, je ne suis pas un nazi bêtement discipliné et je sais interpréter les règlements quand il le faut. Mais pas dans ce genre d'affaire, croyez-moi. Tous ceux qui ont voulu jouer les grands garçons et se priver de nos services ont mal fini. Je n'exagère pas, Fred. Je ne dis que la stricte vérité.

— Je n'essaie pas de jouer les faux durs, Glenn. Et je ne suis quand même pas assez idiot pour aller me planter sous leur nez en leur disant de venir me descendre s'ils l'osent. Nous allons nous planquer, et très soigneusement, croyez-moi. Mais cette fois je serai le seul à savoir où nous allons. Comme ça le secret ne sera pas éventé. Et je n'ai pas l'intention de le dire à qui que ce soit. Ni à Caruso, ni à vous, ni même au président des Etats-Unis.

— Vous êtes têtu comme un âne !

— C'est précisément mon entêtement qui m'a fourré dans les draps où je me trouve en ce moment. Si j'avais écouté les conseils de prudence que tout le monde me donnait à l'époque et si je n'avais pas ouvert ma grande gueule, je n'en serais pas là. C'est mon entêtement qui m'a perdu, c'est lui qui m'en sortira. Est-ce clair ?

Bradleigh ne répondit pas. Il écrasa distraitement son mégot dans le cendrier dont il renversa la moitié du contenu. Mathieson le dévisageait avec curiosité. D'habitude, Bradleigh était prévisible, transparent. Cette fois, il semblait torturé par des sentiments contradictoires.

– Vous connaissez mon téléphone, dit-il enfin d'une voix changée. Appelez-moi n'importe quand, en PCV si vous voulez. Si vous avez besoin d'argent, on vous en fera parvenir. Tenez-moi au courant.

Il avait soudain l'air las, abattu. C'était sans doute la première fois qu'il subissait un échec et qu'il devait l'admettre. Il capitulait, ce qui représentait à la fois une confession et sa pénitence.

Mathieson avait espéré cette réaction mais il n'en tira aucun plaisir ni aucune tristesse. La froideur indifférente qu'il affectait lui était devenue indispensable pour supporter la rage froide et impuissante qui le possédait depuis ces derniers jours.

Bradleigh se pencha pour ouvrir la boîte à gants, en sortit une boîte de cartouches de 38. Il plongea ensuite sous sa chemise, prit son P. 38 et posa le tout sur le dossier que Mathieson tenait sur ses genoux.

– Vous savez vous en servir ? demanda-t-il.

– Oui. Mais je n'en veux pas.

– Si, prenez-le, Fred.

– Je ne suis pas un tueur, Glenn. C'est là la différence qu'il y aura toujours entre ces individus et moi. Je ne crois même pas que je serais capable de tirer sur Frank Pastor si je le voyais maintenant.

– Prenez cette arme, insista Bradleigh. Votre vie, celle de Jane et de Ronny peuvent en dépendre.

Mathieson hésita, mais il comprit que l'arme représentait quelque chose d'important pour Bradleigh, dans la mesure où cela justifiait partiellement ce qu'il considérait encore comme un abandon. Il pouvait lui faire ce petit plaisir.

– D'accord, Glenn. Mais j'espère bien ne jamais avoir à m'en servir. Cela signifierait qu'ils ont retrouvé notre piste.

– Ne vous en séparez quand même pas, Fred. Je peux compter sur vous ? Vous me le promettez ?

Mathieson ne répondit pas. Il ne voulait pas faire de promesse qu'il savait ne pas tenir, ni accepter de passer le restant de ses jours avec un pistolet dans sa poche. Bradleigh le comprit sans doute, car il se voûta et poussa un soupir découragé.

– Bon, faites ce que vous voulez...

– A votre tour de me promettre une chose, Glenn. Ne

cherchez pas à me retrouver. Est-il possible de faire disparaître ces identités de nos dossiers ?

— Non, c'est impossible. Elles sont déjà enregistrées. Il hésita avant de poursuivre.

— Il faudra que je fasse mon rapport en disant que vous nous avez échappé. Ce soir, je convoquerai Caruso et Cuernavan pour une conférence. Vous aurez dix minutes pour filer.

— Racontez ce que vous voulez, Glenn. Tout ce qui compte c'est que vos limiers ne viennent pas renifler notre trace.

— Je ferai de mon mieux, Fred. C'est la moindre des choses.

— Bonne chance, Glenn.

— Fred...

Mathieson avait déjà la main sur la poignée de la portière. Il se retourna.

— Envoyez-moi quand même une carte postale. Ou passez-moi au moins un coup de fil. Juste pour me dire que tout va bien. D'accord ?

— Bien sûr.

Mathieson mit un pied à terre. Il hésita, referma la bouche et prit le dossier alourdi du pistolet et des munitions.

— A bientôt, Glenn, dit-il avant de refermer la portière.

Il s'éloigna vers la voiture de Caruso sans se retourner.

Ils quittèrent le motel sans être suivis. Malgré tout, Mathieson prit toutes les précautions qu'il fallait, fit des détours par des rues obscures, revint sur ses pas en évitant les grandes artères, un œil en permanence sur le rétroviseur.

A l'arrière, Jane et Ronny se taisaient, plongés dans le morne silence qu'engendre le désespoir et ils se laissaient conduire sans poser de questions. Mathieson avait pris la décision tout seul. Jane n'avait pas même discuté ni même offert de suggestion.

En sortant de Tucson, Mathieson évita l'autoroute et prit l'ancienne nationale vers Nogales et la frontière mexicaine, à quatre-vingts kilomètres de là. Il mit à peine une heure pour l'atteindre. Le réservoir était encore presque plein, mais il s'arrêta exprès à une station-service près du poste-frontière pour échanger quelques mots avec le pompiste, afin d'être sûr qu'on se souviendrait de son passage.

A la douane, il demanda trois visas touristiques au nom de Baxter. Il ne se faisait pas d'illusion sur la valeur de la fausse piste qu'il laissait derrière lui, mais au moins était-ce un moyen de leur faire gagner un peu de temps.

Mathieson pénétra dans la partie mexicaine de Nogales et chercha un restaurant qu'il connaissait, la Caverne, où le potage à la tortue était excellent. Le repas était à la hauteur du souvenir qu'il en avait gardé mais il ne lui trouva aucun goût. A minuit, ils reprirent la route.

Mathieson avait soigneusement étudié la carte et choisi des routes secondaires, sans doute en mauvais état mais qui semblaient à peu près carrossables. La réalité fut pire qu'il ne l'avait imaginé. Il se retrouva dans des sortes de chemins de terre remplis de nids de poules où il fallait avancer au pas. Ils ne parvinrent en Sonora qu'à l'aube et ne se présentèrent au poste-frontière américain que vers huit heures. Les douaniers mexicains firent un geste désabusé pour leur faire signe de passer. Leurs collègues américains jetèrent un vague coup d'œil sur les valises et firent semblant de regarder les visas touristiques que Mathieson leur exhiba. Ils oublieraient leur passage en moins de quelques heures.

Il fallut ensuite se débarrasser de la voiture. Caruso la connaissait et avait sûrement relevé le numéro d'immatriculation.

La fatigue et le manque de sommeil lui brouillaient la vue. Mais Jane était hors d'état de le relayer au volant et il dut tenir toute la nuit avec deux tasses de café et un copieux petit déjeuner, ce qui lui permit de rouler de Douglas à Benson sans s'endormir au volant. Il vérifiait toujours le rétroviseur et n'y avait encore rien remarqué d'inquiétant. Le climatiseur de la voiture était insuffisant pour combattre la chaleur torride du désert de l'Arizona, et après le lever du soleil ils durent s'asseoir tous trois à l'avant car l'air frais ne parvenait pas à rafraîchir l'arrière de la voiture. A Benson, il refit le plein et vérifia l'huile. Ils déjeunèrent dans un café de routiers et obliquèrent droit vers l'est. Au milieu de l'après-midi, ils arrivèrent enfin à Willcox.

Mathieson déposa Jane, Ronny et les bagages à la gare routière. Il y avait un autocar direct à seize heures pour

Tucson, Phœnix, El Centro, Riverside et Los Angeles. Il avait donc près de trois quarts d'heure devant lui. Il prit une grande rue qui le mena à un centre commercial, gara la voiture dans un espace libre près de l'entrée, laissa les clefs au tableau et appela un taxi d'une cabine téléphonique. Il était revenu à la gare routière un quart d'heure avant le départ de l'autocar.

Ils n'eurent pas de mal à trouver des places assises. Mathieson se demanda combien de temps il faudrait avant que la voiture abandonnée fût repérée par la police. Vraisemblablement, pensa-t-il, elle ne serait même pas signalée. Avec les clefs bien en vue, on la volerait dans les vingt-quatre heures.

L'autocar s'arrêta à Tucson à l'heure du dîner. Ils en repartirent à vingt et une heures, dépassèrent Phœnix vers minuit et s'enfoncèrent dans la nuit, en direction de l'ouest, par la même route qu'ils avaient prise, la semaine d'avant, avec Caruso et l'escorte. Sous la clarté des étoiles, le désert se laissait à peine deviner à travers les vitres teintées. La climatisation donnait à plein et l'autocar était glacial. Epuisé, Mathieson ferma les yeux et s'efforça de dormir. Mais le sommeil ne vint pas. La rage qui l'avait saisi le rongeait comme un ulcère.

L'autocar stoppa à El Centro vers trois heures du matin. Mathieson alla dans une cabine téléphonique et finit par joindre enfin un motel encore ouvert, avec des chambres libres. Ils y allèrent en taxi et refermèrent la porte de la grande chambre à trois heures et demie. Mathieson poussa un soupir. Jane ne disait toujours rien. Ronny dormait debout.

— On achètera une voiture demain, dit-il en se laissant tomber sur le lit. Pour le moment, essayons de dormir. On discutera plus tard.

Les Gilfillan les attendaient sur le seuil du chalet et Mathieson observa Jane pour voir si les retrouvailles allaient la faire sortir de l'état de torpeur dans lequel elle était plongée. Elle se mit à sourire, à parler, à répondre aux questions. Mais elle semblait totalement étrangère à ses actes.

Quand les bagages furent tous rentrés, on expédia Billy et

Ronny pêcher dans le torrent avec l'attirail de Roger. On sortit quatre fauteuils sur le balcon, on s'installa confortablement et on se servit à boire.

Mathieson espérait que le récit de leur cauchemar exorciserait les démons qui les assaillaient depuis ces derniers jours. Aussi laissa-t-il Jane s'en charger, tout en étudiant les réactions de Roger et d'Amy. A mesure qu'elle parlait, Jane s'anima, retrouva des émotions, de la colère. Elle rit deux ou trois fois, mais ce n'était encore qu'un rire amer et contenu. Elle se mit à boire, trop et trop vite. Bientôt, sa voix s'empâta et la migraine qui la tracassait depuis la veille empira soudain et devint insupportable. Elle rentra à l'intérieur, courbée comme une vieille femme. Amy l'accompagna, un bras protecteur fermé autour de ses épaules, comme une infirmière conduisant un malade.

Seul avec Fred, Roger affecta la bonne humeur, se leva pour aller à la table où s'alignaient les bouteilles.

— Bourbon-soda, comme tout à l'heure ?

— Pourquoi pas ?

Il hésita un peu.

— Elle a besoin de repos, tu sais. Toi aussi, d'ailleurs.

— Je sais... Je vais ranger la voiture.

Mathieson se leva lourdement, descendit les deux marches pour aller garer la vieille Ford achetée à El Centro, sous l'auvent qui tenait lieu de garage. Quand il revint, Roger lui tendit son verre plein.

Amy reparut sur le seuil de la porte.

— J'ai l'impression qu'elle va dormir toute la nuit, dit-elle. Mais il ne faut pas que cela nous empêche de dîner. Pourquoi ne feriez-vous pas un tour, tous les deux, pendant que je m'occupe de la cuisine ?

Les deux hommes avalèrent leurs verres et allèrent se promener vers l'orée du bois de sapins. Ce fut Roger qui reprit le premier la parole.

— Tu sais, vieille noix, ça me fait plaisir que tu sois venu chez nous...

Il s'interrompit, ne sachant comment poursuivre. Et Fred lui-même ne trouva rien à répondre, paralysé à l'idée qu'il ne dirait que des banalités.

— En tout cas, vous pouvez rester tant que vous voudrez, reprit Roger.

— On n'a quand même pas l'intention de s'incruster, tu sais !

— Cette maison est à vous, vous ne nous dérangez pas le moins du monde. La seule chose, c'est que l'hiver est plutôt rude, dans les parages. Vous allez vous sentir perdus. Le magasin le plus proche est à vingt kilomètres. Quand il neige, il faut parfois la journée pour faire l'aller et retour.

Roger fit un geste pour montrer la forêt de sapins qui s'étendait à perte de vue.

— Au moins, vous ne manquerez pas de bois pour vous chauffer ! Mais cette baraque n'a pas vraiment été construite pour y passer l'hiver... Si tu veux, je pourrai amener un poêle à gaz.

— Mais non, Roger ! Je te répète qu'on n'a pas l'intention de s'installer ici pour toujours. On ne va probablement rester que quelques jours.

— Et après ? Où comptes-tu aller ?

— Je ne sais pas encore. Je ne suis venu chez toi que pour souffler un peu, récupérer. C'est tout...

Mathieson s'interrompit, retomba dans son mutisme. En marchant, ils arrivèrent au bord d'une sorte de piste forestière creusée d'ornières. Une nouvelle fois Roger se remit à parler pour briser le silence.

— Les types des Eaux et Forêts passent par là en jeep. L'année dernière, j'ai amené un bulldozer pour rendre la route plus praticable mais les pluies de printemps ont de nouveau tout raviné. Sais-tu pourquoi nous ne faisons pas de frais, c'est parce que le terrain ne nous appartient pas. On a un bail de quarante-neuf ans. Quand il arrivera à expiration, le gouvernement le récupérera et ils démoliront sans doute la baraque. Ce qu'ils veulent, quand tous les baux comme le nôtre et les concessions minières seront terminés, c'est recréer une sorte de forêt vierge et en faire un parc naturel. C'est un peu pour ça que je t'ai dit de venir nous retrouver directement ici. Mon nom ne figure ni au cadastre ni sur des titres de propriété.

Mathieson hocha la tête, l'air absent. Roger alla s'adosser à un sapin et le regarda en souriant.

— Tu veux parler, vieille noix ? Tu veux te soulager de ce que tu as le cœur ?

— Je n'en sais rien, Roger...

— Ecoute, je sais que tu n'as jamais été du genre expansif.

Mais toutes ces histoires t'ont rendu muet comme une carpe. Tu serres les lèvres comme une vieille fille constipée. Ce n'est pas bon de garder tout ça pour soi, mon vieux Fred. Un de ces jours, ça va exploser.

Le silence, la pureté de l'air et tout le whisky qu'il avait avalé finirent par détendre légèrement Mathieson. Il contempla un long moment les rayons du soleil qui s'insinuaient entre les troncs d'arbres, tout en respirant les senteurs résineuses des pommes et des aiguilles de pin.

— Se cacher, fuir, dit-il enfin d'une voix sourde. Pour moi, ça équivaut à une mise à la retraite. Plus rien à faire dans la vie sinon tuer le temps jusqu'à ce que la décrépitude s'installe... Je ne peux pas m'y faire, Roger. J'en ai des sueurs froides.

Roger leva la tête, l'appuya à l'écorce du sapin et regarda Mathieson sans rien dire.

— Tu sais que j'ai passé mon enfance et ma jeunesse à New York, reprit-il. C'était quelque chose, à l'époque. Les rues, le maire, la Guardia et ses parades, les matchs des *Dodgers*. On habitait à vingt mètres du métro aérien de la 2e Avenue. Mon père était pharmacien, on vivait dans un appartement au-dessus de la boutique. Le quartier n'était pas particulièrement chic, contrairement à ce qu'il est devenu maintenant. Tout autour de nous, c'était de la crasse, des braillements, le tonnerre du métro vingt-quatre heures sur vingt-quatre. C'était New York. Le paradis, quoi. Rien à voir avec l'enfer que c'est devenu...

Roger hocha la tête avec un grognement attentif.

— Moi, les copains, on a grandi en se nourrissant de bandes dessinées et de parties de ballon, de séances de cinéma où on se faufilait sans payer. Les gangsters, on ne les voyait que sur les écrans. Ils n'existaient pas, ce n'étaient que des personnages de films ou de bandes dessinées, des prétextes à scénario pour des séries « B » comme Hollywood en sortait à la pelle, ces années-là. Un gangster, c'était un rôle pour Alan Ladd ou Edward G. Robinson, un type qui se faisait descendre dans les cinq dernières minutes...

— Je sais. J'ai connu ça, moi aussi.

— Pour moi, l'idée du mal, de la malfaisance, poursuivit Fred en s'animant, ça mettait du piment dans les romans policiers et ça s'arrêtait là. Depuis, j'imagine que je n'ai pas beaucoup mûri. Tu comprends, même quand j'étais dans l'armée, les batailles se passaient comme au cinéma. On n'était qu'une bande de types ordinaires qui passaient leur temps à creuser des tranchées, à râler contre le quotidien, à attendre le courrier ou les ordres du QG. Ou à se raconter des histoires idiotes pour passer le temps. Des histoires de filles, surtout. On en rêvait, des filles. On mentait pour épater les autres. Bien sûr, en face, il y avait les ennemis, les barrages d'artillerie, les rafales de mitrailleuses lourdes, le bruit, la boue, le froid. Mais cela n'avait pas vraiment de réalité, pour la plupart des GI comme moi. Tu me comprends ? Ce n'est pas trop idiot ce que je te raconte ?

— Pas trop, non.

— Et maintenant, Frank Pastor. Frank Pastor, ses gorilles et la pourriture qu'il représente. Eh bien tu vois, Roger, tout ça n'a pas plus de réalité pour moi qu'un mauvais film. Je n'arrive pas à me convaincre que c'est vrai, que ça peut exister. J'ai envie d'aller trouver le metteur en scène et de lui dire de recommencer sa scène...

Mathieson se laissa glisser contre un tronc et s'entoura les genoux des deux bras.

— Ou plutôt, non ! J'ai envie de trouver un autre scénariste, un crack. Et de lui demander de tout réécrire...

— Là, je ne te suis plus, Fred.

— Ecoute, Frank Pastor a l'initiative depuis le début. Il fait quelque chose et je pare les coups. Il avance, je recule. Il est à la fois le metteur en scène, la vedette... Et merde, Roger ! J'en ai marre, tu m'entends, marre de jouer le figurant dans le film de Pastor !

— Tu n'y peux rien. La distribution s'est faite comme ça.

— Et alors ? Si c'est ta tête qu'on vise dans un jeu de massacre, à la foire, tu peux avoir envie de ramasser les balles et de taper sur ceux qui te bombardent, non ?

Roger réfléchit un moment avant de répondre.

— Tu es sérieux ? Tu serais vraiment prêt à prendre un flingue, toi aussi, et à aller descendre cet enfant de salaud ?

— Non. Je n'en serais pas capable, je ne suis qu'un amateur. Contre des types comme ça, je n'aurais aucune chance de m'en sortir.

— Alors, laisse tomber. Tu ne fais que te ronger un peu plus les sangs. Tu te tortures toi-même en rêvant à l'impossible.

— Non, je ne me torture pas...

Roger s'écarta du sapin d'une détente et se remit en marche en direction du chalet.

— Viens, rentrons. Le dîner doit être prêt... Dis-moi, est-ce que tu penserais quand même à quelque chose de concret ? Aurais-tu par hasard une idée précise derrière la tête quand tu me racontes tout ça ?

— Oui, j'en ai l'impression.

— Dans ce cas, il n'y a qu'un homme à qui tu devrais te confier. Tu vois qui je veux dire ?

— Oui, Roger, je vois qui tu veux dire.

Mathieson y pensait même depuis un bon moment.

Diego Vasquez.

DEUXIÈME PARTIE

LA VOLTE-FACE

9

Los Angeles — 22 août

Une abondante toison rousse encadrait le visage de la réceptionniste et son maquillage rappelait celui d'une barmaid de haut luxe. Elle ne détonnait pourtant pas dans le décor vieillot à l'opulence fin de siècle d'un hôtel Terminus comme on n'en voit plus. Elle offrit au visiteur le regard indifférent et le sourire impersonnel de celles qui ne s'étonnent de rien.

— Monsieur ?

— Edward Merle. J'ai pris rendez-vous hier par téléphone.

Elle consulta un agenda, hocha la tête.

— Veuillez vous asseoir, je vais le prévenir.

Un instant plus tard, elle se leva, fit un sourire machinal et le précéda dans un petit couloir lambrissé. Elle ouvrit une porte, s'effaça tandis que Diego Vasquez se levait pour l'accueillir.

Il avait une chemisette, la cravate défaite, de longs favoris noirs et l'allure incongrue d'un intellectuel déchu. Il jaugea rapidement son visiteur d'un regard pénétrant.

— Bonjour, monsieur Merle.

Sa poignée de main était aussi brève que sa voix. Il semblait ne pas aimer le contact de l'épiderme d'autrui. Il était mince, pas très grand, d'allure presque fragile. Quel âge pouvait-il avoir ? Quarante, cinquante ans ? Difficile à dire.

Après avoir satisfait au rite de l'accueil, il refit le tour de son bureau pour se réinstaller dans son grand fauteuil pivotant, comme un pilote prenant place aux commandes.

— Que puis-je faire pour vous, monsieur Merle ?

Le ton était courtois, la voix discrète, comme celle d'un

notaire de famille s'enquérant des volontés de son client, quoique la mise en scène rassurante fût démentie par le genre un peu voyant de la réceptionniste. On était, après tout, en plein Hollywood, et il fallait toujours se méfier des apparences.

Au mur, une collection de photos et de coupures de presse. La dernière en date, sous verre comme la plupart des autres, exhibait la manchette du *Los Angeles Times* : « QUATRE REPRIS DE JUSTICE ABATTUS LORS DU SAUVETAGE DE SAM STEDMAN JR. PAR DIEGO VASQUEZ. »

— Monsieur Merle ?

Vasquez rappelait à l'ordre son visiteur dont la curiosité et la distraction manquaient sans doute à son avis de discrétion. Mathieson se troubla et rougit.

— C'est une affaire plutôt confidentielle...

Il se mordit les lèvres. La phrase était idiote.

— Comme toutes les affaires que je traite, répondit Vasquez avec un sourire bénin, vite effacé.

— J'aimerais vous engager pour certains services...

— Je m'en doute. Mais encore ?

Le ton restait courtois, patient. Mais un éclair dur dans le regard dénotait une certaine impatience.

Allons, courage, se dit-il. Déballe ton histoire. Il hésita pourtant une dernière fois, se rendant compte qu'une fois qu'il aurait commencé à parler, il ne pourrait plus faire marche arrière. Il se serait engagé.

Il prit une profonde inspiration et se jeta enfin à l'eau.

— Ma famille et moi sommes menacés par des gangsters. Ils font partie du Syndicat, de la Mafia, si vous préférez.

— Je vois.

— J'avais témoigné contre l'un d'eux, il y a quelques années.

— Vous voulez être protégé ? Mais il existe des services fédéraux qui s'en chargent, que je sache.

— Non, je ne cherche pas de protection, monsieur Vasquez.

Diego Vasquez plissa les yeux et observa plus soigneusement son interlocuteur.

— Voyons... En vous rallongeant les cheveux et en supprimant cette moustache un peu trop neuve... Oui, c'est bien la photo qui avait paru dans le *Herald Examiner*. Vous êtes Fred Mathieson, n'est-ce pas ?

Mathieson eut un léger sursaut.

— Vous reconnaissez toujours les gens aussi vite ?

96

— Je me contente de lire les journaux, monsieur Mathieson. Los Angeles a beau être une ville où tout peut arriver, on n'y fait pas sauter tous les jours une maison à coups de bombe au plastic. Pourquoi êtes-vous venu me voir sous un faux nom ?

— Edward Merle est mon vrai nom.

— Avez-vous des pièces d'identité ?

— Oui. Au nom de Paul Baxter. J'ajoute que jusqu'à ces derniers jours, j'étais censé m'appeler Jason Green.

— Vous devez vous y perdre, n'est-ce pas ? J'ai connu un écrivain qui avait neuf pseudonymes. Le malheureux ne savait même plus comment il s'appelait...

— Moi, je sais que je m'appelle vraiment Edward Merle. Mathieson ne date que d'il y a huit ans. C'est sous le nom de Merle, d'ailleurs, que les gangsters me connaissent.

— Je vois. Permettez-moi de résumer votre histoire telle que je la comprends. Vous n'êtes pas le genre ancien gangster qui donne ses complices. Vous avez donc dû être par hasard le témoin d'un acte répréhensible et vous avez fait votre devoir d'honnête citoyen. Est-ce bien cela ?

— En effet.

— Par un miraculeux hasard, votre famille et vous échappez à l'attentat qui devait vous supprimer. Alors que vous vous croyiez en sûreté, il vous a fallu recommencer à vous cacher. Mais vos ennemis vous ont retrouvé et votre fuite a repris. Pendant ce temps, vos protecteurs de la police ne peuvent plus rien pour vous. C'est pourquoi vous êtes venu voir Diego Vasquez. Me suis-je beaucoup trompé ?

— En gros, c'est exact.

Vasquez le soumit à un nouvel examen de ses yeux pénétrants.

— Ce que vous comptez entreprendre, monsieur Merle, nécessite plus que de la détermination. Qu'avez-vous ?

— Beaucoup de temps. De la haine, en quantité inépuisable. Et suffisamment d'argent, je crois.

Il plongea dans sa poche, en sortit un chèque qu'il posa sur le bureau. Diego Vasquez le fit glisser vers lui à l'aide d'un crayon et y jeta un coup d'œil.

— Vingt mille dollars ? C'est en effet considérable.

Il abandonna le chèque à mi-chemin entre Mathieson et lui et se tapota les dents d'un air pensif avec son crayon.

— Que faisiez-vous, monsieur Mathieson ? Vous étiez agent

littéraire, je crois ? Vous vous occupiez de scénaristes et de réalisateurs ?

— Oui, en effet. De quelques acteurs, aussi.

— Et avant cela ? Quand vous étiez Edward Merle ?

— J'étais avocat à New York.

— Droit pénal ?

— Ma firme avait également beaucoup de clients en droit civil et commercial.

— Vous avez néanmoins pratiqué le droit pénal ?

— De temps en temps, jamais rien de bien sérieux. Il arrivait qu'un de nos clients soit inculpé de coups et blessures à la suite d'une cuite ou d'homicide par imprudence dans un accident de la route. Nous prenions également quelques dossiers au titre de l'assistance judiciaire.

— Vous aviez donc une bonne clientèle ?

— Je n'étais encore qu'un débutant dans la firme. Je n'étais peut-être pas ce qu'on appelle un maître du barreau mais disons que j'avais largement de quoi m'occuper.

— Vous gagniez combien ? Dans les quinze, seize mille dollars par an ?

— Environ, oui. Pourquoi me posez-vous ces questions ?

— J'essaie de vous dresser un portrait de vous-même. Avez-vous déjà tenté ce genre d'exercice ? Regardez un instant. Vous êtes témoin d'un délit commis par un gangster et, de votre propre initiative, vous vous mettez en avant pour assister la justice. Vous avez été victime de menaces de mort, n'est-ce pas ?

— Oui.

— Et vous avez bénéficié de l'aide des autorités. Vous avez déménagé à cinq mille kilomètres de votre ville natale, vous avez abandonné votre profession et tout ce qui constituait votre vie. En d'autres termes, vous avez estimé votre témoignage assez important pour justifier un sacrifice aussi considérable. Vous avez même bien voulu y perdre jusqu'à votre nom.

Vasquez s'interrompit, changea de position et se croisa les jambes.

— Voilà le portrait que je voulais vous faire voir dans le miroir, monsieur Merle. Celui d'un homme capable de faire la différence entre le bien et le mal. D'un homme qui a foi dans la justice, qui a assez de confiance dans les lois pour consentir des sacrifices presque surhumains pour faire triompher la cause d'un principe et de la morale. Est-ce un portrait fidèle ?

— Non. Je n'ai jamais été un saint et je n'ai jamais cherché à le devenir.

— En ce moment, vous êtes fou de colère et la colère peut prendre le pas sur la raison. Elle peut même faire disparaître les inhibitions et les scrupules. Dans votre cas, je la vois effacer jusqu'à votre sens inné de la droiture et de l'honnêteté... temporairement du moins. Un homme en colère ne se connaît plus, il peut commettre de terribles erreurs. Mais la colère passe. Si la vôtre disparaît après que vous aurez assouvi votre vengeance, comment vivrez-vous avec votre conscience, monsieur Merle ?

Il eut un ricanement amer.

— Je m'arrangerai avec elle, ne vous inquiétez pas !

— Votre ironie sonne faux, monsieur Merle. Et que se passera-t-il si votre colère passe avant que vous ayez fini d'accomplir votre dessein ? Supposons que vous déclenchiez quelque chose qu'il vous soit impossible d'arrêter ensuite ?

— Je n'ai nullement l'intention de m'arrêter en chemin.

— C'est ainsi que vous l'envisagez aujourd'hui. Plus tard, vous serez sans doute amené à vous poser des questions. Vous n'êtes plus un adolescent malléable, monsieur Merle. Votre vie passée vous a profondément conditionné à vous reposer sur certaines échelles de valeurs. Il est illusoire de vouloir y échapper, du moins pour longtemps.

Merle ne répondit rien. Vasquez continuait de jouer avec son crayon.

— Oui, vous vous poserez des questions. Et cela pourrait avoir plusieurs conséquences. Ou bien vous hésiterez, vous perdrez votre détermination actuelle et, comme vous le savez peut-être, qui hésite est perdu. Ou bien vous vous laisserez profondément corrompre par votre vengeance et les actes qu'elle nécessite et vous finirez par vous détruire, en même temps que vos ennemis. Dans un cas comme dans l'autre, vous aurez agi pour rien. Vous finirez mort, physiquement dans le premier cas, moralement dans l'autre. Car c'est bien de cela que nous parlons, n'est-ce pas ? De supprimer ces gens ?

— Non.

Pour la première fois depuis le début de l'entretien, Vasquez parut sincèrement surpris.

— Non ? Que voulez-vous dire ?

— Je ne suis pas un assassin. Je ne le serai jamais.

— Alors, pourquoi êtes-vous venu me voir ?

— Je veux que vous me formiez, que vous m'entraîniez. Je veux être capable de me débarrasser d'eux une fois pour toutes. Je veux que vous me rendiez capable de les neutraliser de telle sorte qu'ils ne me menacent plus jamais.

— Je ne vous comprends pas.

— Je m'explique, monsieur Vasquez. Je ne suis pas venu vous engager à faire le travail à ma place. Je veux le faire moi-même. Sans avoir à les tuer...

Il se força à sourire, mais le cœur n'y était pas.

— Pour une fois, conclut-il, il y a un cliché qui s'applique à ce que je veux faire. Pour ces gens-là, la mort serait trop douce.

Vasquez ne sourit pas. Il y eut un long silence.

— C'est difficile, monsieur Merle, répondit-il enfin.

— Je sais.

— Difficile et coûteux. Il y faudra du temps.

— Bien entendu.

— Avez-vous quelque expérience de la violence ?

— J'étais dans l'infanterie en Corée. J'ai participé à la bataille d'Inchon.

— Officier ?

— Première classe.

— Ce n'est guère propice aux décisions fulgurantes...

Vasquez hésita avant de poursuivre.

— Je n'ai jamais rien fait de comparable à ce que vous me demandez, monsieur Merle. Mon agence n'est pas précisément une école de formation pour « durs ». Et vous venez me dire, en plus, que vous ne voulez pas les tuer. Que voulez-vous exactement ?

— Si je le savais *exactement*, monsieur Vasquez, je ne serais pas venu vous demander conseil.

— Je vois... Ainsi, vous n'avez pas de projet précis ?

— Non, pas encore.

— Comme je vous le disais, il y faut davantage que de la détermination ou même de la colère... Quel âge avez-vous ?

— Quarante-quatre ans.

— Dont vingt ans de vie sédentaire, je suppose... Vous fumez ?

— Non.

— Vous buvez ?

— Oui.

— Trop ?

— Quelquefois. Mais je peux m'arrêter quand je veux.

— Comment est votre état général ? Votre cœur ?

— En bon état.

— De quand date votre dernier examen médical ?

— Dix-huit mois environ.

— Il faudra en refaire un complet.

Vasquez prit un bloc et se mit à écrire au haut de la page. Il entoura ses mots de quelques arabesques, hésita.

— Comment préférez-vous que je vous appelle ? Merle ou Mathieson ?

— Je me suis habitué à Mathieson. Mais c'est Merle qui a témoigné contre eux, Merle qu'ils essaient d'éliminer. Et ce sera Merle qui les en empêchera.

Vasquez se remit à écrire, d'une main rapide et sûre.

— Encore une question, et ce n'est pas la moins importante. Contre qui avez-vous témoigné, qui vous poursuit ainsi ?

— Frank Pastor.

Vasquez eut alors un sourire qui le transforma complètement en le rajeunissant de vingt ans.

— Pastor ? C'est lui à qui vous voulez vous attaquer ?

— Oui. Pastor et ses acolytes. Ezio Martin, bien sûr. Ainsi qu'un avocat de Washington qui s'appelle C.K. Gillespie. Je voudrais également savoir qui a jeté une bombe chez moi.

— Ce sera un gros travail. Leur « famille » est parfaitement organisée, elle a des ramifications partout. Vous avez dû apprendre qu'ils ont acheté toute une commission des mises en liberté, il y a deux ou trois semaines. Pastor est sorti de prison. Vous étiez au courant, j'imagine ?

— En effet.

— Que savez-vous à leur sujet ? Connaissez-vous leurs domiciles, leurs bureaux, leurs déplacements ?

— Presque rien. Ils opèrent dans la région de New York,

101

très probablement. Ils doivent être gardés par des hordes de gardes du corps, des chiens, des gadgets électroniques. Dieu sait quoi encore.

— Ce n'est pas cela le plus gênant. On peut toujours s'approcher d'un homme, quand on le veut vraiment. Il suffit généralement d'étudier soigneusement ses habitudes et ses déplacements. Personne ne reste perpétuellement enfermé derrière des murs ou des barrières électrifiées. Ces hommes-là surtout sont tout, sauf des oisifs. Ils dirigent de vastes entreprises, ils voyagent, vont, viennent. Le plus difficile est de choisir le moment et l'endroit où les attaquer...

Il posa un crayon, s'appuya à son haut dossier.

— Normalement, je ne toucherais pas à une affaire pareille avec une perche de vingt mètres.

— Mais ?

Vasquez se pencha à nouveau, tourna une page de son bloc et se remit à écrire.

— Je vais faire préparer un contrat. Etudiez-le soigneusement avant de le signer.

— Parlons-en plutôt tout de suite. Examinons ensemble les clauses, nos obligations mutuelles. Discutons-en avant que vous le fassiez taper.

— Il n'y a rien à discuter. Je vous le soumettrai. Vous l'accepterez tel quel ou vous le refuserez. En attendant, je conserve votre chèque à titre de garantie. Mais je préférerais que vous me versiez par ailleurs une petite avance sur honoraires. Au cas où vous l'ignoreriez, je suis inscrit au barreau de Californie. Une avance faite à un avocat permet de bénéficier de la protection du secret professionnel. Vous m'emploierez donc en tant qu'avocat et, accessoirement, comme enquêteur privé.

— Et je n'ai pas le droit de discuter ?

Vasquez lui fit un sourire ironique.

— Je suis volontiers arbitraire, monsieur Merle. C'est ainsi que je préfère travailler. A prendre ou à laisser.

10

Long Island, Manhattan — 24 et 25 août

Anna Pastor posa ses lettres sur la réglette du *scrabble* et regarda Frank qui notait les points.

— Tu me plais avec tes cheveux, lui dit-elle.

— J'allais justement les enlever. Je cuis, là-dessous.

— Surtout pas ! Tu t'y habitueras, tu verras.

Il poussa un grognement désapprobateur et se plongea dans la contemplation des lettres dont il disposait, les tripota, hésita.

— Décide-toi ! On ne va pas y passer la nuit.

— J'ai tout mon temps. Voilà au moins une chose que j'ai apprise en prison, la patience. Tu ferais bien d'en prendre de la graine.

Il avait parlé sèchement, méchamment. Le silence retomba. Anna observa son mari, se pencha pour lui parler avec douceur.

— Qu'est-ce qui ne va pas, Frank ? Depuis que tu es rentré, tu es à cran. Raconte-moi, ça te soulagera.

Il releva les yeux sur elle, se carra dans son fauteuil, pianotant distraitement sur le rebord de la table, les sourcils froncés.

— Que penses-tu de Gillespie ? demanda-t-il enfin.

— Il abuse de son charme et il est ambitieux.

— Un peu trop, même !

— Et alors ? Tu l'étais, toi aussi, quand tu avais son âge.

— Son âge ! Ce n'est plus un gamin, tu sais. Il t'a fait du gringue ?

Anna pouffa de rire.

— Il n'aurait jamais osé !

— Je l'ai pourtant surpris plusieurs fois à « abuser de son charme » avec toi, comme tu dis.

— Pour se faire bien voir de la femme du patron, rien de plus. Voyons, Frank, tu ne vas quand même pas être jaloux de C.K. Gillespie ?

— Je suis jaloux de tout ce qui porte des pantalons et te regarde plus de deux fois. Ça te gêne ?

— Au contraire, j'adore ça ! Mais il y a autre chose, Frank. Tu ne fais pas cette tête-là parce que tu es jaloux de Gillespie. Qu'est-ce qui ne va pas ?

— Oh, rien... C'est Ezio qui m'a glissé des sous-entendus...

— Ezio déteste Gillespie. Il raconterait n'importe quoi pour t'en dégoûter.

— Je le sais bien. Ce que je ne comprends pas, c'est pourquoi ces deux-là ne peuvent pas se sentir. Crois-tu que Gillespie ait fait un coup fourré à Ezio ?

— Pas à ma connaissance. Mais il est ambitieux, comme on disait tout à l'heure. Il n'a sûrement pas envie de passer sa vie à jouer les garçons de courses pour quelqu'un d'autre.

— C'est précisément ce que m'a dit Ezio. Il croit que Gillespie veut se tailler une part du fromage pour lui tout seul.

— Probablement. A mon avis, il le mérite. Il t'a rendu de grands services, Frank. Il a de l'imagination, des idées...

— Ouais... Il prend des risques. Trop de risques. Et il me tape sur les nerfs.

— Il tape sur les nerfs de presque tout le monde. Si tu n'as pas confiance en lui, c'est différent. Mais j'ai l'impression que tu te laisses influencer par Ezio.

— Et pourquoi pas ? Ezio est mon meilleur ami. Il est même mon cousin.

— Est-ce pour cela qu'il faut lui faire aveuglément confiance ?

— D'accord, je sais qu'Ezio a pris l'habitude de tout diriger pendant que j'étais au placard et que cela ne lui a pas fait plaisir de me rendre les rênes. C'est humain, après tout, je ne peux pas lui en vouloir. Mais Ezio a des principes. Il est né à Palerme. Avec ou sans moi, il est un homme de poids dans l'organisation. Il sait réfléchir. C'est pour cela qu'il devient nerveux quand il voit un jeunot faire le forcing dans nos rangs. Il faut le comprendre, Anna. Je sais bien qu'Ezio et toi n'avez jamais pu vous entendre non plus.

— Je n'ai jamais rien dit sur Ezio, Frank !

— Il ne manquerait plus que ça !

Frank arborait à nouveau un visage hostile.

— Voyons, Frank, dis-moi ce qui te chiffonne, veux-tu ?

— C'est cette secrétaire, cette Janowicz. Tu sais, celle que Gillespie avait contactée.

— Et alors ?

— Elle a disparu. C.K. avait rendez-vous avec elle hier et elle ne s'est pas montrée. Il a cherché, vérifié : elle s'est volatilisée.

— Elle est peut-être partie en vacances.

— Non, même pas. Volatilisée, je te dis. Avec son mari. La maison est bouclée depuis quatre jours. Les fédéraux ont dû la repérer et la mettre au frais pour lui tirer les vers du nez. Bien sûr, Gillespie m'a dit qu'elle n'avait aucun moyen de l'identifier et qu'il est impossible que les fédéraux retrouvent sa trace. Quand même, cela m'inquiète. Je me demande si je peux lui faire confiance et s'il est tellement convaincu de ce qu'il me raconte.

Anna réfléchit un instant.

— Ils l'auraient arrêtée depuis quatre jours, dis-tu ? Et Gillespie est toujours là ? A-t-il remarqué s'il était surveillé ?

— Non, du moins pas à sa connaissance.

— Alors, il dit la vérité, Frank. Si les fédéraux étaient au courant, ils lui auraient déjà mis la main dessus.

— Possible... il se peut aussi qu'ils lui laissent la bride sur le cou pour mieux nous coincer. Parce que, ne te fais pas d'illusions, Anna, s'ils font parler cette Janowicz, ils vont tout de suite compendre que les renseignements achetés par Gillespie l'ont été pour mon compte. D'ici peu, je vais encore me retrouver avec toute cette vermine sur le dos. Et crois-moi, je ne suis pas d'humeur à le supporter.

— Allons, Frank, tu t'es déjà sorti de bien pire que cela.

— Peut-être... Bon Dieu, Benson a été blessé, Merle a été bombardé. Si tu crois qu'ils ne vont pas comprendre d'où ça vient ! Bien sûr, ils n'ont pas de preuves... Quand même. Huit ans, tu m'entends, huit ans ! Et il faut encore remettre ça, endurer ces fumiers...

— Pourquoi subir quoi que ce soit, Frank ? Tu as de quoi te retirer des affaires. On pourrait aller vivre en Suisse.

— C'est vrai...

Un pâle sourire apparut sur les lèvres de Frank Pastor.

— Tu avais raison, Anna. Cela m'a fait du bien de te parler. Je ne connais pas beaucoup d'hommes qui puissent discuter avec leurs femmes. Tu vois Ezio parler de tout ça avec son espèce de dragon ? Elle n'a même pas assez de cervelle pour faire cuire un œuf ! Toi, tu es quelqu'un, Anna. Avec toi, je peux tout dire. Tu en as, là-dedans. J'ai fait une bonne affaire en t'épousant, tu sais...

Anna esquissa un sourire.

Quand ils furent dans leur chambre, elle le regarda enlever sa moumoute et ne put réprimer un éclat de rire. Il prit l'air profondément vexé mais en réalité il avait du mal à garder son sérieux.

— Si j'avais su que je me ferais foutre de moi par ma femme, je n'aurais jamais acheté cette saloperie !

Il fit une sortie dramatique en claquant la porte de la salle de bains. Un instant plus tard, Anna entendit couler la douche et se déshabilla en souriant. Elle était assise sur le bord du lit et remontait le réveil quand il revint. Il s'arrêta net et la dévisagea. Elle leva les yeux, inquiète.

— Frank ? Pourquoi me regardes-tu comme cela ?

Il eut un rire silencieux, se rapprocha.

— Quelquefois, je ne peux pas m'empêcher d'être le premier surpris d'avoir une femme comme toi. Tu es la plus belle que j'aie jamais vue, Anna.

Ils firent l'amour longuement, avec gourmandise. Quand ils eurent fini, elle ralluma la lumière. Il la regarda avec surprise.

— Pourquoi rallumes-tu ?

— Parce que je veux te voir. J'ai quelque chose à te dire.

— On n'a pas besoin de lumière pour se parler...

Il se dressa quand même sur un coude, se tourna vers elle.

— Alors, qu'as-tu à me dire de si important qu'il faille allumer la lumière ?

Elle sourit, eut envie de faire une plaisanterie pour le désarçonner, mais se retint à temps.

— Frank... Cela fait longtemps que j'ai envie de te demander quelque chose. Que dirais-tu d'avoir une famille à nous deux ?

Il eut un mouvement de surprise.

— Quoi ? Tu veux avoir un enfant ?

— Un fils, Frank. Ton fils. Cela ne te plairait pas ?

Elle scruta son visage, inquiète de son expression soudain impénétrable.

— C'est idiot, dit-il enfin. J'ai bientôt cinquante ans. Je suis bien trop vieux.

— C'est toi qui dis des bêtises, Frank ! Trop vieux ?

Il éteignit la lumière avec brusquerie, se recoucha dans le noir. Tournée vers lui, Anna écoutait sa respiration.

— Un fils..., dit-il enfin. Et pourquoi pas, après tout ? Viens.

Il l'attira contre lui. Alors, sans rien faire pour se retenir, elle se mit à pleurer.

Pendant que le technicien procédait à son inspection hebdomadaire, Ezio alla se mettre devant la fenêtre, pour ne pas le gêner. Il vit Cestone s'arrêter en double file et descendre pour ouvrir la portière de la limousine. Frank Pastor en descendit et se dirigea vers l'entrée de l'immeuble. Ce matin-là, il portait un costume gris clair, une chemise jaune qui le rajeunissait. Vu d'en haut, raccourci par la perspective, il avait une allure de jeune homme. Ezio le suivit des yeux pendant qu'il s'engouffrait sous le porche.

On pouvait prédire l'humeur de Frank par la manière dont il s'habillait. Aujourd'hui, il portait quelque chose de gai, il était donc de bonne humeur. Tant mieux. La conversation s'annonçait délicate. S'il avait été dans un de ses mauvais jours, elle aurait pu tourner à la catastrophe.

L'ascenseur devait être au rez-de-chaussée : Frank entrait déjà dans le bureau que Cestone attendait encore le feu vert pour déplacer la limousine et se mêler à la circulation. Ezio se détourna et vit Frank observer le jeune technicien qui examinait une lampe de bureau.

— Prends ton temps, petit, dit Frank avec bienveillance. J'aime le travail bien fait. Rien à signaler ?

— Non, monsieur Pastor. Je n'en ai plus pour longtemps.

Frank se laissa tomber sur le canapé de cuir avec un sourire heureux.

— La pluie a fait du bien, la nuit dernière. Ce matin, on voyait toute la côte jusqu'au New Jersey...

— Oui, beau temps, approuva Ezio.

Ils attendirent que l'électronicien finisse de ranger ses outils et s'en aille.

— Tu as l'air heureux ce matin, Frank.

— Et pourquoi ne le serais-je pas ? Il fait beau, je suis libre, les affaires marchent bien, j'ai une femme sensationnelle. Il y a de quoi être heureux, non ?

— Bien sûr, Frank, bien sûr...

— A quelle heure les autres doivent-ils arriver ?

— Dix heures et demie. Cela nous laissera le temps de parler. J'avais justement quelque chose à te dire.

— Vas-y, je t'écoute.

— Tu sais qu'on a mis en branle une véritable armée, pour essayer de retrouver Merle et les autres. Cela nous coûte une fortune.

— Tu veux qu'on arrête les recherches ?

La voix de Frank était trop douce, le ton dangereux.

— Non. Je constate un fait, sans plus.

— Il faut retrouver ces quatre messieurs, Ezio. Nous avons d'excellentes raisons pour le vouloir, comme tu le sais.

— Je sais, Frank. Mais nous avons aussi un conseil d'administration à qui il faut rendre des comptes. Il y a quelques-uns de nos administrateurs qui, comment dirais-je, ont du mal à comprendre tes excellentes raisons. Ils vont sans doute en parler pendant la réunion. J'ai entendu plusieurs fois leurs commentaires. Ils trouvent que, réussie ou non, cette opération ne rapportera pas un sou.

— Si elle échouait, Ezio, cela nous coûterait encore plus cher dans l'avenir. Les gens iraient s'imaginer qu'on peut nous cracher à la figure impunément. Un ou deux coups comme cela et on serait complètement cuits.

— Je n'ai jamais dit le contraire, Frank. Le respect, ça se paye, je sais.

— Qui est-ce qui proteste ?

— Malone, entre autres. Et Lorricone.

— Lorricone ? Avec tous les mauvais payeurs qu'il a fait exterminer par ses usuriers ? Il a du culot !

— Il a pourtant affirmé qu'il faut savoir limiter ses pertes, que tu as déjà chassé Merle de New York, qu'il se cache comme un renard depuis huit ans, que cela devrait te suffire.

— Merle et les trois autres m'ont craché à la figure, Ezio.

— D'accord, Frank. Tout ce que je voulais dire c'est de ne pas heurter le conseil de front pendant la réunion. Attendstoi à ce qu'ils t'en parlent. Sinon, ne mets pas le sujet toimême sur le tapis. C'est tout.

— Je te remercie de tes bons conseils, Ezio, dit Frank sèchement. Autre chose ?

— Oui, au sujet de Merle.

— Je t'écoute.

Ezio joua un instant avec son briquet d'or massif. La froideur subite que lui manifestait Frank l'avait mis mal à l'aise.

— Eh bien... Je n'en suis pas encore absolument sûr. Mais voilà en gros ce dont il s'agit. Tu sais que j'ai fait parvenir des photos de Merle et des trois autres à tous nos contacts, en particulier sur la côte Ouest. Tu te souviens de Sam Ordway, de Los Angeles ?

— Oui, bien sûr.

— Sam a monté une affaire, il y a quelques années. Il a une équipe qui pique des voitures, sur commande généralement. Il a toute une chaîne d'ateliers de tôlerie et de peinture et il revend les bagnoles en Amérique du Sud ou à des agences de location. Cela demande de l'organisation et de la maind'œuvre mais cela marche comme sur des roulettes. Sam n'a pas que cela, bien entendu...

— Où veux-tu en venir, Ezio ? coupa Frank avec impatience.

— C'était juste pour t'expliquer. Ordway est donc obligé, pour ses licences d'exportation et ses ventes d'État à État, d'avoir des bons contacts chez les fédéraux, surtout au FBI. Cela ne lui coûte pas trop cher et c'est payant...

— Il a un de ses amis du FBI qui lui a donné des renseignements sur Merle ? Tu ne pouvais pas le dire tout de suite ?

— D'accord, Frank. Ils le recherchent.

— Qui recherche qui ?

— Le FBI recherche Merle. Si ce n'est pas lui, c'est en tout cas quelqu'un qui lui ressemble, sous le nom de Baxter. Paul Baxter. La dernière fois qu'on a relevé sa trace, il s'appelait Jason Green. Tu sais, dans l'Arizona, quand George Ramiro lui a presque remis la main dessus.

— Tu es bien sûr qu'il s'agit de Merle ? Pourquoi le FBI se lancerait-il à sa recherche ?

— Je n'en sais pas plus que toi. Ce n'est peut-être pas Merle, en effet, mais Ordway jure qu'il s'agit bien de lui.

Frank Pastor leva la main pour se gratter la tête et eut un geste d'impatience en trouvant la moumoute.

— Bon, reprenons calmement, dit-il. Supposons maintenant qu'ils lancent un avis de recherche sur ledit Baxter. Pourquoi iraient-ils rechercher un homme à qui ils viennent de procurer un nouveau nom, à ton avis ? Pour moi, Merle leur a glissé entre les doigts.

— Tu veux dire qu'il aurait refusé leur protection ?

— Ça m'en a tout l'air. Si c'est vrai, cela veut dire que Merle est quelque part dans la nature. Seul.

— Il faudrait être sûr que Merle et Baxter sont bien le même type.

— Appelle Ordway. Demande-lui de faire venir son contact du FBI avec l'avis de recherche et de prendre une copie de la photo. Je serais curieux de la voir. Je serais curieux, aussi, de savoir pourquoi ils le recherchent.

— Oh, d'après lui il ne s'agit pas d'une urgence. Juste un de ces bulletins de routine, tu sais, pour localiser un type. Les agents ne sont même pas censés l'appréhender ni l'interroger. Le motif officiel, paraît-il, serait que le Baxter en question est impliqué dans du piratage de cassettes. C'est même pour cela qu'Ordway a été mis au courant, car il est dans ce coup-là lui aussi. Son copain du FBI voulait savoir s'il connaissait Baxter.

— C'est peut-être vrai... C'est bien pour cela que j'ai hâte de voir cette photo, Ezio.

— Je m'en occupe immédiatement après le conseil, Frank.

Frank Pastor se plongea dans une longue réflexion.

— S'il s'agit bien de Merle, il a dû être dégoûté de la façon dont les fédéraux le protégeaient. Il croit s'en sortir mieux tout seul. C'est idiot de sa part : il n'y connaît rien et commettra des erreurs; nous n'aurons plus qu'à l'attendre au virage.

— Quel virage, Frank ?

— Maintenant qu'il est seul, il va sûrement faire des choses que son ange gardien, ce Bradleigh, ne lui aurait jamais laissé faire. Je parie qu'il va s'empresser de prendre contact avec ses amis. Pas ceux de New York, c'est trop vieux. Ceux de Los Angeles. Tu en as une liste ?

Ezio sortit une feuille d'un tiroir de son bureau. Frank l'examina pensivement.

— Débrouille-toi pour savoir lesquels sont les plus intimes. Ensuite, fais-les surveiller. Fais mettre des écoutes sur leurs téléphones.

Ezio ne put s'empêcher de sursauter.

— Bon Dieu, Frank, tu te rends compte de l'opération que ça représente ? Ça va coûter une fortune !

— Huit ans de ma vie valent bien une telle dépense, Ezio.

— Tu n'as pas besoin de me le dire à moi, Frank. Mais pense au conseil. Il s'agit aussi de leur argent, tu sais...

Ezio s'interrompit soudainement. Le regard de Frank le clouait littéralement sur son fauteuil. Il balbutia, se troubla.

— Ecoute, Frank, comprends-moi. Tout ce que je veux dire, c'est que seul je ne serais pas capable de leur faire avaler ça. Toi, tu as un don pour convaincre les gens...

— Cesse donc de chercher des échappatoires, Ezio. Retrouve-moi Edward Merle, c'est tout ce que je te demande.

— On l'a déjà retrouvé, Frank. On le retrouvera encore cette fois-ci.

— Je sais, Ezio. C'est bien pour cela que j'ai confiance en toi.

Les paroles rassurantes de Frank ne firent rien pour dissiper le malaise d'Ezio. Car elles étaient accompagnées d'un sourire qui l'avait glacé jusqu'à l'os. Il en avait pourtant vu d'autres.

11

Californie — du 27 août au 5 septembre

Mathieson entendit la voiture s'approcher et sortit pour aller au-devant d'elle. Jane le suivit tandis que Roger et Amy restaient sur le pas de la porte.

Diego Vasquez descendit de la Cadillac, sourit en s'inclinant devant Jane que présentait Mathieson. Elle fut surprise du contraste entre sa voix, grave mais froide et précise, et l'urbanité surannée de ses manières.

En bavardant, ils s'approchèrent du chalet. L'on fit les présentations à la ronde. Les deux garçons qui jouaient au Meccano, Ronny et Billy, arrivèrent à leur tour. Ils étaient blasés sur les célébrités qu'ils côtoyaient journellement mais Vasquez leur fit une profonde impression. Pour eux, c'était un personnage de légende. Mathieson se sentait encore mal à l'aise en sa présence et arborait une bonne humeur forcée.

Célébrité lui-même, Roger était pourtant sous le charme ambigu du détective. Ce fut à contrecœur qu'il emmena Amy et les deux garçons sous le prétexte transparent d'aller pêcher des poissons pour le dîner. Vasquez le regarda s'éloigner.

— J'ai beaucoup aimé ses films, dit-il. Je ne suis pas qualifié pour juger de ses talents d'acteur mais le fait est qu'il a énormément de présence à l'écran.

— Avant de faire du cinéma, il était champion de rodéo, fit observer Mathieson.

— Oh, je ne parle pas uniquement de ses talents de cavalier !

Vasquez s'assit délicatement sur un rocher moussu et leva les yeux vers Jane. Elle avait les mains dans les poches de son blouson de peau de mouton, une épaule appuyée contre un des piliers du balcon. Elle contemplait Vasquez avec un mélange de froideur et d'espoir. Il lui fit un chaleureux sourire.

— Vous avez l'air inquiète et je suis sûr que ma présence n'arrange rien, dit-il. Comment préférez-vous que je vous appelle ?

Elle ne répondit pas, haussa les épaules et consulta son mari d'un regard.

— Peu importe, dit-elle enfin. Jane Mathieson, si vous voulez.

— Vous êtes d'accord avec la décision de votre mari, si j'ai bien compris ?

Ils allèrent s'installer sur le balcon. Mathieson et Vasquez s'assirent dans les fauteuils à bascule au bois délavé par les intempéries, mais Jane resta debout, les bras croisés comme pour se protéger d'une brise inexistante. Vasquez dominait sans mal la situation. Il inspirait confiance et semblait sûr de lui.

— Mon équipe travaille déjà sur votre affaire, commença-t-il. Vous savez peut-être que nos méthodes sont assez particulières. Permettez-moi tout d'abord de bien préciser qu'elles ne sont pas aussi brutales que ce que la presse raconte. Nous n'avons jamais mis des vies innocentes en danger. Dans le cas du kidnapping Stedman, par exemple, où tout le monde nous a accusés d'avoir pris des risques considérables, je tiens à vous dire que Sam Junior n'a jamais couru le moindre risque. Nous avons surveillé le repaire de ses ravisseurs pendant seize heures, avant d'intervenir, et n'avons lancé notre attaque qu'au moment où nous le savions momentanément seul. Avant même de neutraliser ses geôliers, nous l'avons mis en sûreté.

— Oui. Et alors ? répondit Jane sèchement.

— Dans votre cas, poursuivit Vasquez avec patience, notre objectif prioritaire est de vous mettre à l'abri, vous et votre fils. A aucun moment je ne permettrai que vous soyez exposés au danger, même du fait de votre négligence. Votre mari décidera pour lui-même et je me conformerai à sa décision. Mais n'oubliez pas que si vous avez décidé de contre-attaquer il vous faut procéder prudemment si vous voulez conserver toutes vos chances de succès. Pas question de se lancer tête baissée dans une mission suicide ou quelque autre imprudence réduisant nos efforts à néant. Tout cela est-il bien clair ?

— Bien sûr... Permettez-moi simplement de vous dire que je n'y crois pas. Tout cela n'est que pure folie et je n'en attends rien de concret.

— Je comprends que vous soyez déprimée, après les épreuves que vous venez de traverser. Mais je tiens à vous assurer que les choses ne sont pas aussi désespérées que vous le pensez.

Un sourire poli mais sceptique apparut fugitivement sur les lèvres de Jane. Mathieson détourna les yeux avec tristesse.

— Il est banal de dire que tout homme a ses points faibles, reprit Vasquez. Dans le cas de gangsters comme Frank Pastor, c'est encore plus vrai. Ces gens-là sont infiniment plus susceptibles d'être soumis à des pressions que ne le seraient des gens n'ayant rien à se reprocher. Si je puis prendre une comparaison, il va nous falloir acculer vos ennemis dans un coin de l'échiquier et, sinon les mettre échec et mat, du moins tenter la partie nulle. Pour le moment, c'est vous qui êtes en échec.

— C'est, hélas, la triste vérité, soupira Jane.

— Il nous reste à déterminer la tactique de la partie. La stratégie, en revanche, est simple à définir. Il faut persuader Pastor que le coût de ses menaces à votre encontre est trop élevé, afin de lui ôter toute envie de persévérer. De Gaulle appelait cela la force de dissuasion, si je ne me trompe...

Le sourire de Jane se fit ironique :

— C'est très vrai en théorie, monsieur Vasquez. Mais pourquoi, dans ces conditions, les autorités fédérales ne parviennent-elles à rien alors qu'elles disposent de milliers d'hommes et de millions de dollars ?

— Sans chercher très loin, je puis déjà vous citer trois avantages décisifs que nous possédons sur les autorités. D'abord, nous n'avons plus besoin d'acquérir des preuves indiscutables avant d'agir. Ensuite, nos efforts ne peuvent être gênés par les pressions ou les corruptions qu'ils exercent sur le système judiciaire. Enfin, et je dirais surtout, nous n'avons pas besoin d'obéir scrupuleusement à la lettre de la Loi...

Jane l'avait écouté parler en le regardant dans les yeux avec insistance, comme pour le défier.

— Tout cela est bel et bon, monsieur Vasquez, mais ce que vous venez de dire m'inquiète encore davantage. Qu'est-ce qui nous garantit que votre beau mépris pour la Loi et les règlements ne vous poussera pas à nous abandonner à mi-chemin ?

Vasquez prit l'air grave.

— Mon « beau mépris » pour la lettre de la Loi, madame, ne s'étend pas à son esprit. Si j'hésite rarement à enfreindre les textes, je me considère indissolublement lié par les obligations de la loi morale. C'est peut-être une faiblesse de ma part et vous avez le droit d'en douter. Je vous promets de ne pas vous abandonner. Ma parole doit vous suffire, sinon nous n'aboutirons jamais à rien. C'est à vous de prendre une décision. Si vous ne me faites pas confiance, il est inutile de poursuivre.

Jane et Mathieson échangèrent un long regard. Mais Mathieson ne parvint pas à déchiffrer l'expression de sa femme tant elle restait impénétrable. Jane, finalement, haussa les épaules avec fatalisme.

— Je n'ai guère le choix. Nous n'avons guère le choix.

— Dois-je prendre cela comme un accord de votre part ?

— Excusez-moi de me répéter, mais tout ceci ne m'inspire aucune confiance.

— Écoutez-moi encore un instant, madame Mathieson. Vous avez été condamnés à mort par Frank Pastor. Vous avez donc trois possibilités. Ou bien abandonner la lutte et succomber. Ou encore fuir et vous cacher, comme vous venez de le faire. Ou enfin vous battre et espérer gagner. Aucun être humain sain d'esprit ne peut choisir la première solution. Vous avez déjà essayé la seconde et je n'ai pas à vous en dépeindre les inconvénients. Il ne vous reste donc que la troisième, si minces que vous apparaissent les chances de succès.

Le même sourire fugitif et inexpressif apparut sur les lèvres de Jane. Vasquez le considéra comme un acquiescement.

— Bien, reprit-il d'un ton assuré. Il nous faut maintenant mettre un programme au point et formuler notre plan d'action en détail. Cela va nécessiter beaucoup de soins et beaucoup de temps, tout en restant hors de portée des éventuelles initiatives de Frank Pastor. Pour cela, il faudra vous installer dans un lieu sûr. J'ai pensé à un endroit où vous devriez vous trouver aussi confortablement installés que les circonstances le permettent. Bien entendu, votre petit garçon s'y retrouvera encore seul, sans compagnons de son âge. Mais il aura de l'espace, des chevaux. Et il me semble capable de se suffire à lui-même.

— Aucun enfant de son âge ne peut se suffire à lui-même, répliqua Jane sèchement. Et il va encore manquer sa rentrée. Les classes sont en train de reprendre. Pourquoi ne pouvons-nous pas rester ici ? Il y a une école au village.

— Il me paraît inutile de compromettre vos amis davantage qu'ils ne le sont déjà, madame Mathieson.

Vasquez marqua une pause pour bien lui faire comprendre la signification de ce qu'il venait de dire.

— Je ne désire pas simplement vous mettre en sûreté, vous et votre fils. Je veux que vous soyez à un endroit où votre mari et moi vous saurons à l'abri de tout danger. Nous ne pourrons pas nous permettre d'être distraits par des soucis de cette nature, me comprenez-vous bien ? Ronny et vous allez sans doute trouver cette vie profondément ennuyeuse, pour un temps du moins. Mais il me semble que l'ennui vaut mieux que l'angoisse et que la solitude est préférable à la mort violente.

Jane l'avait écouté sans mot dire. Un pli amer se forma au coin de ses lèvres, comme si elle faisait un effort pour réprimer une explosion de colère. Soudain, elle se redressa et traversa le balcon pour rentrer dans le chalet.

— Je ferais mieux de préparer les bagages, dit-elle.

Elle disparut à l'intérieur sans se retourner ni accorder le moindre regard aux deux hommes.

Vasquez se leva à son tour et fit signe à Mathieson de le suivre. Il descendit les marches et se dirigea vers l'orée du bois. Mathieson le suivit. Ils dépassèrent la Cadillac et allèrent jusqu'au bout de la clairière. Vasquez s'arrêta, s'enfonça les mains dans les poches et attendit que Mathieson le rejoigne.

— Les murs ont parfois des oreilles, expliqua-t-il.

— Que voulez-vous dire ?

— Il est inutile de prendre des risques, répondit-il évasivement. Maintenant, ne prenez pas en mauvaise part ce que j'ai à vous dire. Mais vous auriez dû me prévenir que vous aviez des problèmes conjugaux. Cela peut considérablement altérer nos projets.

— Comment pouvez-vous...

— Je ne suis pas un imbécile. J'ai des yeux et des oreilles.

Mathieson fit un geste de découragement.

— C'est dur pour Jane, en ce moment. Je le supporte mieux qu'elle, c'est tout.

— Cela va plus loin que vous le dites et c'est plus profond. Quel que soit le programme que nous décidons de mettre en œuvre, monsieur Mathieson, il ne faut à aucun prix que vous soyez distrait par des problèmes d'ordre sentimental. Cela pourrait gravement nuire à vos réflexes. Depuis quand votre femme et vous êtes en désaccord ? Je ne vous demande pas cela par curiosité malsaine, croyez-moi.

Désorienté, Mathieson contempla Vasquez un long moment. Le bourdonnement d'un petit avion, à l'horizon, attira un instant son attention. Il ramena enfin son regard vers son interlocuteur.

— Cela a commencé quand nous avons quitté New York, répondit-il enfin. Quand il a fallu tout abandonner, Jane a commencé à s'éloigner de moi. Ronny n'avait pas quatre ans. Nous espérions que tout s'arrangerait. J'y crois toujours, pour ma part. Ces dernières années, j'ai cru avoir raison. Les choses se stabilisaient, devenaient même meilleures qu'avant à beaucoup de points de vue. Maintenant, tout s'écroule à nouveau et Jane n'est plus capable de résister à ces bouleversements. Elle n'y est pour rien, elle n'y a jamais été pour rien.

— Elle vous a pourtant soutenu, au début, quand vous avez décidé de témoigner contre Pastor.

— Bien sûr. Mais elle ne se rendait pas compte du prix qu'il fallait payer. Moi non plus, à vrai dire. On m'avait pourtant prévenu mais je n'ai pas voulu écouter. Mes parents étaient morts, j'étais fils unique, je n'avais aucun proche sur qui me reposer. Quand nous sommes partis, il a fallu tout abandonner, tous nos amis. Pour Jane, cela a été bien pire. Elle a dû laisser sa mère, ses frères et sœurs, une nièce qu'elle adorait. Cela fait huit ans qu'elle n'a pas communiqué avec eux. Comprenez-vous ce qu'elle doit endurer ? Son père est mort il y a trois ans et nous n'avons même pas pu aller à son enterrement. Bradleigh nous a dit que la cérémonie était surveillée par deux gorilles d'Ezio Martin...

— Et vous croyez que c'est de votre faute ?

— Non. Celle de Frank Pastor.

— Bon. Au moins vous ne paraissez pas vous complaire dans les regrets superflus. Vous aimez votre femme ?

117

Mathieson haussa les épaules, exaspéré.

— Bien entendu ! Aurais-je fait tout cela si je ne l'aimais pas ?

— Non, ce n'est pas si sûr. L'habitude, la peur de la solitude, les scrupules, un sentiment d'obligation envers votre fils... Il y a bien des ménages qui restent ensemble pour moins que ça, alors même qu'ils se haïssent.

— Nous ne nous haïssons pas !

Mathieson tourna brusquement les talons et arpenta la clairière à longues enjambées rageuses. Il s'arrêta enfin au bout de quelques instants, tournant le dos à Vasquez.

— Disons simplement que cela pourrait aller mieux entre nous, reprit-il d'une voix sourde.

Il se retourna soudain vers le détective qui l'observait, toujours impassible.

— M'avez-vous suffisamment tiré les vers du nez ? éclata-t-il avec colère. Vous faut-il d'autres données pour votre ordinateur ?

Vasquez ne se laissa pas démonter par cette subite explosion.

— Laissez-moi vous poser une dernière question. Pensez-vous que la solution de vos difficultés avec Pastor vous permettra de rétablir l'harmonie de votre mariage; vous donnera-t-il une chance de le sauver du naufrage ? Ou bien les choses sont-elles déjà irréparables ?

— Nous arriverons sans doute à recoller les morceaux. Mais je crois que vous faites fausse route, Vasquez. Que ma femme et moi nous nous aimions ou nous détestions n'est pas le problème. Elle est bien obligée de rester avec moi jusqu'au bout. Que pourrait-elle faire d'autre ? Partir toute seule, emmener Ronny ? Pastor les retrouverait en une journée et s'en servirait pour me faire chanter ou m'éliminer. Elle en est aussi consciente que moi. Quoi qu'il arrive, nous ne nous séparerons pas.

— Tant mieux, répondit calmement Vasquez. Je n'en étais pas sûr jusqu'à présent.

— Quelle différence cela aurait-il fait ?

— Une différence considérable. Vous croyez peut-être ne pas avoir le choix. Mais moi, je l'ai. Si votre femme avait dû constituer un facteur d'irritation ou de déséquilibre, je l'aurais tenue à l'écart avec votre fils jusqu'à la fin de nos opérations. Si, en revanche, leur présence vous donne une motivation et un soutien moral, je préfère alors vous garder tous les trois ensemble. Que cela vous plaise ou non, cette décision dépendait de moi. Vous êtes trop concerné par ces problèmes pour les considérer avec le détachement nécessaire. Il fallait donc bien que je m'informe.

— Et qu'avez-vous décidé, maintenant que vous savez tout ?

— Vous resterez ensemble.

— Où nous emmenez-vous ?

— Entre Los Angeles et la frontière mexicaine, ce n'est pas tout près. Nous y partirons demain matin.

Le refuge choisi par Diego Vasquez se trouvait à une soixantaine de kilomètres au nord-est de San Diego. C'était une petite vallée boisée dans les montagnes, une oasis de verdure traversée par un ruisseau entre des sommets dénudés et lunaires.

L'approche en était compliquée et peu engageante. Ils quittèrent la route nationale et prirent un chemin de terre serpentant entre d'énormes rochers. Ils durent passer un col, traverser un vaste espace ravagé par un incendie de forêt, monter et descendre en lacets les versants d'un canyon abrupt. En arrivant au fond du vallon, ils dépassèrent un vaste étang, presque un lac, où se déversait le cours d'eau. Un peu plus loin, le chemin était bordé des deux côtés de longues barrières blanches délimitant des prés et des paddocks bien entretenus. Au détour du chemin, l'on vit enfin apparaître plusieurs bâtiments d'allure agricole puis une immense pelouse agrémentée de bordures de pierre, de massifs de fleurs et d'ifs taillés. La voiture prit un dernier virage et s'arrêta devant le perron d'une imposante maison de style victorien. L'apparition avait quelque chose d'incongru dans son anachronisme, avec ses pignons, ses fenêtres arrondies et ses ailes à l'implantation fantaisiste.

Jane descendit de voiture, stupéfaite.

— Extraordinaire ! s'écria-t-elle.

Vasquez arborait un sourire triomphant.

— Vous devriez la reconnaître, si vous avez vu de vieux films. Les studios y ont fait une bonne centaine de tournages. Il ne faut pas faire grand effort d'imagination pour voir

Joseph Cotten ou Elizabeth Taylor descendre ces marches.

Il pressa l'avertisseur deux fois, sans doute pour signaler leur arrivée.

— Qui en est donc le propriétaire ? demanda Mathieson.

— Cette maison a été construite dans les années 1920 par un pétrolier texan qui avait des intérêts dans le cinéma. Il y avait aussi installé toute une écurie, car il possédait des chevaux de course. Il est mort il y a quatre ans, mais une partie de ses chevaux est toujours ici.

Ronny, bouche bée, examinait tout autour de lui. Mathieson fronça les sourcils.

— Cela va nous coûter une fortune !

— Pas un sou, répondit Vasquez. L'exécuteur testamentaire est un de mes clients et me doit quelques services. Naturellement, vous réglerez vos dépenses personnelles. J'ai également l'intention de vous facturer les honoraires de Homer Seidell. C'est lui qui est chargé de votre mise en forme.

— Ma mise en forme ?

Vasquez surveillait les alentours avec irritation.

— Où a-t-il encore été se fourrer ? grommela-t-il. Oui, par « mise en forme », je veux dire un programme d'entraînement destiné à vous donner confiance en vous-même et à améliorer vos réflexes. Quelles que soient les situations où vous vous trouverez, vous aurez grand besoin d'être plus sûr de vous que vous ne l'êtes en ce moment, croyez-moi.

— Je vois, dit Mathieson distraitement.

— J'ai bien peur que non. Mais ne vous inquiétez pas, vous comprendrez bientôt ce dont il s'agit...

Il allait appuyer à nouveau sur l'avertisseur quand un homme apparut au coin de la maison. Il balançait négligemment une canne de golf et marchait comme un marin, d'une démarche chaloupée.

— Ah, voilà Homer, s'écria Vasquez. Ce n'est pas trop tôt !

Mathieson l'étudia avec curiosité. Homer Seidell n'était pas plus grand que Vasquez mais avait le torse et les biceps d'un lutteur de foire. Au-dessus de ses larges épaules, une petite tête au visage étroit lui donnait une allure inquiétante.

Vasquez fit les présentations. Homer avait une poignée de main vigoureuse qui laissa les phalanges de Mathieson endolories. Il faisait de brefs sourires, comme si la peau autour de sa bouche était trop tendue.

— Nous vous avons réservé la plus belle suite de la maison, dit-il en saisissant les bagages.

Il avait la voix puissante, un peu rauque, d'un homme beaucoup plus grand. Surpris de l'étrangeté du personnage, Mathieson lui emboîta le pas.

Vasquez avait ouvert la grande porte d'entrée. Ronny se précipita le premier à l'intérieur. Le vaste hall aux boiseries sombres était tapissé de tableaux. L'on voyait surtout un lustre démesuré et un immense escalier à la rampe de bois de rose.

Homer Seidell fermait la marche. Il posa les valises et s'inclina ironiquement devant Mathieson.

— Monsieur Merle, soyez le bienvenu au bataillon disciplinaire.

Ils prirent possession de leur appartement, qui consistait en deux immenses chambres reliées par une salle de bains tout en marbre, aux robinets plaqués or.

Pendant que Homer déposait les valises, Vasquez, adossé à la porte, contemplait les lieux avec l'air fier du propriétaire faisant les honneurs de son château. Il apprit aux Mathieson que le personnel comprenait une Mme Meuth, chargée des travaux ménagers, tandis que M. Meuth s'occupait du jardinage et des menues réparations. Il y avait aussi Perkins, qui prenait soin des chevaux et, en cas de besoin, résolvait les problèmes d'ordre mécanique.

— Tu verras avec Perkins les chevaux que tu pourras monter, dit Vasquez à Ronny. Ne t'éloigne pas de la vallée, il y a largement la place de s'y promener. Ne t'aventure surtout pas dans les collines, au-delà. Il y a trop de rochers sans même parler des serpents.

Ronny avala sa salive en entendant ces derniers mots.

— Oui, monsieur.

— Vous remarquerez, ajouta Vasquez en se tournant vers Jane, que l'emplacement est idéal. La maison est au point le plus haut de la vallée. Ronny ne pourra jamais la perdre des yeux, même s'il se promène à l'autre extrémité, et vous serez toujours en mesure de le suivre dans ses évolutions.

Jane comprit ce que Vasquez sous-entendait et hocha la tête. Vasquez poursuivit son discours de bienvenue.

— Installez-vous bien, vous êtes ici chez vous et vous allez y rester un bon moment. Je vous signale, d'ailleurs, qu'il y a une excellente cinémathèque, plusieurs centaines de copies des meilleurs films de ces cinquante dernières années. Mᵐᵉ Meuth vous montrera comment faire fonctionner le projecteur. Il y a naturellement la télévision dans toutes les pièces. Meuth va faire les courses deux fois par semaine et rapportera les journaux et magazines dont vous aurez envie. Il y a une piscine derrière la maison et une autre au sous-sol, mais elle n'est pas chauffée à cette époque-ci de l'année. Si vous aimez le golf, il y a un petit terrain de trois trous aménagé sur la pelouse ouest. Mᵐᵉ Meuth a l'habitude de faire la cuisine pour tous les hôtes de la maison mais ne se vexera pas si vous voulez vous mettre aux fourneaux de temps en temps. Si vous avez des goûts ou des désirs particuliers, donnez-lui vos menus. Si vous voulez des choses qui ne sont pas en stock dans la maison, donnez une liste d'achats à Meuth. Il va en ville demain matin.

Jane l'avait écouté parler et marqua une pause avant de répondre.

— Sommes-nous obligés de nous cantonner dans les limites de la propriété ?

— Je ne vous garde pas prisonniers, madame Mathieson. Si vous voulez faire des excursions, je vous serais toutefois obligé de me prévenir vingt-quatre heures à l'avance afin que je vous envoie une escorte. Je ne fais pas cela pour alourdir ma note de frais, ajouta-t-il avec un coup d'œil à Mathieson, mais vous en comprenez sûrement la raison.

— En effet.

— Bien. Et maintenant, nous allons vous enlever votre mari. J'ai bien peur que votre fils et vous soyez désormais obligés de vous contenter l'un de l'autre la plupart du temps.

— Nous saurons nous en contenter, rassurez-vous ! répondit-elle en souriant.

Elle se tourna ensuite vers Mathieson, sans perdre son sourire.

— Bonne chance, lui dit-elle.

Il vit bien le sourire, la mine plaisante, mais ne parvint pas à discerner ce qu'ils cachaient. Mal à l'aise, il quitta la chambre derrière Vasquez, Homer Seidell sur les talons. Quand ils furent tous trois sur le perron, Homer prit les clefs de la Cadillac pour aller la ranger dans une écurie transformée en garage.

— Il y a plusieurs voitures, dit Vasquez. Elles ont toutes leurs clés au tableau, si vous voulez vous en servir.

— Quel besoin aurai-je d'une voiture ?

— Vous vous sentirez peut-être ici comme en prison, au bout d'un certain temps. Savoir que la liberté est à votre portée vous encouragera, je pense, à aller jusqu'au bout.

— Jusqu'au bout de quoi ? Vous ne m'avez encore rien indiqué de votre fameux programme.

— En plaisantant, Homer vous a souhaité, tout à l'heure, la bienvenue au bataillon disciplinaire. C'est un peu exagéré mais à peine. Nous n'allons pas vous ménager, monsieur Merle. Nous allons devoir vous faire perdre vos vieilles habitudes de confort et de paresse. Par moments, notre programme d'entraînement vous rappellera vos classes dans l'armée. A une différence près, cependant : nous ne cherchons pas à vous inculquer une obéissance aveugle, bien au contraire. Nous chercherons à développer votre sens de l'initiative. Je veux que vous vous familiarisiez avec des techniques et des méthodes dont certaines vous paraîtront peut-être barbares. Nous voulons vous mettre dans des situations où vous serez forcé de réagir avec un mélange de réflexes acquis et d'imagination personnelle. N'oubliez jamais que vous allez vous trouver confronté à des ennemis redoutables qui ne savent s'exprimer que par la violence, qui ne connaissent pas d'autre solution à leurs problèmes. Je n'oublie ni vos idées préconçues ni les termes de nos accords. Mais si vous ne voulez pas être l'instigateur de violences, il faut au moins que vous soyez prêt à y faire face en cas de besoin. Vous êtes mieux placé que moi pour connaître la réalité des dangers qui vous attendent.

— Soit. Et combien de temps allez-vous me soumettre à ce « programme d'entraînement » ?

— Ce ne sera guère long, rassurez-vous. Il n'est pas question de vous transformer de fond en comble mais simplement de vous remettre en bonne forme physique et de vous apprendre l'essentiel. D'après l'examen médical, vous avez heureusement une bonne constitution. Mais cet entraînement physique n'est pas le plus important de notre programme d'ensemble. Pendant que vous le suivrez, nous devrons surtout nous attacher à acquérir des renseignements et à mettre au point un plan d'action permettant de les exploiter au mieux. Mes collaborateurs ont déjà commencé à s'y atteler. Nous devrions bientôt avoir des dossiers satisfaisants sur vos adversaires.

Il fit un geste pour montrer Homer qui revenait vers eux, de sa démarche de vieux loup de mer.

— J'ai donné à Homer des instructions précises pour vous forcer à vous surpasser. Ne lui en veuillez pas et ne le prenez pas à tort pour un ennemi. Homer est un de mes meilleurs hommes.

Sans rien ajouter, Vasquez tourna les talons et disparut dans la maison. Resté seul, désorienté et mal à l'aide, Mathieson regarda Homer s'approcher de lui avec un sourire.

Suant, soufflant sous le survêtement gris, Mathieson trottinait de son mieux. Battant autour de son cou comme des ailes dérisoires, une serviette déjà trempée ajoutait à son humiliation. Car auprès de lui, Homer soutenait le train sans effort, retenant plutôt son allure, sans cesser d'afficher le même dédain sarcastique dont il avait fait preuve toute la journée.

Il restait près de quatre cents mètres jusqu'à la maison. Seuls le terrain en légère pente et, surtout, la volonté de ne pas s'effondrer sous les yeux de Homer permirent à Mathieson de terminer le parcours. Enfin arrivé au perron, il se laissa tomber sur une marche, haletant, les oreilles bourdonnantes. Sans briser son rythme, Homer grimpa et s'engouffra dans la maison. Il en ressortit un instant plus tard, porteur d'une bouteille d'eau minérale et de comprimés de sel qu'il fit avaler à Mathieson dès qu'il eut repris son souffle.

Quand ce dernier fut enfin capable d'articuler des mots, il leva vers son mentor un regard chaviré.

— Combien... avons-nous... couru ?

— Quinze cents mètres, répondit Homer avec un sourire protecteur. Vous n'avez même pas vraiment couru. Pour un homme de votre âge et dans votre état, cela aurait été imprudent. Il faut d'abord vous dégourdir les muscles, vous faire les poumons.

Mathieson prit l'air encore plus accablé.

— Avez-vous vraiment l'intention de faire de moi un champion olympique ?

Homer éclata de rire. Les deux hommes se mirent à bavarder plaisamment.

— Comment en êtes-vous venu à travailler pour Diego Vasquez ? demanda Mathieson.

— Nous sommes onze collaborateurs permanents, sans compter le personnel du bureau. Pour la plupart, nous sommes d'anciens policiers ou agents fédéraux. Avant que les technocrates me débusquent, j'ai passé six ans en poste à l'étranger. J'ai repris la vie civile sans regrets, devant l'imbécillité de ceux qui se disaient mes supérieurs.

— A l'étranger ? N'est-ce pas un euphémisme pour dire que vous étiez dans la CIA ?

— Quelque chose de ce genre. Les services de l'armée, en fait. Nous sommes moins connus que nos confrères mais nous faisons le même genre de travail.

Aux questions que Mathieson lui posa sur Vasquez, Homer répondit évasivement. Il ne voulait manifestement pas porter de jugement sur son patron devant un « étranger » mais paraissait très attaché au détective. Venant d'un tel homme, cette loyauté en disait long sur les qualités du *chicano*, plus long que les paroles les plus enthousiastes.

Finalement, Homer consulta ostensiblement son bracelet-montre.

— Plus que quatre minutes de récréation, annonça-t-il. Je vais vous apprendre quelques rudiments de boxe. Savez-vous nager ?

— Assez pour ne pas me noyer.

— Il faudra que vous puissiez faire quarante longueurs de piscine sans interruption. Après le déjeuner, nous passerons au stand de tir. Ensuite, un nouveau tour de parc. Vous n'en aurez peut-être pas envie mais c'est indispensable si vous ne voulez pas être courbaturé au point de ne plus pouvoir remuer. Ne vous affolez pas si, demain matin, vous avez l'impression d'être paralysé à vie.

Avec un soupir, Mathieson se leva.

Vasquez ouvrit un album de photos. D'un doigt, il montra le visage d'un homme jeune aux traits anguleux.

— Qui est-ce ? demanda-t-il.

— C.K. Gillespie, répondit Mathieson.

Il tourna des pages.

— Et celui-ci ?

— Sam Urban.

— Bien. Qu'est-ce qu'il fait, quels sont ses rapports avec les autres ?

Mathieson se concentra un instant, s'efforçant de se souvenir de ce que Vasquez lui avait appris la veille.

— Il dirige un restaurant. Il sert de boîte à lettres pour les paris clandestins...

— Quel restaurant, monsieur Merle ?

Mathieson plissa le front sous l'effort.

— J'ai oublié, admit-il.

— Le *Cheshire Cat* à Englewood Cliffs, New Jersey.

— C'est vrai, je me souvenais que c'était dans le New Jersey.

— Et pourquoi cela, monsieur Merle ?

— Parce qu'ils font passer les paris dans un autre État le plus rapidement possible.

— Vous ne l'oublierez plus ?

— Le *Cheshire Cat*, Englewood Cliffs, New Jersey, répéta Mathieson. Non, je n'oublierai plus.

Vasquez tourna une nouvelle page de l'album.

— Celui-ci, maintenant.

— George Ramiro.

— Ses fonctions, ses liens avec les autres.

— Je sais ce qu'il fait mais je ne me souviens pas clairement de ses rapports avec la « famille ».

— Sa femme est une petite-cousine de Frank Pastor et la demi-sœur d'Ezio Martin. Ramiro est un immigrant venu des Açores. Il y a quinze ans, il avait enlevé la donzelle la plus laide de la famille. Pastor et Martin ne pouvaient que le tuer ou l'embaucher pour venger leur honneur. Ils ont préféré le prendre à leur service et ne l'ont pas regretté, Ramiro est une brute incapable de réfléchir. Vous vous rappelez ses fonctions, me disiez-vous ?

— Oui. Il est surtout chargé de la sécurité personnelle de Frank Pastor et d'Ezio Martin. A ce titre, il dirige les gardes du corps et les chauffeurs.

— Si vous vous attaquez à ces deux hommes, c'est donc à Ramiro que vous aurez affaire, n'est-ce pas ?

— Peut-être déciderai-je de ne pas employer la force.

— Nous verrons. Étudiez bien le dossier de Ramiro, en tout cas. Vous y repérerez sans doute des points faibles.

— En avez-vous trouvé ?

— Pas grand-chose pour le moment. Il fréquente parfois des putains. Cela pourra peut-être nous être utile.

Vasquez tourna une nouvelle page, posa le doigt sur une photographie de femme.

— Anna Pastor, la femme de Frank, dit Mathieson. Jolie fille.

Encore une page, encore une photo.

— Gregory Cestone, affirma Mathieson sans hésiter.

On entendit frapper à la porte et Homer Seidell passa la tête.

— Il est l'heure ! annonça-t-il avec bonne humeur.

Vasquez referma l'album et lui fit signe d'entrer. Homer s'approcha de la table sans s'y asseoir.

— Homer, je vais devoir m'absenter quarante-huit heures. Il y a un monceau de paperasses accumulé sur mon bureau et il faut que je règle des dossiers en instance. Pendant ce temps, intensifiez le programme et passez aux travaux pratiques. Apprenez à M. Merle comment crocheter une serrure, faire démarrer une voiture sans clef de contact, placer une charge d'explosifs sur un moteur...

Mathieson se raidit.

— Je vous ai déjà dit qu'il n'était pas question...

Vasquez ne lui laissa pas finir sa phrase.

— Je sais. Mais il faut que vous sachiez comment désamorcer les bombes qui peuvent vous être destinées. Commencez également, reprit-il en se retournant vers Homer, à lui montrer comment débrancher les systèmes d'alarme électroniques. Apprenez-lui à dépister les micros, les écoutes téléphoniques, les caméras à infrarouge...

Mathieson poussa un soupir découragé devant l'énormité de la tâche.

Ce soir-là, Mathieson eut toutes les peines du monde à se traîner jusqu'à la salle à manger. Il avait fait l'effort de s'habiller et de mettre une cravate, tant le cadre l'avait influencé. Jane, aussi distante et polie qu'une étrangère, avait enfilé une robe et s'était maquillée. Depuis une semaine, le processus était le même. Depuis une semaine, Mathieson contemplait son assiette et ne touchait à rien. Malgré l'exercice qu'il prenait et qui aurait dû l'affamer, il avait pour ainsi dire perdu tout appétit. Sentant le regard réprobateur que lui décochait Homer, il essaya de lancer la conversation pour gagner du temps.

— Vous ne vous ennuyez pas trop, Homer ? Ça doit plutôt être pénible, pour un homme comme vous, de passer votre temps à essayer d'inculquer des principes à un quadragénaire inepte dans mon genre...

Homer souriait avec bonne humeur.

— Moi, m'ennuyer ? Ce sont mes meilleures vacances depuis quatre ans ! Si vous croyez que c'est drôle de perdre son temps avec des histoires de chèques sans provision ou de sécurité industrielle !

Jane eut un sourire poli.

— Vous faites de l'espionnage industriel ?

— Du contre-espionnage, intervint Vasquez. Nous apprenons notamment aux cadres de grandes entreprises à appliquer des mesures de sécurité. Je m'étonne que les pays de l'Est n'aient pas une industrie égale à la nôtre, avec tout ce qu'ils savent. Il faut vraiment que leur système économique les en empêche.

Mathieson contemplait toujours l'énorme steak juteux qui remplissait son assiette. Jane versa du thé glacé dans les verres. Elle leva enfin les yeux vers Vasquez, hésita.

— J'aimerais bien appeler quelques amis, dit-elle. Croyez-vous que ce soit possible ?

— Bien sûr, à condition que vous ne le fassiez pas d'ici. Il vaudrait également mieux que vous ne leur disiez pas exactement où vous êtes. Meuth va en ville demain matin. Vous pouvez l'y accompagner.

— Merci. En fait, je voudrais simplement voir comment vont Roger et Amy. Je me sens tellement isolée... Ce n'est pas un simple caprice, vous savez. J'ai vraiment besoin de me sentir en contact avec le monde extérieur.

Mathieson ne répondit pas. Vasquez dévisagea Jane froidement.

— C'est parfaitement compréhensible et les précautions que je vous fais prendre doivent souvent vous paraître excessives.

Mais je tiens à vous rappeler que ces mesures sont destinées à assurer votre propre sécurité. Il faut faire disparaître toutes les pistes susceptibles de renseigner les autres. S'il est peu probable que vos amis soient surveillés ou que leur téléphone soit sur écoute, nous ne pouvons quand même pas écarter cette possibilité. Me comprenez-vous ?

— Oui...

Jane haussa les épaules avec fatalisme. Le silence retomba. Homer jeta les yeux sur l'assiette de Mathieson.

— Qu'attendez-vous ? dit-il sévèrement.

— Il paraît que c'est bon pour la santé de manger lentement, répondit Mathieson d'un air penaud.

— Mangez ! insista Homer.

Comme un enfant pris en faute, Mathieson découpa un morceau de viande.

12

New York — 8 septembre

Ezio lâcha une épaisse bouffée de fumée vers le plafond et eut un sourire épanoui à l'adresse de Frank Pastor qui pénétrait dans son bureau.

— Tu avais raison, Frank ! s'écria-t-il.

— Raison ? A quel sujet ? Je n'ai rien compris de ce que tu me disais au téléphone.

— Tu ne voudrais quand même pas que je te raconte mes salades au téléphone. Ecoute un peu ça ! Un enregistrement de la femme de Merle.

Frank contourna lentement le bureau et vint s'asseoir près d'Ezio qui pressait le bouton d'un magnétophone.

— Ça, par exemple...

Ezio lui tendit une liasse de papiers dactylographiés.

— Tiens, j'en ai fait une transcription en t'attendant. Tu verras, c'est passionnant. J'ai mis J pour Jane Merle, A pour Amy Gilfillan et R pour Gilfillan lui-même.

— Roger Gilfillan, l'acteur ? dit Frank Pastor, impressionné par la notoriété. Tu avais fait mettre une écoute sur sa ligne ?

— Bien sûr, c'est leur meilleur ami. Gilfillan est en train de tourner une série pour la télévision et part de chez lui de bonne heure tous les matins. L'appel en question date de samedi dernier, il n'était donc pas au studio.

Frank parcourait des yeux le dialogue dactylographié.

— On va en écouter un peu, dit-il. De quoi s'agit-il, en deux mots ?

— Elle leur apprend qu'elle est avec son mari et son gamin du côté de San Diego mais qu'elle n'a pas le droit de leur dire exactement l'endroit et qu'elle les appelle d'une cabine. On entend bien la téléphoniste intervenir toutes les trois minutes pour dire de remettre des pièces et, d'après le tarif, cela doit en effet venir du coin. Mais on n'a pas pu exactement déterminer où. Nous savons au moins qu'ils sont toujours en Californie.

— Comme une bonne dizaine de millions de gens... Qu'est-ce que ça veut dire, ce passage : « Ils sont en train de transformer Fred en Tarzan... » ?

— Je ne sais pas. Je n'ai pas compris ce dont ils parlaient, la moitié du temps. Peut-être que tu auras des idées.

Frank hocha la tête.

— Fred, c'est donc Merle ?

— Oui, c'est le nom qu'il se trimbale depuis huit ans, Fred Mathieson. Ecoute plutôt ce qu'elle raconte sur le gamin et les chevaux. Il ne doit pas y avoir tellement d'endroit avec des écuries de cette taille et des chevaux de sang. J'ai déjà prévenu nos gens de commencer les recherches. Ecoute.

Ezio pressa à nouveau le bouton du magnétophone.

Ils écoutèrent la bande magnétique de bout en bout. Frank hochait la tête en réfléchissant.

— Tu as raison, Ezio. Le coup des écuries devrait nous permettre de les retrouver. Je pense aussi à autre chose.

— Vas-y, je t'écoute.

— Elle leur a bien dit qu'elle les rappellerait samedi prochain. Contacte donc Sam Ordway, dis-lui qu'il s'adresse à ses amis flics et qu'ils essaient de repérer l'origine de l'appel.

— Si elle appelle d'une cabine, cela ne nous dira pas grand-chose. Elle ne se servira sans doute pas de la même.

— D'accord. Mais cela nous permettra au moins de mieux repérer l'endroit.

— C'est juste. Mais c'est quand même dangereux de mettre trop de gens dans le coup.

Frank hocha la tête. Ezio le dévisagea avec plaisir. Frank Pastor semblait s'habituer à sa moumoute. Il avait surtout rajeuni. Le soleil et le grand air lui donnaient un hâle qui recouvrait la pâleur maladive acquise en prison.

131

— Tu as raison, dit enfin Frank. On va faire mieux. Si elle les appelle samedi prochain, dis à tes gens de se faire remarquer vendredi.

— Se faire remarquer des Gilfillan ?

— Oui. Pas de brutalités, surtout. Qu'ils se contentent de les filer en se faisant bien voir.

Ezio Martin fronça les sourcils.

— Là, je ne te suis plus...

Frank sourit d'un air supérieur.

— Qui est chargé des opérations, là-bas ?

— Toujours Fritz Deffeldorf. Avec quelques types de chez Sam Ordway et des contractuels.

— Merle est-il toujours recherché par le FBI ?

— Non. L'avis de recherche a été annulé. Les ordres sont paraît-il venus directement de Washington.

— Tiens, par exemple... Pourquoi cela, à ton avis ?

— J'avais d'abord cru qu'ils avaient retrouvé Merle. Mais Ordway m'a confirmé que ce n'était pas à cause de ça. Je n'en sais pas davantage pour le moment.

Frank Pastor réfléchit rapidement, un demi-sourire aux lèvres.

— Ainsi, Merle est tout seul dans la nature mais le FBI ne s'intéresse plus à lui... Cela facilitera les choses.

— Je te suis de moins en moins, dit Ezio. Qu'est-ce que cela a à voir avec ton idée de se faire remarquer des Gilfillan ?

Frank négligea de répondre directement.

— Fais ce que je t'ai dit. Donne-leur l'ordre de le filer vendredi soir quand il quittera le studio, en prenant soin de bien se faire repérer. Samedi matin, quand la femme de Merle le rappellera, il va sûrement lui dire qu'il a une bande de durs lancés à ses trousses.

Ezio plissa le front, fit un effort pour comprendre. Frank se leva avec un sourire et daigna enfin s'expliquer.

— Ecoute, Ezio. Quand on est dans une impasse, le mieux pour s'en sortir est souvent de faire quelque chose d'inattendu, pour décontenancer l'adversaire et relancer l'action. Nous avons déjà perdu trop de temps sur cette affaire. En faisant ce que je te dis, nous allons chatouiller Merle, le forcer à se découvrir. Tu saisis ?

Ezio hocha la tête. Mais il n'était pas sûr d'avoir compris.

13

Californie – 12 et 13 septembre

Quand Mathieson vit Ronny s'avancer au petit trot, en bas
de l'allée, il se dirigea vers les écuries pour le retrouver. Il
venait de terminer un tour de parc avec Homer et, pour la
première fois, il avait eu le plaisir de le distancer. Il courait
bien, désormais, sans effort. Sa respiration semblait naturellement inépuisable, ses jambes fonctionnaient comme les
bielles d'une machine bien huilée. L'appétit lui revenait. La
vie s'annonçait sous un jour bien différent. Mais ses tenta-
tives de faire parler Homer sur le compte de Vasquez se
heurtaient toujours au même mutisme évasif. Or il éprouvait
un impératif besoin de se faire une idée sur la mystérieuse
personnalité de celui qui était devenu son protecteur.

Il aida Ronny à descendre de cheval et l'accompagna
jusqu'à la stalle où le jeune garçon étrilla et pensa sa monture
avec ardeur. Ils parlèrent de choses et d'autres, avec une inti-
mité amicale qu'il ne se souvenait pas avoir eue avec son fils
depuis bien longtemps. Aussi se trouva-t-il au dépourvu
quand, la porte refermée, Ronny se tourna vers lui, le visage
soudain grave.

— On va encore rester longtemps enfermés ici, papa ?

— Je croyais que tu t'amusais bien...

— T'as raison, c'est pas mal. J'aime bien monter et ne rien
faire d'autre. La maison est comme un palais. Mais... je suis
toujours tout seul, tu comprends ?

— Pourtant...

— Le vieux Perkins et M. Meuth sont bien gentils, c'est
vrai. Mais je ne peux pas jouer avec eux. Les chevaux sont du

tonnerre, mais je ne peux quand même pas passer mes journées sur leur dos. J'ai lu presque tous les livres de la bibliothèque. J'ai vu tous les films de la cinémathèque... Tu comprends ce que je veux dire, papa ?

Mathieson hocha la tête.

— Oui, Ronny, je comprends...

Un bruit de voiture lui fit lever la tête.

— Tiens, voilà ta mère qui revient.

Ronny regarda la voiture qui montait l'allée.

— J'aurais dû aller en ville avec eux, dit-il. Au moins, ça m'aurait changé les idées.

— Pourquoi n'y as-tu pas été ?

— Ça ne me disait rien...

Il partit en courant vers la maison et y était déjà entré, avant que Meuth ne s'arrêtât devant la porte de la cuisine et commençât à décharger les sacs d'épicerie avec l'aide de sa femme. Vasquez et Jane firent le tour de la maison et gravissaient le perron quand Mathieson les rejoignit. Jane avait l'air bouleversée.

— Les Gilfillan ont des ennuis, dit-elle.

— Des ennuis ?

— Vos amis sont surveillés, intervint Vasquez. Roger a repéré des truands qui faisaient preuve d'une négligence assez incroyable.

— Des types de chez Pastor ?

Vasquez haussa les épaules.

— Pas de quoi s'inquiéter. C'est tellement classique que j'ai peine à y croire. Ils l'ont fait manifestement exprès pour vous inquiéter et vous forcer à vous découvrir. En fait, je trouve cela plutôt encourageant. Cela semble dire qu'ils nagent et se raccrochent à tout ce qu'ils peuvent.

Mathieson s'abstint de répondre qu'il ne voyait là-dedans rien d'encourageant et attendit que Jane entre dans la maison. Il suivit alors Vasquez jusqu'à la voiture où ils prirent place tous deux. Vasquez ne chercha plus à dissimuler son air soucieux.

— Je n'ai rien voulu dire devant votre femme. Elle est bien assez inquiète et énervée comme cela.

— Vous avez donc compris, n'est-ce pas ? Ils savent que je ne suis plus protégé par les fédéraux, sans quoi ils n'auraient jamais essayé de me retrouver par l'intermédiaire de mes amis.

— Exactement. Cela ne veut toutefois pas dire qu'ils vous aient retrouvé.

— Mais cela signifie pourtant que la fuite de Washington n'a pas été vraiment colmatée, ou qu'ils en ont provoqué une autre. Pastor a donc bien retrouvé ma trace, même s'il ne m'a pas encore mis la main dessus, comme vous dites. Qu'allons-nous faire ?

Comme à son habitude, Vasquez ne répondit pas directement à la question.

— Votre ami Glenn Bradleigh et ses collègues sont des professionnels aguerris, qui appliquent des règlements inspirés généralement de l'expérience. L'un de ces règlements consiste précisément à rompre tous les liens qui lient ceux qu'ils protègent à leur passé. Or, quand vous êtes arrivés ici, vous aviez déjà repris contact avec les Gilfillan. Je n'y pouvais rien, à ce stade. Mais vous conviendrez que c'était particulièrement imprudent.

— Sans doute... Mais je n'avais personne d'autre vers qui me tourner.

— Vous auriez pu venir directement me voir, sans passer chez vos amis.

— Si je n'en avais pas parlé à Roger, je ne crois pas que j'aurais pu prendre seul la décision d'aller chez vous.

Vasquez mit le contact et démarra lentement vers le garage.

— Ce qui est fait est fait. N'en parlons plus...

Il y eut un silence. Mathieson réfléchissait sans rien trouver à dire.

— Les hommes de Pastor ont sans doute mis le téléphone des Gilfillan sous écoute, reprit Vasquez. Ils n'auraient eu aucune raison d'inquiéter votre ami s'ils ne savaient pas que vous communiquiez avec lui. Maintenant qu'ils le savent, vous redevenez vulnérable. Ils ont voulu, comme je disais tout à l'heure, voir si leur provocation vous ferait sortir de votre cachette. Si vous restez à couvert, ils prendront les Gilfillan en otages pour mettre la main sur celui qui les intéresse vraiment, Edward Merle. Si celui-ci s'obstine à se cacher, le jeune Billy Gilfillan pourrait se retrouver la victime d'un fâcheux accident qui le priverait de ses yeux ou de ses jambes, si vous voyez ce que je veux dire. Quelle que soit la menace qu'il utilisera, le résultat sera toujours le même, Pastor vous acculera le dos au mur. Que ferez-vous, alors ? Y avez-vous réfléchi ?

Mathieson garda le silence. Non, il n'y avait pas réfléchi. Il avait même volontairement fermé les yeux sur cette éventualité. Vasquez manœuvra la voiture pour la glisser entre les autres et coupa le contact.

— Ne prenez pas cet air bouleversé, dit-il. Nous disposons d'une parade.

Il ouvrit sa portière, posa le pied par terre. Mathieson ne bougeait toujours pas.

— Il va maintenant falloir persuader les Gilfillan de venir vous rejoindre ici.

Le soleil se réfléchissait de façon aveuglante sur les roches schisteuses, parsemées d'éclats de mica. Le vent sifflait sur la carrosserie. Mathieson et Vasquez roulaient vers le village. Ils avaient rapidement échafaudé un plan d'action et allaient le mettre en application. Si le téléphone des Gilfillan était mis sous écoute, il suffirait de demander à Roger de se servir d'un autre appareil pour les rappeler à la cabine dont ils allaient lui donner le numéro codé.

Ce fut Billy qui décrocha.

— Demande à ton papa de venir au téléphone.

— Tout de suite, monsieur Mathieson !

Un instant plus tard, la voix profonde de Roger fit tressaillir l'écouteur.

— Salut, vieille noix ! Ça me fait plaisir que tu...

— Plus tard, Roger ! Prends un papier et un crayon.

— Qu'est-ce que ça veut dire ?... Bon, une seconde.

— Tu y es ? s'impatienta Mathieson.

Devant la cabine, il voyait Vasquez appuyé au capot de la voiture, en train de surveiller la route.

— Voilà, je t'écoute.

Mathieson lui dicta un numéro.

— Où es-tu ? gronda Roger. Ce n'est pas un indicatif, ça.

— Additionne-le avec le numéro d'un de nos amis, celui qui a un ulcère de l'estomac. Ne le répète surtout pas, vu ?

— Qu'est-ce qui t'arrive ? Tu crois que ma ligne est sous écoute ?

Roger s'interrompit soudain et lâcha un juron.

— Je suis sûr qu'elle l'est, répondit Mathieson. Sors de

chez toi, va à une cabine et rappelle-moi au numéro que tu as obtenu. T'as saisi ?

Il y eut un bref silence. Gilfillan commençait à comprendre la vraie raison de ces précautions et cela lui faisait un choc.

— D'accord, vieux frère, dit-il d'un ton changé. Donne-moi cinq, dix minutes. Je te rappelle tout de suite.

Mathieson rouvrit la porte de la cabine surchauffée et traversa le trottoir pour rejoindre Vasquez.

— Il va me rappeler.

— Quand vous l'aurez, répondit Vasquez, ne cherchez pas à minimiser les choses, au contraire.

— Je lui dirai toute la vérité, promit Mathieson. Mais cela ne me fait pas plaisir, croyez-moi. Il aurait parfaitement le droit de me casser la figure... D'autant plus qu'il est en plein milieu du tournage de sa série de télévision. Il ne peut pas tout laisser tomber comme ça...

— Il le faudra bien pourtant.

— Et son contrat ? Cela rique de lui coûter une fortune.

— Ce sera à vous de le convaincre et de lui faire admettre que sa vie vaut tous les contrats.

— Roger peut se montrer têtu comme une mule.

— Vous pouvez l'être encore plus que lui, monsieur Merle. N'oubliez pas, quand vous lui parlerez, que plusieurs vies peuvent dépendre de vos dons de persuasion. Vous avez été avocat m'avez-vous dit ? Plaidez pour sauver la tête de votre client.

14

Long Island — 14 septembre

Dans le détroit, une flottille de voiliers s'éparpillait au gré des vagues. Sur le pont du *Sandora*, Anna Pastor se laissait caresser par le soleil encore chaud, son corps bronzé et luisant de lotion solaire plus voluptueux que jamais dans le minuscule bikini. Les yeux mi-clos, elle regardait distraitement Sandy piloter le bateau sous les conseils de son père tandis que Nora, une canne à lancer à la main, faisait semblant d'avoir ferré une baleine. Les deux diesels grondaient sourdement au ralenti, propulsant paresseusement le bateau vers la rive boisée de la crique qu'ils avaient choisie pour pique-niquer.

Frank cria des ordres, les moteurs stoppèrent, Nora lâcha sa ligne pour jeter les ancres. Pendant un moment, on n'entendit plus que le clapotement paisible de l'eau contre la coque.

Frank Pastor descendit l'échelle du poste de pilotage.

— Hé, les filles, vous voulez vous baigner avant le déjeuner ?

Du haut de la passerelle où elle était restée, Sandy appela son père.

— Papa, viens voir ! Ce n'est pas notre hors-bord qui arrive là-bas ?

En grommelant, Frank remonta l'échelle et regarda dans la direction indiquée, les mains en abat-jour au-dessus des yeux.

— Bon Dieu ! On ne peut même pas avoir la paix en famille un dimanche après-midi !

Anna tourna la tête vers lui.

— Qui est-ce encore, Frank ?

— Qu'est-ce que tu crois ? Cet enquiquineur d'Ezio !

Elle fit une grimace agacée. Frank redescendit sur le pont.

— Il vaudrait mieux que vous alliez nager un peu pendant que je l'expédie.

Nora eut une moue de dépit.

— Il ne va pas rester avec nous pour le pique-nique, au moins ?

— Non, ne t'inquiète pas, je vais le renvoyer.

Le hors-bord s'approchait déjà. Ezio coupa les gaz et vint accoster en douceur. Quand il posa le pied sur le pont du *Sandora*, il avait l'air de mauvaise humeur.

— Tu ne devrais pas couper ta radio, Frank ! s'écria-t-il. Suppose qu'il arrive quelque chose...

— Eh bien, tu sautes dans le hors-bord et tu viens me prévenir. C'est bien ce que tu as fait, non ?

— Ouais... Cela fait deux heures que je te cherche partout.

Frank Pastor lui jeta un regard exaspéré.

— On a faim. Fais vite, Ezio.

Les deux fillettes plongèrent dans l'eau et s'éloignèrent à grandes brasses, sentant que leur présence n'était pas opportune. Ezio jeta un regard noir dans la direction d'Anna.

— Madame Pastor n'a pas envie de se baigner, elle aussi ? demanda-t-il d'un ton rogue.

— De quoi s'agit-il, Ezio ? dit Frank sèchement. De l'affaire Merle ?

— Oui.

— Anna peut rester si elle veut.

Ezio se pinça les lèvres pour bien marquer sa réprobation et alla s'asseoir sur le bordage.

— Gilfillan a disparu, annonça-t-il. Lui et toute sa famille. Volatilisés.

Pastor ne put cacher sa surprise.

Un silence glacial était tombé sur le pont. Frank faisait sa tête des mauvais jours.

— D'après toi, nous avions deux équipes pour les surveiller sans compter l'écoute téléphonique. Vas-tu enfin m'expliquer ce que veut dire « volatilisés » ? Je t'écoute, Ezio.

— On les a aidés, Frank.

— Qui les a aidés ? Bradleigh ?

— Non, je ne crois pas.

— Alors, vas-y, explique-toi. Et essaie de ne pas me gâcher tout mon dimanche, compris ?

— Je sais, Frank, tu as envie de te reposer. Mais il faut prendre tout de suite des décisions avant que leur piste se refroidisse...

— Ne tourne pas autour du pot. Accouche.

— Bon, et bien voilà. Hier matin, samedi, la femme de Merle a rappelé les Gilfillan, comme elle le leur avait annoncé la semaine dernière. On a enregistré l'appel et on sait qu'il provenait d'une cabine dans le comté de San Diego, sans qu'on puisse savoir si c'était la même que la première fois. Nous avions fait ce que tu nous avais dit en faisant suivre Gilfillan ouvertement le vendredi. Ils ont donc appris à Mme Merle qu'ils étaient surveillés.

— Et alors, comment a-t-elle réagi ?

— Elle a été suffoquée, Frank. Elle a dû alors retourner tout droit à leur planque car Merle lui-même a rappelé Gilfillan deux heures plus tard.

Un sourire satisfait apparut sur les lèvres de Frank.

— Je savais bien que ça le ferait sortir de son trou.

— En tout cas, il a donné à Gilfillan un numéro codé, des chiffres auxquels nous n'avons rien compris mais qui devaient être le numéro d'une cabine où le rappeler. Nos hommes l'ont alors suivi jusqu'à un centre commercial à Culver City où ils l'ont vu entrer dans une cabine téléphonique. Gilfillan est ensuite retourné chez lui. Le temps que l'équipe transmette les renseignements, je reçois un coup de fil de Deffeldorf deux heures plus tard. Il me raconte ce qui s'est passé et je lui ordonne d'envoyer une équipe supplémentaire pour surveiller les Gilfillan et de ne pas les quitter d'une semelle. Nous avions donc, à ce moment-là, six hommes et trois voitures sur le coup, plus deux autres dans une fourgonnette tôlée, stationnée dans la rue, qui s'occupaient de l'écoute téléphonique. Avec tout ça, je me disais que c'était plus que largement suffisant, non ?

— Bien entendu ! Alors, que s'est-il passé ?

— Vers quatre heures de l'après-midi, donc, ils voient Gilfillan sortir sa voiture du garage, un gros break Chrysler avec des bagages à l'arrière et sur la galerie du toit. Ils sont tous les trois à l'intérieur, Gilfillan, sa femme et son gosse.

Aussi, nos types se disent qu'ils vont sans doute rejoindre les Merle et ils leur collent au train.

Frank Pastor fit un claquement de langue agacé.

— Bon. Et alors ?

— Ils prennent la *San Bernardino Freeway* jusqu'à Riverside, sans rien faire pour se cacher. On n'a aucun mal à les suivre jusque-là. A Riverside, ils quittent l'autoroute et s'arrêtent dans un restaurant. A ce moment-là, il était dans les cinq heures et demie, six heures moins le quart...

— Viens-en au fait, Ezio !

— J'y arrive. Ils entrent tous les trois, nos trois voitures s'installent comme il faut, une équipe près de la porte de derrière, les deux autres de chaque côté du break. Ils ont à peine eu le temps de prendre leurs positions que voilà les Gilfillan qui sortent du restaurant et remontent en voiture.

— Ils n'y étaient sans doute entrés que pour passer un coup de téléphone.

— Je n'en sais rien. Toujours est-il qu'ils entraînent nos bonshommes dans une course invraisemblable à travers tout le sud de la Californie. Ils foncent d'abord vers El Centro, reviennent sur Santa Ana, coupent par des petites routes, reviennent sur leurs pas. Quand ils se sont arrêtés refaire le plein, un de nos hommes a pu m'appeler pour me tenir au courant. Mais qu'est-ce que tu voulais que je leur dise ?

Frank Pastor poussa un soupir exaspéré.

— Je voudrais surtout que tu en viennes au fait !

— J'y arrive, Frank. Bref, ils se retrouvent tous en pleine cambrousse et il est onze heures du soir. Les Gilfillan se sont alors arrêtés dans un bistrot au bord de la route. Ils ont pris des hamburgers, ont traîné comme s'ils attendaient quelque chose. A minuit, ils sont repartis comme s'ils visitaient la région en se promenant. Tout d'un coup, ils tournent dans un chemin de ferme. A un virage, nos gens les perdent de vue une minute, pas plus. Ils accélèrent, arrivent au virage. Et là, ils se retrouvent en plein devant un gros camion planté en travers du chemin. Pas moyen de passer, il y avait des fossés d'irrigation de chaque côté...

— Bon, j'ai compris ! Il y avait quelque chose dans ce camion ?

— Non, vide.

— C'est classique. Un complice les attendait. En les

voyant arriver, il a bloqué le chemin et est reparti avec eux.

— C'est bien ce que je me disais. Quand ils ont finalement réussi à déplacer le camion, nos hommes ont repris la chasse mais la voiture de Gilfillan avait disparu depuis belle lurette. Il y a quatre autoroutes et une douzaine de routes nationales dans le secteur ! Impossible de deviner par où ils étaient partis. A une heure du matin, avec le réservoir plein, ils pouvaient déjà être loin sans que personne les ait vus.

Frank Pastor resta un instant silencieux, jouant pensivement avec la canne à pêche de Nora.

— Le camion, dit-il enfin. D'où venait-il ?

— Il avait été loué à Los Angeles. Le contrat était dans la boîte à gant. Le nom et l'adresse qui figuraient dessus n'existent pas.

— Rien que cela nous apprend quelque chose. Merle a quelqu'un derrière lui et pas un amateur. N'importe qui ne peut pas entrer comme ça chez Hertz et repartir avec un camion sans montrer de pièces d'identité et une carte de crédit. Ces gens-là sont équipés pour dépister les faux noms.

— Crois-tu que ce sont les fédéraux qui l'ont repris sous leur aile ?

— Cela n'y ressemble pas. Leur mise en scène était trop élaborée. J'ai plutôt l'impression qu'il a dû se trouver un privé ou quelqu'un de ce genre.

Ezio hocha la tête, sceptique.

— Qu'est que Merle pourrait bien faire avec des mercenaires, Frank ?

— La guerre, répondit Frank calmement. Essaie de te renseigner, Ezio. Vois si un privé n'aurait pas été engagé récemment pour une affaire de ce genre.

Ezio haussa les épaules.

— Cela m'étonnerait qu'on trouve. Les privés sont comme nos contractuels, ils travaillent discrètement.

Frank Pastor repoussa l'objection d'un geste de la main.

— Les chevaux, les écuries, as-tu pu apprendre quelque chose de ce côté-là ?

— On en a déjà vérifié beaucoup sans rien trouver. Tu sais Frank, tout le coin en est rempli. Cela pourrait nous prendre des mois...

Frank se détourna, faisant mine de s'absorber dans la contemplation du rivage herbu sous les arbres. Les deux filles nageaient toujours entre le bateau et la terre, glissant comme des poissons, refaisant surface en riant aux éclats. Anna était restée muette pendant toute la conversation. Quand Frank se retourna vers Ezio, il avait l'air dur.

— Gilfillan... J'ai voulu le traiter en douceur, cet enfant de salaud, parce que je croyais qu'on ne pouvait pas se permettre d'avoir des ennuis avec une vedette de cinéma. Parce que je ne voulais pas que les journaux et la télévision viennent mettre leur nez dans l'affaire. J'ai eu tort, Ezio, grand tort. C'est une erreur que je ne commettrai plus.

— Ce qui est fait est fait, Frank...

— Quand l'occasion se représentera, Ezio, reprit Frank, je me rattraperai. Je n'aime pas commettre deux fois les mêmes erreurs.

15

Californie – du 14 au 17 septembre

Ils étaient huit autour de la table de salle à manger. Au dîner, ce soir-là, Vasquez présidait avec son aisance coutumière. Il s'était embarqué dans un monologue épique sur le cinéma mais Roger refusait de mordre à l'appât. Il se leva enfin, étira son interminable carcasse.

— Je gagne ma vie dans le cinéma, cher monsieur, je n'y passe pas ma vie. Pourrait-on parler d'autre chose ?

Vexé, Vasquez resta coi.

— Hé, les deux gamins ! reprit Roger. Filez. Les grandes personnes ont des choses à se dire.

Ronny et Billy échangèrent un regard de conspirateurs et quittèrent la pièce sans demander leur reste. Amy éclata de rire.

— Ces deux-là s'entendent comme une allumette et un bâton de dynamite ! Si on les laisse faire, ils vont démolir la maison.

Jane eut un petit rire qui sembla contraint à Mathieson. Depuis leur réclusion, elle s'isolait de plus en plus. Homer se leva à son tour.

— Vous n'avez plus besoin de moi ? demanda-t-il.

— Restez, répondit Vasquez. Une opinion de plus ne peut pas nous faire de mal.

Ils passèrent tous les six dans le grand salon. Roger s'affala dans un fauteuil. Amy s'assit par terre, la tête appuyée aux genoux de son mari. Homer se percha sur une chaise dure, près de la porte, comme s'il devait se tenir prêt à bondir à la première alerte. Mathieson et Jane prirent place côte à côte sur un canapé. Elle lui jeta un rapide coup d'œil, hésita et lui donna sa main. Elle était glacée.

Vasquez alla se poster sur une banquette capitonnée, dans l'embrasure d'une fenêtre. Mine de rien, il s'était exactement mis au point de convergence de tous les regards et dominait l'immense pièce de sa présence.

Du coin de l'œil, Mathieson vit un bref sourire amusé apparaître sur les lèvres de Homer. Celui-ci avait l'habitude des mises en scène de son patron et s'attendait, sans doute, à une nouvelle démonstration de feux d'artifice. Ce soir, cependant, Mathieson ne s'en amusa pas. Il ne voyait pas ce que Vasquez allait pouvoir faire comme tour de prestidigitation. La situation n'avait jamais été aussi sombre à ses yeux.

Vasquez ouvrit la « conférence » avec courtoisie. Il s'adressa aux Gilfillan.

— Je tiens à vous remercier de vous être libérés aussi rapidement.

— Ce n'était pas bien difficile, répondit Roger. Nous n'avons eu qu'à suivre le scénario que vous aviez écrit.

— Il n'empêche que vos engagements auprès du producteur de la série...

— Bah ! s'esclaffa Roger. D'abord, ce n'était que pour la télévision. Et je n'étais engagé que pour dire le commentaire d'une série de documentaires sur les cow-boys. Je me suis fait remplacer par un imitateur de Las Vegas, un petit jeune qui était aux anges quand je lui ai offert le job. Il m'imite si bien que personne ne se rendra compte de rien.

Vasquez sourit, amusé.

— Très ingénieux ! Il n'en reste pas moins vrai que nous avons sérieusement bouleversé votre vie et que j'en suis en grande partie responsable. Je voudrais donc trouver le moyen de vous dédommager...

— M. Vasquez, interrompit Roger, nous sommes tous les deux affligés du même défaut : le cabotinage. Le mien est inoffensif. Alors, je vous en prie, cessons ces amabilités qui ne mènent à rien. Nous n'allons pas passer la nuit à tenir une comptabilité pour savoir qui a tort ou qui a raison. Venons-en au fait, voulez-vous ?

Homer leva précipitamment la main pour dissimuler un fou rire. Vasquez fronça les sourcils et parla d'un ton sec.

— Quoi que vous disiez, M. Gilfillan, vous n'étiez quand même pas directement concerné dans cette affaire. Nous vous y avons entraîné contre votre gré.

— Contre mon gré ? Je ne sais pas ce qu'il vous faut ! Ces truands nous espionnent, écoutent mes conversations téléphoniques, me prennent en filature. Pour un peu, nous leur servions de cible ! Ne tirez donc pas la couverture à vous. Moi aussi, maintenant, je suis dans le coup.

Mathieson ouvrit la bouche pour intervenir. Roger le réduisit au silence d'un geste impérieux.

— Ne te mêle pas de ça, vieille noix ! Et si ça m'amuse, moi, de me jeter dans la bagarre ? Tu n'as pas assez d'ennuis avec tes gangsters ? Tu veux aussi que je m'occupe de toi ?

— C'est vrai ! approuva Amy. Roger n'aime rien tant que de se battre, Fred. Tu ne vas quand même pas lui retirer ce plaisir.

Vasquez poussa un soupir résigné.

— Soit, puisque vous insistez.

Roger se laissa glisser dans son fauteuil et ferma les yeux avec un sourire béat.

— Vous êtes trop aimable, cher monsieur, dit-il avec son plus bel accent du Texas.

— Avant que vous commenciez, dit à son tour Amy, je voudrais vous dire quelque chose. Savez-vous ce que je faisais, dans la vie, avant de me laisser enchaîner par cet ignoble phallocrate ? J'étais institutrice à Del Rio, au Texas.

— Pourquoi ne fondes-tu pas une cellule du MLF avec Jane et cette bonne Mme Meuth ? ricana Roger.

— Tais-toi donc, grosse bête ! Je continue. Nous avons deux diables dans cette maison, qui s'imaginent ne jamais remettre les pieds dans une salle de classe. Il serait peut-être temps d'y mettre bon ordre avant qu'ils ne deviennent des ânes comme certains que je connais...

Roger rouvrit un œil.

— Ah oui ? De qui veux-tu donc parler ?

— Cela me donnerait quelque chose d'utile à faire, reprit Amy en ignorant l'interruption. Pourrait-on acheter des livres scolaires, la prochaine fois que quelqu'un ira en ville ?

— Excellente idée, approuva Jane.

Mais Mathieson trouva que sa voix manquait de chaleur. L'activité d'Amy allait la plonger un peu plus dans sa prison de solitude.

Il y eut un bref silence. Roger avait refermé les yeux. Il se leva soudain, bâilla en s'étirant.

— Vu l'heure qu'il est, vous n'allez sans doute plus vous dire grand-chose de passionnant, messieurs. Je vais donc aller me coucher, avec votre permission. Mais cela me ferait plaisir d'assister à vos réunions d'état-major.

— Naturellement, approuva Mathieson.

— C'est entendu, renchérit Vasquez.

— Pour une fois que j'aurai l'occasion de rencontrer des vrais gangsters ailleurs que sur un plateau de cinéma !

Il était cinq heures et la journée avait été longue. Homer avait fait faire à Mathieson plus de quarante longueurs de piscine et, alors qu'il séchait, l'avait attaqué par surprise avec un couteau. Mathieson s'en était sorti de justesse en désarmant son assaillant avec la longue épuisette servant à ramasser les feuilles mortes à la surface de l'eau. Le matin, dans un paddock, il avait appris à tirer au pistolet dans toutes les positions imaginables. Sans parler des quinze cents mètres de course qui, insensiblement, avaient déjà presque doublé. Assis sur un banc, encore essoufflé, il bavardait depuis cinq minutes avec Homer. Au loin, à l'autre bout de la pelouse, Meuth manœuvrait le treuil du tracteur pour déraciner un palmier mort.

— Monsieur Merle ?

Il se retourna. Vasquez lui faisait signe de le rejoindre et ils allèrent s'accouder à la barrière du paddock. Ronny et Billy se poursuivaient au grand galop et le martèlement des sabots leur parvenait de façon étouffée.

— Je viens de recevoir de nouveaux renseignements sur Pastor et sa « famille », commença Vasquez. C'est encore loin d'être complet mais je doute que nous puissions obtenir davantage dans l'état actuel des choses. Nous n'avons d'ailleurs plus guère de temps devant nous.

— Pourquoi donc ?

Vasquez se retourna vers lui en clignant des yeux.

— Le soleil m'éblouit. Allons par là, à l'ombre.

Ils se dirigèrent vers les arbres tout en parlant.

— Laissez-moi d'abord vous expliquer comment Pastor

vous avait retrouvé. Les supérieurs de votre ami Bradleigh avaient lancé un avis de recherche sur votre compte. Cet avis a dû tomber entre les mains d'un complice de Pastor qui a reconnu votre visage sous le nom de Paul Baxter. Bradleigh s'est arrangé depuis pour faire retirer l'avis, mais le mal était fait.

Maintenant qu'ils étaient à l'ombre, Mathieson frissonna dans son costume de bain mouillé.

— Le filet se resserre autour de nous, monsieur Merle, reprit Vasquez. Jusqu'à présent, nous n'avons pas trouvé grand-chose d'original pour les amener à découvert. Si nous continuons et si nous nous refusons toujours — selon le désir que vous avez exprimé — à employer la violence contre eux, vous allez vous retrouver dans une impasse où vous n'aurez plus le choix des moyens ni la liberté de manœuvrer. Si vous voulez cesser de fuir, vous êtes bien obligé de les provoquer de façon qu'ils tirent les premiers, et que vous puissiez les tuer en état de légitime défense...

— Combien de fois faudra-t-il vous répéter qu'il n'en est pas question ! Je ne suis pas un tueur. Je ne veux pas me rabaisser à leur niveau.

— Vous coupez les cheveux en quatre. Vous voulez vous venger, eux aussi. Vouloir chasser les fauves avec un fusil vide relève de l'utopie.

— Je ne reviendrai pas sur ma décision.

Vasquez haussa imperceptiblement les épaules.

— Savez-vous pourquoi je vous ai entraîné sous les arbres, monsieur Merle ?

Mathieson eut un mouvement de surprise.

— Non. Pourquoi ?

— Pour interposer des corps opaques entre nous et un micro parabolique.

Mathieson cligna des yeux, l'air effaré.

— Des micros, ici ?

— Appelez cela de la paranoïa si vous voulez. Mais c'est souvent le secret de la survie.

Mathieson observa longuement le visage de Vasquez mais fut incapable de le déchiffrer. A la fin, il poussa un soupir.

— Allez-y, dites-moi ce qui vous chiffonne. Vous me disiez tout à l'heure que le filet se resserre. Que se passe-t-il ?

— Les hommes de Pastor sont en train de passer au peigne fin toutes les écuries du sud de la Californie.

Mathieson ne put réprimer un haut-le-corps mais ne répondit pas.

— Votre femme a sans doute dû mentionner les prouesses équestres de Ronny quand elle a appelé les Gilfillan la première fois. Pastor surveillait leur téléphone, ne l'oubliez pas. Ses équipes doivent évidemment couvrir un territoire énorme et ils ne disposent d'aucun indice précis. Mais ils sont méthodiques et ils ont des moyens. Ils vont sans doute finir par arriver ici, déguisés en inspecteurs de l'électricité ou du téléphone.

Mathieson sentit son estomac se nouer et serra convulsivement la serviette de bain autour de ses épaules.

— Combien de temps avons-nous, à votre avis ?

— Deux jours, deux mois... Je n'en sais rien.

Mathieson poussa un juron et interrogea le visage toujours inexpressif de Vasquez.

— Nous avons trois possibilités, reprit le détective. La première consiste à trouver une nouvelle cachette. Personnellement, je n'en suis pas partisan car nous n'aurons jamais d'endroit mieux adapté que celui-ci à nos besoins. La seconde serait de nous retrancher, de les abattre ou de les faire prisonniers en essayant de les faire parler. Mais cela présenterait des risques aux conséquences incalculables. Que ferions-nous d'eux, d'ailleurs ? Cela nous laisse donc virtuellement une seule solution acceptable.

— Laquelle ? demanda Mathieson avec agacement.

— Ne pas bouger d'ici. Nous cacher à la cave ou au grenier après avoir fait disparaître tous les indices compromettants. Les laisser entrer et fouiller partout. Ils verront les Meuth et Perkins, leur poseront des questions, en obtiendront des réponses satisfaisantes. Ils ne trouveront aucune trace de votre présence et seront donc bien forcés de croire qu'ils n'ont visité qu'un endroit de plus parmi des centaines d'autres.

— Pourquoi ne pourrions-nous pas simplement aller nous installer dans un hôtel jusqu'à ce qu'ils soient passés ?

— D'abord parce que nous ne savons pas quand ils viendront. Ils ne se montreront peut-être pas avant une semaine ou un mois. Pourquoi perdre tout ce temps à ne rien faire ? Il est beaucoup plus simple de poster Perkins sur le toit pour guetter la vallée. Cela nous donnera amplement le temps de nous fourrer dans nos cachettes. En outre, une fois qu'ils seront engagés dans la vallée, ils pourront constater que nous n'avons aucun moyen de nous en aller sans nous faire voir. Ils n'auront donc pas de mal à être convaincus que la maison est bien vide.

— C'est quand même dangereux, objecta Mathieson. Supposez que nous négligions un détail. Il ne leur en faudra pas plus pour éveiller leurs soupçons.

— Je n'oublierai rien, monsieur Merle. Je suis un professionnel.

— Glenn Bradleigh était, lui aussi, un professionnel, ricana Mathieson.

— C'est exact, riposta Vasquez sèchement. Mais Bradleigh est un fonctionnaire. Il a beau être bien intentionné, il ne peut empêcher son esprit d'être sclérosé par les règlements.

Mathieson ne répondit pas. Les poings serrés sur les deux bouts de serviette, il tentait de mettre de l'ordre dans ses pensées mais n'y parvenait pas.

— Cela ne va pas arranger les choses, murmura-t-il enfin.

— Avec votre femme, vous voulez dire ? Voulez-vous que je la prévienne ?

— Non, je m'en chargerai...

Mathieson tourna les talons et se dirigea vers la maison d'un pas traînant. Une fois de plus, il sentait l'initiative lui échapper. Une fois de plus, il se sentait impuissant et ne savait plus que faire.

16

Californie — du 18 au 22 septembre

Il ouvrit les yeux avec l'impression d'avoir fait un cauchemar. Machinalement, il tendit la main vers Jane, la sentit se glisser vers lui, dans le noir, en rabattant le drap. Ainsi, elle ne le repoussait pas. Un instant, ce fut suffisant pour faire reculer ses craintes. Elles finirent de s'évanouir pendant qu'ils faisaient l'amour. Après, cependant, il se sentit submergé sous une vague de mélancolie indéfinissable et ne parvint pas à se rendormir.

Jane ne dormait pas non plus. D'une voix mal assurée, elle se mit à parler dans l'obscurité.

— Je n'aurais pas dû dire tout cela, hier soir. J'ai été injuste envers tout le monde.

— Tu avais le droit d'être amère. Rien de tout cela n'est de ta faute...

— Non, je n'ai pas le droit de me laisser aller ainsi devant les autres. Oh, grand Dieu, Fred... Je vis dans la terreur, je ne me suis jamais sentie aussi déprimée, aussi... Je ne suis plus qu'une espèce de chiffe, un paquet de nerfs incapable de se contrôler...

Encore quelque chose à faire payer à Frank Pastor, pensa-t-il en son for intérieur.

Ils s'endormirent enfin peu après. Le lendemain matin, après le petit déjeuner, ils allèrent main dans la main près du petit bois, d'où ils pouvaient voir de loin Roger et les deux garçons qui jouaient à se poursuivre à cheval dans un des paddocks, sans trop s'éloigner des écuries.

Un vol d'oies sauvages passa au-dessus de leur tête. Les

rayons du soleil miroitaient dans l'eau du ruisseau et sur la surface de l'étang. Les senteurs fraîches de l'automne remplissaient déjà l'air presque froid du matin. Cela sentait bon la résine et l'herbe.

Mathieson se passa distraitement une main dans les cheveux, surpris de sentir sa coupe en brosse lui chatouiller la paume. Il n'avait jamais porté les cheveux aussi courts depuis l'armée.

— Alors ? commença-t-il doucement. Qu'en penses-tu ? Crois-tu que nous réussirons ?

Elle retira sa main et s'appuya contre le dos de son mari pour mieux observer les trois cavaliers qui s'amusaient avec un lasso.

— Parfois, oui, répondit-elle. Parfois, je n'ai même pas envie d'y croire ni d'y penser.

— Si j'arrive enfin à nous débarrasser de Pastor...

— Pourquoi en parler ? interrompit-elle. Nous ne savons absolument pas comment tout cela va tourner. Nous ne savons même pas si nous pouvons faire quelque chose. Tu n'as pas encore idée de la manière dont tu vas t'y prendre.

— Je crois que je commence à y voir clair, répondit-il sans élever la voix.

— Vraiment ?

Elle avait dit cela sans amertume ni défi, simplement comme si elle cherchait à se rassurer. Elle se redressa, lui reprit la main, jetant autour d'elle les regards d'une biche aux abois qui sent l'approche du chasseur.

— Rentrons, j'ai froid.

Roger et Fred regardèrent une dernière fois les photos des deux inconnus avant que Vasquez referme l'album.

— Qui sont-ils, ce Fritz Deffeldorf et cet Arnold Tyrone ?

— Ce sont eux qui ont fait sauter votre maison, répondit Vasquez. Deffeldorf est un expert en explosifs. Tyrone conduisait la voiture. Nous n'avons pas encore identifié celui qui vous a tiré dessus et s'est enfui en motocyclette. Nous recherchons également les quatre hommes qui sillonnent la région en visitant les écuries où il y a des chevaux.

— Vous faites des recherches considérables, observa Mathieson.

— Nous avons malheureusement le temps. En ce qui concerne ceux que nous connaissons, Deffeldorf et Tyrone, je pense que votre ami Bradleigh possède sur eux des dossiers bien plus complets que les nôtres. Mais je me suis abstenu de le contacter, car j'imagine que vous n'avez pas envie de lui faire savoir notre association.

— Que sont-ils devenus, ces gorilles ? demanda Roger.

— Ils sont vraisemblablement rentrés chez eux depuis un bon bout de temps. Pastor et les gens de son acabit ne se servent jamais de leurs propres hommes pour de pareilles missions. Deffeldorf, Tyrone, tous les autres ne sont que des contractuels. Ils ont fait ce pour quoi on les a payés, un point c'est tout. Ils ont sans doute été engagés par des intermédiaires anonymes. Si nous leur mettions la main dessus, ils seraient probablement incapables de nous renseigner de façon valable.

— Où voulez-vous en venir ? s'écria Mathieson.

— Ne soyons donc pas si impatient, monsieur Merle. Les choses sont rarement aussi simples que vous semblez le croire. Ce que je m'efforce de vous faire comprendre, c'est qu'une organisation comme celle de Frank Pastor ne disparaît pas comme par enchantement si on l'ampute de quelques membres secondaires. En fait, l'on pourrait même supprimer Frank Pastor lui-même que la machine continuerait de tourner comme avant. En personnalisant votre vengeance, vous lui ôtez sa véritable portée.

— Voulez-vous dire qu'il faudrait éliminer la « famille » au grand complet ?

— Je veux simplement dire, monsieur Merle, qu'il faut vous décider une fois pour toutes sur ce que vous voulez faire. Faire disparaître la menace qui pèse sur vous et votre famille ou vous venger de vos ennemis.

— Monsieur Vasquez, vous coupez une fois de plus les cheveux en quatre. Votre distinguo est trop subtil pour moi.

— Il n'y a pourtant rien de subtil là-dedans. Si vous ne cherchez qu'à vous venger, alors saisissez-vous de deux gros pistolets et lancez-vous à la poursuite de Tyrone et Deffeldorf. Car non seulement ils ont détruit votre maison mais ce sont eux qui ont engagé le tireur qui vous a manqué de si peu. Si, en revanche, vous voulez éliminer la menace à laquelle vous êtes exposé, alors oubliez les gens comme Deffeldorf et Tyrone. Seuls, ils n'ont pour vous que la plus totale indifférence. A partir du moment où Frank Pastor sera neutralisé, ses hommes de main oublieront jusqu'à votre existence. Ces gens-là ne travaillent que pour gagner de l'argent. Ils ne verraient aucun profit personnel à poursuivre leur harcèlement envers vous.

Sans mot dire, Mathieson se leva brusquement et alla se planter devant la fenêtre. Au loin, Meuth fauchait de l'herbe avec le tracteur dont le bruit du moteur parvenait abasourdi. Vasquez reprit sa démonstration.

— Malgré votre indignation de tout à l'heure, efforcez-vous de réfléchir. Vous n'avez nul besoin de vous attaquer à des employés irresponsables qui se moquent éperdument que vous viviez ou que vous mouriez. Concentrez-vous uniquement sur ceux qui ont des raisons personnelles pour vouloir vous éliminer.

Mathieson détourna la tête pour regarder Vasquez par-dessus son épaule.

— Vous voulez dire Frank Pastor ?

— Lui, bien sûr. Mais il n'est pas seul. Réfléchissez un instant à la valeur que ces gens-là attachent au concept de la vengeance. Pour eux, c'est une obligation familiale, un devoir sacré. Si Frank Pastor est victime de quoi que ce soit, sa famille entière est liée par cette obligation. Anna, sa femme, George Ramiro, qui lui est allié et doit soutenir sa réputation de responsable de la sécurité. C.K. Gillespie, qui a des visées sur les affaires de la « famille », comme sur celles de la vraie famille, car, m'a-t-on dit, il attend la majorité de l'aînée des filles pour l'épouser. Ezio Martin, qui est à la fois le cousin de Pastor, son meilleur ami et son héritier présomptif à la tête de ses entreprises. Alicia Ramiro, la demi-sœur d'Ezio Martin et, elle aussi, une cousine éloignée de Frank Pastor. Sandra et Nora Pastor, les deux filles...

Mathieson se retourna d'un bloc et vit Vasquez qui l'observait, les yeux mi-clos, un sourire ironique aux lèvres.

— Des gamines de seize ans ? s'écria-t-il.

— Ce sont vos ennemies, comme les autres. Ne vous y trompez surtout pas, monsieur Merle. Laissez ces deux innocentes fillettes agir à leur guise et vous les trouverez bientôt à vos trousses, comme des furies. Elles ont cela dans le sang, elles n'ont même pas le choix. En conséquence, vous n'avez pas le choix non plus.

— Grand Dieu... Mais c'est absurde !

— Voulez-vous reconsidérer votre décision ?

Mathieson eut un mouvement de colère.

— Pourquoi diable voulez-vous toujours me faire changer d'avis ?

— Vous n'avez pas répondu à ma question. Alors ?

— Bien sûr que non, grommela Mathieson. Je ne peux plus reculer. Il faut que je m'en débarrasse. Pourquoi voulez-vous constamment me le faire répéter ?

— Parce que je dois m'assurer de votre détermination et de votre sincérité, monsieur Merle. Une fois engagé sur cette voie, vous ne pouvez plus reculer. Si vous vous attaquez à l'un d'eux, il faut vous attaquer à tous les autres. Ce n'est pas quelque chose que l'on puisse faire à moitié. Supposons que vous réussissiez à neutraliser Frank Pastor, il serait inconcevable que vous n'ayez pas immédiatement toute sa famille sur le dos.

Vasquez fit une pause pour laisser ces propos se graver dans l'esprit de son interlocuteur.

— Supposons maintenant, reprit-il, qu'en atteignant votre premier objectif, la neutralisation de Pastor, vous vous trouviez en butte à un conflit intérieur. Supposons que vous en arriviez à vous méprisez. Supposons que l'horreur que vous avez de vos actes vous donne la tentation d'arrêter les frais et de tout abandonner. Il faut que vous compreniez bien, avant que nous ayons réellement commencé, qu'une telle attitude de votre part vous laisserait vous, votre femme, votre fils et vos amis, dans une situation infiniment plus critique et plus dangereuse que celle où ils se trouvent maintenant.

— Et comment cela ?

— Parce que votre mort n'est encore, pour Frank Pastor, qu'une partie de chasse sans grandes conséquences. Il se contente encore de faire le strict nécessaire requis par le respect de la tradition. Il n'y a pas encore consacré tout son temps et tous ses soins — à mon avis du moins. Il a vraisem-blablement laissé un subalterne, comme Ezio Martin, s'en occuper à sa place. Il est évident qu'il souhaite vous tuer pour vous punir mais il n'en fait pas encore une affaire personnelle. Si vous deviez, désormais, vous attaquer directement à lui et lui porter personnellement préjudice, sa famille entière et son organisaton, jusqu'au dernier homme, laisseraient

155

immédiatement tout en plan pour assouvir leur vengeance. Pour le moment, comme j'ai essayé de vous le démontrer, ils n'en sont encore qu'à mettre en œuvre des comparses, des mercenaires. Vous n'avez pas idée de la puissance que représenterait l'intervention d'une « famille » de la Mafia se concentrant sur un seul objectif. C'est-à-dire sur vous et vos proches.

Dans le profond silence qui s'abattit sur la pièce, on n'entendit plus que la respiration de Roger et le lointain teuf-teuf du tracteur.

— Je doute, dans ces conditions, que vous ayez plus d'une chance de vous en tirer sur un million, reprit Vasquez sans élever la voix. Sachez que votre femme et votre fils seront non seulement traqués comme des bêtes mais torturés avec raffinement avant d'être mis à mort. Je ne sais si leur vengeance ira jusqu'à englober M. Gilfillan et sa famille, mais nous n'avons pas le droit de négliger cette éventualité.

A pas lents, Mathieson revint vers la table, tira une chaise à lui et s'y assit. Les deux bras étendus devant lui, il se plongea un long moment dans la contemplation de ses mains. Il entendit Roger s'asseoir à côté de lui et sentit sa poigne puissante se poser sur son épaule.

Vasquez dut contourner la table pour faire de nouveau face à son client. Mathieson releva alors les yeux et le dévisagea. Mais Vasquez avait déjà repris la parole.

— Je sais que vous m'en voulez, je sais que je bouscule un certain nombre de vos idées préconçues, je sais aussi que je vous décourage, que d'une tâche délicate je fais toute une montagne au risque de vous paralyser.

Mathieson sentit la main de Roger quitter son épaule.

— Pour ma part, monsieur Vasquez, dit la voix de l'acteur, j'ai plutôt l'impression que vous avez tout bonnement la frousse.

— Au contraire, j'ai bien l'intention d'aller jusqu'au bout de cette affaire, répondit Vasquez sans perdre son calme. Ne vous méprenez pas sur mes intentions.

— Comment les deviner ? reprit Roger ironiquement. Pour le moment, je n'ai encore vu que des séances de gymnastique et la mise au point de manœuvres qui n'ont jamais lieu.

Mathieson tourna vivement la tête vers son ami. Sous l'ironie, la colère perçait avec une surprenante intensité.

— Quand je vous ai rejoint, reprit Roger en s'échauffant, je ne suis pas simplement venu regarder des albums de photos ou attendre paisiblement que des inspecteurs du gaz viennent nous débusquer pour nous tirer comme des lapins ! Tout ce que je vous ai vu faire, jusqu'à présent, c'est dépenser largement l'argent de Fred pour que vos employés constituent ces beaux dossiers reliés simili-cuir. Et maintenant, après nous les avoir fourrés sous le nez, vous venez nous dire qu'il ne faut pas perdre notre temps avec du menu fretin comme Deffeldorf et Tyrone, ce qui revient à dire que vous avez jeté tout ce temps et cet argent par la fenêtre ! Nom d'une pipe, si on continue comme ça à attendre que l'inspiration vous vienne, on va tous finir par avoir des cheveux blancs sans avoir jamais remué le bout du petit doigt !

— Je me refuse à agir sans connaître l'adversaire qui se trouve en face de nous, riposta Vasquez sèchement. Il nous faut des faits avant de nous hasarder sur un terrain dangereux. Est-ce que vous me saisissez ? Pour le moment, nous rassemblons des données et nous les examinons, jusqu'à ce que nous trouvions l'élément qui nous manque pour passer aux actes. Si c'est long, tant pis. Je refuse de me laisser bousculer par les événements ou par votre impatience.

— Votre discours se tient très bien, ricana Roger. Du moins apparemment. Pour moi, ça ressemble plutôt à une perte de temps et à de la tergiversation.

— Autrement dit, vous me retirez votre confiance ?

— Pourquoi fichtre vous la conserverais-je ? Pourquoi Fred continuerait-il à vous suivre les yeux fermés ? Faut-il vous croire sur parole quand vous déclarez vouloir aller jusqu'au bout ? Écoutez-moi, Vasquez. J'ai passé ma vie à entendre des producteurs et des metteurs en scène prodiguer de belles paroles et me promettre monts et merveilles. J'ai appris à mes dépens que dans quatre-vingt-dix-neuf cas sur cent, tous ces braves gens ne faisaient que raconter des salades. Du vent qui ne leur coûtait rien.

Vasquez tourna les yeux vers Mathieson.

— Partagez-vous la méfiance de votre ami envers moi ?

— J'aimerais effectivement savoir ce que vous avez derrière la tête, répondit Fred. J'aimerais surtout savoir pourquoi vous avez accepté de vous embarquer dans cette affaire, étant donné que vous la jugez désespérée.

— Mes motifs ne regardent que moi.

— Y a-t-il quelque chose entre Frank Pastor et vous ? insista Mathieson.

— Non. Je n'ai jamais eu affaire à cet individu.

— Alors, bon sang, allez-vous répondre à ma question ? s'écria Fred en se redressant. Mais peut-être vous gêne-t-elle ?

— Elle ne me gêne pas. Il s'agit simplement de raisons personnelles...

Vasquez s'interrompit, fourra rageusement ses mains dans ses poches et sembla se retrancher dans une attitude défensive.

— Les raisons personnelles sont d'ailleurs les seules qui comptent, reprit-il. Appelez cela comme vous voulez, dites que je veux exorciser quelque démon ou que j'agis par vanité. Je préfère que nous n'en parlions plus.

— J'ai peur que nous ne puissions nous contenter de ce noble discours, mon bon ami, coupa Roger.

— Roger a raison, renchérit Mathieson. Je suis désolé d'avoir l'air indiscret mais nous avons le droit de savoir. Sans vouloir non plus paraître grossier, permettez-moi de vous rappeler simplement que, comme le faisait remarquer Roger tout à l'heure, c'est mon argent qui sert à couvrir ces dépenses.

— Sans parler de mon temps, que vous me faites perdre ici.

— Et le mien, alors ? explosa Vasquez. Avez-vous idée du nombre d'affaires que j'ai dû refuser ou mettre en veilleuse pour m'occuper de vous ?

Mathieson parut libéré par cet éclat de colère et donna un coup de poing sur la table.

— Eh bien, parlons-en justement ! Si tout le monde se plaint de perdre son temps, si vous prétendez que je vous fais aussi perdre de l'argent, j'exige de savoir pourquoi !

Vasquez eut un mouvement de recul, cligna des yeux, releva le menton en un geste agressif.

— Etes-vous croyant, monsieur Merle ?

Mathieson le contempla, complètement désarçonné par le côté inattendu de la question.

— Hein ? Croyant ? Non, pas particulièrement. Mais...

— Et vous ? coupa Vasquez en se tournant vers Roger.

Roger secoua la tête sans répondre.

— Les gens qui croient en Dieu peuvent se permettre de lui confier leurs problèmes. De lui laisser le soin de distribuer les récompenses ou les châtiments. Ils croient au Ciel et à l'Enfer.

Mais quand on n'a pas la foi, on est bien obligé de s'en tenir à la justice des hommes. Sinon, la vie n'a plus de sens.

— Nous ne vous avons pas demandé de nous faire un cours de philosophie élémentaire, grogna Roger avec hargne.

— C'est pourtant bien ce que je compte faire. Vous m'avez posé une question, je vous réponds. Mes raisons d'être ici, il se tournait vers Mathieson, ont leur origine dans le fait que je ne crois plus en Dieu depuis longtemps, monsieur Merle. Je suis un *chicano*. J'ai appris ce qu'est l'injustice...

— Vous n'avez pourtant pas l'air d'un analphabète sorti tout droit de son *barrio*, coupa Roger sèchement.

— J'y suis quand même né, figurez-vous. Dans les taudis de Tucson, en Arizona.

— Et alors ? Qu'est-ce que tout ce folklore vient faire ici ?

Vasquez hocha la tête et reprit la parole avec la patience d'un maître s'adressant à un élève peu doué.

— Avec Burke et Soljenitsyne, je crois que le mal ne peut triompher qu'en raison de la faiblesse des prétendus hommes de bien. Si j'ai perdu la foi, je n'ai malheureusement pas pu me débarrasser du sens de l'absolu. J'ai été élevé au sein de l'Église catholique. Je crois toujours qu'il existe des principes tels que le Bien et le Mal. Si j'avais pu ou su m'adapter à la « nouvelle moralité », les choses auraient sans doute été plus faciles. Mais je n'en suis pas capable. Je refuse de me laisser corrompre. Je refuse de sombrer dans la facilité d'une époque qui détruit toute dignité humaine.

Mathieson le contemplait avec un mélange de surprise et de perplexité. La répugnance de Vasquez à expliquer ses motivations venait-elle de la peur du ridicule ?

— La plupart des gens, reprit Vasquez, sont surtout honnêtes parce qu'ils n'ont jamais connu vraiment la souffrance, les privations ni la tentation. Monsieur Merle, par contre, constitue un cas presque unique dans son genre. Il a connu toutes ces difficultés, mais il ne s'est pas laissé abattre. Il a pris ses décisions en accord avec des principes plutôt que de se laisser entraîner par la facilité. Je ne dirai jamais assez combien j'en éprouve de l'admiration.

Roger n'avait pas perdu son sourire d'ironie sceptique. Vasquez l'ignora volontairement et changea de position dans son fauteuil. Quand il se remit à parler, sa voix avait changé de timbre et était devenue sourde, comme voilée par une douleur vivace.

— J'ai un fils. Il a été appelé dans l'armée en 1969 et a adopté le statut d'objecteur de conscience. Nous avons eu d'interminables discussions à ce sujet mais il n'a jamais reculé : il se refusait à tuer. Je n'ai pas douté de sa sincérité, d'ailleurs. Aussi, en désespoir de cause, lui ai-je soumis un cas de conscience classique. Que ferait-il s'il voyait quelqu'un menacer sa mère de mort ?

Vasquez marqua une pause.

— Qu'a-t-il répondu ? demanda Mathieson.

— Je vous demande plutôt ce que vous répondriez, vous !

— Franchement, je n'en sais rien. J'essayerais de désarmer le type, je prendrais même le risque de me faire tuer mais je ne crois pas que j'arriverais à le tuer de sang-froid.

— C'est très exactement ce que m'a répondu mon fils.

— Que lui est-il arrivé ? demanda Roger.

— Il a été incorporé dans le service auxiliaire et affecté à une unité médicale non combattante. Il a disparu près de Hué en 1970. Il est toujours porté disparu...

— Je suis navré... commença Mathieson.

— Vos regrets ne servent pas à grand-chose, dit Vasquez sèchement.

Soudain Mathieson se sentit soulevé par une vague de colère.

— Je ne vous ai pas demandé de me prendre pour votre fils ! s'écria-t-il. Ne me substituez pas à vos frustrations et à vos complexes !

— Ne vous faites pas plus bête que vous n'êtes, monsieur Merle. Il n'en a jamais été question. Si je vous ai raconté cela, c'est pour vous faire comprendre que j'ai eu le temps et l'occasion de réfléchir à ces problèmes. Ce que vous voulez faire nécessite, de la part de celui qui s'y lance, une analyse approfondie de ses motivations et de son échelle de valeurs. Pour s'y tenir, il faut être sûr de ses principes et de sa force de caractère.

Mathieson se sentit soudain découragé.

— Dans mon cas, c'est plutôt parce que je ne vois pas de meilleure solution.

— Ne jouez pas les cyniques, c'est indigne de vous. Vous m'avez demandé pourquoi j'entends rester à vos côtés jusqu'au bout. Ma réponse vous satisfait-elle ?

Gilfillan se pencha sur la table et plongea son regard dans celui de Vasquez.

— Je vous crois, murmura-t-il enfin. Ne me demandez pas pourquoi, parce que c'est absurde...

Vasquez eut un bref éclair de reconnaissance dans le regard. Mathieson allait parler à son tour quand on entendit frapper à la porte. Mme Meuth passa la tête.

— Monsieur Vasquez !

— Oui. Qu'y a-t-il ?

— Perkins dit que des gens viennent de s'engager dans l'avenue.

Elle n'avait pas fini sa phrase que Mathieson s'était déjà levé d'un bond.

17

Californie – 22 septembre

En un clin d'œil, ils se dispersèrent pour gagner leurs postes. Mathieson trouva les deux garçons dans l'écurie où ils s'apprêtaient à desseller les chevaux. Meuth et Perkins firent leur apparition une seconde plus tard. Mathieson fut surpris du calme avec lequel il s'adressa aux deux enfants.

— Laissez les chevaux, venez avec moi.

— Nous nous en occuperons, ajouta Perkins en tendant la main vers les rênes.

Ronny tenta de protester mais Perkins lui coupa la parole.

— Ils verront deux chevaux en nage. S'ils veulent savoir qui les montait, nous répondrons que c'était Meuth et moi. Allez, ne perdez pas de temps. Vous disposez d'environ quatre minutes, ajouta-t-il en se tournant vers Mathieson.

— Les étriers ? cria Billy en s'éloignant. Ils sont trop courts !

Mathieson hésita, poussa les deux garçons vers la maison et retourna en courant vers l'écurie. Meuth et Perkins en sortaient déjà les chevaux pour les mener vers le paddock.

— Meuth ! cria-t-il. Rallongez les étriers !

— Pas le temps ! Allez-y, courez !

Mathieson repartit vers la maison, s'engouffra dans l'escalier, arriva au premier étage. Homer l'attendait au bout du couloir, près de la porte du grand placard. Il lui fit la courte échelle pour passer par la trappe menant au grenier. Ils avaient soigneusement répété la manœuvre la semaine précédente et Mathieson fit son rétablissement sur les solives en prenant bien soin de ne pas perdre l'équilibre. Un léger faux plafond de plâtre et de laine de verre accroché par un réseau de fil de fer doublait l'intérieur du toit. Au moindre faux mouvement, on pouvait passer à travers.

Mathieson s'allongea à plat ventre sur une solive et tendit la main par la trappe. Au-dessous de lui, il vit Homer finir de remettre en place des caisses à savon sur des étagères, disposer une planche à repasser sous l'ouverture et grimper souplement en haut de ce fragile édifice. Il lui agrippa le bras, tira jusqu'à ce que ce dernier puisse assurer sa prise sur une solive et se recula pour lui laisser la place d'effectuer son rétablissement.

Une fois dans la charpente, ils ajustèrent la plaque de contre-plaqué fermant la trappe. En se retournant, Mathieson se cogna douloureusement le genou. Une lueur diffuse provenait de l'autre bout du toit, là où les fausses mansardes de ventilation laissaient passer la lumière par les fentes des volets. Cela suffisait pour se guider dans le dédale de la charpente. A quatre pattes derrière Homer, il progressa le long des solives jusqu'à la passerelle en planches qui traversait la maison dans sa largeur pour permettre l'entretien de la climatisation. Même là, il était impossible de se mettre debout. A mesure qu'ils avançaient, les deux hommes sentirent le souffle de plus en plus puissant du ventilateur dont ils se rapprochaient.

Deux têtes obstruaient partiellement les volets d'aération et Mathieson reconnut Vasquez et Roger qui les regardaient progresser. Le grenier avait la forme d'une longue carène renversée avec, à chaque extrémité, une sorte de transept terminé par des pignons à chaque bout. Chacun de ces volumes triangulaires était pourvu d'un orifice de ventilation par lequel filtrait assez de lumière pour que Mathieson distingue la forme indécise de corps accroupis et le contour des valises, empilées comme des briques entre les espaces de la charpente. Tout ce qu'il possédait était là, coincé dans quelques mètres cubes.

D'un côté, il reconnut la silhouette d'Amy Gilfillan à côté de celle de Jane. Ronny et Billy étaient accroupis dans l'autre pignon, en face, et s'efforçaient de regarder par les fentes des orifices. De ce côté-là, on dominait la piscine et l'arrière du jardin.

Il sentit Homer grimper sur une poutre pour s'insinuer vers le pignon où se trouvaient les deux garçons. Mathieson se dirigea vers Jane, lui serra l'épaule pour la rassurer et poursuivit sa route pour rejoindre Vasquez et Roger dans le pignon principal. L'orifice de la ventilation était directement en ligne avec le ventilateur et la puissance du souffle le surprit. Par les interstices, l'on voyait à peine quelques mètres de l'avenue bordée de gazon, un bout des écuries et l'amorce du paddock.

Une camionnette était déjà arrêtée à cet endroit-là. En plissant les yeux, il put distinguer l'emblème aux lettres dorées sur la portière. *Comté de San Diego – Service du gaz et de l'électricité.*

Vasquez s'approcha pour lui parler à l'oreille.

— Inspecteurs de sécurité. Excellent prétexte pour fouiller dans les moindres recoins.

— Ils sont dans le paddock, en train de parler à Meuth et à Perkins, dit Roger. Sur ta droite. Tu ne peux pas encore les voir.

Mathieson se força à sourire.

— Je suis content que ce ne soit pas une fausse alerte. J'aurais été furieux de m'être esquinté le genou pour des prunes...

Un élancement au genou lui fit changer de position. Le silence retomba.

— Ils prennent leur temps, reprit-il.

— Meuth leur tient sans doute le crachoir pour nous laisser le temps de nous installer.

— J'espère que c'est ça. Ils n'ont pas eu le temps de rallonger les étriers de Billy.

Il sentit Roger se raidir.

-- Perkins est au courant ?

— Oui, j'ai eu le temps de lui dire.

— Pas de problème, alors. S'ils remarquent quelque chose, Perkins leur expliquera qu'il montait en course. Il a été jockey et entraîneur pendant plus de vingt ans.

Le petit groupe apparut enfin. Les trois hommes se pressèrent contre l'ouverture pour mieux voir. Meuth les guidait sans hâte vers la maison, faisant de grands gestes, parlant avec volubilité sans doute pour vanter les charmes de la propriété et de la vie au grand air. Les deux pseudo-inspecteurs électriciens n'avaient rien de sinistre dans leur apparence. Il s'agissait de deux gros hommes d'une cinquantaine d'années, vêtus de chemisettes à la pochette débordante de crayons et de règles à calcul. L'un était chauve, l'autre grisonnant. Ils avaient exactement le physique de leur emploi, celui de petits fonctionnaires près de la retraite et profitant d'une sinécure qui leur donnait l'occasion de se promener.

Perkins emmena les chevaux dans l'écurie. Les trois autres s'arrêtèrent sur la pelouse, écoutant Meuth faire ses commentaires. Le chauve hochait la tête. Le grisonnant observait tout autour de lui. A un moment, il leva les yeux vers le pignon et Mathieson eut l'impression qu'il le regardait droit dans les yeux.

Le chauve, qui portait une boîte à outils culottée par l'usage, se remit en marche vers le perron, entraînant les autres à sa suite. Vasquez s'écarta de l'ouverture.

— Choisissons-nous un endroit où nous puissions nous installer confortablement, chuchota-t-il. On va sans doute en avoir pour un bon moment. Ne bougeons surtout pas, ils pourraient entendre un craquement.

Ils entendirent la porte d'entrée claquer, probablement un signal de Meuth leur signifiant que le danger approchait. Vasquez alla rejoindre Homer et les deux garçons dans le pignon latéral. Mathieson se déplaça à quatre pattes sur une poutre pour aller se glisser derrière la petite muraille de valises, à côté de Jane. Il se cala de son mieux sous la pente du toit et prit la main de sa femme. Elle affichait un calme presque excessif. Elle avait la main glacée et fit à Fred un sourire sans expression.

En face de lui, Roger plia son interminable carcasse dans un recoin et attira Amy contre lui. Le sourire de complicité qu'ils échangèrent ressemblait à celui de deux enfants jouant à cache-cache. Pour eux, tout était prétexte à s'amuser.

Dans le profond silence qui suivit, Mathieson ne put s'empêcher d'agiter dans sa tête des pensées alarmistes. Avaient-ils oublié un détail essentiel ? Avaient-ils bien pris toutes les précautions nécessaires ? Ils avaient choisi cette cachette après avoir examiné la maison dans tous les coins. Seul, le faux grenier offrait suffisamment de place pour huit personnes et leurs bagages. Ceux-ci avaient été placés le plus loin possible de la trappe, dans les recoins d'ombre des pignons où ils étaient, en principe, invisibles pour quelqu'un ne venant pas ramper jusqu'à eux. Le transept à l'autre extrémité du toit offrait plus de place. Mais ils l'avaient

165

éliminé quand Vasquez avait fait observer que le bruit du ventilateur, tout proche, les aurait empêchés d'entendre les intrus s'approcher. Homer, Vasquez et Roger étaient armés. S'ils étaient découverts, ils comptaient bien neutraliser les visiteurs — sans les tuer — pour les interroger. Mais qu'en feraient-ils ? Ils ne pourraient pas les garder prisonniers indéfiniment sans risquer de voir leurs complices arriver à la rescousse.

Quelque part dans la maison, au-dessous d'eux, on entendit une porte claquer.

Mathieson avait l'épaule coincée par une traverse et devait garder la tête inclinée. Ses muscles ankylosés commençaient à le faire souffrir. En face de lui, pelotonnés dans le triangle du pignon, il distinguait les ombres de Ronny, Billy, Vasquez et Homer. Les orifices d'aération laissaient passer juste assez de lumière pour reconnaître les silhouettes. Il se souvint des répétitions effectuées la semaine d'avant, de Vasquez voulant le forcer à prendre un pistolet dans sa poche, de l'irritation de celui-ci devant les refus répétés de Mathieson.

Il regarda le cadran luminescent de sa montre pour la centième fois. Le temps se traînait. Jane bougea imperceptiblement. La poutre sur laquelle il était assis creusait un sillon douloureux dans ses fesses. Il se sentit soudain une irrésistible envie de fumer, lui qui n'avait pas touché une cigarette depuis des années.

Trente-cinq minutes s'étaient déjà écoulées. Il était bientôt midi. En dépit du courant d'air créé par les ventilateurs, le coin où ils étaient entassés devenait suffocant. Mathieson sentit la sueur couler en ruisselets tout le long de son corps.

Un léger déclic métallique lui fit lever les yeux. Roger venait de sortir son arme de sa poche et de manœuvrer le cran de sûreté. Un reflet bleuâtre jouait sur le canon. Mathieson détourna vivement la tête et étouffa un cri de douleur. Dans sa hâte, il venait de se cogner douloureusement l'oreille contre le bois rugueux d'une poutre.

Il y eut soudain une lueur qui apparut vers les poutres maîtresses, sous la ferme centrale de la charpente. Les ombres parurent se déplacer, comme un reflet mouvant. Mathieson comprit immédiatement ce dont il s'agissait. Le léger craquement du bois l'avait inconsciemment alerté. On avait soulevé la trappe de contre-plaqué. Quelqu'un était monté et promenait une torche électrique sur les bois de la charpente.

Il vit des gouttes de sueur perler sur le front de Roger et tomber, une à une, sur son bras, tandis que ses phalanges blanchissaient autour de la crosse du pistolet. Le canon de l'arme décrivit un léger arc de cercle, et pointa vers la source du bruit et de la lumière, vers l'endroit où les intrus allaient sans doute apparaître.

En face, dans l'autre pignon, Mathieson surprit des mouvements furtifs. Homer et Vasquez se préparaient, eux aussi. Il vit l'éclat fugitif d'un reflet métallique.

Un subit élancement dans les muscles du cou lui fit comprendre qu'il était victime d'une crampe. Il ouvrit la bouche, et effectua en silence une profonde aspiration. Jane avait l'immobilité d'une statue. Seules ses paupières bougeaient, clignaient convulsivement sur son regard fixe, absent. Du coin de l'œil, Mathieson sentit qu'on bougeait tout près de lui. Amy venait de lever la main pour se ronger un ongle.

La vague lueur de la lampe électrique sembla s'éloigner. Les visiteurs se dirigeaient sans doute vers le ventilateur et la machinerie de la climatisation, à l'autre bout du toit.

Soudain, Mathieson dut réprimer un sursaut. Une voix venait d'éclater dans l'atmosphère confinée de la charpente. Une voix à la fois toute proche mais rendue lointaine par le courant d'air qui l'entraînait au loin.

— Oui, c'est le ventilateur...

Une voix inconnue mais ordinaire, inoffensive. Il sentit pourtant la chair de poule lui hérisser le dos. Ses nerfs étaient si tendus qu'il perçut le bruit imperceptible que fit Roger en armant le chien du revolver.

Le bruit de planches qui craquent. Le pinceau de la torche électrique qui se rapproche. Deux pinceaux. Les hommes de Pastor étaient montés tous les deux et avançaient dans l'enchevêtrement des poutres et des solives. La silhouette de Jane se découpait, telle une statue de pierre. Il entendit soudain une sorte de râle qui prenait naissance au fond de sa gorge; il l'attira précipitamment contre lui. Elle enfouit son visage dans le creux de son épaule. Elle était raide, comme insensible.

La voix, de nouveau, éclata dans le silence.

— Cette laine de verre, ça me gratte de partout. Redescendons, il n'y a plus rien à voir là-haut.

La lumière s'atténua, disparut. On entendit le frottement de la trappe en contre-plaqué, des bruits de chute et l'obscurité et le silence revinrent sous la toiture.

Mathieson expira lentement le souffle qu'il avait inconsciemment retenu. Il se laissa aller contre la poutre. Il sentit Jane remuer enfin, l'en empêcha, devina le grattement de gorge qu'elle voulait émettre.

— Non ! chuchota-t-il. Attends qu'ils soient partis.

Elle déglutit avec effort, voulut se dégager.

— Un peu de patience, c'est fini. C'est fini...

Avec un profond soupir, il planta la hache dans le billot et se redressa. Les muscles du dos lui faisaient mal, ses bras étaient sans force. Le tas de bûches avait à peine augmenté.

Il se laissa caresser par la brise du soir. Devant lui, sur le gazon, les lumières de la maison se reflétaient comme des petites mares jaunâtres. Un instant plus tard, il se força à remuer, prit un rondin, le traîna pour le mettre sur la chèvre. Pendant la semaine, Meuth avait élagué les arbres et Mathieson s'était porté volontaire pour scier les branches et refendre les grosses bûches. Il avait besoin d'être seul, de s'abrutir dans un dur travail manuel, de s'épuiser au point de ne plus pouvoir sentir ni réfléchir.

Quelques minutes plus tard, il dut déclarer forfait. Ses muscles le trahissaient, il n'arrivait même plus à scier une brindille. Il rangea les outils, quitta la grange et se dirigea d'un pas raide et maladroit vers les lumières de la maison.

Sur le perron, il hésita à rentrer. La scène lui revenait trop douloureusement en mémoire. Jane et lui s'étaient pourtant souvent querellés mais aucune dispute n'avait encore atteint ce degré d'intensité. Il lui avait hurlé des mots qu'il ne savait même pas avoir en lui. Elle avait éclaté en sanglots, versant de vraies larmes mais de façon pourtant si excessive, si théâtrale qu'il n'avait pas pu en ressentir de l'émotion. Effrayé de sa propre insensibilité, il avait fui, était retourné dans la grange, avait repris la scie et la hache. Maintenant, épuisé, il rentrait.

Il se laissa tomber sur une marche, les coudes sur les genoux, le visage dans les mains. Un nuage voila brièvement la lune. Il se força à se relever, poussa la porte et gravit l'escalier en trébuchant.

Ronny dormait profondément. Mathieson l'observa un instant, referma silencieusement la porte et fit quelques pas dans le couloir jusqu'à leur chambre.

Jane était assise à la coiffeuse, choisissant avec soin les bigoudis qu'elle se mettait dans les cheveux. Il vit tout de suite qu'elle avait la migraine, le front plissé sous l'effet de la douleur. En l'entendant entrer, elle leva les yeux et le regarda furtivement dans la glace. Elle avait les cheveux encore humides du shampooing. Malgré la colère et l'amertume qui subsistaient entre eux, Mathieson s'étonna de pouvoir la désirer autant.

Comme si elle avait pris une décision subite, elle se retourna d'un bloc pour lui faire face, se croisa les jambes en se penchant en avant. Elle lui décocha un regard où l'angoisse transparaissait sous l'hostilité.

— Je te demande pardon, lui dit-il. Je te revaudrai tout cela, je te le promets.

— Comment ?

— Je ne sais pas encore.

— Je n'en peux plus, Fred.

— Fais encore un effort. un tout petit effort.

— Facile à dire, pour toi du moins.

— Ecoute. Quand j'ai couché Ronny, tout à l'heure, sais-tu ce qu'il m'a dit ? « Je voudrais faire du rodéo, si je grandis ».

Elle le regarda d'un air perplexe.

— *Si* je grandis, insista-t-il. Comprends-tu pourquoi tu dois faire un effort ? Pour lui.

Elle se retourna avec un geste las, feignit de s'absorber dans sa toilette, de choisir ses bigoudis. Mais elle ne fit rien, tripotant les objets sur la coiffeuse comme si cela suffisait.

— J'en arrive à te haïr, Fred, dit-elle à voix basse.

— J'en arrive à me haïr moi-même.

Elle hésita un instant puis jeta une épingle à cheveux dans sa boîte, d'un geste rageur, comme pour se venger de quelque chose.

Il se détourna lentement, enleva ses vêtements trempés de sueur et alla dans la douche. Quand il sortit de la salle de bains, la chambre était plongée dans l'obscurité. A la lueur de la lampe de la salle de bains, il vit la silhouette de Jane déjà couchée, pelotonnée à l'extrême bord du lit, le plus loin possible de son côté à lui, comme si elle voulait mettre entre eux une distance infranchissable.

Il éteignit, se laissa tomber sur le lit, s'étendit en prenant bien soin de ne pas effleurer Jane. Mais il ne parvint pas à s'endormir. Ses nerfs vibraient comme un câble trop tendu. Sans qu'il sache pourquoi, une leçon de Homer lui revint en mémoire, le hanta. « Il y a une manière de se débarrasser d'un type qui vous attaque à mains nues... Un coup du tranchant de la paume sur le nez, de bas en haut... Bien appliqué, il fait remonter les cartilages dans le cerveau. Cela suffit à tuer sur le coup... »

Sur le moment, horrifié, il avait détourné la conversation. Maintenant, étendu seul dans le noir, il se voyait annihiler ses ennemis l'un après l'autre, d'un coup précis et victorieux du tranchant de la paume. Il savourait sa victoire, la liste des victimes s'allongeait : Gillespie. Ramiro. Deffeldorf. Ezio Martin. Frank Pastor...

Il se releva soudain. Son plan d'action venait de lui apparaître tout à coup, en bloc, avec une clarté si aveuglante qu'il faillit hurler de joie.

Il quitta la chambre en courant presque et se précipita dans le couloir en nouant la cordelière de sa robe de chambre. Il frappa impatiemment à la porte de Vasquez, entra sans attendre le grognement indistinct qui lui disait d'entrer et tomba sur Vasquez qui se redressait en clignant des yeux, la main tendue vers l'interrupteur de la lampe de chevet.

— Qu'est-ce que vous venez foutre...

— Il faut que je vous parle !

Vasquez alluma enfin, jeta un coup d'œil vers le réveil.

— A près de trois heures du matin, j'espère que vous avez une bonne raison, reprit-il.

— Excellente. J'ai trouvé.

— Vraiment ? Attendez un instant, je n'y vois rien.

Vasquez sortit du lit et se dirigea à tâtons vers la salle de bains. Mathieson le suivit des yeux, le vit se pencher sur le lavabo, s'ouvrir les paupières d'une main pendant qu'il y glissait quelque chose de l'autre. Ainsi, pensa-t-il avec un sourire, Vasquez porte des lentilles de contact. Des lunettes le vieilliraient, sans doute... Où donc la vanité va-t-elle se nicher ?

Vasquez revenait déjà vers lui en enfilant une robe de chambre en soie assortie à son pyjama. Il alla s'asseoir très dignement à sa table de travail.

— Je vous écoute.

— Voilà, commença Mathieson. Nous avons commis une grosse erreur dans la manière de définir notre plan d'ensemble. Nous nous sommes creusé la cervelle pour trouver à tout prix un moyen de neutraliser tous nos ennemis en même temps. Voilà ce qui nous arrête depuis si longtemps.

— Et pourquoi donc ? Il me semble évident que pendant que nous les attaquons un par un, les autres restent libres de contre-attaquer.

— Au contraire. Savez-vous jouer aux quilles ? Ou au bowling ?

— Pas depuis longtemps.

— Moi non plus. Mais vous allez tout de même comprendre ce que je veux dire. Depuis le début, nous essayons sans succès de trouver la martingale infaillible pour abattre les dix quilles avec une seule boule. C'est matériellement impossible. Par contre, on fait un *strike*, au bowling, on touche au plus trois ou quatre quilles avec sa boule. Et ce sont ces quilles-là qui font tomber les autres. Pas la boule elle-même.

— Bien sûr, bien sûr. La comparaison est peut-être bonne mais je n'ai jamais confiance dans ce genre d'analogies. Il ne s'agit pas de quilles, monsieur Merle, ni de morceaux de bois ou de plastique inerte. Supposez que votre boule dévie juste assez pour qu'une seule quille reste debout ? Et que cette quille soit un homme capable de vous tuer avant que vous puissiez l'abattre vous-même ?

— Je veux bien admettre que mon exemple soit mal choisi. Il n'empêche que c'est cela qui m'a fait réfléchir à la question. Il n'y a aucune raison que nous nous entêtions à vouloir tous les éliminer d'un seul coup. Nous pouvons aussi bien les faire disparaître l'un après l'autre.

Vasquez claqua la langue avec irritation.

— Encore une fois, vous imaginez peut-être que les autres vont rester à se croiser les bras en attendant leur tour ! Ils réagiront.

— A condition de savoir contre qui ils se battent et où ils doivent frapper. Mais supposez un instant que nous nous arrangions pour les éliminer un par un de telle manière que personne, au début, ne sache comment cela s'est réellement passé...

— Et par qui commencerions-nous ? Par le bas de l'échelle ? Nous en avons également parlé. Ce n'est pas ça qui les fera bouger. Nous parviendrons peut-être à les agacer, mais autant s'attaquer à un éléphant avec une lime à ongles. Il serait en outre absurde de disperser nos forces, car nos réserves ne sont pas si considérables. Je persiste à croire qu'il vaut mieux économiser nos moyens et concentrer toute notre énergie sur un seul coup, mais un coup extrêmement puissant. Il arrive souvent qu'une idée lumineuse à l'aube ne résiste pas à un examen lucide au grand jour...

— Ne détournez pas la conversation, Vasquez...

— Je suis en plein dans le sujet, au contraire. C'est moi, souvenez-vous-en, qui vous ai suggéré dès le début d'éliminer les hommes de Pastor un par un. Mais je ne vois, pour y parvenir, qu'une seule solution : les tuer. Je persiste à dire que votre entêtement à refuser la violence est une dangereuse utopie. Car vous allez être amené, pour atteindre vos objectifs, à employer des méthodes vraisemblablement plus barbares, ou tout aussi répréhensibles, que le meurtre pur et simple.

Mathieson eut un petit rire sans joie.

— Je ne vois rien de plus répréhensible que l'assassinat !

— Encore une idée fausse, monsieur Merle. Quoi que vous fassiez, votre objectif reste le même : la destruction physique ou morale de vos ennemis. Vous ne pouvez envisager de demi-mesures. Vous aurez beau apaiser votre conscience en leur laissant la vie, vous serez néanmoins forcé de détruire, d'anéantir en eux un ressort vital, ne serait-ce que leur liberté d'action ou leur dignité humaine, si tant est qu'ils y soient sensibles. Vous vous érigerez en juge suprême de ce qu'ils ont le droit de faire ou de ne pas faire. Je ne suis pas certain que vous perceviez clairement les conséquences d'un tel absolutisme sur l'intégrité de votre propre conscience. Car ce pouvoir corrompt celui qui l'exerce, que vous le vouliez ou non.

— Et moi, monsieur Vasquez, je persiste à croire que l'on peut atteindre cet objectif sans donner la mort ni se corrompre soi-même.

172

— Je ne demande qu'à vous croire. Je vous écoute. Expliquez-moi comment vous comptez vous y prendre.

Mathieson tira sa chaise pour se rapprocher de Vasquez et s'accouda sur la table.

— Nous allons commencer par C. K. Gillespie...

TROISIÈME PARTIE

LE PRÉDATEUR

18

Californie, Illinois – 29 septembre.

Il fit ses adieux à Amy, Billy et les Meuth, descendit sa valise et la mit sur la banquette arrière de la voiture. Puis il entraîna Jane et Ronny à l'écart.

La présence de Ronny l'empêcha de dire grand-chose à Jane. Le petit garçon lui serra gravement la main et Mathieson dut faire un effort pour ne pas l'embrasser. Il se retint en sachant combien cette manifestation d'affection aurait gêné l'enfant devant les autres.

— Tu vas t'occuper de ta mère, n'est-ce pas ? lui dit-il d'un ton faussement bourru.

Ronny hocha la tête sans répondre.

— Et toi, reprit-il en prenant Jane dans ses bras, aie confiance. Ça marchera et tout va s'arranger, tu verras.

— Bien sûr, bien sûr...

Elle se serra contre lui avec une passion qui le stupéfia, comme si elle voulait puiser de la force dans cette étreinte. Ronny le dévisageait en faisant la moue.

— Ta moustache ne te va vraiment pas, papa.

Il tournait les talons quand Mathieson le rappela d'un mot.

— Ecoute-moi, Ronny.

— Oui ?

— Aie confiance en ton père. Je vais éliminer ces salauds-là une fois pour toutes, crois-moi, et ils n'oseront plus jamais s'attaquer à nous. Cesse de te faire des cheveux, tu verras, dans peu de temps tu te trouveras tout bête de t'être fait du mauvais sang pour rien. Compris ?

Ronny eut un haussement d'épaules désabusé.

177

— Moi, ça va. C'est pour toi que je m'inquiète. Tu n'as même pas un revolver.

— Ce ne sont pas les revolvers qui résolvent les problèmes, Ronny.

— Pour ces gens-là, il n'y a pas de problèmes. Ils veulent nous tuer, un point c'est tout.

— Ils ne le feront pas, est-ce clair ?

Ouais, peut-être bien...

Il hésita à poursuivre la discussion. Jane intervint pour y couper court.

— Dépêche-toi, tu vas manquer ton avion.

Il la serra contre lui une dernière fois avant de revenir à la voiture. Vasquez l'y attendait et s'installa au volant. Homer ouvrit la portière et Mathieson lui serra la main.

— A Washington, lui dit-il en s'asseyant.

— Et moi, à New York ! lui jeta Roger en souriant. Allez, bonne chasse, vieille noix !

Le sourire de Roger le réconforta. Il était le seul à avoir accueilli son plan sans réserves et avec enthousiasme.

Vasquez démarra et s'engagea dans l'allée, entre les barrières blanches. Devant la maison, Jane et Ronny agitaient la main. Vasquez prit la parole pendant qu'il négociait le premier virage.

— Dès ce soir, j'aurai quatre hommes ici pour s'occuper de leur sécurité. Vous n'avez aucune inquiétude à vous faire, de toute façon. Les hommes de Pastor sont déjà venus et n'ont rien trouvé.

— Puissiez-vous dire vrai, soupira Mathieson.

Vasquez hocha la tête et parut s'absorber quelques instants dans la conduite de la voiture.

— Vous êtes l'un des hommes les plus sceptiques et les plus désabusés que j'aie jamais rencontrés, monsieur Merle. Avez-vous toujours été ainsi ou cela a-t-il commencé avec l'histoire Pastor ?

— Vous êtes mal placé pour me traiter de sceptique et de désabusé !

— Je n'ai pas besoin de sauver mon ménage, moi.

Mathieson ferma les yeux et se força à contenir la colère qui montait en lui, devant l'attitude supérieure qu'affectait Vasquez.

— Vous êtes aussi marié, que je sache, se contenta-t-il de répondre.

— Théoriquement seulement. Cela fait des années que nous sommes séparés. N'essayez donc pas de détourner la conversation.

— Vous êtes bien le dernier dont j'accepterais des leçons de psychanalyse, grogna Mathieson.

— Vous avez peur, vous avez les nerfs tendus et je ne songe pas à vous le reprocher. Mais je voudrais vous forcer à regarder les choses en face et à ne pas vous méprendre sur les véritables causes de vos craintes. N'en veuillez pas à votre femme ni à vos amis, monsieur Merle. Ils n'y sont pour rien.

Vasquez le quitta juste avant l'embarquement et Mathieson s'engagea sur la passerelle en prenant soin de rester au milieu d'un groupe de voyageurs. L'avion n'était pas bondé et il put se trouver un siège à côté d'un hublot. Au décollage, il sentit un nœud d'angoisse lui serrer l'estomac mais se détendit dès qu'il sentit les roues se rétracter dans leur logement.

Il passa les trois heures suivantes sans rien faire, sans même lire un des magazines proposés par l'hôtesse. Le regard vaguement fixé sur les nuages, il s'efforça de démonter son plan morceau par morceau, comme un puzzle. Mais des pensées inquiètes ne cessaient de le perturber : Jane restait trop présente dans son esprit.

A Chicago O'Hare, il n'eut pas à attendre ses bagages qui étaient enregistrés directement pour Washington; il traversa l'aérogare les mains dans les poches, sauta dans un taxi et se fit déposer à la tour de la compagnie d'assurances John Hancok. Il faisait un temps gris et maussade, avec un de ces vents aigres dont Chicago a le secret. Autour de lui, dans la rue, les passants marchaient courbés en tenant leur chapeau d'une main.

Mathieson pénétra dans l'immeuble, erra quelques minutes entre les boutiques de la galerie marchande, ressortit par une porte latérale et traversa rapidement la rue vers l'entrée de l'hôtel où il loua une petite voiture de série. Il quitta le garage et traversa la ville jusqu'au boulevard du bord du lac.

Bien que connaissant mal Chicago, il n'eut pas de mal à trouver son chemin et arriva en avance à l'hôtel où ils s'étaient donné rendez-vous. Garé le long du trottoir, il observa les allées et venues et vit enfin Bradleigh descendre d'un taxi et s'engouffrer sous le porche, les pans de son pardessus gris flottant derrière lui.

Il attendit cinq minutes, ne vit rien de suspect ni d'alarmant autour de lui et sortit de sa voiture au moment où tombaient les premières gouttes de pluie. En vingt pas, il fut trempé.

Bradleigh était assis à une table, dans le bar. Mathieson se dirigea droit sur lui mais Bradleigh l'ignora, le regard toujours fixé sur la porte. Il ne détourna enfin les yeux que quand Mathieson se planta en face de lui.

— Je ne vous avais pas reconnu ! lui dit-il en lui tendant la main. — Tant mieux. Cela prouve que ma nouvelle tête est bonne.

— Il n'y a pas que la tête, répondit Bradleigh en le toisant. Vous avez perdu du poids, vous paraissez dix ans de moins.

— Laissons de côté les politesses, Glenn. Je suis plutôt pressé. Dites-moi s'il y a du neuf et si vous avez pu trouver quelque chose.

— Ma parole, c'est à se demander lequel des deux rend service à l'autre !

— Vous avez une dette envers moi, Glenn, et je n'ai pas l'intention de vous la laisser oublier. Alors ?

Ce qu'il n'ajouta pas, c'est qu'en prenant ainsi le premier contact public depuis des mois avec quelqu'un connu de ses adversaires, il craignait de se faire repérer et voulait abréger la conversation autant que possible.

Bradleigh dut le deviner car il lui fit un sourire réconfortant.

— Personne ne m'a suivi, Fred. Nous sommes bien seuls, rassurez-vous.

Le *marshal* alluma tranquillement une cigarette avant de poursuivre.

— Nous avons pu glaner quelques tuyaux sur C. K. Gillespie et nous serons sans doute en mesure de l'embarquer sous peu.

— Dans combien de temps ?

-- Huit, dix jours. Cela dépendra des preuves que nous pourrons déterrer. Si nous n'obtenons pas de nouveaux éléments grâce aux micros installés dans son bureau, nous avons quand même de quoi l'emballer et le faire parler. Nous avons par ailleurs des présomptions sur quatre hommes ayant sans doute participé à votre affaire à Los Angeles et à la fusillade de l'Oklahoma...

— Quatre hommes en plus de Deffeldorf et Tyrone ? Bradleigh resta bouche bée.

— Où diable avez-vous découvert ces noms-là ?

— Chez une voyante extra-lucide. Ne cherchez pas, Glenn, vous perdriez votre temps.

Bradleigh poussa un soupir résigné.

— Deffeldorf et Tyrone font partie du groupe. Les deux autres s'appellent Ortiz et Tony Senno. Ils sont de Burbank.

— Vous avez des preuves ?

— On en aura bientôt. Mais nous préférons prendre notre temps et avoir un dossier à toute épreuve avant de leur mettre la main dessus. Ortiz est un motocycliste semi-professionnel. Nous avons retrouvé l'arme avec laquelle il vous a tiré dessus. Il nous reste différents détails à éclaircir avant de les arrêter tous les quatre ensemble. Le malheur c'est qu'aucun de ces types-là ne pourra nous mener directement à Frank Pastor.

— Nous nous en doutions déjà. Avez-vous des éléments sur Pastor, Ezio Martin ou George Ramiro ?

— Non... Hé, où avez-vous pêché le nom de Ramiro ?

— Ma voyante. Elle est extra-lucide, comme je viens de vous le dire.

— Alors, adressez-vous à elle, Fred ! Je ne suis quand même pas obligé de vous communiquer tout ce qu'il y a dans nos dossiers...

— Si, Glenn. C'est même la moindre des choses et vous le savez.

Bradleigh réfléchit et prit un air penaud.

— Comme vous vous voulez... Pour en revenir à Gillespie, nous l'avons surveillé sans arrêt depuis le dimanche qui a suivi l'attentat contre vous. Il rencontre surtout Ezio Martin et, la plupart du temps, va le voir à son bureau de New York. Mais Martin prend ses précautions. Il utilise notamment un appareil de brouillage électronique, et nous n'avons rien obtenu de ce côté-là. Nous avons quand même découvert deux ou trois petites choses.

— Lesquelles, par exemple ?

— Eh bien, nous ne sommes pas les seuls à écouter les conversations de Gillespie. Il y a, à son bureau et dans son appartement, trois jeux de micros et de dispositifs d'écoute. L'un d'eux nous appartient. Le second a été vraisemblablement installé par Gillespie lui-même. Il doit avoir le syndrome de Nixon, vous savez, le besoin maladif d'enregistrer ses propres conversations pour la postérité. Les gens comme lui sont perpétuellement sur la corde raide et il doit vouloir sans doute pouvoir se référer à des conversations délicates ou, plus simplement, vérifier les mensonges qu'il a employés pour ne pas se recouper plus tard. Quant au troisième jeu, il a probablement été placé par Ezio Martin. Martin ne peut pas sentir Gillespie et doit à tout prix essayer de trouver quelque chose de compromettant pour le discréditer aux yeux de. Pastor.

— C'est bien possible, en effet. Dites-moi, par curiosité, que se passerait-il si Gillespie découvrait les micros ? Aurait-il un moyen de savoir quels sont les vôtres et quels sont ceux de Martin ? Pourrait-il reconnaître l'équipement officiel ?

— Pourquoi me posez-vous de pareilles questions, Fred ?

— Si un jour je me faisais espionner, j'aimerais bien savoir par qui, sans avoir besoin de faire appel à une escouade d'agents secrets pour le découvrir.

— Il n'y a pas vraiment de règle, dans ce domaine. Ce qui est valable dans le cas de Gillespie n'est pas nécessairement vrai dans un autre...

— Expliquez-le-moi quand même.

— C'est assez simple. L'équipement d'Ezio Martin est le meilleur et le plus cher sur le marché : des émetteurs sans fil qui se déclenchent au seul son de la voix. Les émissions sont captées par un récepteur branché sur un enregistreur à cassette. Ce n'est peut-être pas le système le plus fiable mais c'est de loin le plus commode, surtout quand on ne veut pas y affecter des équipes d'écoute à plein temps. Quant à nous, nous préférons le bon vieux système du micro à fil qui, lui, n'est pas sujet au brouillage ni à l'électricité statique ni même aux parasites des enseignes au néon. Le seul inconvénient c'est que cet équipement se repère facilement.

— Et celui que Gillespie a installé lui-même ?

— De simples micros reliés à son magnétophone. Ils sont enclenchés par des interrupteurs dissimulés sous le plateau de son bureau.

— Et les téléphones ?

— Nous avons mis une table d'écoute sur ses lignes. Les autres ont simplement disposé un micro dans les combinés. Si seulement on avait pu glisser des micros dans les bureaux d'Ezio Martin ! Nous sommes arrivés à mettre des micros sans fil dans les boutons des costumes de Gillespie mais ils ne nous servent à rien car le bureau de Martin est pourvu d'un dispositif de brouillage. Sinon, on en saurait assez sur toute la bande pour lui infliger cinq siècles de prison ferme...

— Qu'avez-vous découvert d'autre ? coupa Mathieson.

— Cela vous vexera peut-être, mon vieux, mais ils ne passent pas leur temps à parler de vous. En fait, vous êtes le cadet de leurs soucis.

— Tout ce qui intéresse Frank Pastor m'intéresse, Glenn. Plus j'en saurai sur son compte, mieux je pourrai m'en tenir à l'écart.

— Vous perdez votre temps...

— Cela me regarde.

— Nous ne sommes pas censés être à votre service, Fred.

— Comme vous n'étiez pas censés faire circuler au grand jour un avis de recherche au nom de Paul Baxter avec ma photo dessus ! Vous n'étiez pas assez naïfs pour croire que cela ne reviendrait pas aux oreilles de Frank Pastor, tout de même ?

— Je n'y étais pour rien, Fred. Dès que je l'ai su j'ai immédiatement fait le nécessaire... Mais, dites-moi, d'où diable tenez-vous tous ces renseignements ? Vous avez engagé un privé ?

— Non, mentit Mathieson. Grâce au FBI, Pastor a appris que je n'étais plus sous votre protection et en a déduit que j'essaierais de prendre contact avec des amis. Il les a fait surveiller et nous avons commis l'erreur d'en appeler un. Son téléphone était sous écoute et les hommes de main de Pastor se sont mis à le menacer pour me retrouver. C'est lui qui a enquêté pour savoir ce qui lui valait ce traitement. C'est un homme influent, qui a des amis bien placés. Il n'a pas été long à découvrir Deffeldorf, l'avis de recherche du FBI et tout le reste. Il m'a raconté tout ce qu'il savait... dans une cabine téléphonique, bien entendu.

— Et qui est cet ami si bien renseigné ?

— Peu importe, il n'est plus dans le coup. Les hommes de Pastor ont abandonné sa piste et je ne veux pas que votre équipe vienne mettre son nez dans ses affaires. Il est inutile de le compromettre davantage.

Bradleigh tapota pensivement une cigarette sur la table.

— Sous quel nom circulez-vous, en ce moment ?

— Devinez !

Bradleigh sourit malgré lui.

-- De quoi avez-vous besoin ?

— De renseignements.

— Sur quoi ?

— Sur tout.

— Je ne peux rien vous donner d'utile en ce moment, Fred. L'enquête est en cours et donc protégée par le secret...

Mathieson se leva.

— Merci quand même, Glenn. A bientôt.

Avant de partir, il hésita brièvement et se retourna :

— Ça m'a tout de même fait plaisir de vous revoir.

19

Washington — du 2 au 4 octobre

Cela faisait deux heures, qu'il était installé avec Homer dans la voiture rangée en face de l'immeuble de bureaux. Entre eux, sur la banquette, ils avaient déposé les photos : Gillespie, son associé, le stagiaire, les deux secrétaires et la réceptionniste.

A seize heures trente, ils virent le stagiaire sortir de l'immeuble, une serviette de cuir à la main, et aller attendre l'autobus à l'arrêt du coin de la rue.

— A cette heure-ci, dit Homer, il va sans doute faire une course avant de rentrer chez lui. Il ne reviendra plus au bureau.

— Espérons-le, répondit Mathieson.

L'immeuble se vida ensuite par petits groupes. A dix-sept heures deux, ils reconnurent les deux secrétaires suivies de la réceptionniste, une minute plus tard. A dix-sept heures dix, Homer se raidit.

— Le voilà !

Mathieson suivit son regard, C.K. Gillespie sortait en effet de l'immeuble et se dirigeait vers le parking, à une cinquantaine de mètres de là. Il marchait d'un pas décidé, faisant sonner les talons de ses chaussures italiennes. Mathieson l'observa avec soin, car l'on peut souvent apprendre beaucoup sur le tempérament d'un homme en examinant sa démarche. Gillespie semblait bien correspondre à ce que Mathieson en savait : vif, alerte, arrogant. Dangereux, sans doute.

— Bureau 716, dit-il à Homer.

— Quel genre de serrure ?

— Une Yale ordinaire. Il ne doit rien conserver de compromettant au bureau.

— Selon notre étude préliminaire, dit Homer en étudiant ses notes, il n'y a pas d'alarmes électroniques dans le bâtiment à l'exception de celle du bijoutier au second étage. Il faut signer un registre quand on entre après dix-huit heures. Il faudrait donc que nous entrions d'ici une demi-heure.

— Je préférerais quand même qu'il fasse noir.

— Au contraire. Nous passerons beaucoup plus inaperçus maintenant qu'il y a encore du monde dans l'immeuble. Tiens le revoilà...

Au bout de la rue, sortant du parking, ils virent une Thunderbird rouge marquer l'arrêt et se mêler à la circulation de Connecticut Avenue.

— Il est parti. Il n'en reste donc plus qu'un...

Ils attendirent jusqu'à dix-sept heures quarante.

— Toujours pas d'associé ! grommela Mathieson.

— Il aime peut-être travailler tard. Il a peut-être passé la journée au tribunal, sans même venir au bureau.

— Mais s'il est resté travailler, c'est fichu.

— Eh bien, on reviendra demain, répondit Homer en regardant sa montre. Allons-y quand même. La porte d'entrée du bureau a un verre dépoli. S'il y a quelqu'un, nous verrons la lumière et nous repartirons, c'est tout.

Mathieson hésita, prit l'attaché-case posé sur la banquette arrière et suivit Homer. Ils entrèrent ensemble dans le hall de l'immeuble, deux hommes d'affaires anonymes en complet sombre venus après les heures de presse pour un rendez-vous tranquille. Dans la foule encore dense qui remplissait le hall en se déversant des ascenseurs, le gardien derrière son comptoir ne les remarqua même pas.

Ils étaient seuls dans l'ascenseur qui les emmena au septième étage. Homer fit signe à Mathieson.

— Montrez les clefs.

Il choisit un passe-partout Yale au milieu de l'épais trousseau que Mathieson sortit de l'attaché-case. Mathieson remit le reste dans sa poche. Mieux valait n'avoir qu'une seule clef en main s'ils rencontraient quelqu'un dans le couloir.

Sur le palier de l'étage, ils croisèrent deux secrétaires et un cadre quittant leur bureau, avec qui ils échangèrent un salut et un sourire. Le verre dépoli de la porte de Gillespie était obscur, la porte fermée à clef. Les paumes moites, Mathieson introduisit la clef, la sentit résister et comme il s'énervait, Homer le remplaça. Ce dernier fourgonna un instant et la serrure s'ouvrit docilement. Le couloir était vide.

Avec un soupir de soulagement, ils se glissèrent à l'intérieur et refermèrent la porte derrière eux. Dorénavant ils ne pouvaient plus échanger une seule parole, à cause des installations d'écoute clandestine. En passant devant le standard téléphonique, ils ne virent aucune ligne occupée. Il n'y avait pas de lumière dans les bureaux. Ils étaient donc bien seuls.

Homer se trouvait déjà au milieu du petit corridor intérieur quand Mathieson le rejoignit. En silence, ils ouvrirent les portes de chaque côté. Deux bureaux ordinaires, une bibliothèque qui faisait aussi office de salle d'archives. Le grand bureau d'angle était celui de Gillespie.

Ils mirent des gants, examinèrent rapidement les dossiers dans les classeurs, à la recherche de quelque élément susceptible d'être exploité sur Pastor ou Ezio Martin ou encore concernant les noms d'emprunt qu'avait eus Mathieson. Ils ne trouvèrent qu'une chemise assez mince au nom d'Ezio Martin. Elle contenait des factures, des copies de correspondance sans intérêt et deux actes notariés portant sur des transactions immobilières.

Leur échec ne surprit pas Mathieson, car il ne s'attendait pas à faire de découvertes; ils n'avaient fouillé que par simple acquit de conscience. Machinalement, il alla vers la fenêtre et s'apprêtait à tirer les rideaux quand Homer l'en empêcha d'un violent signe de tête. Son geste aurait pu se remarquer de l'extérieur, comme Mathieson le comprit instantanément. Je suis encore un novice, se dit-il avec un mélange de rage et d'inquiétude.

En silence, toujours, ils prirent des outils dans la mallette et se mirent en quête des micros. Mathieson transpirait abondamment. Tout lui avait paru simple, quand il avait mis au point l'expédition. Maintenant qu'il était à pied d'œuvre, il voyait les obstacles surgir de partout. Et si Gillespie avait oublié un papier et revenait le chercher ? Et si le gardien se mettait à faire le tour des bureaux ? Cette fouille s'éternisait...

Le micro sans fil d'Ezio Martin fut le plus facile à trouver. Comme Bradleigh l'avait indiqué, il était installé dans le combiné du téléphone, d'où il captait aussi les conversations tenues dans la pièce. Ils n'y touchèrent pas : il fallait surtout qu'il fonctionne parfaitement.

Homer détecta le micro de Bradleigh en dévissant la plaque de protection d'une prise électrique. Les fils couraient sous la plinthe, mêlés aux autres, et n'étaient pas trop tendus. Il parvint aisément à en tirer une petite boucle et se mit au travail.

Mathieson le regarda faire, admirant son habileté. Homer cisailla les fils du micro, y brancha une nouvelle paire de fils qu'il fit courir le long de la plinthe jusqu'au bas de la porte. Il installa enfin, sur le chambranle, un minuscule interrupteur en plastique blanc, indétectable pour quiconque ne savait pas exactement que rechercher. Il finit de rentrer les fils dans la plinthe, fit des épissures, revissa la plaque de protection de la prise électrique. Désormais, le micro fédéral fonctionnait comme avant... ou presque. Car il suffisait d'une légère pression du pied contre l'interrupteur pour en couper ou en rétablir l'alimentation.

Avant de partir, ils achevèrent leur fouille. Il y avait un autre micro sans fil dans le bureau de l'associé et un troisième à la réception. Ils se gardèrent bien d'y toucher.

A dix-huit heures trente, ils refermèrent la porte à clef derrière eux et firent disparaître le trousseau dans l'attaché-case.

— Merci, Homer, dit Mathieson pendant qu'ils attendaient l'ascenseur. Vous avez fait du beau travail.

— Allez-vous vous décider à me dire quelles sont vos intentions ?

— Quand ce sera fini. Je suis peut-être paranoïaque, mais je crois qu'un secret ne reste un secret que tout le temps qu'on le garde pour soi... De toute façon, vous devez bien vous en douter, non ?

— Si j'ai bien compris, vous espérez qu'il se dira quelque chose que vous voulez faire entendre à Ezio Martin mais pas aux fédéraux. A part cela, je ne vois pas.

— Réfléchissez, voyons.

Ils signèrent le registre des visiteurs sous l'œil indifférent du gardien, sortirent enfin dans la rue et remontèrent en voiture. Mais Homer avait toujours les sourcils froncés.

— J'ai beau réfléchir, je ne comprends toujours pas.

— Tant mieux. Ça veut dire que Bradleigh n'y comprendra rien non plus. Il verra bien que l'on a tripoté son micro mais sans comprendre pourquoi. Je trouve ça rassurant.

— Savez-vous, Fred, que vous devenez un vrai casse-pieds !

— Mais, je l'espère bien, Homer. Je l'espère bien !

A dix heures trente, le lendemain matin, il appela Gillespie d'un taxiphone dans le hall d'un immeuble voisin.

— De la part de qui ? demanda la réceptionniste.

— Walter Benson, de l'Oklahoma.

Il attendit impatiemment quelques minutes. La voix de Gillespie résonna enfin dans l'écouteur.

— Qui est à l'appareil ?

— J'ai dit Walter Benson...

— Je sais. Qui êtes-vous ?

— Je m'appelle Robert Zeck, mais mon nom ne vous dira sûrement rien, répondit Mathieson d'une voix de ténor légèrement hautaine, et affectée. Il se trouve que je possède des renseignements qui devraient vous intéresser.

— Ah, oui ?

— Je vous dirai simplement trois noms. Edward Merle. John Fusco. Philip Draper.

— Je n'en ai jamais entendu parler...

— Je sais, je sais. Vous avez raison. Moi aussi j'ai horreur du téléphone. Nous devrions en parler de vive voix.

— Où êtes-vous ?

— Pas très loin d'ici. Je pourrais passez à votre bureau dans une demi-heure.

— Je vous attends.

Mathieson raccrocha et rentra dans le café, où il reprit la lecture de son journal en laissant refroidir une tasse de thé. Quand il estima qu'il avait suffisamment de retard, il alla aux toilettes et donna un dernier coup d'œil critique à son déguisement. Il n'avait pas radicalement modifié son apparence. Mais le rembourrage glissé sous son costume lui donnait dix kilos de plus. Le coton disposé entre ses joues et ses gencives lui élargissait le visage. Il avait teint sommairement ses cheveux et ses moustaches en blond délavé. Des lunettes aux montures carrées en plastique noir lui donnaient un air pédant et dissimulaient ses yeux. Il avait surtout mis six bagues voyantes, trois à chaque main — exactement le genre de détail qui se remarquait et dont on se souviendrait. Quant à son costume, un complet gris mille-raies mal coupé avec une cravate club rouge et noire, il lui donnait l'allure d'un fonctionnaire prétentieux mais mal payé.

Satisfait, il quitta les toilettes, traversa le café et sortit dans la rue. Il était onze heures cinq.

En sortant de l'ascenseur, sur le palier du septième étage, il tâta rapidement le 38 qui faisait une légère bosse sous son aisselle. Si tout marchait comme prévu, il n'en aurait pas besoin. Mais Gillespie était un personnage aux réactions imprévisibles, qu'il faudrait peut-être convaincre par la force.

La réceptionniste l'accompagna jusqu'à la porte de l'avocat. Gillespie se leva en voyant entrer son visiteur. Il avait le regard aux aguets, l'attitude prudente.

Monsieur Zeck ?

Mathieson feignit de trébucher et s'arrêta brièvement sur le seuil de la porte. Forçant sa voix dans l'aigu, il jeta un regard exagérément admiratif autour de lui.

Très chic, votre bureau ! Vraiment très élégant...

Tandis qu'il se rattrapait au chambranle, il pressa discrètement l'interrupteur pour couper le micro de Bradleigh, referma la porte derrière lui et s'avança avec un sourire gêné.

— De quoi s'agit-il ? insista Gillespie avec impatience.

— Ne soyez donc pas si pressé, cher monsieur...

Avec un mouvement d'exaspération, Gillespie alla se rasseoir à son bureau. Mathieson n'éprouvait aucun remords à l'idée de ce qu'il allait lui faire ni aucune pitié envers celui qui allait être sa victime. Il en éprouvait au contraire un vif plaisir.

— Je n'ai pas de temps à perdre, monsieur Zeck !

— Je serai bref.

Sans y être invité, Mathieson s'assit lentement en souriant et se croisa les jambes.

— Comme vous le savez peut-être, commença-t-il d'une voix suave, les voies de la bureaucratie sont impénétrables. Il arrive parfois que les secrets les mieux gardés soient reproduits en cinq exemplaires ! C'est ainsi que j'ai récemment eu l'occasion de voir votre nom apparaître sur des états d'ordinateurs.

— Mon nom ? Sur quel ordinateur ?

— Vous figuriez dans des rapports ayant trait au programme de protection des témoins dépendants du ministère de la Justice.

Gillespie ne manifesta pas de surprise.

— Vous êtes employé au ministère de la Justice ? demanda-t-il sèchement.

— Peu importe qui m'emploie. En ce moment, je travaille surtout pour moi-même. En fait, je travaille aussi pour vous.

— Pour moi ?

— Mais oui, pour vous. Car je vous rends un très grand service, monsieur Gillespie. Les rapports en question traitaient de ce que l'on appelle pudiquement les « informateurs confidentiels » et, par une erreur inexplicable, en citaient les sources. Quelques agents trop zélés, sans doute...

— Je commence à perdre patience, monsieur Zeck !

— Cela m'étonnerait, cher monsieur. Votre sort est entre mes mains, voyez vous.

Gillespie répondit par un ricanement méprisant que Mathieson prit le parti de ne pas relever.

— Il y a quelques mois, vous avez réussi à extorquer des renseignements confidentiels à une secrétaire du programme de protection des témoins. Elle vous a donné les noms et les adresses de quatre personnes : Edward Merle, Benson, Fusco et Draper. Vous avez communiqué ces renseignements à vos clients, MM. Frank Pastor et Ezio Martin.

— Vous divaguez !

— Les services de sécurité ont découvert la fuite, reprit Mathieson imperturbablement. La secrétaire a été appréhendée et, comment dirais-je, « persuadée » de parler. Elle leur a naturellement donné votre nom.

— Elle a menti !

— Pourquoi l'accusez-vous de mensonge ? Parce que vous ne lui avez jamais dit qui vous étiez ? Voyons, monsieur Gillespie, vous auriez dû vous douter que cette femme n'a rien eu de plus pressé que de relever le numéro de votre Thunderbird rouge. Elle a ensuite reconnu votre photographie...

— Allez-vous enfin en venir au fait ?

— J'y arriverais bien plus vite si vous ne m'interrompiez pas constamment. Sans avoir de preuves formelles de ce que j'avance désormais, je pense que vous serez d'accord sur les grandes lignes de mon exposé. En communiquant ces renseignements à vos clients, vous deveniez automatiquement complice de meurtre avec préméditation. Vous avez donc cherché à vous couvrir en cas d'accident. Quand celui-ci s'est produit, c'est-à-dire lors de l'arrestation de la secrétaire, vous avez donc discrètement pris contact avec des agents fédéraux...

— Avec des... quoi ? hurla Gillespie.

— Cessez donc de m'interrompre, je vous prie. Je n'invente rien, j'ai tout lu sur le rapport. Oui, vous avez pris des contacts discrets pour obtenir l'immunité en échange de renseignements sur vos clients. Ceci explique d'ailleurs pourquoi vous n'avez pas encore été arrêté depuis votre dénonciation.

— Vous êtes complètement fou ! s'écria Gillespie.

— Vous me l'avez déjà laissé entendre, répondit Mathieson avec un sourire froid.

Il devait faire un effort pour dissimuler sa joie. Gillespie avait mordu à l'hameçon.

— Je vous prie de m'écouter sans plus m'interrompre, reprit-il froidement. Donc, comme je vous le disais, vous avez entrepris des négociations avec les agents fédéraux. Ainsi prévenus, ils ont été en mesure de protéger trois des quatre témoins en question avant que les tueurs de Frank Pastor ne puissent intervenir.

— C'est absurde ! éclata Gillespie. Benson a été victime d'une agression et les fédéraux se sont contentés d'y voir quelque sombre machination...

— Bien sûr, coupa Mathieson, c'est une position que vous êtes forcé de prendre. Mais pas avec moi, monsieur Gillespie. Car il se trouve que j'ai eu sous les yeux les rapports établis par les agents chargés de l'affaire. J'étais précisément chargé de la vérification des mémoires de l'ordinateur et c'est ainsi que j'ai vu votre nom y figurer. Ces rapports sont formels : après avoir recueilli les renseignements fournis par la secrétaire, vous avez pris contact de votre plein gré avec les agents du ministère de la Justice pour les mettre au courant et rester à l'abri des poursuites. C'est assez clair.

— Vous êtes complètement... complètement...

— Fou, je sais. Je deviendrais également fou si j'étais à votre place, monsieur Gillespie. Car savez-vous ce qui se passerait si ces malheureux rapports tombaient par hasard dans les mains d'Ezio Martin ou de Frank Pastor ?

— Cela suffit ! Ces rapports n'existent pas et vous le savez très bien !

— Ils n'existent plus, vous voulez dire. Car je me suis permis d'effacer votre nom partout où il figurait pour le remplacer par le terme de « informateur confidentiel ». Mais il se trouve que je possède deux copies de la bande magnétique originale de la mémoire. Je puis avoir rapidement accès à l'une d'elle. L'autre est sous enveloppe cachetée sous la garde d'un tiers qui en ignore la valeur. Je lui ai donné des instructions très simples pour faire parvenir l'enveloppe à Frank Pastor s'il m'arrivait quelque accident fâcheux.

— A quel jeu jouez-vous ? De quoi s'agit-il, espèce de...

— Il s'agit de chantage, monsieur Gillespie.

— Salaud !

Vous ne devriez pas être si grossier. J'ai entre les mains des éléments susceptibles de causer votre mort, pour peu que Pastor en ait connaissance. Mais je suis raisonnable et je n'ai aucun intérêt à ce qu'il vous arrive malheur. Ces éléments, je suis tout disposé à vous les vendre.

— C'est un mensonge, c'est honteux ! Je n'ai jamais pris contact avec qui que ce soit !

— Les ordinateurs ne mentent pas, cher monsieur. Pouvons-nous enfin discuter des conditions de vente ?

— Je n'ai rien à discuter !

— C'est bien imprudent de votre part.

— Toute cette histoire est un mensonge !

— Pourquoi le ministère mentirait-il, je vous le demande ? Gillespie dévisagea son interlocuteur.

— Vous en faites partie, dit-il.

— De quoi ?

— Du bureau de Corcoran.

— Non, non, absolument pas. Je suis fonctionnaire, certes, mais dans un tout autre service !

— Si, vous êtes un agent de Corcoran ! C'est lui qui vous a envoyé ici me raconter cette histoire de fou pour m'intimider et me forcer à dire n'importe quoi !

— Si vous doutez de l'existence de la bande magnétique,

je serais très heureux de vous en faire parvenir une copie.

— Cette bande n'a jamais existé ! C'est un faux ! Cela ne prouve rien !

— Reprenons, voulez-vous ? dit Mathieson avec un soupir exaspéré. Si vous n'avez rien dit aux fédéraux, comment ont-ils pu intervenir si vite pour protéger Merle, Fusco et Draper ? Et comment se fait-il que vous soyez toujours en liberté alors que la secrétaire a été arrêtée il y a plus de deux mois ? Cela ne suffit-il pas à vous démontrer l'authenticité de cette bande magnétique ?

— C'est une scandaleuse machination ! Je ne sais pas qui en est responsable, mais j'aime autant vous dire que...

— Il ne vous en coûtera que cent mille dollars, coupa Mathieson en se levant calmement. En petites coupures non marquées ni identifiées, naturellement, avec des numéros de série qui ne se suivent pas. Quand j'aurai l'argent entre les mains, je vous ferai parvenir les deux copies de la bande. Sinon, je me ferai un plaisir d'en envoyer une à Ezio Martin et l'autre à Frank Pastor.

Avant que Gillespie ne se soit levé, Mathieson avait déjà traversé le bureau vers la porte. Il se retourna pour jeter un dernier regard au visage inexpressif de Gillespie et pressa discrètement du pied l'interrupteur remettant en marche le micro de Bradleigh.

— Je reprendrai contact avec vous dans un ou deux jours. Réfléchissez à notre conversation et faites-moi savoir comment vous voulez que nous nous y prenions. Je vous laisse décider des détails, monsieur Gillespie. Car je suis persuadé que vous ferez le nécessaire quand vous aurez compris votre intérêt.

Gillespie ne répondit pas. Il vit Mathieson ouvrir la porte, quitter son bureau et refermer derrière lui sans avoir pu faire un geste ni proférer un son.

Quand il appuya enfin sur le bouton d'appel de l'ascenseur, Mathieson fut pris d'un violent tremblement nerveux et se mit à transpirer à grosses gouttes. Mais il se sentait envahi par une sensation de triomphe qui l'emplissait d'une joie sauvage.

20

Washington — 4 octobre.

Pendant la demi-heure qui suivit le départ de Zeck, Gillespie resta assis, plongé dans ses réflexions. La réceptionniste lui annonça l'arrivée d'un client qu'il lui demanda de faire patienter. Dès qu'elle eut refermé la porte, il sortit de sa léthargie et composa un numéro de téléphone. Ernie Guffin, directeur de l'agence d'enquêtes privées Bellamy, s'annonça à l'appareil de sa voix toujours un peu rauque.

— Ecoutez-moi, Ernie, lui dit Gillespie. Un individu vient de quitter mon bureau voilà environ une demi-heure. Il m'a dit s'appeler Robert Zeck. C'est une sorte de fonctionnaire pour je ne sais quelle administration. Il se prétend technicien en informatique, ou du moins appartenir aux services de contrôle des ordinateurs. Je voudrais que vous le retrouviez. Zeck est sûrement un faux nom.

— Vous pouvez me le décrire ?

— Cheveux blondasses, moustache, un mètre soixante-quinze environ mais peut-être un peu plus. Il doit peser dans les quatre-vingt-cinq, quatre-vingt-dix kilos. Grosses lunettes à montures noires et des bagues à tous les doigts.

— C'est tout ?

— A peu près. Mal habillé, costume de confection. Il a l'allure d'un petit fonctionnaire de troisième zone. Probablement pédé, d'après sa voix et ses manières.

— Un technicien en informatique ? Il n'y en a pas tellement. Cela ne devrait pas être long.

— J'ai un enregistrement de sa voix, si cela peut vous être utile.

— Pas pour le moment. Je ne peux pas me trimbaler avec un magnétophone pour demander aux gens d'identifier une voix. Qu'est-ce que vous lui voulez, à ce type ?

— Retrouvez-le-moi, Ernie, le plus vite possible. Mettez-y le paquet, n'économisez pas sur les frais, d'accord ?

— D'accord. Vous voulez un rapport quotidien ?

— Un rapport quotidien ? Je veux lui remettre la main dessus cet après-midi, Ernie !

— On va voir ce qu'on peut faire... Je vous rappelle dès que j'ai quelque chose, peut-être ce soir ou peut-être le mois prochain. Vous connaissez aussi bien que moi les difficultés de ce genre de boulot, pas vrai ?

— Je sais, Ernie. Faites vite, c'est tout ce qui m'intéresse.

Gillespie raccrocha avec une bordée de jurons et fit entrer son client. La fin de la matinée lui fut un véritable enfer. La colère le submergeait peu à peu. Bientôt, il lui devint impossible de se concentrer sur son travail. Il ne sortit pas déjeuner, pour ne pas manquer l'appel d'Ernie. A deux heures, il tournait dans son bureau comme un ours en cage et se décida soudain à appeler sa secrétaire.

— Annulez tous mes rendez-vous de l'après-midi. Reportez-les à lundi.

— Vous vous absentez, monsieur Gillespie ?

— Non !

Pour la dixième fois depuis le matin, il réécouta l'enregistrement de sa conversation avec le pseudo Robert Zeck mais n'en tira rien qu'il ne sache déjà par cœur. A quatre heures, bouillant d'impatience, il rappela l'agence Bellamy.

— Où est Ernie ? grogna-t-il à la téléphoniste.

— Mais... dans son bureau ! répondit-elle stupéfaite. Un instant, je vous le passe.

Ernie Guffin s'annonça en graillonnant.

— Qu'est-ce que vous foutez, bon Dieu ! explosa Gillespie. Je vous confie un travail simple comme bonjour et...

— Je peux déjà vous dire que votre bonhomme n'est pas un contrôleur, coupa Guffin. Il ne m'a pas fallu deux heures pour découvrir le pot aux roses. S'il est dans les ordinateurs, il peut être n'importe quoi. Technicien d'entretien, programmeur, tout ce que vous voulez. A ce niveau-là, l'enquête va prendre un bon moment. Je suis désolé mais c'est comme ça et je n'y peux rien. Je vous rappellerai dès que nous aurons trouvé quelque chose sur son compte.

Gillespie grogna des paroles inintelligibles et raccrocha en jurant de plus belle. Qui diable pouvait bien être ce Zeck ?

Par acquit de conscience, il attendit jusqu'à six heures mais son téléphone resta muet. C'est en regagnant sa voiture qu'il se souvint qu'il n'avait pas déjeuné : son estomac le tiraillait. Il s'arrêta au hasard devant un restaurant chinois où il avala des plats sans même se rendre compte de ce qu'il mangeait.

Il venait à peine de touner le coin de sa rue quand il repéra le coupé vert parqué devant chez lui. Le chauffeur ne lui était pas inconnu : il lui avait déjà apporté des messages de la part d'Ezio Martin. L'autre, en revanche, ne lui disait rien.

Gillespie stoppa net. Les deux hommes dans le coupé vert ne l'avaient pas encore remarqué. Lentement, il remit la Thunderbird en marche, prit la première rue à droite et retourna vers le centre en empruntant des petites rues. Il avait du mal à conduire tant il tremblait.

Il dut finalement s'arrêter dans une ruelle du côté de la 14e Rue, en plein quartier noir. Des enfants jouaient au ballon sur les trottoirs et se poursuivaient bruyamment. Mais Gillespie ne savait pas où il était. Il se laissa glisser sur son siège, ferma les yeux, s'efforça de remettre ses idées en ordre. En vain. Machinalement, il remit la voiture en marche et conduisit au hasard. Ses pensées tournoyaient en un affolant cercle vicieux. Ils l'attendaient devant chez lui. Pourquoi ? Pour lui remettre un simple message d'Ezio ? Non. On n'envoie pas deux gorilles pour faire une course comme celle-là. Alors ?

Le matin, un inconnu vient le voir, dépose de la dynamite dans son bureau et, moins de neuf heures plus tard, il trouve deux types en faction devant chez lui... C'était la seule explication plausible. La visite du matin. La dynamite. La bombe à retardement.

Devant l'immeuble de son bureau, il trouva sans peine une place de stationnement. A cette heure-là, le quartier était déjà désert. Gillespie signa le registre du gardien, prit l'ascenseur jusqu'à son étage, décidé à vérifier un soupçon tout en espérant s'être trompé.

Enfermé dans les bureaux, il entreprit une fouille méthodique. Sans être un expert en électronique, il avait quand même quelques notions de ce qu'il fallait faire. Il ouvrit tous les tiroirs, les inspecta soigneusement. Il se glissa sous les meubles. Il dévissa les ampoules électriques. Il démonta le poste de radio posé sur une étagère. Il examina son magnétophone pour voir s'il n'était pas pourvu de fils supplémentaires suspects. Il eut enfin l'idée de regarder les téléphones. Il dévissa les écouteurs et démonta les plaques de base des appareils.

C'est là qu'il trouva le premier micro, collé au bâti. Cela ressemblait à une sorte de condensateur, un petit disque d'allure innocente tel qu'un profane pouvait s'attendre à trouver dans un téléphone. Mais ce n'était pas un condensateur : le disque avait une face perforée de trous minuscules. Gillespie comprit qu'il s'agissait bien d'un micro.

Tremblant, couvert de sueur, Gillespie se laissa tomber dans son fauteuil. Tout s'expliquait, désormais. C'était Ezio. Cela ne pouvait être qu'Ezio. Il ne fallait pas faire un gros effort d'imagination pour se douter des instructions données aux deux individus qui l'attendaient dans le coupé vert.

Ainsi, c'était Ezio. Le faux technicien en informatique, le mystérieux Robert Zeck, avait été envoyé par Ezio. Pour raconter cette histoire invraisemblable, avoir un enregistrement à faire entendre à Frank Pastor. Ezio avait toujours détesté Charlie Gillespie. Et Frank croirait Ezio, son cousin, son ami. Rien ne pourrait jamais faire changer d'avis Frank Pastor. Tout ce que Zeck avait raconté ce matin devant les micros d'Ezio Martin, Frank Pastor l'avait déjà entendu. Il n'avait pas pu faire autrement que d'y croire. Il n'en démordrait plus. A ses yeux, Gillespie était un traître.

Lentement, pesamment, Gillespie se releva, sortit de son bureau, referma machinalement la porte derrière lui et se dirigea vers l'ascenseur.

21

New York — 5 octobre.

La 44e Rue grouillait de taxis vides revenant de Times Square et de l'ouverture des théâtres. Mathieson regardait distraitement, à travers l'épaisse couche de crasse accumulée à l'extérieur des vitres. Il entendit derrière lui la voix de Vasquez.

— Vous ne lui avez pas laissé de marge de manœuvre.

— C'était bien mon intention.

— Et s'il te payait ? intervint Roger Gilfillan en éclatant de rire. Ce serait trop drôle !

— Il n'en aura sans doute pas le temps, dit Vasquez. Dès l'instant où Ezio Martin a écouté l'enregistrement de la conversation, Gillespie était condamné. Vous avez signé son arrêt de mort, vous le savez, j'espère ? Aussi sûrement que si vous l'aviez tué de vos propres mains.

Mathieson se détourna enfin de la fenêtre.

— Croyez-vous ? dit-il sèchement.

— C'est évident.

— Hé bien, je suis convaincu du contraire. Gillespie a des réflexes rapides. Il aura vite compris que, pour survivre, il n'a qu'une seule solution. Il va directement aller trouver Glenn Bradleigh.

Un sourire se forma peu à peu sur les lèvres de Vasquez.

— Si c'est vraiment le cas, ce serait plutôt amusant...

— Le plus intéressant de tout cela est que Gillespie sera bien obligé de vider son sac de fond en comble s'il veut obtenir l'immunité et la protection de Bradleigh.

— S'il déballe vraiment tout, dit Roger, il y aura du travail pour deux douzaines de juges d'instruction !

Vasquez hocha la tête et sortit de sa poche un stylo à bille dont il fit cliqueter le mécanisme.

— Peut-être, dit-il avec une moue dubitative. Peut-être cela posera-t-il quelques problèmes à Pastor et à sa bande. Mais je ne crois pas que cela suffira à résoudre les vôtres. Plus que jamais, Pastor va vous pourchasser... N'allez surtout pas croire que je sous-estime ce que vous avez fait.

Mathieson observa le détective. Il était assis bien droit, le pli du pantalon impeccable, les chaussures brillantes comme des miroirs, le nœud de cravate parfaitement en place; il avait une allure presque aussi vieillotte et respectable que la chambre d'hôtel où ils étaient réunis.

— Il va immédiatement prendre des mesures de sécurité renforcées, reprit Vasquez.

— Tant mieux ! c'est exactement ce que je cherche. Je veux qu'il sache enfin quel effet cela fait de se sentir attaqué sans savoir d'où tombera le prochain coup.

— Vous perdez votre temps, répondit Vasquez avec un nouveau cliquetis de stylo. Ces gens-là sont paranoïaques par définition.

— Je veux au moins qu'il comprennent que maintenant c'est moi qui vais les traquer.

Roger esquissa un sourire glacial, celui-là même qui précipitait les traîtres de cinéma dans des abîmes de terreur, et de son plus beau ton de shérif, il dit :

— Ça, c'est parlé, vieux frère !

Sans relever, Vasquez se pencha pour prendre sa serviette de cuir posée contre le pied de sa chaise.

— Vous m'aviez demandé un dossier sur George Ramiro. Je suppose qu'il est votre prochaine victime ?

— Exact. Il est dangereux et je ne veux pas l'avoir sur les bras quand nous nous attaquerons à Martin et Pastor. Vous avez quelque chose sur lui ?

— Rien d'extraordinaire. Il ne va pas être aussi facile à intimider que Gillespie. Ramiro est un imbécile, un primate. Le fait qu'il soit aussi parfaitement bête le rend beaucoup plus difficile à coincer. Avec lui, pas question d'user de subtilités. Uniquement de la force brutale.

— Voulez-vous cesser de faire cliqueter votre stylo ?

— Excusez-moi...

Vasquez remit le stylo d'où il venait et ouvrit le dossier sur une table. Il en sortit des photographies, les posa à l'écart et parcourut des yeux une liasse dactylographiée.

— Il est titulaire d'un port d'armes, un Colt Python 357 Magnum. Cela a dû lui coûter cher... Il a paraît-il des relations régulières avec une *call-girl*...

— Le nom et l'adresse ?

— C'est dans le rapport. A mon avis, cela ne représente pas un angle d'attaque bien intéressant.

— Et pourquoi pas ? s'esclaffa Roger. Ce serait marrant de le surprendre le cul à l'air...

— Je souhaiterais que vous surveilliez votre langage, monsieur Gilfillan, répliqua Vasquez sèchement. Que vous servirait de l'attraper, nu ou vêtu ? Qu'en feriez-vous, puisque vous ne voulez pas le tuer ?

— On pourrait le confier à des spécialistes, insista Roger. Lui faire casser quelques bras et jambes...

— Ce serait pire. S'il s'en réchappe, il enverra une douzaine d'amis pour le venger. Ce qu'il faut, c'est l'écarter de la scène une fois pour toutes, comme vous l'avez fait pour Gillespie. Mais avec un gorille comme Ramiro, je ne vois pas comment nous y prendre, c'est tout.

— Il y a toujours un moyen, répondit Mathieson calmement. Il faut que je sorte. Je reviens dans une heure.

Quand il revint à l'heure dite, Homer avait rejoint Vasquez et Roger. Mathieson se frotta énergiquement les mains pour tenter de se réchauffer.

— Homer vient de voir Nick d'Alesio, annonça Vasquez.

— Le journaliste ?

— Lui-même, confirma Homer. Un type passionnant. Il en sait autant ou même davantage sur les mystères de la Mafia de New York que la plupart des mafiosi.

Mathieson prit une bouteille de soda dans le réfrigérateur et s'en versa un grand verre.

— Alors, que vous a-t-il appris ?

— D'abord, je vous précise que j'ai dû lui donner quelque chose en échange. Dans notre métier, vous savez, ce qui nous intéresse, c'est le renseignement...

— Oui, et alors ?

— Je lui ai donc fourni un *scoop*. Je lui ai raconté qu'il y avait un rapport entre l'attentat contre Benson dans l'Oklahoma et celui contre Fred Mathieson en Californie.

Mathieson fit un geste de contrariété.

— Etait-ce vraiment nécessaire ? Qu'avez-vous dit, exactement ?

— Rien que Pastor ne sache déjà, rassurez-vous. Je n'ai pas soufflé mot de Gillespie. Et il est d'accord pour ne pas parler de moi non plus en citant simplement des « sources bien informées ».

— Ne soyez pas surpris de voir le nom d'Edward Merle apparaître demain dans les journaux, ajouta Vasquez. D'Alesio va sûrement faire un tour aux archives et découvrir qui est Fred Mathieson et la teneur de sa déposition contre Frank Pastor.

— J'ai toujours rêvé d'avoir mon nom dans les journaux. Enfin, puisque c'est fait... Qu'avez-vous obtenu, en échange ?

— Beaucoup de détails passionnants sur Pastor et Martin. Je vais mettre mes notes au clair et je vous les donnerai tapées demain matin.

— Rien sur Georges Ramiro ?

— Peu de chose. Il est trop bête pour avoir une vie privée. C'est plutôt un solitaire. Tout ce qui semble le passionner, dans la vie, c'est d'astiquer sa Cadillac et de fumer des havanes en allant se pavaner dans ses chromes le long des plages de Long Island. Le banlieusard typique, quoi...

— Où habite-t-il avec sa femme ?

— Chez les Pastor ou à proximité immédiate. A New York, il a un appartement sur le même palier, dans Park Avenue. A Brooklyn, où Pastor a une de ces grandes vieilles maisons, les Ramiro occupent le dernier étage. Et à Long Island, les Pastor vont y passer l'été, ils sont installés dans le pavillon du gardien.

— A-t-il des ennemis ?

— D'Alesio pourrait en citer une bonne centaine, car Ramiro ne se rend pas populaire avec ses manières de brute. Mais pas vraiment d'ennemis mortels.

— Il va falloir chercher, dit Vasquez.

— Ce serait trop long, déclara Mathieson. Non, s'il lui faut un ennemi, on va lui en fabriquer un.

— Comment cela ?

202

— Manifestement, Ramiro a fait des choses qui justifieraient quelques cauchemars...

— On n'aura jamais le temps de compiler une liste de ses méfaits, intervint Roger.

— Pas la peine, reprit Mathieson. Il suffit de partir du principe qu'il y a quelque part, dans son passé, un événement quelconque susceptible de lui attirer de graves ennuis si un autre truand était au courant. Quelque chose qui pourrait même lui mettre Frank Pastor à dos...

— Non, interrompit Homer. Ramiro lui est fidèle comme un chien de garde. N'oubliez pas non plus qu'il fait partie de la famille par sa femme et qu'il ne ferait jamais rien pouvant amener Pastor à le menacer sérieusement.

— Peu importe, insista Mathieson. Un type comme lui a toujours quelque chose à se reprocher, ne serait-ce que de s'être trop sucré dans un partage. Tout ce qu'il nous faut, c'est un levier pour l'ébranler, un petit quelque chose pour l'inquiéter. Avant de passer à l'action, il nous faudra un relevé complet et à jour de ses déplacements et de ses habitudes.

Mathieson s'interrompit pour avaler une nouvelle gorgée de soda. Ce n'était pas tant de parler qui lui desséchait la gorge que le souvenir de la conversation téléphonique de la veille avec Jane. Il ne fallait surtout pas y penser...

— Dis donc, Roger, reprit-il en souriant, comment as-tu fait pour entrer à l'hôtel sans provoquer une émeute ?

Homer éclata de rire.

— Avec une barbe, une perruque et des lunettes de motocycliste, vous l'auriez pris pour un hippy sur le retour. Sa propre mère ne l'aurait pas reconnu !

— Tant qu'il ne dit rien, intervint Vasquez. Sa voix le trahirait instantanément.

— Peux-tu faire quelque chose pour la déguiser ? demanda Mathieson. Un faux accent anglais, par exemple ?

— Non, mon vieux. Je parle comme je suis. Texan.

— Je croyais que tu étais un acteur !

— Je n'ai jamais prétendu l'être !

Mais Roger se concentra un instant et débita une phrase à peine compréhensible qui fit éclater de rire son auditoire.

— C'est bien la plus mauvaise imitation de Cary Grant que j'aie jamais entendue ? s'esclaffa Homer.

— Oui, mais ce n'était pas du Roger Gilfillan, dit Mathieson. Pourrais-tu parler comme ça plus de deux minutes ?

— Je peux toujours essayer... Que veux-tu que je fasse ?

— Tu vas le savoir. Il nous faudrait du matériel de cinéma, en 16 mm avec du film sonore plutôt que de s'encombrer avec un magnétophone séparé. Crois-tu que tu pourrais trouver ça ?

— Peut-être. Que veux-tu en faire ?

— Tu verras bien. Peut-tu aussi trouver du film, tu sais de l'ultra-rapide qui permette de tourner à l'intérieur sans projecteurs ? N'oublie pas non plus un trépied.

— Quel genre d'objectif ?

— Un zoom devrait faire l'affaire.

— Et pour quand veux-tu tout cela ?

— Ce n'est pas urgent. On a d'autres choses à régler en priorité. En tout cas, je t'ai souvent vu sur un plateau et je sais que tu vaux tous les opérateurs professionnels. C'est toi qui t'en chargeras. D'accord ?

Roger hocha la tête. Vasquez réprima sa curiosité.

— Et qu'allons-nous faire maintenant ?

— Aller voir Glenn Bradleigh.

22

New York — 7 octobre.

Anna rentra tard à l'appartement de Park Avenue. Elle se sentait si euphorique qu'elle faillit oublier de payer le chauffeur de taxi et stupéfia le portier qui lui ouvrait respectueusement la porte de l'immeuble. Elle remarqua avec amusement que l'homme souriait pour la première fois de sa vie.

Avant d'entrer, elle s'arrêta un instant sur le trottoir et regarda en l'air. C'était l'une de ces trop rares belles soirées de New York, avec un ciel d'automne clair comme du cristal, un air frais et pur qui faisait scintiller les tours de verre et de bronze. Un chef-d'œuvre.

Supposant que les verrous de protection étaient mis de l'intérieur, elle sonna. Sandy vint lui ouvrir en peignoir et la tête couverte de bigoudis. Elle salua distraitement et claqua la porte.

— Papa est là ? demanda Anna.

Sandy fit une grimace.

— Avec Ezio. Hé, je me dépêche de retourner sous le séchoir.

— Sois coiffée pour le dîner, au moins !

— Ouais... salut !

Avec un haussement d'épaules, Anna alla frapper à la porte du bureau de Frank et entra en entendant sa voix. Ezio se borna à lui faire un bref signe de tête sans se lever de son siège. Anna contourna le bureau et alla embrasser Frank.

— Tu as l'air de bonne humeur, toi.

— Je suis contente que tu l'aies remarqué ! Ça n'a pas l'air d'être votre cas. Vous faites une vraie tête d'enterrement.

— Il y a de quoi. Gillespie n'a pas reparu.

Anna se dirigea vers la chaise longue en enlevant ses gants.

— Evidemment, il a peur. Il doit se terrer quelque part.

— Peur ? renchérit Ezio ? Il est mort de frousse, oui. Il n'est même pas repassé chez lui prendre sa brosse à dents depuis l'autre soir !

Le brouilleur était en marche, comme en témoignait la petite ampoule rouge. Ezio avait jeté négligemment son manteau sur le billard. Anna s'assit en posant ses gants sur ses genoux.

— Ernie Guffin, le privé de Washington, n'a toujours pas réussi à retrouver ce Robert Zeck. On t'a d'ailleurs déjà raconté tout ça, Anna...

— Avec tout ce qui se passe en ce moment, je m'y perds.

Ezio se retourna vers Frank.

— As-tu réécouté la bande ?

— Trois fois. Anna croit que ce Zeck est un fédéral.

— Et toi, qu'en penses-tu ?

— C'est bien possible, en effet. S'il n'avait pas lu tout ça sur des rapports officiels, où aurait-il été le pêcher ? Il y a donc des chances pour que ce soit bien un fédéral.

Il y eut un silence. Les derniers rayons de soleil filtraient entre les rideaux.

— Gillespie a probablement trouvé les micros, et a compris que c'était toi qui l'espionnais, reprit Frank. Il s'est dit que j'avais entendu l'enregistrement et c'est pour cela qu'il a disparu. Il a eu peur que je croie ce que Zeck lui a raconté.

— Parce que... tu n'y crois pas ?

— A vrai dire, je n'en sais rien. Mais à mon avis, si Gillespie ne nous fait pas d'entourloupettes et s'il a deux sous de jugeotte, il viendra me voir. Il sait que je suis raisonnable et prêt à l'écouter. Il n'a qu'à me persuader que le Zeck en question est un menteur, et pour le prouver, il reprend le contact et lui annonce qu'il est prêt à payer. On monte alors une souricière pour mettre la main sur Zeck et le faire parler; on aura vite fait d'en tirer la vérité, et Gillespie se trouverait automatiquement disculpé. Voilà ce qu'il ferait, s'il savait se servir de sa tête...

— En supposant qu'il soit régulier, observa Ezio.

— Et même dans ce cas, intervint Anna, je n'y compterais pas trop, à votre place. Gillespie sait comment nous travaillons.

Jamais il ne prendra le risque de venir ici. Il n'a jamais été courageux.

— Anna a sans doute raison, dit Frank. Il a sûrement bien trop peur de venir me trouver. Ce qui m'inquiète, c'est qu'il ne peut aller qu'à un seul autre endroit, à part nous.

— Chez les fédéraux, tu veux dire ?

Exactement. Et tout leur déballer. Il en aura des choses à raconter...

— Allons, il est avocat. Il ne peut quand même pas leur livrer des renseignements confidentiels...

— Ah oui ? ricana Frank avec dédain. Et tu veux me dire ce qui l'en empêcherait ?

— Les flics ne pourraient pas s'en servir devant un tribunal, insista Ezio. Tout ce qu'il sait est couvert par le secret professionnel.

— N'empêche qu'il leur montrerait du doigt sous quelles roches il y a des anguilles à débusquer, intervint Anna. Rien que comme cela, il nous causerait assez d'ennuis.

— Tu ferais bien d'écouter ce que dit Anna, Ezio, renchérit Frank. A ta place, je commencerais dès maintenant à mettre un peu d'ordre dans les affaires et à faire disparaître tout ce qui pourrait être gênant. Tout ce à quoi Gillespie a été mêlé de près ou de loin. Il faudrait peut-être même annuler certaines affaires en cours.

— On en a vu d'autres, Frank. Plutôt que de faire disparaître des dossiers, je préférerais faire disparaître Gillespie, si tu veux savoir ce que je pense.

— A condition que tu lui mettes la main dessus. Tu te débrouilles plutôt mal pour retrouver les gens depuis quelque temps, Ezio.

— Ce n'est pourtant pas faute de me donner du mal, Frank !

— J'en attends toujours des preuves concrètes, Ezio.

— On recherche une aiguille dans une meule de foin, Frank ! Tu le sais bien, voyons !

Frank Pastor s'appuya des coudes sur son bureau et étudia longuement le visage inquiet d'Ezio Martin. A la fin, il poussa un long soupir.

— Oui, je sais, Ezio. Je sais bien...

Vers minuit, Frank éteignit la télévision et reposa le boîtier de commande à distance sur la table de nuit.

— Trop de publicité... grommela-t-il.

Il s'étendit, les mains sous la nuque, le regard dans le vague. Anna s'étira paresseusement, sourire aux lèvres.

— Les choses vont plutôt mal, tu sais, reprit-il.

— On s'en sortira, Frank. Tu t'en es toujours sorti.

— Cette fois-ci, c'est plus grave. Quand on commence à murmurer que tu perds les pédales, c'est le commencement de la fin pour un homme comme moi. Et depuis quelque temps, il y a trop de choses qui me glissent entre les doigts. Merle, les trois autres. Et maintenant cette affaire Gillespie...

Il tourna la tête vers elle, la regarda.

— Nous sommes toujours en vie, Frank. Et notre vie n'est pas si désagréable que cela, non ?

·· Oui, tant qu'elle dure... Mais je sais, moi, ce qu'on commence à raconter. Que Frank Pastor est resté trop longtemps au placard, qu'il a pris un coup de vieux, qu'il a ramolli de la tête. Avant que tu puisses t'en rendre compte, ils se sautent dessus, comme des hyènes qui se disputent une charogne. Tu ne peux pas gagner, dans ces conditions... Tu es déjà mort.

— Eh bien, frappe un grand coup, quelque chose de spectaculaire pour convaincre tous tes bons amis que tu es toujours le meilleur.

— Quoi, par exemple ?

— J'étais chez le docteur, cet après-midi, et j'ai lu le *Sunday Times* dans la salle d'attente. Tu sais, ces reportages « en profondeur », comme ils disent...

— Qu'est-ce que tu faisais chez le docteur ?

— Chercher le résultat des examens.

— Quoi ? Tu es rentrée depuis six heures du soir et tu ne m'en as pas encore parlé ?

— Quand j'ai vu ton humeur...

— Arrête de tourner autour du pot, Anna ! Qu'est-ce qu'il t'a dit, le docteur ?

— Que j'étais enceinte.

·· Hein ? Enceinte ? Oh, nom de...

208

Frank avait sauté du lit. Les bras ballants, la bouche grande ouverte sous l'effet de la stupeur, il contemplait Anna sans rien pouvoir dire. Finalement, feignant la colère, il se pencha vers elle en agitant un index accusateur :

— Non, mais, vous entendez ? Elle rentre chez elle, bien tranquillement ! Elle passe la soirée avec un sourire idiot, comme le chat qui a bouffé le canari ! Elle ne dit rien, pas un mot, comme une cachottière ! Et pendant tout ce temps-là elle savait... elle savait... Nom de Dieu ! Tu vas avoir un enfant ?

— *Nous* allons avoir un enfant, Frank.

— Ah, nom de Dieu de nom de...

Il restait debout, abasourdi, sans même penser à cligner des yeux. En le voyant aussi longtemps immobile, Anna finit par prendre peur.

— Frank ? Tu n'es pas malade, au moins ? Tu ne m'en veux pas, dis ? Quand nous en avions parlé, tu m'avais dit que nous pouvions...

Il s'agenouilla soudain près d'elle et la saisit dans ses bras tandis qu'au fond de sa gorge naissait un rire profond, rauque.

— Idiote, va ! Espèce de petite idiote... Oh, Anna !...

Etouffée, le souffle coupé par la violence de l'étreinte, Anna essaya de s'en dégager. Il la relâcha un peu.

— Pas de complications, au moins ? reprit-il d'un air extasié.

— Pas la moindre, Frank.

— Pourtant, un homme de mon âge...

— Ne dis pas de bêtises. Les hommes peuvent avoir des enfants à n'importe quel âge, voyons !

— Et qu'est-ce que ce sera ? Un garçon ?

— Il est encore trop tôt pour le dire. Un tout petit peu de patience, Frank. Le bébé devrait arriver au mois de mai.

— Oh, nom de...

Il se redressa d'un bond, chercha frénétiquement ses pantoufles qui avaient glissé sous le lit.

— Il faut arroser ça ! Il faut porter un toast à notre fils ! Au fait... Tu as le droit de boire, au moins ? ajouta-t-il l'air inquiet.

Anna éclata de rire.

— Bien sûr ! Je prendrais bien un grand scotch avec de la glace.

— C'est comme si tu l'avais !

Il se précipita vers le grand salon. Mais Anna était trop excitée pour rester au lit à l'attendre et le suivit en nouant sa robe de chambre. La vaste pièce était doucement éclairée par les lumières des immeubles de l'autre côté de l'avenue. Elle alla s'asseoir sur le grand canapé, Frank vint prendre place à côté d'elle et posa ses pieds sur la table basse.

— A ta santé, mon Anna ! dit il en lui tendant son verre. A votre santé à tous les deux...

— A Frank Junior !

— Oui, à Frank Junior !

— Et à la défaite de tous nos ennemis !

Elle avala cérémonieusement une gorgée de whisky et reposa le verre sur la table.

— Au fait, reprit-elle, j'avais commencé à te raconter, tout à l'heure, ce que j'ai lu dans le *Times*. Ils parlaient de ces gauchistes, tu te souviens, qui avaient été arrêtés par le FBI pour avoir volé leurs dossiers et les avoir fait brûler ?

— Oui, vaguement. Tout cela s'était passé pendant que j'étais en taule.

— Cela m'a donné une idée. Gillespie avait fait chanter cette secrétaire pour avoir les dossiers de Merle et des trois autres, n'est-ce pas ?

Frank Pastor se redressa et dévisagea Anna, les sourcils soudain froncés par l'attention.

— Vas-y, je t'écoute.

— Tu ne voulais que trois ou quatre dossiers. Or, il y en a bien douze à treize cents, dans ces archives-là, n'est-ce pas ? Ce ne serait pas mal de ridiculiser tout le ministère de la Justice, tu ne crois pas ? De faire un coup si énorme qu'il flanque la pagaille dans tout le pays ? Qu'il démontre enfin qui dirige vraiment quoi ? Si on réussissait cela, Frank, il n'y aurait plus jamais un type qui oserait venir témoigner contre nous.

Lentement, Frank reposa les pieds par terre et se tourna vers sa femme. Il la contempla longuement, respectueusement, hochant la tête comme frappé d'une admiration religieuse.

— Anna, murmura-t-il enfin, Anna tu es un trésor.

23

New York — du 10 au 16 octobre

Enfermé dans une cabine téléphonique de *Grand Central Station*, Mathieson entendit enfin Bradleigh venir en ligne. Il avait l'air furieux.

— Où êtes-vous ?

— Aucune importance...

— Vous êtes censé rester sagement planqué et ne pas courir après les problèmes !

— Je n'ai pas de problèmes, Glenn. Si je vous appelle, c'est simplement par curiosité. Quoi de neuf ?

— Par curiosité ? A d'autres ! Car vous savez sans doute que notre ami Gillespie est venu nous raconter une histoire à dormir debout en se constituant prisonnier.

— Tiens donc !... Vous me semblez bien maussade, pour un homme qui vient de réaliser un si beau coup de filet.

— Je n'ai pas fini, Fred ! coupa Bradleigh d'un ton glacial. Savez-vous quel est le plaisantin qui s'est amusé à couper notre micro pendant la visite de ce mystérieux technicien en informatique ?

— Pas si vite, Glenn, je ne vous suis plus du tout...

— Vous savez très bien de quoi je parle, Fred ! Vous saviez que le bureau de Gillespie était truffé de micros.

— Oui, c'est même vous qui m'en aviez parlé. Mais je n'ai toujours rien compris à votre histoire, Glenn. Ce que j'en retiens, c'est que Gillespie est entre vos mains. Il vous a raconté des choses intéressantes ?

— Assez pour occuper le FBI pendant dix ans. On n'a même pas fini de l'interroger. Il nous manque encore les preuves, bien entendu, mais c'est le plus gros coup qui nous arrive depuis que Joe Valachi s'est mis à table.

— Félicitations. Vous devez avoir maintenant de quoi mettre Frank Pastor à l'ombre pour de bon.

Bradleigh ricana, désabusé.

— Dans cinq ou six ans, quand ses avocats auront épuisé toutes les ressources de la procédure et qu'il n'aura plus un seul officiel à acheter... De toute façon, je n'ai plus rien à voir dans l'affaire, Gillespie est entre les mains du FBI. Mais autant j'aurais plaisir à épingler Pastor, autant la perspective de jouer les anges gardiens avec cette ordure de Gillespie me soulève le cœur.

— C'est pour la punition de vos péchés, Glenn !

— Trêve de plaisanteries. Pourquoi m'appelez-vous ?

— J'ai un peu fouiné de droite et de gauche, moi aussi, et je voulais vous dire...

— Quoi ? Mais vous êtes dingue, ma parole !

— Ne soyez pas ingrat, Glenn. Qui donc vous a apporté Gillespie sur un plateau, à votre avis ?

— Ah, c'était donc ça !

— Eh oui ! Le mystérieux technicien en informatique, c'était moi.

— Vous perdez la tête !

— Mais non, Glenn, au contraire. Bref, je vais sans doute avoir de bonnes nouvelles à communiquer bientôt à Benson, Fusco et Draper...

— Quelles bonnes nouvelles ? Quelle folie allez-vous...

— Je préfère leur dire moi-même, Glenn.

— Il n'est pas question que je vous communique leurs coordonnées, vous le savez très bien !

— Je ne vous demande ni leurs adresses ni leurs téléphones, mais je sais que vous pouvez prendre contact avec eux. Je veux simplement que vous leur donniez un numéro où ils puissent m'appeler. Ce sera un taxiphone. Pas de tables d'écoutes, pas de risques, pas de témoins. Sécurité totale.

— Comment voulez-vous que je vous fasse confiance, après ce que vous venez de faire ?

— Ne dites pas de bêtises, Glenn ! Est-ce moi qui vais les vendre à Pastor, voyons ? je veux simplement leur parler pendant cinq minutes. Qu'ils aillent à cinq cents bornes de chez eux s'il le faut, je vous enverrai un chèque pour couvrir les frais. C'est simple, non ?

— Trop simple ! Je ne ferai rien si vous ne m'expliquez pas...

— Pas maintenant, Glenn. Plus tard.

— Mais enfin, qu'est-ce qui vous prend ? explosa Bradleigh. Vous trouvez ça drôle d'aller vous faire descendre ?

— Je me ferai descendre bien plus sûrement si je reste à attendre que Pastor me retrouve.

— Et Jane et Ronny ? Que deviennent-ils, dans tout ça ?

— Ils sont très bien là où ils sont et ne risquent absolument rien, rassurez-vous.

Bradleigh soupira, découragé.

— Tête de mule... Bon, je vais voir ce que je peux faire. Mais ils ne voudront peut-être pas vous appeler.

— Dites-leur simplement que je vais sans doute faire quelque chose leur permettant de sortir enfin de leur cachette et de vivre tranquillement au grand jour.

— Pourquoi vous croirais-je sur parole ?

— Je vous ai déjà fait cadeau de Gillespie.

— C'était un coup de veine. Vous ne le ferez pas deux fois.

— Ce n'était pas un coup de veine, Glenn, je savais ce que je faisais. Et je sais encore mieux ce que je vais faire. Vous serez bien forcé de me croire.

Il y eut un long silence.

— Je croyais vous connaître, dit enfin Bradleigh avec lassitude. C'est fou ce que j'ai pu me tromper sur votre compte.

— Oh, je suis plutôt bon bougre, vous savez.

— Un fou dangereux, oui !

Mathieson sourit.

— A bientôt, Glenn.

Ils virent l'énorme Cadillac rutilante s'arrêter le long du trottoir. Un grand et gros homme aux dents serrées sur un grand et gros cigare en descendit et releva son col de fourrure pour traverser la rue. C'était Ramiro. Un autre, menu et fluet, sortit du côté du passager et le rejoignit. Ils s'engouffrèrent tous deux dans l'entrée du restaurant.

— Vince Damico, annonça Homer. Il dirige une blanchisserie industrielle. Ils viennent dîner ici tous les mercredis. Après cela, ils se retrouvent à l'étage pour jouer au poker.

— Le restaurant sert de façade à un cercle ? demanda Mathieson.

— Non, juste des parties amicales. Lou Tonelli, le patron du restaurant, reçoit chez lui. Tout est régulier.

La circulation était encore dense, dans la petite rue où les passants se hâtaient sous leurs parapluies. Mathieson poussa un soupir.

— On est coincés ici pour des heures !

— Vous ne savez donc pas ce qu'est une « planque » ? C'est ça, le métier. La gloire et l'aventure !

Mathieson fit une moue et regarda autour de lui. Les vitres et le pare-brise de la Plymouth anonyme étaient brouillés par la pluie mais il n'était pas question de se trahir en faisant marcher l'essuie-glace. On voyait quand même les ampoules de l'enseigne, de l'autre côté de la rue. *Angelo's Spécialités Italiennes*. L'endroit avait l'air cher et des odeurs appétissantes s'échappaient des soupiraux.

Mathieson s'ennuyait rarement, mais cette attente interminable par une nuit d'automne glaciale promettait d'être mortelle. Il se rencogna sur son siège et fourra ses mains dans les poches de son pardessus. Il aurait dû penser à s'acheter des gants.

— J'ai l'impression que Vasquez aurait bien voulu nous accompagner ? dit-il à Homer.

— Je sais bien. Mais il n'en était pas question. Ramiro aurait pu le reconnaître.

— Il a déjà été en rapport avec Ramiro ?

— Non, je ne crois pas. Mais Vasquez commence à être connu comme le loup blanc. Pas autant que Roger Gilfillan, bien sûr.

— Je m'étonne qu'il s'expose volontairement à toute cette publicité. C'est un handicap, dans un métier aussi discret.

— Dans un cas comme celui-ci, peut-être. Mais la publicité fait vendre. Vasquez est devenu le détective privé le plus célèbre d'Amérique et peut-être même du monde. Cela ramène des clients... Vous-même, c'est bien à cause de cela que vous êtes venu, n'est-ce pas ?

Mathieson hocha la tête et mordit sans entrain dans une pizza refroidie.

— Ce qui m'inquiète, reprit Homer, c'est que Ramiro a peut-être déjà vu vos photos.

— Elles ont au moins neuf ans, j'ai changé. Vous ne croyez pas que mon déguisement suffira ?

Homer le toisa avec une moue sceptique.

— C'est le même que celui que vous aviez mis avec Gillespie, sauf les lunettes... Espérons-le. Il n'a aucune raison de vous prendre pour Edward Merle. Il n'empêche que je n'aime pas les risques inutiles.

— Vous savez bien que je ne pouvais pas attendre sans rien faire, Homer ! Il fallait que je le voie, ce fumier.

— Bien sûr, je comprends. Mais ne faites que regarder, Fred. Pas question d'ouvrir la bouche, compris ? Vous jouez le rôle du tueur silencieux, un point c'est tout.

— A quoi cela ressemble, un tueur ?

— A n'importe qui. Ce qui impressionne le plus, c'est le silence. Ne dites pas un mot et gardez la main dans la poche en faisant voir que vous êtes armé.

— Je ne l'oublierai pas. Surtout depuis que je sais qu'il a un Magnum.

— C'est d'ailleurs la première chose dont il faudra qu'on s'occupe. Sans son Magnum, il ne sera plus bon à rien. vous verrez.

Vers une heure et demie du matin, Ramiro sortit enfin du restaurant, toujours accompagné de Damico. Tonelli, le patron, les reconduisit sur le trottoir et les trois hommes bavardèrent quelques minutes avec animation. La pluie avait cessé et une sorte de brume laiteuse estompait les contours.

Tonelli rentra enfin dans son établissement pendant que Ramiro et Damico remontaient en voiture. Bientôt de la fumée blanche sortit du pot d'échappement et les feux rouges s'allumèrent. Homer lança le moteur de la Plymouth et démarra, phares éteints. Mathieson ne put s'empêcher d'admirer la manière dont il menait sa filature, gardant toujours ses distances, évitant les feux rouges. Cela paraissait facile. Ce ne l'était pourtant pas.

Arrivé à la 13e Rue, Ramiro déposa son compagnon et reprit la direction du centre.

— Cela veut dire qu'il ne rentre pas chez lui, observa Homer. Il va donc rendre visite à sa *call-girl*. On le tient. Il suffit d'y arriver avant lui.

Il fit rapidement demi-tour, alluma ses codes, traversa Madison Avenue vers la 26e Rue, passa de justesse, à un feu orange, en cahotant sur un nid de poule. A la 3e Avenue, il réussit à attraper tous les feux verts, pourtant mal synchronisés, mais il n'y avait presque pas de circulation à cette heure tardive. Il ne leur fallut que quelques minutes pour arriver à la 45e Rue. Homer alla se garer devant un bateau, en plein sous un panneau d'interdiction de stationner, le long des Nations unies.

— A cette heure-ci, la fourrière ne nous emmènera pas. Allons-y, pas de temps à perdre.

Il se pencha pour prendre quelque chose sur le plancher, entre les banquettes. C'était un récipient ressemblant à un flacon de détergent domestique, coiffé d'un gobelet de plastique. Au coin de la 46e Rue, Homer remplit le gobelet et jeta le flacon dans la corbeille à papier d'un arrêt d'autobus.

— Qu'est-ce que c'est ? demanda Mathieson.

— Du détersif pour nettoyer les vitres, avec de l'ammoniaque. C'est moins radical que le vitriol mais, pour ce que nous voulons en faire, tout aussi efficace. Bon, il n'est pas encore arrivé, poursuivit-il en examinant la rue. C'est le second immeuble. La fille habite au septième. On va l'attendre dehors.

— D'où va-t-il arriver ?

— Cela dépendra où il aura pu se garer.

Ils se postèrent au bord du trottoir, deux amis se quittant après une soirée un peu agitée et bavardant plaisamment. Homer tenait son gobelet de plastique comme le fêtard éméché qui boit un café, acheté à un distributeur automatique, avant de reprendre le volant. Ils étaient là depuis deux ou trois minutes quand ils virent la grosse Cadillac Fleetwood arriver au bout de la rue et passer lentement devant eux.

— Il cherche une place de stationnement. Du calme ! dit Homer. Ne le suivez pas des yeux comme ça ! Et ne lâchez pas votre revolver. Si ça se gâtait, il n'hésiterait pas à se servir du sien.

Nerveusement, Mathieson serra la crosse de son P. 38 au fond de sa poche et regarda autour de lui dans la rue. De nombreuses fenêtres étaient encore éclairées. Au carrefour, plus loin, une vieille femme traversait la rue avec deux sacs à provision en plastique lourdement chargés. Des volutes de vapeur s'échappaient des plaques d'égouts. Un taxi s'engagea dans la rue, ralentit en passant devant eux. Homer secoua la tête pour signifier qu'ils n'avaient pas besoin de ses services. Il disparaissait au coin de la rue quand une silhouette volumineuse fit son apparition.

— Le voilà, dit Homer. Nous sommes deux vieux copains en train de discuter. Je viens de vous en raconter une bien bonne et vous êtes un peu saoul, d'accord ?

Mathieson hocha la tête et se força à éclater de rire.

— Ah, celle-là, elle est du tonnerre ! s'écria-t-il d'un ton qui sonnait faux.

Ramiro se rapprochait, de sa démarche d'éléphant. Mathieson se tourna vers Homer, le dos de trois quarts vers Ramiro tout en l'observant du coin de l'œil. Le gorille de Frank Pastor avançait posément, tranquillement, sans aucune raison de se méfier des deux pochards au bord du trottoir. Le plus naturellement du monde, cependant, il avait la main droite enfoncée dans la poche de son pardessus et Mathieson évoqua la présence inquiétante du gros Python 357 Magnum. Il eut du mal à réprimer un frisson.

Homer jouait toujours son rôle avec naturel et se mit à gesticuler avec son gobelet.

— Alors, je lui ai dit : « Ecoute, Billy, le jour où cette garce baissera culotte devant toi... »

Ramiro n'était plus qu'à trois pas. Homer se retourna soudain.

— Hé, c'est toi George ?

Surpris, Ramiro tourna la tête vers l'inconnu qui l'interpellait. C'était tout ce qu'attendait Homer pour lui projeter au visage le contenu de son gobelet.

A peine l'ammoniaque eut-elle atteint ses yeux que Ramiro poussa un cri de douleur. Les deux mains à la figure, il chancela, recula, heurta du dos le mur de l'immeuble. Homer était déjà sur lui, l'immobilisant des deux mains tandis que Mathieson fouillait les poches de son pardessus et le soulageait du Magnum. Il n'avait pas fallu plus de trois secondes pour mener à bien l'opération.

Homer relâcha légèrement son étreinte et glissa un mouchoir dans la main de Ramiro.

— Tiens, essuie-toi la figure.

Ramiro gémissait toujours, se griffant le visage à gestes maladroits. Aveuglé, affolé par la douleur, il était incapable de résister ni même de comprendre ce qu'on venait de lui dire. Homer lui écarta les mains d'une claque et lui essuya lui-même les yeux.

— Ne fais donc pas tant de manières, poule mouillée. Ce n'est que du liquide à laver les vitres. Prends-lui un bras, ajouta-t-il à l'intention de Mathieson.

Le soutenant de chaque côté comme un ivrogne, ils se mirent en marche vers le coin de la rue d'où Ramiro était arrivé. Sa Cadillac était garée à une dizaine de mètres de là. Ils déposèrent leur fardeau à demi assis sur le coffre. Ramiro était comme un enfant qui s'est fait mal, incapable de bouger ou de marcher. Homer le soutenait pour l'empêcher de tomber. Mathieson fouilla une nouvelle fois les poches pour trouver les clefs de la voiture.

— Je ne vois plus... Je suis aveugle... gémit le gorille.

— Ta gueule, George, répondit Homer. Tu n'as rien de cassé, tu iras mieux dans deux minutes.

Pendant ce temps, Mathieson avait ouvert la portière avant, débloqué la serrure de la portière arrière. Homer et lui y poussèrent Ramiro. Mathieson alla s'asseoir à l'avant, sortit le Magnum et le braqua sur Ramiro, le canon posé sur l'appuie-tête.

L'intérieur de la voiture était illuminé par la lueur des réverbères. Ramiro s'essuyait les yeux rageusement.

— Salauds ! Je suis aveugle, mon Dieu...

— Penche la tête en arrière, ordonna Homer. Je vais te mettre des gouttes dans les yeux.

— Vous me le paierez, salauds...

Mais il se laissa faire sans protester pendant que Homer lui repoussait la tête et instillait quelques gouttes de liquide dans ses yeux endoloris.

— Prends ton temps, George, ferme les yeux, rouvre-les. Tu verras, ça ira mieux...

Ramiro haletait, emplissant la voiture de relents d'ail. Mathieson affermit sa prise sur la crosse du Magnum. S'il devait faire feu, la détonation leur briserait sans doute les tympans. Mais il espérait bien ne pas avoir à en arriver là. Par sa seule présence, le Magnum imposait le respect. Mieux que quiconque, Ramiro devait connaître les ravages causés par son arme et n'oserait pas s'y exposer.

— Alors, George ? s'enquit Homer avec sollicitude. Ça va mieux ?

La tête posée sur la plage arrière, Ramiro clignait frénétiquement des paupières.

— Ouais, j'y vois encore... Ce que ça fait mal, bon Dieu ! Qu'est-ce que vous me voulez, fumiers ?

— Remercie-nous, George, on aurait pu t'envoyer de l'acide. En fait, on était payés pour te jeter de l'acide.

— Vous étiez payés pour quoi ? bafouilla Ramiro.

— Pose tes mains sur tes genoux, George. Cela ne te fait aucun bien de te frotter les yeux comme tu le fais... Bouge pas, George. Fais ce qu'on te dit et tu vivras vieux !

Homer confirma ses mots d'un coup sec du tranchant de la main sur le poignet de Ramiro. Tremblant de douleur et de rage, celui-ci ne bougea plus et rouvrit péniblement les yeux pour voir le canon de son Magnum braqué à quelques centimètres de son visage. Incrédule, il vit le pouce de Mathieson se courber sur le chien et le tirer en arrière dans une série de cliquetis menaçants.

— Fais pas le con avec ce truc-là !

— Toi non plus, George, déclara Homer sèchement. Tu vas enfin faire attention à ce qu'on te dit ?

— Qu'est-ce que vous me voulez, à la fin ?

Mathieson lui décocha un sourire glacial, le Magnum toujours imperturbablement dirigé sur sa gorge. Ramiro déglutit.

— Bon, j'écoute. Qui êtes-vous, tous les deux ? Je ne vous connais pas.

— On n'est pas d'ici, George. Tu ne peux pas nous connaître.

— Et qu'est-ce que vous être venus foutre ici ?

— On est venus te supprimer, George.

— Me... quoi ?

— On a un contrat. Tu sais comment ça marche, n'est-ce pas ?

— Un contrat ? Sur moi ?

— Tu t'appelles bien George Ramiro ?

— Oui... Mais c'en est un autre que vous voulez !

— Nous, on ne connaît pas trente-six George Ramiro. On a un contrat sur toi. A l'acide, comme je te disais.

— Mais pourquoi, enfin, bon Dieu ? Qui est-ce qui vous paie ?

— Si on le savait, George, tu penses bien qu'on ne te le dirait pas.

— Alors, qu'est-ce que vous me voulez ?

— Du fric, George. Quelques briques. Tu comprends ça, non ?

Ramiro s'efforçait de regarder ses ravisseurs, mais la douleur lui tordait toujours la figure et il papillonnait des yeux.

— Ecoute-moi bien, George, ce n'est pas compliqué. Il y a un type qui nous a donné un acompte. Quand on reviendra après t'avoir liquidé, il nous donnera le reste. Cinq mille dollars chacun. Tu piges ?

— Ouais... Continue.

— Nous, on aime bien se renseigner, tu vois. Il paraît que tu es plein aux as, George. Avec une bagnole comme ça et le bateau que tu as à Long Island, un cinquante pieds, il en faut, du pognon. Tu n'es pas né ici, George. Un type comme toi, qui vient de l'étranger, ça n'a pas grande confiance dans les banques, d'habitude. Aussi, on s'est dit que tu dois garder un bon paquet de fric planqué quelque part, sous la main. En liquide. N'est-ce pas, George ?

Ramiro poussa un grognement et cligna des yeux.

— Tu vois, George, tu nous rapportes cinq mille dollars mort. On s'est dit que, vivant, tu vaudrais sans doute plus cher. A combien estimes-tu ta peau, George ? On n'aura plus envie de te descendre si tu nous offres assez de pognon. Tu comprends ce que je te dis, George ?

Ramiro ouvrit péniblement les yeux et s'efforça de fixer Homer. Ses gros doigts boudinés se tordaient convulsivement sur ses genoux. Mathieson l'observait avec une froide jubilation. L'homme avait eu mal mais maintenant il avait peur. L'odeur aigre de sa sueur remplissait la voiture.

— Nous t'offrons une chance unique, George, reprit Homer

d'un ton persuasif. Tout ce que nous te demandons en échange c'est un peu de ton fric. C'est comme si nous te demandions service. Tu ne vas pas refuser ça à des amis, non ?

D'un geste imprévisible, Homer lui saisit soudain le majeur de la main droite et le replia brutalement en arrière. Ramiro hurla de douleur et se jeta à l'écart, frottant sa main endolorie. Mathieson fit un léger mouvement, juste suffisant pour attirer l'attention de Ramiro et lui faire voir le Magnum désormais braqué sur son œil droit. Quand Ramiro lui jeta un regard affolé, Mathieson lui fit un sourire glacé. Homer, distraitement, se grattait la tête.

— Tu comprends ce qu'on te dit, George ?

— Combien vous voulez ? soupira Ramiro.

— Vingt-cinq mille chacun. Cinquante mille en tout. Ta peau vaut bien ça, non ?

— Vous êtes dingues, non ? Comment croyez-vous que je vais trouver cinquante mille à cette heure.

— Tu as bien un magot planqué quelque part, George ? On va t'y accompagner. En amis.

— Ouais... Et vous me laisserez filer quand je vous aurai donné mon pognon ? Vous me prenez pour un imbécile !

— Oui, George. Tu as entendu, Al, poursuivit Homer en s'adressant à Mathieson. George ne nous fait pas confiance. C'est bête, de sa part.

Mathieson ne cilla pas, ne dit pas un mot. Il se contenta de faire décrire un léger arc de cercle au canon du Magnum pour le diriger sur l'œil gauche de Ramiro. Celui-ci déglutit avec effort.

— Si tu as quelque chose dans le crâne, George, réfléchis une seconde. Si tu ne nous donnes pas ton fric, on te liquide tout de suite. C'est ça ou bien tu cours le risque qu'on soit réguliers avec toi. Qu'est-ce que tu préfères, George ?

— Ecoute, c'est pas ça mais... comment est-ce que je saurai si...

— Alors, écoute-moi bien, George, coupa Homer sèchement, parce que je ne vais pas me répéter deux fois. Al et moi, on était censés arriver ici demain soir pour te liquider à l'acide et au couteau. C'est ce que nous disait le contrat, on n'y peut rien. Demain soir, George. Nous, on n'aime pas se presser et nous sommes arrivés à New York hier soir, le temps d'apprendre que George Ramiro n'est pas n'importe qui. Nous autres, George, on est n'importe qui, tu vois, des pauvres types qui ne refusent pas de se faire trois sous de temps en temps, comme ça, en douce. Tu comprends bien ce que je te dis, George ? On n'a rien contre toi, George. On s'arrange, tous les trois, tu nous emmènes à ta planque, tu nous donnes les cinquante mille et tu te gardes le reste. Après ça, toujours tous les trois, on va à l'aéroport. Tu me suis, George ?

— Ouais, je te suis.

— Tu t'en vas où tu veux, George, mais tu t'en vas loin d'ici, c'est tout ce qui nous intéresse. En Europe, en Amérique du Sud, à Hong-kong, où tu veux. Tu as un passeport ?

— Oui.

— Avec ton fric ?

— Oui.

— C'est bien. Donc, on va tous les trois à l'aéroport, on te regarde acheter ton billet, on t'accompagne à l'avion et on attend qu'il décolle. Demain soir, Al et moi on fera comme si on débarquait pour remplir notre contrat, on se renseigne à droite et à gauche. Et voilà qu'on apprend que George Ramiro a filé. Voilà ce qu'on va raconter à notre employeur, George. Nous, après, on s'en lave les mains. Il ne nous a pas payés pour aller te suivre en Europe ou à Hong-kong.

— Qui c'est, ton employeur ?

— Quelqu'un de haut placé, George. C'est tout ce qu'on sait de lui. Peut-être qu'il nous dira que le contrat est annulé, peut-être qu'il engagera quelqu'un d'autre, peut-être qu'il nous versera un supplément pour te retrouver, je ne peux le savoir pour le moment. Mais toi, tu n'as qu'à te faire tout petit pour ne pas te faire repérer. On ne te vend pas une assurance-vie, George, ce n'est pas notre boulot. Ce qu'on te donne, c'est une bonne longueur d'avance. Pour cinquante mille, c'est donné, George.

— Je n'ai pas cinquante mille dans ma planque !

— Combien, alors ?

Ramiro hésita, se frotta les yeux.

— Un peu moins de quarante, dit-il enfin d'un air lamentable. Trente-huit mille cinq.

— Trente-huit mille cinq ? Qu'en penses-tu, Al ?

Mathieson haussa une épaule d'un air méprisant.

— J'ai bien peur que Al ne préfère te liquider, George, reprit Homer avec un hochement de tête apitoyé.

— Eh bien, allez-y, tirez ! J'en ai marre. Je me suis fait lessiver au poker comme jamais. Tenez, fouillez-moi, je n'ai pas cinquante dollars sur moi !

— Ecoute, Al, soyons raisonnables, plaida Homer. On garde trente-cinq et on lui laisse trois mille cinq pour son billet d'avion et ses frais de route. Hein ?

Mathieson haussa à nouveau les épaules, indifférent. La tension nerveuse le faisait trembler et il devait faire un effort pour garder le Magnum immobile en l'appuyant très fort sur le dossier du siège. Homer se retourna vers Ramiro.

— Bon, allez, on marche pour trente-cinq, George. D'accord ?

— Pour trente-cinq mille dollars, j'aurai quand même bien droit à un nom. Un seul nom, quoi, merde ! Qui est-ce qui a donné le contrat ?

— Ce n'est pas à toi de dicter tes conditions, George, répliqua Homer, sèchement.

— Je sais bien. Mais puisque vous paraissez si pleins de bonne volonté, tous les deux...

— Nous avons reçu le contrat par la voie hiérarchique, George. C'est tout ce qu'on sait, nous autres. Tu le sais aussi bien que nous.

— D'accord, s'obstina Ramiro. Mais quelle voie hiérarchique ? Allez, vous pouvez bien me le dire...

Homer affecta d'hésiter, comme tiraillé par un violent débat intérieur. Mathieson restait impassible.

— Si tu veux savoir, George, on a été contactés par la même filière que celle qui avait donné des contrats pour l'Oklahoma et la Californie. Au téléphone, c'était le même type qui avait contacté Deffeldorf et Tyrone. Je ne peux pas t'en dire plus. Tu en as pour tes trente-cinq mille ?

Ramiro cligna des yeux de plus belle. Mathieson, qui lui faisait face, crut littéralement voir les rouages de son épais cerveau se mettre lourdement en branle pour moudre l'ahurissant renseignement qu'on venait de lui fournir : son visage se convulsait sous la stupeur.

— Nom de Dieu de nom de Dieu ! Mais qu'est-ce que j'ai bien pu faire pour mériter ça ?

— Tu as dû marcher sur des cors au pied sensibles, George, suggéra Homer compatissant.

Mathieson souligna la réplique d'un mouvement du Magnum. Pour limitée qu'elle soit, sa contribution à la conversation était remarquablement efficace. Ramiro pâlit.

— Et ma femme, qu'est-ce qu'elle va devenir ?

— Tu as sauvé ta peau, George. Occupe-toi d'abord de la mettre en lieu sûr. D'ici deux, trois mois, quand les choses se seront un peu tassées, tu lui feras signe de venir te rejoindre. Qu'est-ce que tu dis de ça ?

Ramiro se mordit les lèvres. Il tremblait.

— Je ne peux même pas l'appeler maintenant, avant de partir, lui dire qu'elle ne s'inquiète pas ?

Mathieson poussa intérieurement un soupir de soulagement. C'était la première fois qu'il sentait Ramiro définitivement accroché à l'hameçon.

Homer hocha la tête, l'air exaspéré.

— Réfléchis un peu, voyons ! Ce n'est pas le moment de te mettre à téléphoner ! Tu sais ça aussi bien que nous. Assez perdu de temps, George. Où est ton fric ? Et n'essaie pas de nous doubler, hein ? On te sauve la vie, d'accord. Mais on peut aussi bien te descendre s'il te passe des idées par la tête... Et avec ton pétard ! C'est pas drôle, ça ?

Mathieson fit un petit geste du poignet. Ramiro s'effondra.

— Une question, dit-il d'une voix éteinte. Et si votre patron s'apercevait que vous l'avez doublé ?...

— Comment veux-tu qu'il l'apprenne, George ? répondit Homer avec un clin d'œil complice. C'est toi qui iras lui dire ?

Homer donna une claque sur le doigt endolori de Ramiro qui sursauta.

— Alors, George, ton fric ?

— Ici, murmura-t-il. Dans la voiture.

— Dans la voiture ? dit Homer en éclatant de rire. Tu es dingue, non ? On pique des Cadillac Fleetwood tous les jours, à New York, tu ne savais pas ?

Ramiro eut un dernier sursaut d'orgueil.

— Les professionnels la connaissent, ma bagnole. Et les amateurs n'osent pas s'y frotter. Le premier qui force une portière prend une bouffée de cyanure en pleine gueule. Non, on ne touche pas à la tire de George Ramiro ! D'ailleurs, ajouta-t-il à regret, même si on la piquait, ils ne trouveraient jamais la planque.

— Tu te décides, George ? insista Homer froidement.

Ramiro tourna ses yeux rougis vers le canon du Magnum.

— Pour que vous me descendiez dès que vous aurez mis la main dessus ?

— Je vais vraiment te prendre pour un imbécile, George. Maintenant qu'on sait que c'est dans la bagnole, on n'a qu'à la démonter pièce par pièce pour trouver ton fric. Si on voulait te descendre, on l'aurait déjà fait, non ?

Définitivement vaincu, Ramiro fit un geste du menton en direction du tableau de bord.

— Sous la radio, dit-il d'une voix éteinte. Il faut deux clefs à tourner en même temps.

— Donne-les.

— Dans la pochette de ma chemise. Allez-y mou, ça glisse tout seul. En forçant, vous ferez tout tomber par terre et il faudra deux heures pour remettre le bazar en place.

Homer tendit les clefs à Mathieson et lui prit le Magnum. Mathieson se tourna vers le tableau de bord et suivit les instructions que Ramiro lui donnait de mauvaise grâce. Un gros morceau du tableau de bord se détacha enfin, formant un tiroir plat de forme irrégulière.

Il était plein de sacs de toile contenant des billets et des pièces. Il y avait aussi une pochette de cuir pleine d'objets de toilette, un portefeuille avec un passeport en cours de validité. Et une grenade quadrillée. En réprimant un tremblement, Mathieson vérifia que la goupille n'était pas reliée à une partie fixe. Rassuré, il posa le morceau de tôle à ses pieds.

Derrière lui, Ramiro était immobile, les yeux clos, une véritable statue de la douleur. Il attendait vraisemblablement le coup de feu...

Homer fit un clin d'œil à Mathieson.

— Vas-y, Al, prends le volant. En route vers l'aéroport.

Ils regardèrent le 747 s'éloigner sur la piste, s'amenuiser derrière les vitres fumées. Mathieson murmura « Bon voyage, George ! » d'un ton sarcastique.

Dans le grand hall de l'aérogare, ils virent Vasquez venir à leur rencontre.

— Alors, il est bien parti ?

— Et à toutes jambes ! répondit Homer en riant.

— C'était une idée très ingénieuse, monsieur Merle. Lui laisser entendre que le contrat venait de Martin et Pastor l'empêchera de prendre contact avec eux pendant un long moment.

— Tout bête qu'il est, soupira Mathieson, il finira quand même bien par comprendre...

— En attendant, on est débarrassé de lui.

De retour au parking, ils fourrèrent les trente-cinq mille dollars de Ramiro dans une serviette de cuir, remirent le dessous du tableau de bord en place et fermèrent la Cadillac en emportant les clefs. Vasquez démarra tout de suite.

— Voilà de quoi couvrir nos dépenses, dit Mathieson en souriant. Que va-t-il se passer maintenant, à votre avis ?

— La voiture abandonnée sera découverte tôt ou tard. La police va enquêter, découvrir que Ramiro a pris un billet pour Lisbonne et en informer sûrement Pastor. Il soupçonnera immédiatement Ramiro d'avoir commis quelque méfait et n'en demandera pas davantage pour décider de le punir. Car n'oubliez pas que, chez ces gens-là, seul le soupçon importe, ils n'ont pas besoin de preuve de culpabilité. Dans ces conditions, Pastor donnera sûrement un contrat pour éliminer Ramiro. Je pense que vous vous en doutiez, n'est-ce pas ?

— Non, les choses ne se passeront pas comme cela. Je crois au contraire que la voiture ne sera pas découverte avant très longtemps. Les gens abandonnent couramment leurs voitures pour plusieurs semaines dans les parkings d'aéroport. Celle de Ramiro est connue des voleurs, ils n'y toucheront pas. La police mettra un mois, peut-être davantage, à la mettre en fourrière et lancer une enquête. Quand ils auront retrouvé la trace de Ramiro au Portugal, il aura pris suffisamment d'avance pour se perdre dans la nature. A moins qu'il ne fasse quelque bêtise, naturellement...

— Comme de dire à sa femme de venir le rejoindre ?

— Je ne sais pas. Il a beau être idiot, il connaît la musique. Il est en cavale, il sait qu'il faut se cacher, il sait comment s'y prennent ses amis. Il a plus de chances de leur échapper que je n'en ai jamais eu, moi... Bon, je veux bien admettre qu'il va passer sa vie à fuir et que c'est de ma faute. Dois-je m'en sentir coupable ?

Vasquez remarqua la soudaine hargne qui avait éclaté dans la voix de Mathieson.

— Ne vous illusionnez pas, monsieur Merle, répondit-il froidement. A long terme, vous aurez provoqué la mort de Ramiro. Je crois que vous venez de franchir cette frontière invisible dont vous aimez tant évoquer l'inviolabilité...

— Non ! Tout ce que j'ai fait a été de faire peur à un gangster et de le forcer à fuir pour sauver sa peau. S'il se fait tuer par un autre gangster dans cinq ou dix ans, je refuse d'en prendre la responsabilité. Ce sera de leur faute, pas de la mienne.

— Je suis bien d'accord avec vous. Il n'empêche que j'observe un certain changement dans votre attitude et je vous en ai fait la remarque, c'est tout.

— Je n'ai jamais changé d'attitude.

— Soit. Permettez-moi alors de prendre les choses différemment. Qu'est-ce que George Ramiro vous a fait, à vous ?

Mathieson réfléchit avant de répondre.

— Il existait. C'est une raison suffisante.

24

Washington – 21 octobre.

Les couleurs de l'automne éclataient sur les arbres de Rock Creek Park. Mathieson sursauta soudain. Homer s'était approché silencieusement, il lui souriait, en indiquant un sentier.

-- Le voilà. Méfiez-vous. Il a dû prendre un magnétophone.

Peut-être pas. Il vient me voir à l'insu de ses supérieurs...

— Je ne leur ai jamais fait confiance, dit Homer en caressant le pistolet qui faisait une bosse dans sa poche. Je vous surveillerai.

Pendant que Homer disparaissait derrière les arbres, Mathieson alla s'asseoir sur un banc. Bradleigh apparut enfin à un détour du chemin, s'arrêta à hauteur du banc et hésita.

-- C'est bien vous ? Vous changez tout le temps, depuis quelque temps. Qui est-ce qui vous maquille ?

-- J'ai toujours rêvé de faire du cinéma... Alors, Glenn, vous n'avez pas l'air content de me voir ?

Bradleigh s'assit à l'autre bout du banc, l'air renfrogné.

— Que veulent encore dire tous ces mystères ?

— Avant de commencer, Glenn, sortez donc ce magnétophone de votre poche voulez-vous ?

Bradleigh sursauta, hésita et plongea enfin une main dans la poche de son pardessus pour en sortir un minuscule instrument extra-plat. Avec un soupir, il en coupa le contact et le posa sur le banc entre Mathieson et lui.

— C'est bien le seul ? demanda Mathieson avec un sourire.

— Non, j'en ai dix-huit autres dissimulés sur ma personne.

Arrêtons ces enfantillages, Fred. Allez-vous me dire pourquoi vous m'avez fait venir ici ?

— Saviez-vous que George Ramiro a disparu ?

— Disparu ?

— Il a quitté le pays la semaine dernière. Je doute qu'il reparaisse jamais.

Bradleigh observa Mathieson comme s'il voyait un monstre émerger d'une baraque de foire.

— Incroyable... C'est encore un de vos coups d'éclat, n'est-ce pas ? D'abord, Gillespie et maintenant Ramiro ?

— Eh oui, Glenn.

— Et pourquoi me l'apprenez-vous ?

Mathieson affecta de jeter un regard distrait vers les arbres. Il ne pouvait pas voir Homer mais il savait qu'il était là et les observait.

— C'est assez évident. J'ai déjà éliminé deux membres du gang Pastor, dont un que je vous ai livré sur un plateau pour qu'il vous dise tout ce qu'il sait...

— Autrement dit, interrompit Bradleigh, vous voulez nous prouver que vous êtes capable de faire des choses que nous sommes, nous, incapables d'accomplir.

— Précisément. En échange tout ce que je vous demande c'est de me rendre un petit service.

— C'est à voir...

J'espérais que vous me sauteriez au cou en répondant que vous étiez prêt à faire n'importe quoi pour me faire plaisir, Glenn !

— Arrêtez vos plaisanteries de mauvais goût, Fred...

Ils s'interrompirent le temps de laisser passer un groupe de cavaliers. Mathieson reprit la parole, l'air sérieux.

— Avez-vous parlé à Benson et aux deux autres, comme je vous l'avais demandé ?

— Oui. Ils veulent savoir de quoi il s'agit avant de courir le risque de vous appeler.

— Soyez convaincant, Glenn. Vous pouvez l'être quand vous le voulez.

— C'est cela, le service que vous me demandez ?

— Oui, Glenn...

Mathieson sortit de sa poche un morceau de papier qu'il glissa sous le magnétophone pour l'empêcher de s'envoler.

— J'ai marqué trois numéros de téléphone correspondant à

trois cabines téléphoniques à New York. A côté de chaque numéro, il y a une date et une heure précises pour chacun d'entre eux.

Bradleigh prit le papier, le lut et le glissa dans sa poche avec un soupir.

— Bon, je vais essayer... Mais je me demande bien pourquoi. Vous ne me donnez pas même la moitié du quart d'une bonne raison pour vous aider, Fred.

— Vous comprenez quand même ce que j'essaie de faire. De la défensive, je passe à la contre-attaque.

— Vous n'arriverez jamais à les éliminer tous...

— C'est inutile. Il suffit de neutraliser Frank Pastor. Si je le mets dans une position telle qu'il soit forcé de me laisser tranquille, les autres suivront.

— Ce n'est pas en vous attaquant à des comparses comme Gillespie et Ramiro que vous y parviendrez.

— Je n'ai fait cela que pour désorienter Pastor, l'énerver. Je veux qu'il perde les pédales.

— Vous êtes complètement fou...

— Ne recommencez pas, Glenn ! Je ne suis plus sous votre responsabilité. S'il m'arrivait malheur, vous n'y seriez pour rien.

— Je voudrais bien pouvoir raisonner comme vous le dites, répondit Bradleigh avec un soupir agacé.

— En ce qui concerne Benson, Fusco et Draper, je veux les contacter pour qu'ils profitent de mes efforts. Je ne les compromettrai pas plus qu'ils ne le sont déjà. Si mon idée réussit, elle nous libérera tous les quatre des poursuites de Frank Pastor.

— Pastor n'est pas une mauviette comme Gillespie ni un gorille sans cervelle comme Ramiro.

— Je le sais aussi bien que vous, Glenn. Il fallait quand même que je me fasse la main.

— Qu'est-ce que vous me voulez, alors ?

— Quand j'aurai parlé aux trois autres, ils voudront sans doute venir me voir à New York. Je voudrais que vous organisiez leur protection.

Bradleigh le regardait avec stupeur.

— Vous avez un de ces culots !...

— Je ne compte pas les forcer à venir, reprit Mathieson en ignorant l'interruption. S'ils veulent coopérer de leur plein gré, en revanche, je compte sur vous pour leur assurer une pleine protection et organiser leur déplacement. S'il le faut, affectez-y Caruso, Cuernavan, une douzaine de vos meilleurs agents, affrétez un avion privé. Je prendrai les frais à ma charge...

C'est insensé ! Nous n'allons certainement pas endosser vos idées farfelues ni nous mettre officiellement au service d'un particulier ! Quand je vous accusais d'être devenu fou, ce n'était qu'une façon de parler. Maintenant, je constate hélas que c'est vrai.

— Pas de sermons, Glenn ! Il vaudrait mieux que tout cela reste discrètement entre nous, entre amis se rendant mutuellement service, si vous voyez ce que je veux dire.

Sourcils froncés, Bradleigh étudia le visage de Mathieson.

— Non, je ne vois pas, Fred. Que voulez-vous dire ?

— Je préférerais ne pas être obligé de vous mettre le couteau sur la gorge.

Bradleigh laissa échapper un ricanement désabusé.

— Je vois... Vous me menacez d'aller dire au FBI que c'est vous qui leur avez livré Gillespie ? Que nous sommes responsables de vous avoir grillé deux fois auprès de Pastor ? Que nous sommes des incapables ?

— Vous voyez, Glenn ? Ne me poussez pas à de telles extrémités, cela me ferait de la peine, croyez-moi. Non, je n'irai pas vous cafarder auprès du FBI.

— C'est une promesse ou une menace, Fred ?

— Ni l'une ni l'autre, Glenn. Un service que je vous rends, sans plus. Je ne fais que vous en demander un autre en échange.

— Je ne vous savais pas aussi salaud, Fred...

— Je ne suis pas un salaud, Glenn. Au fond, je suis un très brave type et vous le savez...

Bradleigh soupira à nouveau et hocha la tête.

— Alors, c'est oui ? demanda Mathieson en souriant.

— D'accord...

Mathieson se leva. Bradleigh baissa les yeux, reprit son magnétophone inutile et le fourra rageusement dans sa poche.

— J'ai toujours eu horreur de l'automne, grommela-t-il en se levant. Il annonce l'hiver...

— Mais le printemps arrivera juste après, Glenn. Il faut toujours voir le bon côté des choses.

— Ah non ! Epargnez-moi ce genre de platitudes !

— A bientôt, Glenn.

Bradleigh ne leva toujours pas les yeux. Mathieson se détourna avec un sourire et s'éloigna rapidement. A l'abri des arbres, Homer le rejoignit et les deux hommes traversèrent le parc à grands pas vers leur voiture. Bradleigh n'avait toujours pas bougé. Il avait l'air accablé.

25

New York - 23 octobre.

— Vous avez de la chance d'être encore en vie, tous les deux ! A quoi ressemblait cette ridicule escapade ?

Penauds, Mathieson et Roger se tenaient devant un Vasquez en colère : deux gamins pris en faute.

-- Cestone vous a sûrement reconnus ! Vous nous avez tous mis en danger. Pour rien !

— Mais non, voyons... protesta Mathieson sans conviction.

— Mais si ! Maintenant, ils se savent attaqués et par qui. Ils vont se retrancher, renforcer leurs mesures de sécurité...

Assis sur le lit, Homer écoutait sans rien dire, un sourire ironique aux lèvres. Il se leva et tendit la main.

— Donnez-moi les clefs de la voiture.

— Pourquoi cela ?

— Cestone ou Belmont, le chauffeur de la Mercedes, ont dû relever votre numéro. Je vais la rendre à l'agence et en louer une autre.

-- Encore une idiotie ! Nous avions donné l'adresse de cet hôtel, maintenant il va falloir déménager.

— Bon, bon, on va déménager...

— Je vais faire mes valises, dit Roger calmement.

Homer et lui sortirent de la pièce. Seul avec Vasquez, Mathieson enleva sa veste et se mit à vider les tiroirs de la commode. Vasquez arpentait toujours la pièce, les poings serrés. Finalement, Mathieson s'interrompit et se tourna vers lui.

-- Vous me surprenez, Diego. Vous d'habitude si calme et si maître de vous... Je reconnais que ma tentative n'a pas été brillante. Mais ce n'est pas aussi catastrophique que vous le dites. Je suis convaincu de ne pas avoir été reconnu.

— Mais que diable vous est-il passé par la tête ? Qu'est-ce que vous vouliez faire avec de la drogue ? Pourquoi de la drogue ? Pourquoi à Cestone ? Le valet de chambre...

— Un valet de chambre qui, d'après le dossier constitué par vous-même, dirige un petit réseau parfaitement organisé, je vous le rappelle !

— Vous auriez pu, que dis-je, vous auriez dû me demander mon avis avant de vous lancer dans cette manœuvre ridicule ! Notre mission est gravement compromise. Une fois alerté, Pastor va se mettre à l'abri. Nous ne pourrons plus rien faire contre lui.

Mathieson suivit des yeux Vasquez qui remplissait sa valise à gestes rageurs.

— Mais si, Diego, et vous le savez aussi bien que moi. Je reconnais avoir mal calculé mon coup, mais cela ne justifie pas votre colère. Qu'est-ce qui vous chiffonne à ce point ?

— Vous voulez le savoir ?

Vasquez se redressa et fit face à Mathieson, les yeux lançant toujours des éclairs.

— Je passe sur le fait que vous êtes allé, à mon insu, prendre contact avec deux hommes de main de Pastor. Je passe sur le fait que vous leur avez proposé, avec une maladresse ahurissante, d'acheter de l'héroïne. Je passe sur le fait qu'ils vous ont ridiculisés et je veux bien croire qu'ils vous aient pris, votre ami Gilfillan et vous, pour deux policiers corrompus. Je veux bien essayer de croire que Cestone ne vous a sûrement pas reconnu. Mais ce que je n'admets pas, monsieur Merle, c'est que depuis que vous avez engagé mes services, vous prenez plaisir à vous mettre systématiquement en travers de ce que je fais !

— Vous exagérez, voyons...

— Non, je n'exagère pas ! Vous avez eu, par deux fois, une chance insensée. Je m'incline devant vos succès, mais je ne supporte pas d'être laissé dans l'ignorance de vos objectifs et des éléments essentiels de vos projets. Je n'accepte pas d'être mis devant le fait accompli, quitte à tenter de recoller les pots cassés. J'en arrive à me demander qui dirige...

— Moi, répondit Mathieson sèchement. Je croyais que ce point était réglé depuis longtemps.

Détrompez-vous. Vous êtes mon client, pas mon chef ! Quand vous engagez une firme comme la mienne, il est parfaitement clair que si les objectifs stratégiques sont à définir par le client, les décisions tactiques et les méthodes à mettre en œuvre sont de mon seul ressort. Vous êtes un amateur, je suis un professionnel. C'est la moindre des choses.

— Qu'y a-t-il, Diego ? Vous voulez reprendre vos billes ?

— Je voudrais d'abord savoir ce que vous avez en tête. Je voudrais, non j'exige que vous me disiez pourquoi vous avez voulu prendre contact avec Gregory Cestone pour lui acheter, soi-disant, de l'héroïne. J'ai besoin de savoir l'importance que peut avoir, dans vos projets, un petit trafiquant de troisième zone comme Cestone. Je me refuse à prendre quelque décision que ce soit sans être en possession de ces éléments.

Mathieson ne répondit pas. Il s'affaira à transférer le contenu des tiroirs de la commode dans ses valises, alla chercher ses affaires de toilettes dans la salle de bain, changea de costume et de chaussures. Ses bagages étaient tellement bourrés et mal faits qu'il dut s'asseoir dessus pour les fermer. Pendant tout ce temps, Vasquez ne disait rien. Adossé au mur, se tapotant les dents avec un crayon, il avait l'attitude du maître d'école impatient attendant que le cancre réponde enfin à sa question.

Quand il eut enfin fini ses préparatifs, Mathieson prit ses valises, les posa près de la porte et se retourna vers le détective.

— Vous est-il jamais venu à l'idée que je vous laisse dans l'ignorance, comme vous dites, pour votre protection ?

— Me protéger ? dit-il avec un haussement d'épaules. De quoi ?

— D'être inculpé de complicité dans de sérieux délits.

— J'ai déjà commis plusieurs délits en votre compagnie, monsieur Merle.

— Ceux-là sont sans gravité et ne vous entraîneront jamais devant un tribunal, vous le savez très bien.

- Alors ? Vous envisagez quelque chose de plus sérieux ?

— Peut-être... Si cela tourne mal, je pourrais m'attirer de graves ennuis. Il est inutile que je vous compromette.

— Qu'appelez-vous de « graves ennuis » ? Auriez-vous l'intention de commettre un crime ?

— Bien sûr que non.

— Quoi donc, alors ? Un enlèvement ?

235

Mathieson hésita.

— Si ce que je compte faire tourne mal, on pourrait en effet considérer cela comme un enlèvement.

Vasquez secoua la tête, en signe de surprise.

— Vous m'étonnerez toujours, monsieur Merle ! Vous vous refusez à tuer, même en état de légitime défense, sous les prétextes les plus spécieux. Mais vous me parlez tranquillement d'un enlèvement, qui est ce que je considère comme le plus vil et le moins excusable !

— Ce que vous considérez m'est égal, Vasquez. Je me refuse à tuer, c'est tout.

— Ce que vous dites est absurde. Illogique et absurde.

— Pensez ce que vous voulez. Êtes vous toujours décidé à poursuivre notre entreprise, maintenant que vous savez dans quels risques je puis vous entraîner ?

— Bien entendu. A condition que je sois au courant de vos projets et que je puisse juger s'ils ont une chance de réussir. Car contrairement à vous, monsieur Merle, je ne m'entoure pas de frontière artificielles pour différencier le bien du mal. Je n'ai d'ailleurs jamais compris comment certains peuvent se livrer à cet exercice absurde. J'ai connu des trafiquants de drogue insensibles à l'avilissement et à la mort de leurs victimes mais qui s'indignaient contre le viol. J'ai connu des tueurs à gages n'ayant que du mépris contre les perceurs de coffres-forts... Tout cela est ridicule. Une fois que vous avez décidé de vous mettre au-dessus des lois et d'accommoder la morale à vos besoins, ces distinctions arbitraires et ces dégoûts irrationnels ne sont, à mes yeux, que de l'hypocrisie ou de la pusillanimité. Je sais, moi, ce que je considère comme le bien ou le mal, je sais quelles fins justifient ou non quels moyens. Je suis un réaliste. Tout le reste est de la mauvaise littérature.

— Un réaliste qui trouve parfaitement normal de pratiquer, comme nous venons de le faire, le chantage, l'effraction, l'usage de faux et ne recule pas devant l'enlèvement !

— Contre qui, monsieur Merle ? Contre des gangsters sans scrupules. Ces gens-là représentent le Mal, je les combats et c'est la justification de ma vie. Jamais je n'ai causé le moindre tort à un innocent. Jamais je n'ai extorqué un sou à un honnête homme. Je ne rougis pas de ce que je suis. J'accepte mes responsabilités.

Mathieson dévisagea longuement Vasquez, hochant la tête avec une incrédulité admirative.

— Vous vous prenez pour Robin des Bois, ma parole...

Non, plus simplement pour Diego Vasquez. Alors, allez-vous enfin m'expliquer ce que vous comptez faire ?

— C'est bon... Asseyons-nous. Cela risque d'être long.

26

New York — 24 octobre.

Quand il fut bien sûr d'être seul, Ezio Martin ferma la porte de son bureau, décrocha son téléphone et composa un numéro précédé de l'indicatif de Los Angeles.

— Monsieur Ordway, dit-il à la téléphoniste.

Un instant plus tard, la voix de Sam Ordway résonnait dans l'écouteur. Ezio lui dit de brancher son brouilleur.

— J'attends l'arrivée de M. Pastor, Sam, reprit-il. J'aimerais lui donner les dernières nouvelles. Où en est la commande d'hier matin ?

— On s'en occupe, Ezio. Une commande comme celle-là demande du temps. On devrait avoir une équipe dans les quarante-huit heures. Des types impeccables, jamais fichés.

— Frank vous en saura gré, Sam.

— Je ne peux toujours pas savoir de quoi il s'agit, Ezio ?

— Pas pour le moment Sam. Dites moi qui vous comptez nous envoyer.

— Comme je vous le disais, on n'a pas encore embauché tout le monde. Je peux quand même vous dire qu'il y aura deux militaires, des vrais, des Bérets Verts qui ont fait le Vietnam. Ils étaient spécialistes en sabotage, d'après ce que je sais d'eux. Ils appartenaient à des sections spéciales...

— C'est pas un campement de Viets qu'on envahit Sam ! On n'a pas besoin de gros bras comme eux pour l'opération. Il faut que ça se passe en douceur.

— Je me porte garant de ces deux-là, Ezio. Ce sont de vrais artistes, bien notés. Ils sauront y aller sur la pointe des pieds.

— Je l'espère... Et le troisième ?

-- Je pensais à Tony Senno, de Burbank.

— Pas question ! Je vous ai dit et répété de ne jamais prendre deux fois les mêmes. Senno conduisait la voiture de Defferdorf, dans l'affaire Merle.

— D'accord, Ezio, j'en trouverai un autre. Pas de problème.

— Je vous rappelle aussi qu'il ne faut à aucun prix mentionner vos noms. Vos types ne doivent à aucun moment savoir pour qui ils travaillent ? Prévenez-moi quand ils seront prêts à partir.

— Je leur ferai probablement prendre l'avion de dimanche. Où est-ce que je pourrai vous joindre ?

— Ici, au bureau, c'est le seul endroit où le téléphone soit brouillé. Je passerai vers midi, cela fera neuf heures du matin chez vous. Cela ira ?

- Cela ira. A dimanche, Ezio.

Quand Frank Pastor arriva, quelques minutes plus tard, Ezio lui relata sa conversation avec Sam Ordway.

— C'est bon, dit-il distraitement. Quel sera l'horaire ?

— Ils débarqueront à New York dans la soirée. Rassemblement au port de Brooklyn vers minuit, sur un quai tranquille. On a déjà donné la pièce au veilleur de nuit. Qui va leur donner les ordres ?

— Toi, Ezio. Habille-toi en docker, mets-toi un bas nylon sur la tête et ne parle que si c'est absolument indispensable. Tu n'auras qu'à louer une machine à écrire et leur préparer des instructions dactylographiées. Assure-toi qu'ils auront bien compris. S'ils posent des questions, réponds-leur par écrit, en caractère d'imprimerie pour qu'on ne reconnaisse pas ton écriture. Tu brûleras les papiers tout de suite après.

— D'accord. Combien on les paie ?

Deux mille d'acompte par tête. Huit mille quand ils nous livreront les dossiers. Procure-leur un camion et donne-leur rendez-vous. Tu prendras le camion en charge à partir de ce moment-là. Tu t'en occuperas toi seul, Ezio, compris ? Je ne veux personne d'autre que toi et moi au courant de cette affaire.

— D'accord, Frank. Je leur verse le complément quand ils m'apporteront le camion chargé ?

— Oui et pas d'entourloupettes, Ezio ! Ils vont faire un

sale boulot, ils ont le droit d'être bien traités. Je peux te faire confiance ?

— Comme toujours, Frank.

Il n'y avait pas plus de trois mots sur le plateau de Scrabble. Les mains sous le menton, le regard fixe, Frank Pastor le contemplait sans le voir.

— Tu vas encore mettre un mot de sept lettres ? lui demanda Anna.

— Non...

Le silence retomba. Frank ne posait toujours pas ses lettres.

— Combien de temps vont-ils mettre, Frank ?

— Hein ?

— Tu sais, les dossiers.

— Ah, oui... Cela leur prendra du temps. Il faudra d'abord qu'ils étudient les lieux, les systèmes de sécurité, qu'ils sachent combien il y a de personnel la nuit. On fait venir un électronicien de Minneapolis, spécialisé dans les systèmes d'alarme. Il lui faudra de l'équipement, du temps... Ce n'est pas le genre de travail qu'on puisse faire en une seule nuit, tu sais. Après cela, il faudra qu'ils disparaissent sans laisser de traces. Une véritable opération militaire, avec manœuvres de diversion et tout le saint-frusquin...

— Cela réussira, tu verras.

— On peut toujours réussir, quand on y met le paquet. Il releva les yeux, sourit.

— Cela va faire du bruit ! Tu sais ce qu'on fera ? On va tout expédier par la poste !

— Par la poste ?

— Oui, une idée à moi, poursuivit Frank avec un sourire épanoui. On va faire des petits paquets enveloppés de papier ordinaire qu'on enverra d'une douzaine de bureaux de poste et de boîtes à lettres à tous ceux contre qui ces fumiers ont témoigné. Tu imagines ce que ça donnera ? Il n'y aura pas assez d'agents dans tout le FBI pour rattraper l'affaire ! Quand ils commenceront à se retourner, il y aura au moins huit ou neuf cents salauds qui auront été descendus ! A commencer par Merle, Benson, Fusco et Draper...

— S'ils ont toujours un dossier sur Merle.

– Tant pis. Merle, je m'en fous. Un de plus, un de moins...
Ce qui compte, c'est le principe. Après un coup pareil, on
aura la paix pour un bon moment, je te prie de le croire !

– A propos de Merle, qu'est-ce que c'était cette histoire
que Gregory nous a raconté, l'autre jour ? Tu crois qu'il l'a
vraiment reconnu ?

– Bien sûr que non. Ni lui ni Belmont n'étaient sûrs d'eux.
Et d'ailleurs, qu'est-ce que Merle viendrait faire à leur courir
après pour leur acheter de la came ? Cela n'a pas de sens. A
mon avis, il s'agissait bien de deux flics, dont un qui devait
ressembler vaguement à Merle. Ou bien ils se sont fait prendre
à les filer bêtement et ont inventé n'importe quelle histoire
pour s'en sortir. Ou bien ils avaient vraiment envie de se
monter une affaire, mais ils étaient encore trop novices et s'y
sont mal pris.

– Gregory avait pourtant l'air convaincu, au début.

– Tu sais bien qu'il s'est rétracté. Cela fait plus de dix ans
qu'il ne l'avait pas vu. Ezio lui a montré les dernières photos
et il a dit qu'il s'était trompé. Non, c'était juste une vague
ressemblance. Ce serait trop beau, d'ailleurs, que ce fumier-
là vienne se fourrer comme ça dans nos pattes ! Les choses
ne s'arrangent pas aussi facilement. Ne t'inquiète pas, on
finira par le retrouver, Merle. Probablement du côté de
San Diego. Tu veux parier ?

– Je ne parie jamais avec toi, Frank. Tu sais bien que je
perds toujours.

Frank Pastor lui sourit. Il appréciait assez la flatterie.

27

New York — du 24 au 31 octobre

Quand Mathieson rentra à l'hôtel, Vasquez et Homer étaient plongés dans les petites annonces immobilières. Roger tripotait la caméra, une Arriflex presque neuve. Au bruit de la porte, il leva les yeux et comprit tout de suite que son ami avait le moral au plus bas.

— Alors, comment vont-ils ? demanda Homer.

— Amy va bien, les garçons sont insupportables.

— Votre femme vous a encore fait une scène, n'est-ce pas ? Le ton de Vasquez était froid.

Mathieson haussa les épaules d'un geste las.

— Allons, remets-toi, vieille noix, lui dit Roger. Tu as déjeuné ?

Mathieson dut faire un effort pour s'en souvenir.

— Non.

— Eh bien, descends manger un morceau, ça ira mieux après.

Mathieson ne discuta pas et alla dans un des restaurants de l'hôtel manger un sandwich. Il s'arrêta ensuite au bar et prit un double bourbon qui lui fit du bien. Quand il regagna la chambre, il se sentait effectivement moins abattu. Roger l'examina d'un œil critique.

— Demain, c'est mon tour d'appeler. J'espère que ça ne me fera pas le même effet.

— Tu n'as pas de problèmes avec Amy.

Vasquez replia bruyamment son journal.

— Vous ne vous attendiez quand même pas à ce que votre ménage sorte renforcé des épreuves que vous traversez, monsieur Merle ? Il chancelait déjà quand nous nous sommes connus. Ce serait idiot d'attribuer votre échec conjugal à ce que vous êtes en train de faire.

— Je n'ai pas besoin qu'on me décourage. Je ne le supporte déjà pas venant de ma femme, je l'admets encore moins de votre part.

— Vous avez néanmoins besoin d'avoir l'esprit disponible. Or vous avez réussi, je ne sais comment, à vous convaincre que vous pourriez sauver votre mariage du naufrage en laissant tomber tout le reste. Vous croyez que vous devez choisir entre Pastor et votre femme. C'est inepte. En vous abandonnant à de telles absurdités, vous finirez par perdre sur les deux tableaux et, en prime, à y laisser votre peau.

— Il a raison, tu sais, renchérit Roger.

Mathieson se tourna vers Homer.

— Et vous, Homer, vous ne dites rien ? Tout le monde semble pourtant avoir sa petite idée sur ma vie conjugale !

— Je n'en pense rien. Je n'aime pas me mêler de la vie privée des autres. La mienne est bien assez compliquée...

Mathieson ne se laissa pas adoucir.

— De toute façon, je n'ai jamais prétendu que je voulais tout laisser tomber ! Je n'ai jamais cru que...

— Ne détournez pas la question, coupa Vasquez. Consciemment ou non, vous vous êtes mis dans une impasse absurde. Si j'en discute ouvertement, ce n'est pas par indiscrétion. C'est parce que je crains que ce faux problème ne provoque des catastrophes. Laissez-moi vous répéter que l'évolution de votre mariage n'a rien à voir avec ce que vous faites pour retrouver votre sécurité. Ce sont deux problèmes totalement indépendants l'un de l'autre. Comprenez-le une bonne fois pour toute. Sinon, vous vous mettez en danger et nous tous avec vous. Est-ce clair ?

Mathieson avait écouté la tirade sans l'interrompre.

— Vous avez sans doute raison, admit-il enfin. Je me suis en effet posé la question, pas en ces termes-là, mais elle m'a effleuré... En fait, je n'y ai jamais réfléchi calmement.

— Eh bien, faites-le tout de suite, pendant qu'il en est encore temps.

Vasquez se leva et s'approcha de Homer qu'il contempla pensivement.

— Il vaudrait mieux que vous nous quittiez, Homer. J'ai

infiniment plus besoin de vous au bureau qu'ici. Depuis mon absence, c'est la pagaille...

— Quoi ? Retourner à Los Angeles ? Que voulez-vous dire, Diego ? Jamais encore vous ne m'avez renvoyé en plein milieu d'une affaire...

— C'est comme ça que vous le remerciez pour tout ce qu'il a fait ? intervint Mathieson rageusement.

— Ne vous mêlez pas de ça, monsieur Merle. Homer ignore encore ce que vous comptez faire. Je le connais assez pour savoir qu'il en sera profondément choqué et je ne veux pas le forcer à agir à l'encontre de ses principes...

Homer s'était levé d'un bond.

— Je suis assez grand garçon pour prendre mes décisions tout seul !

— Pas cette fois-ci, Homer. Je vous ai dit de retourner à Los Angeles. Je n'y reviendrai pas.

Homer dévisagea Vasquez longuement, sourcils froncés.

— De quoi s'agit-il, Diego ? Allez-vous vraiment vous lancer dans quelque chose de si répugnant que vous en ayez honte vous-même ? Je croyais vous connaître, je vous ai suivi loin et longtemps sur pas mal de chemins glissants... Qu'y a-t-il, cette fois, de pire que tout ce que nous avons fait ? Avez-vous si profondément changé que vous fermiez les yeux sur les moyens pour ne pas avoir à les justifier ?

— Pas vraiment, Homer. La fin les justifie...

— Cela me suffit. Je reste. Si vous insistez, flanquez-moi à la porte pour de bon, M. Merle, je pense, n'hésitera pas à me réengager...

Mathieson hocha la tête.

— Absolument, Homer.

Vasquez les regarda, bouche bée.

— Une mutinerie, maintenant ? dit-il sèchement.

— Non, Diego, répondit Homer en haussant les épaules. Mais vous savez très bien que je n'ai jamais été un lécheur de bottes...

— Il vaudrait quand même mieux ne pas rester, Homer.

— Je prends bonne note de votre objection.

Vasquez porta son regard de l'un à l'autre, hésitant. A la fin, il capitula. Mais quand il reprit la parole, il avait le visage sévère et l'expression réprobatrice.

— A votre aise... Mais je persiste à penser que c'est méprisable et répréhensible.

— Trouvez mieux, dit Mathieson.

— C'est facile. Supprimez-les.

— Non. Vous savez que je ne tuerai pas.

— Vous êtes impossible, monsieur Merle...

— Alors, retirez-vous pendant qu'il en est temps.

- Vous seriez incapable de mener cela tout seul. A nous quatre, déjà, ce sera difficile.

— Vous hésitez tellement que c'est vous qui allez nous mettre en danger !

Vasquez marqua le coup et se mordit les lèvres.

— Rassurez-vous, je ne reculerai pas. J'assumerai ma part de responsabilités... et de culpabilité.

Il ôta posément son veston et l'accrocha au dos d'une chaise.

— Bien, ne perdons plus de temps. Trouvons d'abord un fournisseur.

- Comment ? J'ai gâché mon contact avec Cestone.

— Cestone est loin d'être le seul trafiquant de drogue de New York, vous savez. Pendant que vous appeliez la Californie, tout à l'heure, j'ai pris quelques contacts.

En un clin d'œil, Vasquez avait retourné la situation. C'était lui, à nouveau, qui dominait la situation. Il avait retrouvé sans effort son autorité un instant contestée. Sa dernière remarque avait d'ailleurs tiré de Mathieson une expression admirative.

— Vous avez trouvé de la drogue par téléphone ?

— Ce n'est pas pour rien que j'exerce ma profession depuis si longtemps, répondit-il sèchement.

Mathieson marqua une pause.

— N'empêche... J'aurais préféré l'acheter à Cestone.

— Pourquoi donc ? C'est toujours la même drogue.

— Pour le principe. J'aurais pu dire à Pastor qu'il s'agissait de sa propre came... Je le lui dirai peut-être de toute façon.

Ce sont généralement les détails qui bouleversent les plans les plus soigneusement établis. Dans le cas présent, ce fut le choix d'une cachette. Après plusieurs jours de recherches et de visites auprès des agents immobiliers, ils durent se rabattre sur un endroit plus éloigné du centre qu'ils ne l'auraient voulu.

C'était une maison de campagne appartenant à un agent de change, au bord d'un lac du New Jersey. Il fallait près de deux heures pour s'y rendre, ce qui était long et dangereux. Mais ils n'avaient pas le choix. La maison offrait par ailleurs de nombreux avantages. Elle était isolée, sans voisins proches, bien meublée et de construction solide. Son propriétaire, prévoyant, avait même installé de solides barreaux aux fenêtres contre les cambrioleurs ; ils serviraient tout aussi efficacement à enfermer un prisonnier. Vasquez l'avait louée pour un mois, à un prix exorbitant, il s'était fait passer pour un conseil en organisation préparant un séminaire.

Ils n'apportèrent qu'une modification aux lieux en installant un solide loquet de sûreté à la porte d'un couloir du rez-de-chaussée menant à une chambre d'amis. Cette serrure ne pouvait être manœuvrée qu'à l'aide d'une clef. Mathieson en garda les deux exemplaires sur lui.

Le mercredi soir, ils purent enfin rentrer à Manhattan. Avant de repasser le pont George Washington, ils s'arrêtèrent brièvement dans un village, la nuit tombée, dévissèrent les plaques minéralogiques d'une voiture en stationnement et, un peu plus loin, les substituèrent aux plaques de New York de leur voiture de location. Avant que le propriétaire de la voiture s'aperçoive de la disparition de ses plaques et porte plainte, si même il s'en donnait la peine, elles seraient déjà au fond de quelque poubelle.

Vasquez disait n'avoir jamais travaillé à New York. Mathieson fut stupéfait de s'apercevoir du nombre d'inconnus qui, directement ou non, étaient ses obligés et se mettaient à sa disposition. L'achat de l'héroïne fut un jeu d'enfant. Le prix demandé était exagéré mais Vasquez paya sans protester. Après tout, c'était l'argent de Ramiro qu'ils dépensaient si largement...

Un pharmacien de la 72e Rue leur fournit aussi, sans la moindre objection, un flacon de penthotal de sodium, des seringues hypodermiques et autres produits normalement impossibles à se procurer sans ordonnance. Le nom de Vasquez et les dollars de Ramiro aplanissaient toutes les difficultés.

A minuit, ils regagnèrent enfin leur hôtel. Mathieson introduisait la clef dans la serrure de sa porte quand Vasquez s'arrêta avant d'entrer dans sa chambre.

— Vous croyez toujours que c'est la seule solution ?

— Indiquez-m'en une meilleure. Connaissez-vous une méthode propre pour se débarrasser de la vermine ?

Vasquez ne répondit pas.

— Bonne nuit, Diego.

— Dormez bien, Edwards.

C'était le vendredi qu'il devait recevoir les appels. Le premier était prévu pour quatre heures, dans une cabine du Plaza. Huit minutes avant l'heure, Mathieson s'y enferma, faisant semblant de parler avec animation. Une femme en vison s'impatienta, lui fit des signes et disparut enfin dans une autre cabine. Mathieson raccrocha avec un soupir de soulagement et attendit la sonnerie.

Deux heures sonnèrent. A deux heures cinq, il faillit se résigner : Benson n'appellerait pas. Bradleigh avait dû commettre une erreur psychologique ou n'avait peut-être simplement rien fait. D'instinct, cependant, il poursuivit son attente.

A quatorze heures douze, le téléphone se mit à sonner. Mathieson décrocha. C'était Benson.

— Ah, vous êtes toujours là ! Excusez-moi, les circuits étaient coupés. C'est bien vous Edwards Merle ? Je n'arrive pas à y croire !

— C'est bien moi, Walter. Cela fait une éternité qu'on ne s'est pas parlé. Ma voix n'a pas trop changé ?

La voix de Benson était toujours la même, délicate, précise, légèrement affectée. Au moment du procès, il était encore comptable pour un réseau de paris clandestins. Depuis, il avait été sous-directeur d'un grand magasin. L'habitude des chiffres l'avait profondément marqué.

Et il était toujours aussi bavard, remarqua Mathieson avec un sourire amusé. Au bout de cinq exclamations et de potins sur leurs vies de famille respectives, il décida d'y couper court.

— Ecoutez, Walter, il vaudrait mieux ne pas rester trop longtemps en ligne. Bradleigh vous a-t-il dit en gros de quoi il s'agit ?

— Vaguement, très vaguement. Juste assez pour exciter ma curiosité. C'est bien pour cela que je vous ai appelé.

247

— En deux mots, Walter, je crois avoir mis au point un piège infaillible pour nous débarrasser de qui vous savez. Mais il faudrait que vous m'aidiez à le faire fonctionner.

— Pas si vite, Edward ! Je voudrais d'abord savoir un peu plus précisément ce qu'il faut que je fasse.

— Tout ce que je vous demande c'est une journée, rien de plus. Vous prendrez un avion pour un lieu de rendez-vous en Pennsylvanie. Nous n'aurons pas besoin de vous retenir plus de trois heures et nous vous raccompagnerons à l'aéroport. Je ne veux même pas savoir d'où vous arriverez ni où vous repartirez.

— C'est bien mystérieux, tout ça... Je n'aime pas tellement les mystères.

— Je ne peux rien vous dire de plus tant que je n'aurai pas votre accord.

— Vous avez dit « nous », tout à l'heure. Qui sont ces « nous » ?

— Des collaborateurs. Je ne peux pas donner de noms, Walter.

— Ils me connaissent ?

-- Ils ne connaissent que le nom de Walter Benson. Je ne sais même pas quel nom vous avez en ce moment. Tout ce que je peux vous dire c'est qu'il n'ont rien à voir avec Bradleigh. Ce que je compte faire reste strictement entre nous quatre, sans publicité ni risques de fuites.

— Et qu'allez-vous faire pendant ces trois heures ? Quels sont les risques ?

— Les mêmes que si vous voyagiez n'importe où ailleurs.

— Je ne peux pas faire trois pas sans risquer ma tête, en ce moment !

— Bradleigh est d'accord pour affréter un avion, Walter. Il n'y aura pas même trace d'une réservation sur une compagnie aérienne.

— C'est bien joli, votre histoire, mais vous comprendrez que j'ai des raisons de me méfier. Que comptez-vous faire, au juste ? Quel sera mon rôle dans votre piège ?

Mathieson hésita brièvement.

— En gros, je vous demanderai simplement de vous laisser filmer pendant quelques minutes. Si vous avez changé d'aspect, il faudrait aussi que vous repreniez l'allure que vous aviez à l'époque. Les autres doivent reconnaître immédiatement le Walter Benson qu'ils connaissaient.

— J'ai dix ans et dix kilos de plus ! Ça ne se perd pas comme ça, Edward ! Et que faudra-t-il faire, dans votre film ? Des pieds de nez à la caméra ?

— Si on veut...

— Si je ne vous connaissais pas, Edward, je prendrais cela pour une plaisanterie de mauvais goût.

— C'est pourtant très sérieux, croyez-moi.

— Je sais, je sais, vous n'êtes pas un plaisantin... Je ne vois quand même toujours pas l'intérêt qu'il y a pour moi dans votre affaire.

— Ecoutez, Walter, je ne vous aurai pas dérangé si je n'y avais pas vu une quasi certitude de nous débarrasser de ces gens-là pour toujours. Si, par extraordinaire, cela échouait, vous n'y perdrez rien dans tous les cas. Et je prends tous les frais à ma charge.

Il y eut un silence pendant lequel il entendit Benson respirer nerveusement.

— Quand est-ce que ça se passe, votre petite fête ?

— Dimanche en huit, le 9 novembre. Vous arriverez le matin et vous rentrerez chez vous l'après-midi. Je ne sais pas où vous habitez pour le moment mais vous devriez pouvoir faire l'aller-retour dans la journée. C'est à vous d'arranger cela avec Bradleigh, il s'occupe du voyage. Tout ce qui m'intéresse c'est de savoir si je peux compter sur vous le dimanche 9 novembre à midi, à l'aéroport de Scranton-Wilkes-Barre.

— Une seconde, je note... Vous y serez ?

— Oui, Walter. Vous me reconnaîtrez.

— Et Draper et Fusco ? Vous leur avez déjà parlé ?

— Non, j'attends leur appel dans l'après-midi.

Benson hésita avant de poursuivre.

— Dites-moi la vérité, Edward. Avez-vous vraiment la certitude que votre machin servira à quelque chose ? Ou bien est-ce un coup de poker ?

— J'y crois Walter. Il y a 90 % de chances que cela réussisse. Quand vous serez là-bas, je vous l'expliquerai de vive voix.

— Et quand saurons-nous si cela a vraiment marché ?

— Six semaines, au maximum.

Mathieson ferma les yeux, se concentra pour tenter de faire passer sa résolution à l'autre bout du fil. Inconsciemment, il agrippa la poignée de la porte et serra de toutes ses forces.

— Alors, Walter ? reprit-il. C'est oui ?

Il y eut un nouveau silence.

— Bah !... Depuis huit ans, je me terre comme un lapin, je me suis fait tirer dans le dos, je tremble au moindre bruit. Tout cela pour quoi ? Allons, pourquoi pas... D'accord, Edward, comptez sur moi. J'y serai.

Quand il raccrocha enfin et sortit de la cabine, Mathieson arborait un sourire de triomphe. Il n'aurait pas de problèmes avec les deux autres. Il pourrait surtout leur dire que Benson était d'accord et cela balaierait leurs hésitations.

Fusco accepta avec enthousiasme : il aimait se battre. Mais Draper faillit flancher. Il se décida enfin sur la promesse solennelle que l'entreprise serait entourée d'un luxe de précautions.

Mathieson avait organisé ses appels pour les recevoir dans les trois plus grands hôtels de la Cinquième Avenue, le Plaza, le Pierre et le Sherry-Netherlands. Quand il eut terminé, il alla jusqu'au St. Régis envoyer un nouveau coup de téléphone. Il n'avait aucune raison impérieuse de faire ces quelques centaines mètres à pied, car le quartier était amplement pourvu de taxiphones publics. Il avait simplement voulu se faire plaisir et respecter un certain sens de la symétrie. Vasquez le lui avait une fois fait observer, il devenait fétichiste comme un enfant qui, pour des raisons connues de lui seul, refuse de marcher sur une fissure du trottoir ou fait des acrobaties pour franchir deux pavés.

Bradleigh n'était pas à son bureau. On ne l'y attendait pas avant lundi. A son numéro personnel, Mathieson tomba sur un répondeur. Agacé, il laissa un message et annonça qu'il rappellerait le lendemain, samedi, à six heures du soir.

28

New-Jersey, New York — du 1er au 6 novembre

Vasquez et Homer étaient restés à New York pour surveiller Pastor et sa famille. Mathieson se rendit seul dans le New-Jersey, à la maison au bord du lac. Il y trouva Roger qui s'amusait avec la caméra et tournait des bouts d'essai dans le living. C'était une immense pièce au plafond en carène, bordée de baies vitrées sur tout un côté. On avait l'impression de voguer sur le lac.

— Alors, tu as eu Bradleigh ?

— Tout est réglé. La caméra marche bien ?

— Impeccable. Tiens, assieds-toi, je vais faire une mise au point sur toi et tourner quelques mètres, voir comment cela marche sans éclairage.

Mathieson s'assit en prenant le journal pendant que Roger lui tournait autour et faisait fonctionner le zoom.

— Tu as du film couleur et noir-et-blanc, n'est-ce pas ?

— Oui. La couleur est en émulsion ultra-sensible, pour ne pas avoir trente-six spots.

— Les deux films sont bien compatibles ? On pourra les monter ensemble ?

— Evidemment. C'est tous les deux du 16mm. Mêmes perforations, même piste sonore magnétique. Il vaudrait mieux les monter avec une table, mais cela nous compliquerait les choses. On se débrouillera avec une visionneuse et une colleuse.

— Tu as une semaine pour t'entraîner. Cela te suffira ?

— Dans huit jours, je serai mûr pour un Oscar, oui ! Tu peux bouger, maintenant.

Mathieson posa son journal et s'étira.

— Il faudrait peut-être se mettre au scénario.

— Tu t'en charges, et je m'occupe de la mise en scène. Si tu y tiens, j'y jetterai un coup d'œil de temps en temps...

— D'accord. Au travail. On a quatre jours devant nous.

— Pourquoi ? Tu me disais huit jours.

— Parce que nous tournons la première scène jeudi. C'est son anniversaire.

Alexandre revint au bout de trois-quarts d'heure et souleva le casque. A gestes précis et rapides, il défit les rouleaux, commença à brosser les cheveux d'Anna tout en poussant des petits cris extasiés.

— Superbe... Ravissante... Parfait... Madame n'a jamais été aussi radieuse !

Anna examina la coiffure qui prenait forme sous les doigts d'Alexandre et fit un sourire approbateur.

— Vous avez raison, Alexandre, c'est ravissant. Vous vous surpassez.

— Vous coiffer est plus qu'un plaisir, chère madame. C'est un honneur.

Quelques instants plus tard, il l'aida à enfiler son long manteau de daim. Elle sourit, ce qui sembla plonger l'artiste capillaire dans le ravissement, et il se précipita pour lui ouvrir la porte.

Dehors, il faisait un temps resplendissant, une de ces journées d'automne au ciel limpide comme New York n'en connaît plus guère. Le soleil était si vif qu'Anna cligna des yeux, éblouie, et dut chercher ses lunettes noires dans son sac à main.

La limousine n'était pas devant le salon de coiffure. Il n'y avait aucune place de stationnement dans la rue et elle jeta un coup d'œil à sa montre. Il était midi moins vingt. Elle avait dit à Belmont de la prendre à moins le quart. Ponctuel comme toujours, il avait dû aller attendre dans une rue transversale pour s'avancer à l'heure précise. Anna décida de profiter du beau temps en faisant un peu de lèche-vitrine. Mais elle ne pensait vraiment qu'à une chose : Frank Junior. Elle entendait encore le rire de Frank résonner à ses oreilles quand, la veille au soir, il s'était exclamé : « Espérons qu'il aura ton physique et ton intelligence ! » Avec un sourire, elle se regarda dans une vitrine. C'est alors qu'elle vit la longue silhouette de la Mercedes se profiler derrière elle.

Elle traversa le trottoir. Belmont était déjà descendu de son siège pour lui ouvrir la portière. Les passants se hâtaient, deux hommes s'approchaient d'elle, absorbés dans une conversation animée. Anna leur passa sous le nez, descendit du trottoir entre deux voitures. C'est alors que les deux hommes l'entourèrent soudain, un de chaque côté.

— Madame Pastor ? Madame Anna Pastor ?

Elle crut vaguement reconnaître la voix, fit un demi-sourire poli. Belmont tenait toujours la portière ouverte et Anna lui jeta un coup d'œil machinal, se figea. Ce n'était pas Belmont.

L'inconnu qui lui avait aimablement adressé la parole tendit la main vers son bras. Elle vit quelque chose briller, voulut reculer. Mais l'autre l'avait déjà agrippée avec l'aide du chauffeur qui n'était pas Belmont.

Elle ouvrit la bouche pour hurler, entendit l'autre homme, un grand barbu, lui dire à voix basse :

— Ne faites donc pas cela, ma petite, ce serait dangereux pour vous...

Terrorisée, ne comprenant rien à ce qui lui arrivait, elle se retourna vers le premier inconnu, le moustachu dont elle avait cru vaguement reconnaître la voix. Il lui tenait fermement l'avant-bras : elle vit distinctement l'objet brillant dont elle avait perçu l'éclair : c'était une seringue.

Elle n'avait déjà plus le temps de se débattre. L'aiguille pénétra dans sa main, dans la chair tendre entre le pouce et l'index. Les trois hommes la tenaient solidement, elle ne pouvait plus faire un geste. Le grand barbu était derrière elle, la cachait du trottoir. Un autobus passa sur la chaussée, proche à toucher, laissant derrière lui une puanteur de diesel. Elle sentit un mouchoir s'appliquer contre sa bouche, pour l'empêcher de crier eut-elle la force de penser.

Ils la poussaient à l'intérieur de la voiture. Personne, dans la rue, ne semblait s'être aperçu de rien. Avant qu'elle ait compris, elle se retrouva assise sur la banquette arrière, coincée entre les deux hommes, le barbu et le moustachu. Le chauffeur en uniforme était installé au volant. Les portières se refermaient avec un claquement doux, l'isolant totalement du monde extérieur.

Anna se gratta la gorge.

— Qu'y avait-il dans cette seringue ?

— Du penthotal, répondit l'homme à la moustache. Cela ne vous fera aucun mal. Vous allez simplement vous endormir pour un petit moment.

Cette voix... Oui, elle la connaissait. Oui, elle l'avait déjà entendue. Elle tourna la tête, les yeux fixés avec horreur sur le visage du moustachu.

— Vous êtes... Merle !

— Du calme, madame Pastor. Nous ne vous ferons aucun mal.

La limousine démarra lentement, s'insinua en souplesse dans la circulation. Anna essaya de tendre la main vers la portière. Merle lui saisit le bras au passage, fermement mais avec douceur et la repoussa contre le dossier.

— Allons, du calme, dit-il d'un ton apaisant.

Sa tête tournait, elle voulut parler. Mais elle avait la langue pâteuse, lourde, incapable d'articuler un mot. Elle se força à garder les yeux ouverts, à ne pas succomber à la torpeur. Il ne lui fallut pas cinq secondes pour sombrer dans l'inconscience.

Elle crut se réveiller d'un très long sommeil; elle était encore en voiture, celle-ci roulait toujours. Elle essaya d'ouvrir les yeux, en vain. Elle entendait des voix, croyait comprendre ce qui se disait autour d'elle. Mais son corps tout entier était devenu une masse inerte, endormie, inutile.

— Nous approchons du relais.

— Il est temps, elle ne devrait pas tarder à se réveiller.

— Je suis content que ce soit fini, mon vieux. Faire ça en pleine rue, devant tous ces gens...

— Justement, c'est ainsi que cela marche le mieux. Les gens ne peuvent pas croire à un enlèvement, dans ces conditions. Elle était tellement surprise qu'elle n'a pas eu le temps de réagir. C'est bien là-dessus que nous comptions, n'est-ce pas ?

— Elle va sans doute nous sauter dessus toutes griffes dehors quand elle se réveillera. Prépare ta seringue.

— Ne t'inquiète pas, je la surveille.

Anna sentit la voiture ralentir, s'arrêter. Elle essaya de soulever ses paupières, entendit une portière s'ouvrir, des voix confuses à l'extérieur. Celle du chauffeur, sans doute, et de quelqu'un d'autre.

— Personne ne vous a suivi ?

— Non, personne.

— Bien. Laissons la voiture ici. Allons-y.

Des mains la poussèrent pour la faire glisser sur la banquette. Elle voulut résister, ses muscles refusèrent d'obéir. Elle parvint enfin à ouvrir les yeux, mais fut incapable de mettre sa vision au point. Ses lunettes noires avaient glissé sur le bout de son nez et la lumière crue du soleil lui fit mal aux yeux. Elle rabattit précipitamment ses paupières.

Ils la traînèrent pendant quelques mètres sur une surface goudronnée. Elle eut vaguement l'impression d'être dans un parking de centre commercial, mais déjà on la faisait monter dans une autre voiture. Elle parvint péniblement à s'humecter les lèvres du bout de sa langue sèche.

— Elle se réveille, fit une voix.

— Il lui faudra encore quelques minutes avant de reprendre pleinement conscience.

Des portières claquèrent. Anna était de nouveau assise entre Merle et le barbu. Il y avait maintenant deux hommes à l'avant. La voiture démarra. Merle se tourna vers elle.

— Madame Pastor, vous m'entendez ?

Elle agita les lèvres, entendit une sorte de croassement s'échapper de sa gorge, recommença.

— Oui...

— Si vous avez eu l'occasion de réfléchir depuis tout à l'heure, reprit Merle avec douceur, vous avez sûrement compris que nous n'avons aucun intérêt à vous faire mal, bien au contraire. Vous ne nous êtes utile que vivante. Cessez donc de vous alarmer inutilement.

— Où est Belmont, mon chauffeur ?

Elle eut l'impression de parler comme si elle était ivre : une vague de colère l'emportait. Contre elle-même. Elle eut peur de son manque de contrôle sur soi.

— Il doit être encore en train de vous attendre devant chez *Saks Fifth Avenue*. Nous lui avons fait dire de vous y chercher à une heure moins le quart.

— Mais la Mercedes...

— Ce n'était pas la vôtre, madame Pastor.

— Je ne sais pas ce que vous pensez pouvoir faire en me kidnappant, dit-elle d'un ton plus assuré. Vous allez tous y passer, je vous le garantis, même si Frank doit y consacrer sa vie et sa fortune...

Le barbu lui tapota gentiment le genou en lui faisant un sourire bienveillant.

— Allons, petite madame, ne vous énervez pas comme ça. Profitez plutôt de la promenade.

L'inconnu à l'avant se détourna légèrement.

— Refaites-lui donc une piqûre, monsieur Merle. Il est inutile qu'elle voie où nous l'emmenons.

Elle essaya de se débattre. Quelques secondes plus tard, elle sombrait à nouveau.

Elle s'éveilla dans une petite chambre gaie et claire, avec un papier à fleurs aux murs. Le grand lit avait un bon matelas, un peu ferme. La première chose qu'elle remarqua, cependant, fut que la fenêtre avait des barreaux. L'on voyait des arbres, sans feuilles à l'exception d'un grand sapin vert.

Elle tourna la tête sur l'oreiller. Un homme était assis, près de la porte, et la regardait. La porte était fermée par un gros loquet de cuivre qui avait l'air tout neuf.

L'homme avait le visage dans l'ombre. En la voyant bouger, il tendit la main pour allumer une lampe posée sur une table, près de lui. Elle reconnut Edward Merle.

— Vous avez sans doute remarqué que vous êtes à la campagne. Cela fait environ deux heures que vous dormez.

Elle laissa échapper un mouvement d'effroi.

— Deux heures ?

— Nous vous avons donné une drogue plus forte que le penthotal. Il vous faudra sans doute plusieurs heures de sommeil pour l'éliminer complètement. Si vous êtes éveillée, en ce moment, c'est uniquement parce que vous avez peur.

— Vous savez tout, n'est-ce pas ? dit-elle en se forçant à ricaner.

Merle ne répondit rien.

— Pourquoi m'avez-vous enlevée ?

256

— Je veux me débarrasser de votre mari et de son troupeau de bêtes sauvages, madame Pastor. Vous n'êtes pour moi qu'un moyen d'obtenir ce que je veux.

— Vous êtes complètement fou de vous attaquer à Frank !

— C'est possible. Voulez-vous quelque chose à boire ou à manger ?

— Non.

— A votre aise. Mais vous avez sans doute soif. Le genre de drogue que nous vous avons administré donne généralement très soif. Vous trouverez un thermos d'eau fraîche sur la table de chevet. Si vous avez besoin de quoi que ce soit, frappez à la porte, il y aura quelqu'un en permanence à l'extérieur.

— Trop aimable !...

— Je vous répète que nous ne vous ferons aucun mal et je veux que vous le compreniez bien. Nous vous donnerons des calmants ou des soporifiques de temps en temps, pour être libres de nos mouvements. N'ayez donc pas peur quand vous me verrez avec une seringue. J'estime moins barbare de vous administrer un sédatif que de vous attacher à une chaise avec un bâillon.

— Combien de temps comptez-vous me garder ?

— Aussi longtemps qu'il le faudra pour convaincre votre mari d'accepter ce que j'exige de lui. Rendormez-vous, maintenant, cela vous fera du bien.

Elle le vit quitter la chambre, elle entendit la porte se refermer, le loquet cliqueter. Elle essaya de réfléchir. Mais la torpeur la reprit presque tout de suite, elle dut s'y abandonner.

29

New York — 6 et 7 novembre

Généralement maître de lui, Frank Pastor se laissait parfois aller à des explosions de colère. Mais jamais Ezio ne l'avait vu en proie à une telle fureur.

Les invités étaient venus, avaient attendu et étaient repartis. Sans Anna, le dîner d'anniversaire n'avait plus de raison d'être. Maintenant, les deux filles étaient couchées. La femme d'Ezio et celle de Ramiro desservaient la table et chargeaient le lave-vaisselle. Belmont et Cestone attendaient les ordres dans le hall d'entrée. Enfermé avec Frank dans le bureau-bibliothèque, Ezio le regardait arpenter la pièce de long en large, comme un fauve en cage, jetant de temps à autre un regard furieux vers le téléphone comme s'il voulait ainsi le forcer à sonner.

— Reprenons encore une fois, dit-il soudain.

— Ecoute, Frank, on a passé tout en revue plus de cent fois, déjà...

— Fais venir Belmont.

— Pour quoi faire ? Il nous a dit tout ce qu'il savait.

— Je t'ai dit de l'appeler !

Ezio se leva, ouvrit la porte et fit signe à Belmont. Cestone était assis près de la porte d'entrée, les yeux fixés sur l'écran de télévision. Dans le hall de l'immeuble, deux hommes attendaient l'ascenseur. Des habitants de l'immeuble.

Ezio referma la porte derrière le chauffeur. Frank s'était arrêté de marcher, planté raide, les mains derrière le dos.

— Répétez-moi ce qui s'est passé. Vous avez peut-être oublié quelque chose.

— J'ai fait de mon mieux, monsieur Pastor...

— Je sais, Belmont. Recommencez quand même. Vous l'avez déposée chez le coiffeur à dix heures et quart, n'est-ce pas ?

— Oui, monsieur.

— Elle vous a dit de revenir la prendre une heure et demie plus tard, à midi moins le quart ?

— Oui, monsieur.

— A quelle heure êtes-vous retourné dans le quartier ?

— J'étais de retour vers onze heures et demie. Je me suis garé au coin de Madison Avenue et de la 53ᵉ Rue, devant un arrêt d'autobus. J'attendais midi moins le quart pour aller la reprendre.

— Bon. Vous étiez donc garé là, vous lisiez le journal en attendant l'heure, c'est bien ça ?

— Oui, monsieur.

— Vous avez alors vu un type qui est venu cogner à la vitre de la voiture. L'avez-vous vu sortir du salon de coiffure ?

— Non. Mais il venait de par là.

— Donnez-moi encore son signalement.

— Pas très grand, plutôt maigre mais musclé, comme un athlète ou un acrobate. Rasé de près, brun. La figure étroite, avec une drôle de petite bouche. C'était la première fois que je le voyais.

— Comment était-il habillé ?

— Un costume sombre, pas de manteau. Je crois qu'il avait une chemise de couleur, jaune ou rose, je ne sais plus. Avec une cravate. Je ne pourrais pas dire de quelle couleur.

— Et sa voix ?

— Je n'ai rien remarqué de particulier. Il n'avait pas d'accent, rien. Il parlait clairement, distinctement, comme un speaker à la radio, vous voyez ce que je veux dire ?

— Répétez-moi ce qu'il vous a dit.

— Il a dit qu'il sortait de chez le coiffeur et qu'une dame lui a demandé de me faire une commission, qu'elle serait en retard et qu'elle voulait aller faire une course chez *Saks*. Elle en profiterait pour y aller à pied, parce qu'il faisait beau, et que j'aille la reprendre devant *Saks* à une heure moins le quart.

— Vous avait-il demandé si vous étiez bien le chauffeur de madame Pastor ?

— Oui, monsieur. Il a même précisé qu'il me faisait la commission de sa part parce qu'elle était toujours sous le séchoir et qu'elle ne pouvait pas sortir. Je ne me rappelle rien de plus, monsieur. Vraiment, je suis désolé de ne pas pouvoir faire mieux. J'essaie de me souvenir...

— Mais oui, Belmont, nous savons bien que vous faites de votre mieux, lui dit Ezio. Vous n'y êtes pour rien.

Le chauffeur quitta la pièce. Frank se grattait la tête sous sa perruque.

— Enfin, bon Dieu, pourquoi est-ce qu'ils ne nous ont pas encore appelés ? explosa-t-il.

— Sans doute pour nous énerver. Ils font ça, quelquefois. Ils laissent le mari mijoter toute la nuit et ils n'appellent que le lendemain matin. Je ne serais pas surpris qu'on n'ait pas de nouvelles jusqu'à demain...

Voyant Frank sur le point d'exploser de nouveau, Ezio se hâta de poursuivre :

— Réfléchis, Frank. Dans notre métier, c'est un risque inévitable. Ces salauds-là savent bien qu'on n'ira pas chercher les flics. Mais tu sais bien que, d'habitude, ils mettent des gants. Ils ne font pas de mal à la victime et ils ne se montrent pas trop gourmands pour la rançon, pour ne pas avoir toute la famille qui leur tombe sur le dos... Ce n'est pas grave, Frank. Ils veulent du fric, c'est tout. Demain soir, au plus tard, Anna nous reviendra en pleine forme, tu verras. Ne t'affole donc pas comme ça, voyons...

— Tu te fous dedans, Ezio.

— Mais non, Frank. Ces types-là sont sûrement des amateurs. Jamais les professionnels comme nous ne font des enlèvements, il y a trop de risques. Et jamais un professionnel n'aurait osé mettre la main sur la femme de Frank Pastor. Tu ne dois rien à personne et ce n'est pas comme cela qu'on règle nos affaires entre nous. Non, tu verras, c'est sans doute une bande de sales gamins aux cheveux longs qui veulent se faire du fric pour s'acheter de la drogue ou de quoi faire des cocktails Molotov...

— Le type qui a éloigné Belmont du salon de coiffure n'avait rien d'un gamin aux cheveux longs, Ezio.

— Bon, d'accord. Supposons que c'est des cadres en chômage ou des commerçants au bord de la faillite... Le principe est le même. Ils veulent du fric sans risques. Ce sont des amateurs, rien de plus. Les amateurs s'affolent vite, ils font des gaffes. Ils prendront n'importe quoi et se débarrasseront d'Anna le plus vite possible.

— Ce sont justement les amateurs qui me font peur, Ezio. Comme tu dis, ils s'affolent et quand ils perdent les pédales, ils tuent. N'essaie pas de me raconter d'histoires, Ezio. Je n'ai pas besoin de tes conneries en ce moment...

— Ne t'affole pas, Frank, tu joues leur jeu ! Moi je te dis que tu reverras Anna d'ici vingt-quatre heures. Personne n'est assez bête pour lui faire du mal, voyons.

— J'espère que c'est toi qui as raison, Ezio. Sinon...

Le premier message ne lui parvint pas par téléphone mais sous forme d'un petit paquet apporté par un coursier à onze heures et demie, le vendredi matin. Ce fut Ezio qui le reçut mais Frank sortit de son bureau et s'avança vers le messager.

— Comment s'appelle votre service ?

— MRS. Manhattan Rapid Service.

— Où avez-vous pris ce paquet ?

— A la bibliothèque municipale de la 42e Rue.

Le coursier était un vieux ayant depuis longtemps dépassé l'âge de la retraite. Sa bouche édentée mâchonnait dans le vide, comme celle d'un polichinelle. Frank sortit une liasse de billets de sa poche et y prit vingt dollars.

— Décrivez-moi l'homme qui vous l'a donné.

Le vieux écarquilla les yeux à la vue du billet et se mit à baver.

— Je l'ai pas bien remarqué... Un jeune, pas un gamin mais un homme dans vos âges. Peut-être bien un peu plus jeune.

Il ponctua sa déclaration d'un rire gêné. Frank éloigna le billet, le tint hors de portée du vieillard.

— Pour vingt dollars, vous pourriez vous creuser un peu plus, dit-il sèchement.

Le coursier fit une grimace sous l'effort intellectuel.

— Voyons... Il était très brun, pas un nègre, non, mais un blanc avec des cheveux tout noirs. Un costume noir ou bleu marine, je sais plus... Pas beaucoup plus grand que moi mais costaud, vous voyez ?

— Et sa voix ? intervint Ezio. Vous avez entendu comment il parlait ?

— Ordinaire. Pas d'accent étranger, rien. Je ne vois rien d'autre. Un type ordinaire, quoi...

Ezio se tourna vers Frank.

— Cela m'a tout l'air d'être le même bonhomme.

Frank hocha la tête, mit le billet de vingt dollars dans la main tendue du coursier que Cestone escorta jusqu'à la porte.

Frank et Ezio étaient déjà dans le bureau et ouvrirent le paquet sur le billard. C'était une petite boîte en carton qui contenait deux objets : une bague en or et une cassette. Frank prit la bague, cligna des yeux pour lire l'inscription gravée à l'intérieur de l'anneau.

— C'est bien celle que j'avais offerte à Anna.

— Je vais chercher le magnétophone des filles, dit Ezio.

Pendant qu'il s'absentait, Frank examina la cassette. Sur l'étiquette de la face n° 1, il vit son nom, Frank Pastor, écrit en capitales au stylo feutre. Il n'y avait rien sur la face n° 2. C'était une cassette ordinaire, d'une demi-heure d'enregistrement, comme on en achète chez tous les marchands de hi-fi.

Ezio revint porteur d'un petit magnétophone japonais. Il le brancha, introduisit la cassette et mit en route. Le ruban défila en silence pendant quelques instants, avec un léger bruit de fond comme si on avait branché le micro sans parler. Puis il y eut un sifflement d'effet Larsen. Ezio, les poings serrés, attendait sans oser regarder Frank. Le sifflement disparut.

— Cet enregistrement est exclusivement destiné à Frank Pastor, commença la voix. Ezio Martin peut écouter, s'il faut vraiment qu'il soit là...

Ezio leva les yeux vers Frank. Il avait le visage fermé, inexpressif.

— Vous reconnaissez sans doute ma voix, bien que vous ne l'ayez pas entendue depuis longtemps...

Frank ne cilla pas. Il avait les dents serrés.

— Merle... murmura-t-il.

— Nous avons invité Mme Pastor à venir passer quelques jours de vacances avec nous. Elle est un peu fatiguée, en ce moment, et le repos lui fera le plus grand bien...

— Enfant de putain !

Frank se détourna brusquement mais pas assez vite pour qu'Ezio n'ait le temps de surprendre des larmes lui sourdre des yeux.

— Nous avons quelques demandes à vous formuler, reprit la voix. Elles sont très simples et vous n'aurez aucun mal à les satisfaire. Sachez d'abord que votre femme n'a pas été enlevée. Elle prend simplement quelques jours de vacances. Nous n'avons donc pas l'intention d'exiger de rançon ni rien de comparable...

— Il dit cela au cas où nous aurions invité des flics à venir écouter, commenta Ezio.

— Ta gueule ! aboya Frank.

Ils avaient manqué quelques mots. Aussi Frank fit-il revenir la machine en arrière avant de reprendre l'écoute.

— ... jours de vacances. Nous n'avons donc pas l'intention d'exiger de rançon ni rien de comparable. Votre femme est en parfaite santé, un peu fatiguée, sans plus. Ce repos devrait lui faire du bien. La seule chose qui puisse mettre en danger sa santé ou celle de l'enfant serait une attaque lancée contre l'endroit où elle se trouve. Je suis certain que vous comprenez ce que je veux dire.

Nous ne savons pas encore combien de temps Anna voudra bien rester avec nous. Cela dépend d'elle, naturellement, ainsi que de la manière dont elle réagira au traitement médical que nous lui ferons suivre. Elle ne veut pas que vous vous fassiez du souci à son sujet mais nous pensons, pour notre part, que vous devriez quand même vous en faire un peu. Nous resterons régulièrement en contact avec vous et vous aurez de nos nouvelles d'ici une huitaine de jours. Entre temps, comme je vous le disais, vous pourrez étudier les demandes et les instructions que je vais vous communiquer.

En premier lieu, il serait imprudent que vous déclenchiez une alerte et mettiez vos troupes sur le pied de guerre. Mme Pastor a besoin de calme. Tout affolement inutile est à déconseiller dans son état. N'entreprenez donc rien pour retrouver sa trace ou la nôtre. Nous l'apprendrions immédiatement et réagirions en conséquence.

Il faudrait ensuite que vous vous procuriez un projecteur de cinéma pour du film 16mm avec son magnétique. Cet équipement vous servira d'ici quinze jours environ, quand

Mme Pastor sera prête à vous envoyez un film de ses vacances.

Il faut vous dire aussi que Mme Pastor vous recommande de cesser immédiatement vos poursuites à l'encontre de moi-même et de MM. Benson, Fusco et Draper. Elle me charge de vous dire que, si vous n'arrêtez pas instantanément les recherches entreprises par vous et vos hommes, vous pourriez ne plus jamais la revoir. Plus jamais. Elle m'a demandé de bien insister là-dessus.

Enfin, toutes les communications émanant de Mme Pastor, de moi-même ou de mes collaborateurs vous parviendront sous forme de cassettes enregistrées et de films livrés par porteurs. Ne vous donnez pas la peine d'installer de coûteuses installations d'écoute téléphonique car nous n'avons pas l'intention de vous téléphoner.

J'espère bien sincèrement que cette expérience vous sera profitable. Vous apprendrez peut-être ainsi ce que l'on éprouve quand on est angoissé pour la vie ou, simplement, la santé de sa femme et de son enfant.

Le silence était retombé. Ezio attendit l'explosion de colère mais elle ne vint pas. Calmement, Frank rembobina la cassette et l'écouta à nouveau de bout en bout. Quand ce fut fini, il se dirigea vers son grand fauteuil de cuir et s'y laissa tomber.

— Pas possible, il est devenu fou, ce type, dit Ezio.

— Cela m'en a tout l'air.

— Que vas-tu faire, Frank ?

— Pour le moment, réfléchir.

— Tu veux que je m'en aille ?

— Non, reste.

Pour prendre une contenance, Ezio alla tripoter le magnétophone et resta là, les mains dans les poches, attendant que Frank reprenne la parole.

— Il faudrait décommander les hommes de San Diego, dit-il enfin.

— Maintenant, au moins, on sait qu'il n'y est plus. Et que fait-on pour les trois autres ?

— Il essaie de nous faire croire qu'ils sont tous les quatre dans le coup. J'ai du mal à avaler ça... Il veut sans doute se faire passer pour plus fort qu'il n'est.

— Il est assez fort comme ça, avec Anna entre les mains.

— Il ne la gardera pas éternellement. Il ne va pas non plus la tuer, il sait bien que nous le réduirions en miettes.

Frank s'interrompit, s'absorba dans la contemplation de ses ongles manucurés.

— Ce qui m'inquiète, c'est cette histoire de projecteur. Qu'est-ce qu'il peut bien vouloir nous montrer comme film, cet espèce de cinglé ?

— Je me le demande aussi, Frank.

— Il la tient quelque part dans le coin, peut-être même en ville, à deux pas d'ici... Ils n'ont pas eu le temps de l'emmener très loin si leur garçon de courses était là ce matin à onze heures et demie pour remettre la cassette au messager... Elle est là, je te dis, tout près...

— Il y a quinze millions d'habitants à New York, Frank.

— Je n'ai pas besoin de tes statistiques.

Ezio essuya la rebuffade, se mordit les lèvres.

— Qu'est-ce qu'on fait pour l'opération en Virginie, Frank ? L'équipe est déjà à pied d'œuvre. Faut-il tout décommander, à cause d'Anna ?

— Sûrement pas. On ne décommande rien à part San Diego.

— Ecoute... Il a l'air bien renseigné. Nous ferions peut-être mieux de ne pas prendre de risques et de suspendre les recherches pour Benson, Fusco et Draper.

— D'accord, suspends-les. Mais temporairement.

— Veux-tu qu'on commence discrètement à faire rechercher Anna ?

— Non, pas pour le moment. Le risque est trop gros.

— Il perdu la boule, Frank. Comment pouvons-nous faire confiance à un cinglé ?

— Il est peut-être cinglé mais Merle n'a jamais été un imbécile. Il sait très bien que s'il tue Anna il n'a pas deux jours à vivre.

— C'est peut-être ce qu'il cherche. Il se figure peut-être qu'il est foutu et que c'est une manière de se venger.

— Non, il l'aurait déjà tuée s'il raisonnait comme cela.

— C'est peut-être déjà fait...

— Non plus. Pourquoi est-ce qu'il ferait toute cette mise en scène avec le film et le projecteur ?

— Pour gagner du temps, filer...

— Je n'y crois pas, Ezio. Il n'est pas devenu cinglé à ce

point-là. S'il ne cherchait vraiment qu'à me faire mal pour se venger, il aurait déjà descendu Anna et laissé son corps bien en vue pour qu'on le retrouve...

Frank se leva lourdement, traversa la pièce pour aller se planter devant le magnétophone. Il posa le doigt sur le bouton d'écoute, hésita.

— Je ne comprends toujours pas ce qu'il veut faire, reprit-il. Il doit croire que cela va le mener quelque part, sans savoir où.

— Moi non plus, Frank, ça me dépasse... Alors, que vas-tu faire, maintenant ?

— Rien. On va attendre le prochain message. Que veux-tu faire d'autre ? Ce fumier-là nous tient à sa merci, pour le moment. Ça ne durera pas toujours, bien sûr. Mais c'est comme ça maintenant... On ne peut rien faire. Rien.

Avec un haussement d'épaules, Frank Pastor pressa le bouton du magnétophone. On entendit un sifflement d'effet Larsen.

30

Pennsylvanie, New-Jersey — du 7 au 9 novembre.

Le vendredi matin, Mathieson et Homer prirent la route vers l'ouest. Ils traversèrent le fleuve Delaware, franchirent la chaîne des Poconos. Ils vérifièrent au passage les dispositions de l'aéroport de Scranton-Wilkes-Barre et s'enfoncèrent dans les collines au-delà de Hazelton. Ils passèrent une demi-journée à explorer le secteur jusqu'à ce qu'ils trouvent ce qu'ils cherchaient.

L'endroit n'avait même plus de nom. C'était un hameau, à peine un village, regroupant une douzaine de maisons en ruines, guère plus grandes que des huttes. Le long du chemin, trois bâtiments plus vastes avaient dû servir d'entrepôts. Depuis cinquante ans, au moins, le filon de charbon était épuisé et les mineurs avaient plié bagage pour aller en exploiter d'autres, du côté des Appalaches. Toute cette région de la Pennsylvanie, aux gisements exploités jusqu'à la dernière veine entre les hameaux abandonnés, formait une ceinture de désolation à l'écart de la région touristique des Poconos ou de l'emprise suburbaine de Philadelphie et de New York. Inculte, sans intérêt pour personne, elle restait à l'abandon complet, déserte, à pourrir sous la pluie et le soleil.

Les cabanes étaient bâties sur des fondations de pierre sèche soutenant des murs de planches juxtaposées. L'une d'elles avait encore un semblant de toit, assemblage de tôles rouillées et de papier goudronné en lambeaux. Homer la visita, revolver au poing à cause des serpents. Le sol de terre battue était encore couvert de quelques lattes pourries d'un parquet depuis longtemps disparu. Aux fenêtres, des planches sommairement clouées laissaient filtrer la lumière par leurs interstices. Les portes béantes dessinaient des restangles bien nets dans les deux petites pièces.

— Cela nous conviendra très bien, commenta Mathieson.

Il marqua soigneusement la position du hameau sur la carte. En l'étudiant, il repéra une route passant à proximité du hameau-fantôme et coupant droit à travers bois vers le Delaware, au sud d'Easton. Ce serait leur itinéraire de retour, le surlendemain.

Ils revinrent vers l'aéroport par le chemin le plus direct et se chronométrèrent à vitesse moyenne. Il fallait un peu moins d'une heure. Ils firent un tour complet du terrain, notèrent avec satisfaction que le hangar de l'aviation privée était situé très à l'écart de l'aérogare et qu'on y accédait directement par une entrée secondaire, le long de la route principale.

— On pourra amener la voiture sur la piste et les attendre à leur descente d'avion, dit Mathieson.

— Excellent. On ne prend jamais trop de précautions.

— On a tout vu ? Alors, rentrons.

Roger leur ouvrit la porte avant même qu'ils ne sonnent. Il avait dû entendre la voiture faire crisser le gravier.

— Tout va bien ? lui demanda Mathieson.

— Tout va bien, vieux frère.

Mathieson accrocha son pardessus à une patère et prit le couloir menant à la chambre d'amis où Anna était incarcérée. Avant d'ouvrir la porte, il jeta un regard derrière lui. Roger était debout dans le vestibule et l'observait. En voyant Mathieson se retourner, Roger fit demi-tour et se hâta en direction de la cuisine.

Mathieson surprit dans le regard de son ami une expression qui le mit mal à l'aise. Avec un haussement d'épaules, il finit de manœuvrer le verrou et pénétra dans la chambre.

Elle était assise sur une chaise, les yeux fixés sur lui. Selon les apparences, elle n'avait pas été interrompue dans une occupation quelconque. Elle ne lisait pas, ne regardait pas la télévision, ne fumait pas. Elle était simplement assise là, immobile, comme paralysée. Dans son regard, la haine était palpable.

Calmement, il referma la porte, bloqua le verrou, se retourna.

— Bonsoir, madame Pastor.

Quand Mathieson entra dans la cuisine, Vasquez examinait la cafetière comme un augure cherchant à lire l'avenir dans les entrailles d'un agneau sacrifié. Il reposa l'ustensile sur le fourneau et le regarda.

— Le succès de notre expédition a été complet, paraît-il ?

— Nous avons trouvé exactement l'endroit rêvé. Je vous montrerai la carte tout à l'heure.

— Comment va-t-elle ? demanda Homer.

— Elle meurt d'envie de tuer quelqu'un, moi de préférence.

— Pas possible ! dit Roger en souriant.

Vasquez remplit la cafetière d'eau, y mit le couvercle et alluma le feu au-dessous.

— J'ai passé quelques coups de fil du village. Le téléphone arabe ne retransmet rien d'inquiétant, au contraire : Pastor a fait rentrer à la niche ses limiers de San Diego.

— Les femmes et les enfants vont pouvoir respirer, observa Roger.

— C'est bien ce que nous espérions, du moins pour commencer.

L'eau se mit à chanter et Vasquez s'absorba dans le remplissage du filtre avec du café moulu.

— Il semble également que la police n'ait pas été alertée. C'est rassurant de voir nos hypothèses se confirmer point par point.

— Espérons que cela continuera...

— A propos, dit Roger pour briser le silence, il n'est pas temps d'emmener quelque chose à manger à notre pensionnaire ?

Mathieson s'assit à la table de la cuisine.

— Elle prétend qu'elle n'a pas faim. On lui portera à dîner plus tard.

— Sans doute groggy... Tu ne crois pas que tu lui administres un peu trop de calmant ? Dans son état, ça ne me paraît pas fameux. Tu le sais, au moins ?

— Je ne lui ai fait prendre du sédatif que pendant mes absences. Il n'y en aura plus.

— On aurait aussi bien pu la surveiller sans la bourrer de drogues...

— Personne d'autre que moi ne pénétrera dans cette chambre, coupa Mathieson. Je croyais que c'était bien compris depuis le début...

Sentant ses compagnons se raidir, il précisa sa déclaration.

— Comprenez-moi bien une fois pour toutes. Il faut que je sois le seul à être en rapport avec elle. C'est dans votre propre intérêt, pour que vous ne soyez pas reconnus si les choses tournaient mal...

— Tournaient mal ? dit Vasquez.

Il posa la cafetière sur la table, sortit des tasses d'un placard.

— J'ai bien l'impression que nous n'en sommes plus là ! Portez-lui quand même à manger, ajouta-t-il après un coup d'œil à l'horloge murale. Faites-lui prendre un peu d'exercice avant sa prochaine dose.

Le Lear-Jet atterrit en bout de piste. On entendit le sifflement de l'inversion de poussée. Mathieson avait déjà mis le break en route et s'immobilisa au pied des marches au moment où l'échelle de l'avion touchait le sol.

Caruso et Cuernavan apparurent dans le rectangle de la porte, les mains en visière pour examiner les alentours. Mathieson s'approcha en souriant.

— Tout va bien ! leur cria-t-il. Personne n'était prévenu de votre atterrissage. Content de vous revoir !

Caruso descendit les marches et lui serra la main.

— Par exemple ! Je ne vous aurais pas reconnu. Vous êtes seul ?

— Je suis le seul que vous verrez.

Caruso jeta un regard scrutateur autour de lui, fit un signe à Cuernavan et s'approcha de la voiture. Il ouvrit les portières et le coffre, inspecta l'intérieur.

— Les instructions... fit-il avec un sourire d'excuse. On peut appeler votre femme ?

— Il y a une cabine à côté du hangar. Je vais vous y conduire.

Ils parcoururent en voiture les quelques dizaines de mètres les séparant du hangar. Mathieson s'enferma dans la cabine, posa une pile de monnaie devant lui, sur la tablette, composa le numéro et bourra l'appareil de pièces en suivant les instructions de l'opératrice.

Jane avait l'air d'excellente humeur. Mais son enjouement sonnait quand même faux.

— Il faut que je te passe Caruso, lui dit Mathieson au bout de quelques répliques.

— Raconte-moi quand même ce que tu deviens !

— Je vais très bien. Nous sommes presque au bout du tunnel et tout se passe à merveille.

— Tu as l'air fatigué.

— Enervé, c'est normal. Et Ronny, comment va-t-il ?

— Je te le passe.

— Bonjour, papa. Tout va bien ?

— Très bien, mon fils. Tout devrait être terminé dans quinze jours. Après, on reconstruira la maison et tout sera comme avant, tu verras. Les études vont bien, avec Billy ?

— Amy nous fait passer des examens, c'est plus dur que ceux de l'école !

— Et vous vous en sortez ?

— On se débrouille... Papa ?

— Oui, Ronny ?

— Tu... tu me manques, tu sais. Une seconde, je te repasse maman.

Quand Jane revint en ligne, Mathieson lui annonça Caruso.

— Réponds bien à ses questions, il veut être sûr que vous êtes en sécurité. As-tu entendu ce que je disais à Ronny ? On a bientôt fini, je te le promets. Dans huit, quinze jours au plus... Tout sera mieux qu'avant.

— Je l'espère de tout mon cœur, Fred. Bonne chance.

L'opératrice intervint pour lui dire de remettre des pièces. Il s'exécuta, fit signe à Caruso, lui tendit le combiné et alla l'attendre dans la voiture.

— Ça va ? Tout va bien de votre côté ? lui demanda-t-il quand il vint le rejoindre.

— Personne ne semble les menacer. Vous comprenez pourquoi il fallait nous en assurer, Fred ? Si Pastor avait un moyen de faire pression sur vous, nous rembarquions immédiatement nos passagers.

271

— Pastor ne peut rien contre moi. C'est même le contraire, en ce moment.

— Vraiment ? On peut savoir ?

— Non, pas maintenant. Mais croyez-moi sur parole, cela marchera.

— Rien ne peut me faire plus de plaisir, Fred. Si vous avez besoin d'un coup de main...

Mathieson lui sourit. Il arrêta le break au pied de l'échelle, Caruso descendit, fit signe à Cuernavan.

— Ça va ! lui cria-t-il. Fais-les descendre.

Ils avaient changé, comme on peut changer en dix ans, mais Mathieson les reconnut sans hésitation. Benson s'était arrondi, un peu voûté, son crâne s'était dégarni. Draper avait toujours été squelettique et n'avait pas grossi, loin de là. Son visage était comme imprimé d'un réseau de fines rides ressemblant à un grillage à travers lequel il observait le monde. John Fusco était resté aussi trapu et inébranlable d'apparence mais sa chevelure rebelle avait viré au gris.

Rien d'autre ne les rapprochait que leurs dépositions contre Frank Pastor et les épreuves qu'ils avaient subies de ce fait. Benson avait été comptable dans une « succursale » de Pastor et l'avait plusieurs fois vu encaisser en personne des fonds d'origine illégale. Draper était homme à tout faire pour Ezio Martin et, à ce titre, était allé à la banque retirer l'argent mis dans l'enveloppe que Pastor avait glissée au juge dans les toilettes du palais de justice. John Fusco, lui, était une « gâchette » et servait d'aide de camp à George Ramiro. Inculpé de vol à main armée, il avait négocié son immunité en échange de son témoignage impliquant Pastor dans une opération de vols de camions. Si leurs dépositions n'avaient pas été essentielles pour la condamnation de Frank Pastor, elles avaient contribué à renforcer l'accusation. Malgré les efforts de la défense pour discréditer les témoins, le poids de leurs témoignages joints à celui, décisif, d'Edward Merle avait fait pencher la balance.

A l'exception de Benson, dont il savait qu'il avait dirigé un magasin dans l'Oklahoma, Mathieson ignorait tout de ce qu'étaient devenus ces hommes depuis leur brève rencontre

272

au tribunal. Il ne s'agissait pas de retrouvailles entre vieux amis, simplement de la réunion de quatre étrangers ayant des intérêts communs. Les poignées de mains n'en furent pas moins cordiales.

Tandis qu'il conduisait sur les routes étroites et sinueuses menant au lieu du rendez-vous, Mathieson leur expliqua l'essentiel de son projet.

— Nous nous efforçons de pousser Pastor le dos au mur en lui faisant clairement comprendre que la situation a changé et que les chances sont désormais contre lui. Notre opération sera d'autant plus crédible qu'il sera persuadé de notre nombre et de notre puissance. Il devra croire que nous sommes trop forts et trop organisés pour pouvoir neutraliser l'un de nous sans que les autres réagissent.

Il s'interrompit un instant pour négocier une série de virages. Les autres écoutaient en silence.

— Je ne peux pas encore vous donner trop de détails. Pour aujourd'hui, nous allons être filmés ensemble, tous les quatre, plus trois autres qui travaillent avec moi. Ils seront masqués et vous ne saurez pas qui ils sont. Pastor ne sera donc pas tenté de vous faire parler et il ne saura jamais d'où tomberont les coups. Quand le film sera développé et monté, je vous en ferai parvenir une copie à chacun. Je vous conseille de la mettre en lieu sûr et de laisser des instructions à une personne de confiance s'il vous arrivait malheur. C'est du moins ce que je compte faire. Vous en saurez bientôt davantage mais, en gros, voilà ce dont il s'agit. Avez-vous des questions à me poser ?

Quand Mathieson prit le dernier virage pour entrer dans le hameau, il vit le reflet de l'objectif dans la fenêtre de la cabane à flanc de coteau. Dans l'ombre, il reconnut aussi la silhouette d'Anna Pastor. Roger faisait sa mise au point, avec Anna en premier plan et l'arrivée du break à l'arrière-plan. Quand Mathieson arrêta la voiture, Vasquez et Homer sortirent d'une cabane croulante et s'approchèrent, méconnaissables sous leurs masques.

Mathieson fit de sommaires présentations puis, laissant les cinq hommes sur le chemin, gravit la côte jusqu'à la cabane

En le voyant entrer, Roger prit la caméra montée sur un tripode.

— J'y vais. Je prends des gros plans et des plans de groupe, c'est bien ça ?

— Oui. Vas-y, je te rejoins dans une minute.

Anna Pastor était attachée à une chaise, les mains derrière le dos. Mathieson alla fermer le rideau de fortune pendu devant la fenêtre. Il ne fallait pas que les autres la reconnaissent.

— Nous sommes à quinze kilomètres de l'habitation la plus proche. Je ne vais pas vous bâillonner car personne ne pourrait vous entendre si vous vous mettiez à hurler. Personne d'autre que nous, je veux dire. Vous avez sans doute remarqué que nous faisons une petite réunion amicale...

— Pour célébrer vos prochaines funérailles ?

Mathieson ne releva pas et poursuivit calmement.

— Cette maison ne comporte qu'une seule issue que nous surveillerons constamment de l'extérieur. Je peux vous faire une piqûre ou vous laisser attachée. Qu'est-ce que vous préférez ?

— Vous m'avez suffisamment bourrée de drogues comme cela. J'aime autant rester comme je suis.

— Très bien. Nous en aurons pour une heure ou deux avant de rentrer chez nous.

— Chez nous !

Malgré l'obscurité de la pièce, Mathieson vit l'éclair de haine dans les yeux d'Anna.

— Calmez-vous donc, madame Pastor. Si les trois hommes qui viennent d'arriver savaient qui vous êtes, vous ne sortiriez sans doute pas d'ici vivante. Après ce que votre mari leur a fait subir, vous torturer ne leur suffirait même pas... Restez donc tranquille et gardez le silence le plus complet jusqu'à leur départ.

Anna ne répondit rien et Mathieson sortit de la cabane pour rejoindre les autres. Roger préparait sa mise en scène, donnait des instructions, déplaçait la caméra. Les nouveaux venus, manifestement désorientés, regardaient Roger avec curiosité. Malgré sa barbe et son faux accent anglais, Roger Gilfillan dominait la scène et donnait l'impression d'être une vedette.

Pendant qu'il descendait la pente, Mathieson vit la caméra se braquer vers lui. Il regarda fixement l'objectif, s'efforçant de faire passer dans son expression la haine et la rage qu'il voulait exprimer.

Homer jouait les maîtres de maison et distribuait du café dans des gobelets de plastique. Sous le bas qui lui couvrait la tête, il était absolument méconnaissable. Mathieson prit le gobelet qu'il lui tendait, vit la caméra faire un panoramique et lui fit un sourire plein de froide résolution.

Roger termina son mouvement d'appareil, bloqua la rotule. Il laissa le moteur tourner et s'avança pour venir se placer dans le champ. Toujours de dos, il évolua quelques instants, ajoutant son imposante présence au petit groupe qu'il venait de filmer, avant de regagner la caméra à reculons. Il déplaça ensuite son attirail pour tourner sous un autre angle.

Incrédule, Benson se tourna vers Mathieson.

— C'est tout ? Vous nous avez fait venir pour bavarder en buvant du café devant une caméra ?

— En gros, oui, répondit Mathieson avec un sourire.

John Fusco ricana, dédaigneux.

— Vous vous faites des illusions, mon vieux ! Si vous croyez que cela suffira à impressionner Frank Pastor. Il n'a jamais eu peur de nous, je ne vois pas comment cela le ferait changer d'avis.

— Jusqu'à présent, nous étions séparés. Jamais encore nous ne nous étions organisés, unis contre lui. C'est cela dont il faut le convaincre... Voici le moment de jouer vos grandes scènes, ajouta-t-il en voyant Roger lui faire un signe.

Il alla chercher une pile de grands rectangles de carton posés contre l'une des cabanes pendant que Roger mettait la caméra en batterie et faisait sa mise au point.

— Nous avons préparé quelques répliques que chacun de vous dira devant l'objectif. Elles sont écrites sur ces cartons et vous feriez bien de répéter une ou deux fois avant le tournage, pour avoir l'air plus naturel. Bien entendu, faites comme si vous ne les lisiez pas. Si vous avez envie de changer un ou deux mots, ne vous gênez pas. Allons-y. Commençons par vous, Walter...

31

New-Jersey — du 10 au 14 novembre.

Accroupi sur la petite jetée de bois, au bord du lac, Mathieson frissonna. Le vent froid l'aspergeait d'embruns mais il ne se décida pas à bouger, même en entendant la voiture s'approcher et stopper devant la maison. La porte d'entrée claqua. Homer, sans doute, qui revenait de faire les courses.

Un pâle soleil d'hiver s'efforçait de percer le brouillard laiteux. La surface du lac, parcourue de vaguelettes, avait des reflets aux formes étranges. Tout autour, les arbres dénudés formaient une barrière d'allure triste et vaguement hostile. Sur l'autre rive, très loin, on apercevait la silhouette d'un petit garçon à bicyclette sur une route. Il n'y avait pas d'autre signe de vie.

Il perdit toute notion du temps jusqu'à ce qu'un nouveau bruit le ramène à la réalité. Il entendit glisser la grande baie vitrée puis des pas sur le gravier de l'allée.

— Il est temps de s'occuper de Mme Pastor, dit Vasquez.

Mathieson ne bougea toujours pas. Il sentit la main de Vasquez se poser sur son épaule.

— Allons, venez. Vous allez attraper la crève.

Il se dégagea d'un geste agacé. Un instant plus tard, Vasquez s'assit auprès de lui.

— Qu'avez-vous ? Vous hésitez, à présent ?

· Tout le monde a le droit de se payer un petit coup de cafard de temps en temps...

·- A quoi cela vous avance-t-il ? Vous êtes à mille lieues du point de non-retour. Pensez plutôt à votre femme, à ce

276

qui lui arrivera si vous n'allez pas jusqu'au bout de ce que vous avez entrepris. Pensez à votre fils...

— Je ne pouvais pas me douter qu'elle était enceinte, Diego. Quand je pense... Un enfant à naître, innocent... Je ne me croyais pas capable de tomber si bas.

— Attila et Hitler étaient des innocents, eux aussi, avant leur naissance.

— Epargnez-moi vos aphorismes à l'eau de rose !

— Allons, secouez-vous, Merle. Il est temps de lui porter son dîner avant qu'il refroidisse. Ou alors donnez-moi la clef, je m'occuperai d'elle, pour une fois.

— Non, je suis le seul à y aller, on ne revient pas là-dessus.

— Comme vous voudrez...

Il se leva d'un bloc. Mais il eut soudain froid, très froid. Et il se mit à trembler.

Il se frotta machinalement les yeux tout en regardant chauffer la mixture dans la petite casserole. Quand elle fut à point, il éteignit le gaz et remplit soigneusement sa seringue.

En traversant le hall d'entrée, il sentit les regards des autres fixés sur lui. Il tenait la seringue à bout de bras, l'aiguille en l'air, comme on le voit faire aux médecins ou aux infirmières dans les séries télévisées. De sa main libre, il manœuvra le verrou et entra dans la chambre, prenant bien soin de ne pas heurter le mur avec l'aiguille.

En l'entendant entrer, elle se tourna sur le lit et le dévisagea fixement. D'un regard parfaitement vide. Absent.

En revenant vers le living, il vérifia le thermostat et vit qu'il était réglé au maximum. Il frissonna, se frotta les mains et remonta un peu plus la fermeture-éclair de son sweater.

Vasquez était assis; il faisait un mot croisé et leva les yeux en l'entendant.

— Dans un ou deux jours, dit-il calmement, vous allez pouvoir commencer à espacer les injections pour exacerber son besoin. D'ici peu de temps, elle va commencer à croire qu'elle est incapable de survivre sans sa dose régulière. Il faut lui faire acquérir la psychologie des drogués.

— Quelle psychologie ? demanda Roger.

- La dépendance à la drogue est un phénomène très largement psychologique. Vous ne le saviez pas ?

Roger jeta à Homer un regard incrédule et poussa une pièce sur l'échiquier. Il perdait et n'était pas fâché de cette diversion.

— Qu'est-ce qu'il raconte, votre patron ? dit-il à l'adresse d'Homer.

— Toutes ces histoires de drogués souffrant le martyre quand on les prive de leur dose, c'est de la foutaise, répondit Vasquez. Si l'héroïne tue, ce n'est jamais par privation. C'est parfois pénible mais rarement dangereux. Car c'est moins le besoin réel, physique, qui enchaîne le drogué, que l'idée qu'il s'en fait. Il se convainc lui-même qu'il ne peut plus vivre sans sa drogue. Prenons l'exemple de notre pensionnaire. Si on ne lui avait pas dit qu'elle se faisait inoculer de l'héroïne, elle éprouverait simplement un malaise en l'absence d'injections, mais sans en connaître la cause réelle. Si on l'en privait définitivement, ses malaises finiraient pas disparaître et elle n'éprouverait jamais plus le moindre besoin d'héroïne. Vous me suivez ?

— J'ai toujours cru que l'accoutumance à la drogue était un phénomène purement physique, dit Mathieson.

— En partie seulement. Car c'est l'esprit qui intervient pour renforcer les besoins du corps. Comme toujours, c'est notre esprit qui nous trahit...

— On ne pourrait pas parler d'autre chose ? intervint Homer en se grattant la poitrine.

— Allons au contraire jusqu'au fond de la question. Ce que nous faisons, c'est la convaincre qu'elle éprouve un besoin capital dans sa vie. Nous lui faisons croire qu'elle en est littéralement esclave et que tout retard, tout manque lui causeraient des souffrances intolérables...

Mathieson se laissa tomber dans un fauteuil. Vasquez reprit son exposé, sans le quitter des yeux.

— En espaçant les injections, vous allez commencer à susciter l'angoisse du manque. Le soulagement sera d'autant plus intense que la douleur aura été plus vive et réciproquement. Il faudra atteindre le stade où un simple retard d'une demi-heure lui sera un véritable calvaire. Vous ne pourrez pas entreprendre la dernière partie de votre plan avant d'en arriver là.

Mathieson se frotta le visage des deux mains et détourna le regard.

— En fait, reprit Vasquez d'un ton adouci, je suis heureux de voir l'effet que cela vous fait. Si vous n'en éprouviez aucun remords, vous vous seriez rangé de vous-même dans la catégorie des sous-hommes ou des imbéciles venimeux à laquelle appartient un Frank Pastor.

Mathieson reposa ses mains sur les accoudoirs et se laissa aller contre le dossier. Il ferma les yeux, resta un moment silencieux, immobile.

— Roger, dit-il enfin d'une voix sourde, il faudra prendre demain des gros plans de ses avant-bras. Pour bien montrer les marques des piqûres.

32

New York — 16 novembre

Le messager, cette fois, n'était pas un vieillard édenté mais un jeune demeuré avec un pied-bot. Ezio lui prit le paquet des mains et ne put rien en tirer.

Ils ouvrirent le paquet et y trouvèrent une bobine de film 16 mm. Ezio installa le projecteur sur le billard, déroula l'écran devant les rayons de la bibliothèque; Frank ferma la porte à clef, tira les rideaux, éteignit la lumière; Ezio acheva de brancher le haut-parleur et déclara qu'il était prêt. Frank s'assit dans un fauteuil.

Le film s'ouvrait sur un plan américain d'Anna, assise devant un mur blanc. Elle jeta un regard méprisant à l'objectif et détourna la tête.

C'était du film en couleurs, parfaitement au point, avec une image bien piquée. Du travail de professionnel. L'on pouvait ainsi se rendre parfaitement compte que les mouvements d'Anna étaient engourdis et qu'elle avait le regard vitreux. Ezio pensa immédiatement qu'elle était droguée et jeta un coup d'œil à Frank pour voir s'il l'avait remarqué, lui aussi. Mais Frank avait les yeux fixés sur l'écran et son visage, fermé et froid, ne trahissait aucune émotion. Cela faisait dix jours qu'il était ainsi, d'un calme effrayant, inhumain. Jamais Ezio ne l'avait vu dans un tel état.

L'image d'Anna resta sur l'écran quelques secondes, dans un silence complet. On n'entendait que le bourdonnement du moteur électrique et le grésillement du haut-parleur. Ezio était sur le point de vérifier s'il l'avait convenablement branché quand la voix d'Edward Merle éclata soudain et le fit sursauter.

— Comme vous pouvez le constater, elle est toujours en vie...

On passa à un gros plan de Merle en extérieur. Il avait les yeux fixés sur l'objectif. Ezio sentit Frank se raidir et baissa un peu le volume du son.

— ... Elle le restera si vous faites un certain nombre de choses. Primo, résiliez immédiatement et définitivement le contrat contre ma famille et moi. Faites le nécessaire pour que tout le monde, je dis bien tout le monde, le sache afin que j'en sois informé par mes propres sources de renseignements. Vous annulerez de même les contrats contre les trois autres. Walter Benson...

Benson apparut, il souriait en montrant les dents, d'un air de défi.

— John Fusco...

Sous ses cheveux grisonnants, Fusco serrait les dents, la mine résolue, la mâchoire carrée.

— Et Paul Draper.

Ressemblant plus que jamais à une tête de mort, Draper dévisageait ses ennemis du haut de l'écran avec un regard glacial.

— Ainsi, murmura Frank, ils s'y sont bien mis à quatre...

Il y eut ensuite un nouveau gros plan d'Anna. Le décor paraissait différent, ressemblait à une chambre à coucher. L'on voyait une partie d'une fenêtre protégée par des barreaux. Anna était assise au bord d'un lit et l'image tremblait légèrement, la mise au point manquait de netteté. Le film avait dû être tourné par un autre opérateur. Comme si elle obéissait à un ordre, Anna se leva et marcha lentement vers la fenêtre. Quand sa silhouette se détacha contre la lumière du jour, il y eut un « zoom » lent pour donner un gros plan de son torse suivi d'une séquence sur un très gros plan de son avant-bras.

— Vous remarquerez les piqûres au-dessus de la veine reprit la voix. Ces marques ont été faites par l'aiguille d'une seringue. Et la seringue contient de l'héroïne.

La voix était froide, dure, précise. La caméra fit un léger panoramique vertical pour montrer sans discontinuité que le bras appartenait bien à Anna et s'immobilisa sur son visage.

— Pour le moment, reprit la voix, nous l'avons stabilisée à cinq doses par jour.

Malgré lui, Ezio se prit la tête à deux mains, horrifié, et débita un chapelet de jurons mêlés à des invocations religieuses.

Une nouvelle séquence du film fit reparaître le visage de Walter Benson. Ezio n'eut aucun mal à reconnaître sa voix.

— Ecoutez-moi, Pastor. J'ai reçu une balle dans le dos à cause de vous. Cela ne se reproduira plus, vous m'entendez. Et nous allons vous dire pourquoi.

Draper, en gros plan lui aussi, parla lentement, l'air grave.

— Nous sommes trop nombreux pour que vous puissiez quelque chose contre nous, Pastor. Il faut que vous le compreniez une bonne fois pour toute.

Fusco apparut à son tour.

— Oui, Pastor, on vous a assez vu, on en a marre de vos attaques. Remuez seulement le petit doigt...

— ... Et on vous tombe tous dessus pour de bon, vous pouvez y compter, conclut Merle.

Il y eut ensuite une reprise du premier plan d'Anna, celui du début où elle détournait dédaigneusement les yeux devant l'objectif. Sur le panoramique vertical qui suivit, on pouvait voir le paysage encadré par la fenêtre avec les cheveux d'Anna en premier plan. Venait ensuite un fondu enchaîné : le paysage redevenait clair. On voyait un groupe de masures en ruines, de la terre en friche parsemée de caillasses et de mauvaises herbes. L'objectif décrivit un nouveau panoramique vers le bas et fit une mise au point sur un petit groupe d'hommes rassemblés en une masse indistincte. Un « zoom » rapide clarifia l'image dont les proportions écrasées laissaient supposer l'utilisation d'un téléobjectif. Ezio compta cinq personnes, dont trois qu'il reconnut immédiatement. Les autres n'étaient que des silhouettes.

Sur une nouvelle séquence, la caméra sembla se frayer un chemin au travers d'une petite foule. On s'écartait sur son passage. Draper eut un geste obscène en direction de l'objectif. Fusco fit un bras d'honneur. Benson, la bouche tordue par un rictus sarcastique, leva un gobelet de plastique comme pour porter un toast. A l'arrière-plan, Merle descendait une pente en direction du groupe. D'autres silhouettes peu distinctes s'agitaient tout autour et Ezio mit un instant à s'apercevoir que les hommes avaient le visage masqué par des bas. Il cligna des yeux, en compta six en tout. La caméra s'immobilisa soudain et l'on vit un septième homme apparaître dans le champ sans faire face à l'objectif. Ezio fut frappé par sa carrure; il distingua aussi vaguement une longue barbe rousse mal entretenue et des longs cheveux en broussaille. Après s'être mêlé aux autres, le septième homme disparut du champ.

Il y eut ensuite un nouveau plan du groupe, pris sous un angle légèrement plongeant. La voix de Merle éclata dans le haut-parleur.

— Vous venez de voir une partie de notre équipe. Ce ne sont pas les seuls. Vous ne les avez pas reconnus, à part nous quatre. Ne l'oubliez pas. Ces gens sont nos amis. Ils sont à nos côtés pour vous combattre et vous écraser. Vous ne savez pas qui ils sont et vous ne pouvez par conséquent rien contre eux. Au moindre geste, à la moindre tentative contre n'importe lequel d'entre nous, ces inconnus vous tomberont dessus. Ils ne vous raterons pas.

Merle parut ensuite en gros plan, sur un fond de mur de plâtre blanc.

— Nous avons cessé d'être des cibles isolées, nous formons un groupe puissant et résolu. Si nous avons enlevé votre femme, Pastor, c'est pour vous démontrer que vous n'êtes plus invulnérable. Que vous êtes devenu aussi vulnérable, aussi exposé que nous l'étions autrefois. Votre femme et votre enfant à naître sont à notre merci. En quelques semaines, nous avons fait d'elle une droguée. Nous sommes capables d'aller plus loin si vous nous y obligez.

Anna reparut sur l'écran, assise à l'avant d'une voiture dont on ne pouvait reconnaître la marque. Accablée, les yeux dans le vague, elle leva machinalement la main pour se la passer dans les cheveux. Ezio remarqua malgré lui qu'elle avait grand besoin d'un shampooing.

— Vous aurez de nos nouvelles dans quelque temps, Pastor, reprit la voix de Merle. Vous allez recevoir de nouvelles instructions. Suivez-les à la lettre. Obéissez-nous.

Le film se terminait sur un montage de quelques-uns des plans précédents. Le groupe d'hommes. Anna, sous différents angles. L'image s'attarda un instant sur son bras marqué des traces de piqûres et sur son visage pris de trois-quarts, offrant une expression implorante et un regard terni par la peur.

Quelques secondes plus tard, l'écran devint tout blanc.

On n'entendit plus que le bout du film tapant contre l'axe de la bobine.

Sans rien dire, Ezio rembobina le film et prépara le projecteur pour une nouvelle projection, au cas où Frank voudrait le revoir.

Mais ce dernier ne disait rien. Enfoncé dans son fauteuil, les yeux clos, les doigts croisés sous le menton, il paraissait plongé dans une sorte de léthargie. Ezio alla rouvrir les rideaux, ses yeux cillèrent sous la lumière brutale. Il avait commencé à neiger.

La sonnerie du téléphone rompit brutalement le silence. Ezio se précipita, pensant que c'était Merle. Frank resta de marbre.

— Monsieur Martin ? C'est Belmont, à l'appareil. Il faut que je vous parle, d'urgence.

— Où êtes-vous ?

— A votre bureau. Il vient de se passer quelque chose.

— Au sujet de Mme Pastor ?

— Non. Il s'agit de notre problème du côté de Washington, vous voyez ce que je veux dire ?

— Ça ne peut pas attendre ?

— Il vaudrait mieux pas... Les nouvelles sont plutôt mauvaises.

— Bon. Restez où vous êtes, je vous rappelle d'un taxiphone.

Frank leva lentement vers Ezio un visage dépourvu d'expression.

— Il faut que je sorte cinq minutes. Je reviens tout de suite.

Frank hocha la tête sans répondre.

Quand Ezio revint, couvert de neige, Frank n'avait apparemment pas fait un geste. En entendant Ezio, il leva les yeux.

— Alors, qu'est-ce que c'était ?

— L'affaire de Washington. Mauvaises nouvelles, ils ont dû annuler l'opération sur les dossiers.

— Pourquoi donc ?

— Parce qu'il n'y a plus de dossiers.

Frank lui jeta un regard mauvais mais ne répondit pas tout de suite. Quand il parla, sa voix était si basse qu'Ezio eut du mal à le comprendre.

— Il fallait s'y attendre... Quand tout va mal, il ne faut pas s'obstiner. J'aurais dû me douter que ce truc-là foirerait lui aussi... Que sont donc devenus les dossiers ?

— Ils les ont codés et mis en mémoire dans un ordinateur. Il n'y a que trois personnes à connaître le code : Corcoran, Bradleigh et un chef de division au ministère. Il est impossible d'accéder aux mémoires sans le code. On ne peut plus rien y faire, Frank.

Frank hocha distraitement la tête.

— Ils ont dû s'y mettre quand ils ont découvert la fuite avec la femme Janowicz.

— Probablement. Et il leur a fallu un certain temps pour coder et transformer toutes ces données pour l'ordinateur.

— Tu n'as plus qu'à payer les types et les renvoyer chez eux, Ezio.

— Je sais, je vais m'en occuper... Si seulement je pouvais t'apporter de bonnes nouvelles, pour changer.

Frank tordit sa bouche en un demi-sourire amer.

— Qu'est-ce qui nous reste, hein, Ezio ? Tu peux me le dire ?

Quand le téléphone sonna de nouveau, Ezio décrocha sans s'attendre à rien de particulier. Il changea tout de suite de couleur.

Il avait reconnu la voix.

— Passez-moi Pastor, dit Merle sèchement.

Ezio couvrit le combiné d'une main.

— Frank, c'est lui.

Pastor prit l'appareil.

— Parlez, je vous écoute.

D'un claquement de doigts, il fit signe à Ezio de lui donner de quoi écrire. Il écouta sans rien dire, nota quelque chose.

— Dix minutes, d'accord.

Il raccrocha, déchira la feuille du bloc et la fourra dans sa poche.

— Il veut que je me rende à un taxiphone, dit-il en se levant.

— Il doit penser que cette ligne-ci est sous écoute...

— Allons-y, Ezio. Je vais enfin savoir combien ça va me coûter.

33

New York, New-Jersey — 16 novembre

Mathieson regarda sa montre. Il était bientôt l'heure. Il laissa l'aiguille des secondes faire un tour complet, introduisit des pièces dans la fente, composa le numéro.

Pastor décrocha à la première sonnerie.

— Allez-y, ordure, parlez.

— Voici mes ordres. Vous m'écoutez ?

— Vous êtes un homme mort, Merle.

— Non, Pastor. Si vous me tuez, vous tuez Anna. Enfoncez-vous bien ça dans la tête.

— Allez-y, je vous écoute.

— Vous allez venir me voir. Seul. Pas de micro, pas d'arme, pas de renforts. Seul.

— Quand ?

— Dans une heure.

— Où ?

— Autoroute de Palisades Parkwood, aire de service sud d'Englewood Cliffs.

— Je ne peux pas aller dans le New-Jersey !

— C'est à prendre ou à laisser.

— Vous voulez que je retourne en taule pour violation d'interdiction de séjour ?

— C'est votre problème, pas le mien. Prenez l'autoroute par le pont George Washington, faites demi-tour à la sortie de Palisade Avenue pour revenir vers l'aire de service par la voie sud. Dans une heure exactement, à treize heures précises. Seul. Pas de passagers, par d'escorte, pas de micro, pas de magnétophone et pas d'artillerie, compris ? Si vous ne faites pas exactement ce que je vous dis, vous ne reverrez plus jamais Anna et votre enfant ne verra jamais le jour.

Mathieson repassa le pont pour retourner à Fort Lee et se gara dans le parking du motel. Vasquez avait dû le voir venir car il sortit immédiatement pour aller à sa rencontre.

— Vous avez choisi votre poste d'observation ?

— Oui. La cabine téléphonique de l'autre côté de la rue.

Mathieson tourna la tête dans la direction de la cabine qui se trouvait au bout de la piste d'une station Esso.

— C'est trop près, il va vous repérer.

— Aucune importance...

Il sortit de ses poches un papier et un sac volumineux et les tendit à Mathieson.

— Tenez, prenez cela. C'est le numéro de la cabine, gardez-le sur vous en cas de besoin. Le reste, laissez-le à portée de la main, dans votre voiture.

— Qu'est-ce que c'est ?

— Le Magnum de George Ramiro.

— Je n'en veux pas...

— Je sais. Prenez-le quand même pour me faire plaisir.

Mathieson jeta négligemment l'arme sur la banquette arrière.

— D'accord. Mais je suis sûr que Pastor va jouer le jeu.

— On ne sait jamais avec ces animaux-là ! Mieux vaut prendre toutes ses précautions. Il est une heure moins le quart, vous feriez mieux d'y aller.

Il faisait un vilain temps, d'un gris malsain. Les squelettes des arbres pliaient sous la neige fondante. Leurs branches hautes, secouées par les rafales de vent, lâchaient des paquets mouillés d'allure peu engageante. Mathieson enjamba la bordure de ciment et s'enfonça dans le petit bois qui séparait la chaussée de l'autoroute des rues de l'agglomération.

Il s'avança jusqu'à ce qu'il ait une bonne vue d'ensemble de l'aire de service. La station était légèrement sur sa droite, avec les pompes à essence en plein milieu. Les voitures y pénétraient en venant de sa gauche. Il était douze heures cinquante-trois à sa montre.

L'attente le faisait frissonner, et pas seulement à cause de l'air froid et humide. Il ne neigeait plus mais le ciel bas semblait lourd de menaces. Sur la chaussée et sur les pistes, les roues des voitures avaient transformé la neige en une bouillasse jaunâtre. Immobile, camouflé parmi les troncs d'arbre noirs, Mathieson attendit.

Il vit enfin la voiture. C'était une Lincoln Continental blanche, aux flancs boueux. Elle s'engagea dans la station, dépassa les pompes et alla s'arrêter à côté de l'atelier. Engoncé dans le col relevé de son pardessus, Frank Pastor en descendit et fit quelques pas, regardant autour de lui pour repérer Mathieson. Il le reconnut tout de suite. Son petit visage rond et fin ne trahissait en rien le gangster. Il avait plutôt l'air distingué de quelque industriel sûr de lui, habitué au pouvoir. Etait-ce son allure de supériorité qui en avait fait un chef ou, au contraire, était-ce la pratique du commandement qui avait déteint sur lui ? L'homme, en tout cas, suait l'arrogance. Il allait falloir en user contre lui.

Au moment de s'avancer, Mathieson fut saisi de panique. Il crut entendre des pas derrière lui, distinguer des silhouettes se glissant furtivement entre les arbres. La main crispée sur la crosse du Magnum, il se retourna, retenant sa respiration. Il était seul.

Rassuré, tenant toujours son arme au fond de sa poche, il quitta l'abri des arbres pour affronter les bourrasques d'un vent aigre. Pastor se tourna vers lui. La haine qui brûlait dans son regard frappa Mathieson comme un coup de poing. Mais il poursuivit sa marche sans ralentir.

— Espèce de sale fumier d'enfant de putain...

Pastor lui cracha les mots au visage tout en ôtant les mains de ses poches. Il les lui montra, nues, vides. Une veine gonflée se mit à palpiter au-dessus d'un de ses sourcils.

— Alors, qu'est-ce qu'on fait ?

— Suivez-moi.

Sans attendre de réponse, Mathieson tourna les talons et se renfonça dans le sous-bois sans daigner se retourner. Il entendait Pastor haleter derrière lui en pataugeant dans la boue glacée. Quelques instants plus tard, ils pénétraient dans la rue où Mathieson avait laissé sa Ford de location, et ce dernier ouvrait la portière pour se glisser au volant. Pastor vint s'installer à côté de lui, toujours muet, les lèvres serrées, les yeux fixés droit devant lui, le visage congestionné par l'effort qu'il faisait pour contenir sa rage.

Arrivé au motel, Mathieson se gara juste devant la porte de la chambre, ouvrit la porte et entra en précédant Pastor toujours sans lui accorder un regard. Celui-ci le suivit à l'intérieur, exprimant par son attitude de mépris qu'il lui importait peu de se jeter dans un piège. L'arrogance, la sûreté de soi... Mathieson ne laissa rien paraître de ses pensées.

— Déshabillez-vous. Je veux vérifier que vous n'avez pas de micro sur vous.

— Je n'en ai pas.

— Vous voulez peut-être que je vous croie sur parole ?

Pastor ôta son pardessus, le jeta sur le lit, enleva sa veste, recula d'un pas. Mathieson le palpa rapidement. Il n'avait rien de suspect sur lui. En chemise, il semblait étonnamment fluet, fragile comme une brindille sèche.

Mathieson examina ensuite soigneusement le pardessus et la veste, palpa les doublures, les boutons. Il ne trouva aucun micro. Dans le portefeuille, il n'y avait non plus rien d'intéressant ni de suspect.

— Videz vos poches, donnez-moi votre ceinture. Chaussures. Enlevez votre pantalon.

Mathieson passa le tout au peigne fin, exagérant le soin avec lequel il menait sa fouille. Quand il eut fini, il jeta tout négligemment sur le lit.

— Rhabillez-vous.

Pastor remit ses vêtements sans dire un mot et alla ensuite se poster au milieu de la chambre.

— Combien avez-vous fait de copies du film ?

— Plusieurs. Benson, Fusco et Draper en ont chacun une ainsi que ceux que vous avez vu apparaître. Il y en a d'autres en lieu sûr...

Mathieson alla regarder par la fenêtre. De l'autre côté de la rue, il reconnut la silhouette de Vasquez dans la cabine téléphonique.

— Vous avez peut-être pris vos précautions en me préparant un piège. Sachez, dans ce cas, que votre femme est à proximité et que, si je ne téléphone pas régulièrement pour dire que tout va bien, nous l'emmènerons quelque part où vous ne la retrouverez jamais. Est-ce clair ?

— Je n'ai pas préparé de piège. Combien voulez-vous ?

Mathieson le toisa longuement, perçut l'amertume de son ennemi mais n'en tira aucune satisfaction. Il lança un coup de sonde au hasard pour le provoquer, étudier ses réactions.

— Vous êtes trop calme, Pastor. Je n'aime pas ça.

Pastor se retourna d'un bloc, se planta face à Mathieson et le regarda dans les yeux. Sa voix ne laissait transparaître aucune émotion.

— J'ai décidé de jouer votre jeu, Merle, de faire tout ce que vous voudrez pour reprendre Anna. Si vous voulez me tuer, allez-y, tuez-moi. Mais je suis venu ici pour connaître votre prix et vos conditions. Je joue franc jeu. Vous gagnez, vous me tenez. Ça m'est déjà arrivé dans la vie, je n'en fais pas un drame. Alors, cessez de tourner autour du pot. Combien ?

— Ma liberté.

— Vous l'avez déjà.

— Oui, tant que je tiens votre femme. Ce que je veux, c'est être débarrassé de vous une fois pour toutes, même après vous l'avoir rendue.

— Allez-y, je vous écoute.

— Nous l'avons droguée à l'héroïne. Avec de l'héroïne d'un de vos distributeurs. *Votre* héroïne, Pastor. Elle est accrochée. Elle a besoin de sa dose. Elle fera n'importe quoi pour l'avoir. Vous m'entendez, Pastor ? N'importe quoi.

Mathieson serrait instinctivement la crosse du Magnum. Mais Pastor ne disait toujours rien. Immobile, il se contenta de battre des paupières à plusieurs reprises.

— Vous avez vu le film, Pastor. Vous avez pu apercevoir la silhouette de quelques membres de notre groupe. Il y en a d'autres que vous n'avez pas vus et que vous ne verrez jamais. Comprenez-vous où je veux en venir, Pastor ?

— Venez-en au fait, Merle.

— Ce que je veux dire est simple : vous n'êtes pas invulnérable, nous pouvons vous abattre, quand nous le voulons. On assassine bien des présidents, alors vous pensez bien qu'un Frank Pastor ça ne posera pas beaucoup de problèmes. Vos soi-disant lois sur l'honneur et sur la vengeance, je les connais. Vous admettez très bien qu'on veuille vous tuer. Mais par contre vous avez du mal à comprendre que si vous touchez à un cheveu de Walter Benson, de Paul Draper ou de John Fusco, sans parler de ma famille et de moi-même, les survivants vous tomberont dessus immédiatement. Et je ne parle pas uniquement de vous mais de votre femme, de vos filles et même de votre enfant qui n'est pas encore né. Voilà pourquoi je vous tiens, Pastor. Voilà pourquoi nous avons fait de votre femme une droguée. Pour vous prouver de quoi nous étions capables. Et pour vous prouver que nous recommencerons, si vous nous y obligez. Qu'une seule balle, une seule, atteigne n'importe lequel d'entre nous et les autres ne vous rateront pas, ils vous déchireront en petits morceaux, vous réduiront en bouillie. Voilà le pacte que nous avons conclu entre nous, Pastor. Il fallait que vous le sachiez.

Pastor ferma les yeux, réfléchit un instant, et les rouvrit brusquement.

— Supposons que vous vous fassiez écraser par un autobus ? Supposons que vous ayez un accident qui n'ait rien à voir avec moi ?

— Tant pis pour vous, Pastor. C'est un risque à prendre.

Mathieson ne le quittait pas des yeux, s'efforçant de deviner ce qui se passait derrière ces yeux froids.

— Tout le monde finit pourtant par mourir, Merle.

— Je le sais aussi bien que vous. Je ne vous offre pas la paix. Ce que je vous propose, c'est un cessez-le-feu. Il durera ce qu'il durera. Vous pourrez profiter de la vie et de votre famille aussi longtemps que rien ne nous arrivera. Avec un peu de chance, vous en avez pour vingt, trente ans... Je ne vous promets rien d'autre. C'est déjà bien plus que ce que vous nous avez jamais accordé.

Le visage de Pastor se couvrait peu à peu d'une fine pellicule de sueur. Il se frottait nerveusement les doigts l'un contre l'autre.

— Quand allez-vous me la rendre ?

— Quand vous aurez bien compris ! Quand vous serez bien convaincu de ce que je viens de vous dire.

— J'ai compris, Merle.

Il avait retrouvé son impassibilité. Son expression ne trahissait plus ni colère ni mépris. Pas même l'indifférence. Mathieson essaya de réprimer la vague de colère qui montait en lui. C'était trop facile. Il fallait provoquer une réaction chez Pastor, s'assurer que les coups avaient porté...

— Cela vous intéressera peut-être de savoir qui a neutralisé Gillespie et Ramiro.

— Vous ?

— Cela ne vous fait donc rien ?

— Vous voudriez bien savoir ce que je pense, hein, Merle ? Vous voudriez aussi me voir ramper, supplier, me tordre à vos pieds. Vous voudriez bien vous offrir ce petit plaisir en plus, pas vrai ? Alors assez de conneries, Merle. Vous avez joué, vous avez gagné. Je n'ai pas d'atouts dans les manches, je ne suis pas un magicien. Ça m'emmerde d'avoir perdu mais j'ai perdu. Anna est droguée, ce n'est pas un drame. Je la ferai désintoxiquer. Donc, la petite plaisanterie est terminée et je reconnais ma défaite. Qu'est-ce qu'il vous faut encore ? Gambader de joie en me voyant sangloter comme un gosse ?

— Non, Pastor. Je veux simplement être sûr que vous m'avez compris. Que je suis bien débarrassé de vous et de vos gorilles, aujourd'hui, demain, pour toujours. Que je peux désormais mener une vie normale, aller, venir où bon me semble sans jamais plus avoir à trembler. Voilà ce que je veux, Pastor.

— Si je le pouvais, Merle, je vous abattrais tout de suite, comme un chien enragé. Je vous haïrai jusqu'à mon dernier souffle. Mes enfants et mes petits-enfants grandiront dans la haine des vôtres. Et vous le savez très bien si vous n'êtes pas un imbécile. Vous le disiez vous-même, nous ne signons pas la paix mais un cessez-le-feu. Vous l'avez, votre cessez-le-feu. Nous nous retrouverons peut-être, dans vingt ou trente ans. En attendant, vous avez ce que vous vouliez. Vous êtes débarrassé de moi. Vous êtes content ?

Mathieson le regarda longuement sans répondre. Enfin, comme à regret, il sortit de sa poche le Magnum de George Ramiro.

— J'aurais peut-être mieux fait de vous tuer.

— Allez-y si ça vous chante. Faites-le tout de suite. Mais vous ne le ferez pas, vous le savez bien.

— Et pourquoi, d'après vous ?

— Parce que vous avez pris bien trop de plaisir à monter votre machination. Parce que vous savez que je vais passer les vingt prochaines années à vous haïr en me rongeant les sangs et que c'était le but de l'opération, Merle. Alors vous n'allez pas gâcher votre plaisir pour un vulgaire coup de feu que vous regretterez cinq minutes plus tard...

Mathieson dut faire un effort pour ne rien laisser transparaître de ce qu'il ressentait. A regret, il remit le pistolet dans sa poche, tourna les talons et se dirigea vers la porte.

— Restez ici et attendez, lança-t-il sèchement. Dans quelques minutes, vous recevrez un coup de téléphone vous indiquant où récupérer Anna. Adieu, Pastor.

— Au revoir, Merle.

Mathieson sortit sans se retourner.

Il remonta en voiture, quitta le motel et roula quelques centaines de mètres jusqu'à un centre commercial. Arrivé là, il s'enferma dans une cabine téléphonique et composa le numéro que lui avait donné Vasquez.

Celui-ci décrocha à la première sonnerie.

— Roger et Homer remontent en voiture, annonça-t-il. Ils sont en train de faire marche arrière pour sortir du parking.

— Pastor est toujours dans l'autre chambre ?

— Oui... Voilà la voiture. Je monte avec eux. Donnez-nous trois ou quatre minutes. Vous êtes bien à la cabine du centre commercial ?

— Oui.

— Attendez de nous voir passer avant de l'appeler.

Mathieson raccrocha et attendit patiemment.

Quand il vit la voiture apparaître au coin de la rue, il vérifia que les trois hommes s'y trouvaient bien et les suivit un instant des yeux. Alors, il décrocha de nouveau et composa le numéro du motel.

— M. Johnson, chambre dix, dit-il à la téléphoniste.

Pastor décrocha.

— Oui ?

— Merle à l'appareil.

— J'écoute.

— Je vous ai menti au sujet de l'héroïne. Nous ne lui avons donné qu'une solution de glucose parfaitement inoffensive. Les traces de piqûres n'ont été faites que pour la mise en scène. Elle est en parfaite santé, un peu abrutie par des sédatifs, c'est tout.

— Qu'est-ce que vous essayez encore de me faire croire, Merle ?

— Rien de plus que ce que je vous ai déjà dit, que nous sommes capables de faire ce que nous voulons. Quand nous voulons. Ne l'oubliez pas, Pastor, ne l'oubliez jamais. Inscrivez-le en lettres de feu dans votre mémoire. Me suis-je bien fait comprendre ?

— Où est-elle ?

— Au-dessus de votre tête, chambre vingt-deux. La porte n'est pas fermée à clef. Vous la trouverez à l'intérieur, seule, attachée à une chaise.

Il n'attendit pas de réponse, raccrocha et sortit de la cabine.

34

Californie — 17 novembre.

A l'heure du dîner, ils se retrouvèrent tous rassemblés autour de la longue table de chêne massif. Vasquez se lança dans une longue digression sur ce besoin irrésistible qu'éprouvait l'homme de marquer les étapes de la vie par l'ingestion d'aliments liquides et solides et il poursuivit son discours par l'examen des raisons biologiques à la base de cette tradition. Naturellement, il en profita pour digresser sur le cinéma et se mit à citer une longue liste de films à l'appui de sa thèse. Roger l'écoutait en regardant le plafond.

Mme Meuth entrait et sortait bruyamment pour apporter des plats innombrables. Billy et Ronny pouffaient au bout de la table. Vasquez avait mis une musique d'ambiance, à consonance vaguement héroïco-martiale. Les steaks étaient énormes et saignants et Mathieson se surprit à tout dévorer de grand appétit. A un moment, il leva les yeux de son assiette : Homer lui faisait un clin d'œil amusé.

Amy décochait à Roger des œillades égrillardes, lequel devait faire un effort surhumain pour garder un semblant de dignité, car elle le pelotait sans vergogne sous la table tout en faisant semblant d'écouter l'interminable monologue que Vasquez débitait sur un ton pompeux.

Cette emphase était voulue. Depuis des mois, au travers des épreuves et des incertitudes, ils s'étaient tous plus ou moins consciemment préparés à ce repas de cérémonie. Le moment venu, Vasquez avait senti leur gêne et faisait de son mieux pour les en distraire en les noyant sous un déluge de propos anodins, voire agaçants; ils pouvaient ainsi l'ignorer, se retrouver seuls avec eux-mêmes pour mieux se ressaisir. En son for intérieur, Mathieson salua son tact d'un coup de chapeau. Une fois de plus, Vasquez se montrait psychologue et faisait exactement ce qu'on attendait de lui.

Jane pignochait distraitement dans son assiette. Quand leurs regards se croisaient, elle lui faisait un sourire mal assuré. Depuis qu'ils s'étaient retrouvés à l'aéroport, ils ne s'étaient pas dit grand-chose. Il ne savait pas ce qu'avait Jane derrière la tête et ne s'était donc préparé à rien. Leurs retrouvailles avaient été cordiales, chaleureuses même, comme celles de deux relations renouant connaissance. D'un accord tacite, ils avaient passé la journée dans une sorte d'indifférence amicale, évitant de rouvrir des blessures encore fraîches.

Mathieson s'était rasé la moustache mais n'avait pu faire disparaître la teinture de ses cheveux. Il lui faudrait attendre qu'ils repoussent pour retrouver sa couleur naturelle. Celle de Fred Mathieson. Car Edward Merle avait joué son rôle, avait relevé le défi qui lui avait été lancé et allait désormais s'effacer pour toujours. C'était à Mathieson de mener sa vie et de la réussir.

Mais l'éloignement entre lui et Jane commençait à lui pesait, sapait sa joie, lui donnait un goût de cendres. Entre eux, cette trêve ne voulait plus rien dire et n'engageait pas l'avenir. Dans les sourires hésitants que Jane lui accordait, Fred entrevoyait de vagues promesses mais rien de solide. L'incertitude le dépouillait de ses raisons d'agir, des justifications de ses actes. Tout en laissant Vasquez poursuivre son monologue, il retournait des pensées mi-amères mi-désabusées. Il aurait dû triompher. Il se sentait noyé dans un océan de doutes.

Le dîner fini, ils passèrent tous au grand salon. Les deux garçons contenaient mal leur impatience et leur curiosité : Homer se dévoua pour leur faire un récit expurgé des événements, donnant à Roger et Mathieson le rôle héroïque de shérifs de westerns. Les Gilfillan se tenaient à l'écart sur un canapé, isolés du bruit des conversations. Jane affectait d'écouter Homer, jetant de temps à autre sur Mathieson un regard interrogateur ou trop admiratif. Alors que Mathieson interrompait Homer pour ramener les choses à de plus justes proportions, elle se tourna vers lui et lui donna un baiser plein de tendresse. Mais il ne put voir

296

dans ses yeux si elle était sincère ou si elle jouait un rôle.

Il sursauta soudain en sentant Vasquez lui toucher le bras.

— Je peux vous l'enlever cinq minutes ? demanda-t-il à Jane.

— Bien sûr, répondit-elle en souriant.

— Je voudrais vous dire deux mots.

Mathieson se leva et le suivit vers la porte-fenêtre.

A quelques pas l'un de l'autre, les deux hommes traversèrent la pelouse en direction du paddock. Ils s'accoudèrent à la barrière. Vasquez leva la tête vers le ciel. Il faisait frais mais bon. Dans le ciel clair, quelques légers nuages passaient devant les étoiles. La lune se levait, projetant une lumière froide qui découpait des ombres nettes.

— Quelle belle nuit, soupira Vasquez. On ne pouvait pas rêver mieux pour une occasion comme celle-ci.

— Il fait beau, en effet...

Mathieson regarda Vasquez, surpris de cette entrée en matière inattendue.

— Dites-moi... Il y a quelque chose que je voulais vous demander...

— Oui ?

— Je n'ai pas encore compris pourquoi vous ne nous avez rien dit au sujet de la mixture que vous administriez à Mme Pastor.

— Je m'étais dit que si je parvenais à vous faire croire qu'il s'agissait de vraie drogue, je pourrais en convaincre Pastor. Il fallait que je sois absolument crédible. Il ne fallait pas qu'il ait le moindre doute sur ma détermination.

— Vous ne l'avez pourtant pas fait. Et il le sait.

— Non. Mais il sait que j'aurais pu le faire s'il l'avait fallu.

— Je comprends, maintenant...

— Vous comprenez quoi ?

— Je comprends, à la lumière de cette phrase que vous venez de dire : « Je l'aurais fait s'il l'avait fallu... », que vous avez peur de vous-même. Peur de ce dont vous vous savez capable.

— C'est possible...

— Ecoutez-moi, Fred. Quand vous avez commencé, vous étiez foncièrement honnête, un peu naïf même. Et vous vous êtes transformé, vous avez violé votre propre code de moralité. Vous avez commis des méfaits, vous vous êtes livré à la violence, au chantage, au kidnapping. Vous n'avez pourtant causé aucun dommage irréparable à vos victimes. Les seuls qui aient pu en souffrir, comme Gillespie ou Ramiro, ne font que subir les conséquences de leurs propres faiblesses. Vous n'avez fait qu'accélérer le processus inévitable de leur propre perte.

— Où sommes-nous, Diego ? Au confessionnal ou chez le psychiatre ?

— Si j'en juge d'après votre physionomie et le son de votre voix, reprit Vasquez en ignorant l'interruption, vous n'êtes pas simplement inquiet, troublé. Vous ressentez en vous un vide profond, creusé par l'illusion de votre culpabilité, élargi par le regret d'avoir accompli ce que vous désiriez et de vous retrouver sans but. En détruisant vos ennemis, vous croyez vous être détruit vous-même, avoir gâté ce que vous avez de bon. Vous croyez vous être ravalé à leur niveau en vous libérant des menaces qu'ils faisaient peser sur votre vie et celle des vôtres.

— Cessez de vous gargariser, répondit Mathieson. Vous est-il jamais arrivé de tourner sept fois votre langue dans votre bouche avant de dire tout ce qui vous passe par la tête ?

— J'essaye simplement de vous rassurer. Vous croyez que tout s'est écroulé autour de vous. Vous venez de remporter une victoire. Au lieu d'un triomphe, vous ne voyez qu'incertitude. Vous êtes inquiet sur l'avenir de votre mariage. Vous êtes soudain écrasé sous le poids de tous les problèmes que vous aviez chassés de votre esprit ces derniers mois. Votre avenir vous inquiète, vous accable. Vous êtes incapable d'envisager un simple retour dans un bureau où vous passeriez votre temps à ergoter sur les clauses d'un contrat. Vous êtes incapable de vous contenter d'une paisible vie de bon bourgeois dans une belle maison avec deux voitures, une piscine, plein de gadgets et un ennui si pesant qu'il vous asphyxierait plus sûrement qu'une corde autour de votre cou...

— Dites-moi, Diego, comment faites-vous votre numéro de voyant extra-lucide ? Avec du marc de café ou une boule de cristal ?

- Ni l'un ni l'autre. Je lirais plutôt dans les cartes. Mettons-les sur la table, voulez-vous ? Et étudiez-les attentivement. J'ai l'impression que vous avez laissé passer quelque chose qui, pourtant, devrait vous crever les yeux.

— Vraiment ?

— Reprenons ce que je disais. Vous croyez avoir épuisé toutes les émotions fortes de votre vie. Vous croyez n'avoir plus rien devant vous qui en vaille la peine. Vous avez cru vendre votre âme pour reconquérir votre dignité et votre liberté. Pour la racheter, pour retrouver votre raison d'être, vous n'avez plus d'autre choix que de remettre votre liberté en question. Rien de moins fondamental, rien de moins essentiel ne pourra plus satisfaire votre besoin de justifier votre existence à vos propres yeux.

Mathieson dévisagea Vasquez avec, au fond du regard, une lueur d'espoir informulé.

— Vous avez goûté au plaisir de la chasse, reprit Vasquez. De la chasse à l'homme.

Il marqua une pause. Mathieson ne dit rien, l'expression tendue, attendant une conclusion qu'il n'osait pas exprimer.

— Vous y avez pris goût, vous vous en êtes délecté. Plus rien, désormais, ne pourra vous assouvir. Vous vous êtes enfermé dans un piège dont vous n'osez pas dire que vous l'aimez. Consciemment, vous croyez peut-être détester tout ce que cela représente. Au fond, cependant, vous en jouissez intensément. Car vous avez fait preuve du talent le plus remarquable qu'il m'ait jamais été donné d'observer. Vous êtes un maître, Fred. Vous êtes le meilleur chasseur que j'ai eu l'honneur de rencontrer. Et cependant, vous ne tuez pas votre gibier... Un homme comme vous est unique. Inégalable.

Mathieson ferma les yeux et inspira profondément. L'air pur chargé d'oxygène lui fit tourner la tête, il prit plaisir à ce vertige qui n'avait, croyait il, pas d'autre cause. Il rejeta la tête en arrière, contempla le ciel étoilé et relâcha lentement l'air qui lui emplissait les poumons.

— Où voulez-vous en venir, Diego ?

— Le monde est plein de Frank Pastor. Il y en a bien assez pour nous deux...

Sans doute. Qu'avez-vous à m'offrir ?

— Une association. Vous et moi. Les deux meilleurs...

Mathieson respira lentement, profondément. Il entendit un bruit, tourna la tête vers la maison. Par la porte-fenêtre, il vit la silhouette de Jane découpée contre la lumière. Elle regardait dans leur direction, tout en faisant quelques pas.

— Cela pourrait exorciser les démons qui nous hantent, vous et moi, Fred...

Mathieson prit appui sur la barrière, hésita, se repoussa lourdement et se mit à marcher vers la maison. Jane descendait le perron et venait à sa rencontre.

Derrière lui, il entendit la voix de Vasquez.

— Alors, Fred ? Qu'allez-vous décider ?

-- Je ne sais pas, Diego. Pas encore...

Et il poursuivit sa marche sans se retourner.

OUVRAGES DE LA COLLECTION
« NOIR »

WILLIAM BAYER
Hors champ
Voir Jérusalem et mourir

ROBERT BLOCH
Autopsie d'un kidnapping
L'incendiaire
La nuit de l'éventreur
Un serpent au paradis

JAMES M. CAIN
La femme jalouse
La femme du magicien

RAYMOND CHANDLER
Nouvelles (2 tomes)

ROBIN COOK
Mutation

FRÉDÉRIC DARD
Le bourreau pleure
C'est toi le venin
Cette mort dont tu parlais
Délivrez-nous du mal
La dynamite est bonne à boire
Une gueule comme la mienne
L'homme de l'avenue
Le maître de plaisir
Mausolée pour une garce
Le monte-charge
La pelouse
Rendez-vous chez un lâche
Les salauds vont en enfer
Les scélérats
Une seconde de toute beauté
Le tueur triste

MILDRED DAVIS
La chambre du haut
La voix au téléphone

LOREN D. EASTLEMAN
Le pro

ARTHUR CONAN DOYLE
Les aventures de Sherlock
  Holmes
Le chien des Baskerville
La vallée de la peur

ELISABETH GEORGE
Enquête dans le brouillard

JAMES GRADY
Le feu du rasoir

SUE GRAFTON
A comme alibi
B comme brûlée
C comme cadavre

MARTHA GRIMES
Le vilain petit canard

PATRICIA HIGHSMITH
L'art du suspense
Toutes à tuer

WILLIAM IRISH
Concerto pour l'étrangleur
Une étude en noir
Lady Fantôme
Nouvelles (2 tomes)
Une peur noire
Rendez-vous en noir

WILLIAM KATZ
Violations de domicile

DICK LOCHTE
Temps de chien

ED McBAIN
Downtown
Escamotage
Poison
Quatre petits monstres

ÉGALEMENT CHEZ POCKET

ÉGALEMENT CHEZ POCKET

FRANCESCO ALBERONI
Le choc amoureux

BERNARD ALLIOT
L'adieu à Kouriline

JEAN ANGLADE
La bonne rosée
Le parrain de cendre
Les permissions de mai
Une pomme oubliée
Le tilleul du soir
Le tour de doigt
Qui t'a fait prince ?
Les ventres jaunes
Le voleur de coloquintes

MARIE-PAULE ARMAND
La courée
La courée 2

GEORGES ARNAUD
Le salaire de la peur

GEORGE J. ARNAUD
Les moulins à nuages

EMMANUELLE ARSAN
Emmanuelle

ARTHUR
Mon école buissonnière

SUSAN AZADI
Fugitive

PHILIPPE DE BALEINE
Les éléphants roses de
    Bangkok
Le petit train de la brousse
Le nouveau voyage sur le
    petit train de la brousse
Voyage espiègle et romanes-
    que sur le petit train du
    Congo

BETTE BAO LORD
Une mosaïque chinoise

MICHEL BAR-ZOHAR
L'espionne du diable

RENÉ BARJAVEL
Les chemins de Katmandou
Les dames à la licorne
Le grand secret
La nuit des temps
Une rose au paradis

MICHEL BATAILLE
L'arbre de Noël

LAURENT BECCARIA
Hélie de Saint Marc

PIERRE BELLEMARE
Les crimes passionnels
    (2 tomes)
Nuits d'angoisse (2 tomes)
La peur derrière la porte
    (2 tomes)

MICHEL DAMIEN
Raymond Pin, vingt ans
dans la forêt

ALEXANDRA DAVID-NÉEL
Au pays des brigands
gentilshommes
L'inde où j'ai vécu
Journal (2 tomes)
Le Lama aux cinq sagesses
Magie d'amour et magie
noire
Mystiques et magiciens du
Tibet
La puissance du néant
Le sortilège du mystère
Voyage d'une parisienne à
Lhassa

MILES DAVIS
Autobiographie

DIDIER DECOIN
Béatrice en enfer
Il fait Dieu

JEAN FRANÇOIS DENIAU
La Désirade
L'empire nocturne
Un héros très discret

JEAN-PAUL DESPRATS
Le marquis des éperviers
Le camp des enfants de Dieu
Le secret des Bourbons

LILAS DESQUIRON
Les chemins de Loco-Miroir

RAYMOND DEVOS
À plus d'un titre

FRANÇOISE DOLTO
L'échec scolaire

FRANÇOISE DORIN
Va voir maman, papa
travaille !

KIRK DOUGLAS
La danse avec le diable

LOUP DURAND
Daddy
Le jaguar

ADRIENNE DURAND TULLOU
Le pays des asphodèles

BORIS ELTSINE
Jusqu'au bout !

PHILIPPE ERLANGER
La reine Margot

GUILLAUME FABERT
Autoportrait en érection

ALBERT FALCO/
YVES PACCALET
Capitaine de la Calypso

FATY
Mémoires d'une fouetteuse

JEAN-LOUIS FESTJENS/
PIERRE ANTILOGUS
Le guide du jeune couple
Le guide du jeune père

JOSÉPHINE HART
Dangereuse

BILL HAYES
Midnight Express

JEANINE HENRY-SUCHET
La fontaine couverte

KATHARINE HEPBURN
Moi, histoire de ma vie

**CATHERINE
 HERMARY-VIEILLE**
Un amour fou

DAVID HEYMAN
Jackie

ALICE HOFFMAN
La ville qui avait peur
 d'une enfant

STEPHANE HOFFMANN
Château Bougon

**JERRY HOPKINS/
 DANIEL SUGERMAN**
Personne ne sortira d'ici
 vivant

THOMAS HOVING
L'affaire Vélasquez

**CLAIRE HOY/
 VICTOR OSTROVSKY**
Mossad

CHRISTOPHER HUDSON
La déchirure

NICOLAS HULOT
Les chemins de traverse

DENIS HUMBERT
La malvialle

JILL IRELAND
La brisure

SUSAN ISAACS
Une lueur dans la nuit

CHRISTIAN JACQ
Champollion l'Égyptien
Maître Hiram et le roi
 Salomon
Pour l'amour de Philae
La reine Soleil

JOHN JAKES
Nord et Sud (5 tomes)
California Saga (2 tomes)

ANNETTE KAHN
Robert et Jeanne

**BRIGITTE KERNEL/
 ÉLIANE GIRARD**
Les mecs

OLIVIER DE KERSAUSON
Fortune de mer
Mémoires salées
Vieil océan

MICHAEL KORDA
Les monstres sacrés

ROSELYNE LAELE
Marie du Fretma

SYLVIE MATHURIN
Le temps passe… le cœur
    reste

ROBERT MATTHIEU
Échec à la dictature fiscale
Le racket fiscal

JACQUES MAZEAU
De l'autre côé de la rivière

**RAYMONDE
    MÉNUGE-WACRENIER**
Zabelle

ROBERT MERLE
Fortune de France
En nos vertes années
Paris, ma bonne ville
Le prince que voilà
La violente amour
La pique du jour
Le jour ne se lève pas pour
    nous
L'idole

MAX MEYNIER
Quoi de neuf mon cœur ?

CLAUDE MICHELET
Cette terre est la vôtre
Edmond Michelet, mon père
J'ai choisi la terre
La grande muraille
Rocheflame
Une fois sept
Des grives aux loups
Les palombes ne passeront
    plus
L'appel des engoulevents

JAMES A. MICHENER
Alaska (2 tomes)
Caraïbes (2 tomes)

RACHID MIMOUNI
De la barbarie en général et de
    l'intégrisme en particulier

HUGUES DE MONTALEMBERT
À perte de vue

HUBERT MONTEILHET
Néropolis

**MARCEL MORIN/
    FRANÇOISE WISSEN**
La planète blanche

ELVIRE MURAIL
Bingo !

ANNIE MURAT
Le servan

ZANA MUSHEN
Vendues

JEAN-FRANÇOIS NAHMIAS
L'homme à la licorne

**GEORGES N'GUYEN
    VAN LOC**
Le Chinois

HAING N'GOR
Une odyssée cambodgienne

CATHY CASH SPELLMAN
L'Irlandaise

BRAM STOCKER
Dracula

PAUL-LOUP SULITZER
Les riches (I)

HAROUN TAZIEFF
La terre va-t-elle cesser de
  tourner ?

JEAN-PIERRE THIERRY
Bon appétit, messieurs !

JEAN-MICHEL THIBAUX
L'or du diable

ANDRÉ TILIEU
Brassens auprès de son arbre

DENIS TILLINAC
L'hôtel Kaolack
Maisons de famille
Un léger malentendu

CAROLINE TINÉ
L'immeuble

ALFRED TOMATIS
Les troubles scolaires

HENRI TROYAT
La clef de voûte
Faux jour
La fosse commune
Grandeur nature
Le jugement de Dieu
Le mort saisit le vif

Les semailles et les moissons
  (5 tomes)
La tête sur les épaules

LÉON URIS
Exodus

ANNE VALLAEYS
Coup de bambou

VALÉRIE VALÈRE
Laisse pleurer la pluie sur
  tes yeux

JEAN-MARC VARAUT
L'abominable docteur
  Petiot

D. VARROD/C. PAGE
Goldman, portrait non
  conformiste

JUNE CLARK VENDALL
La vie sauvage

FRANÇOISE VERNY
Le plus beau métier du
  monde

**CHARLES VILLENEUVE/
  PATRICE DE MERITENS**
Les masques du terrorisme

**RUDOLPH VRBA/
  ALAN BESTIC**
Je me suis évadé d'Auschwitz

MIKA WALTARI
Les amants de Byzance

Jean le Pérégrin

*Achevé d'imprimer en mai 1994
sur les presses de l'Imprimerie Bussière
à Saint-Amand (Cher)*